Annie Erixon

Drakens Utvalda

Första delen i Legenden om Den eviga isens land

Illustration: Annie Erixon, Pixabay.se och OpenArt.ai.
Förlag: BoD · Books on Demand, Östermalmstorg 1, 114 42 Stockholm, Sverige, bod@bod.se
Tryck: Libri Plureos GmbH, Friedensallee 273, 22763 Hamburg, Tyskland

ISBN: 978-91-8080-959-7

Till Sanna

Som lärde mig vad äkta vänskap innebär.

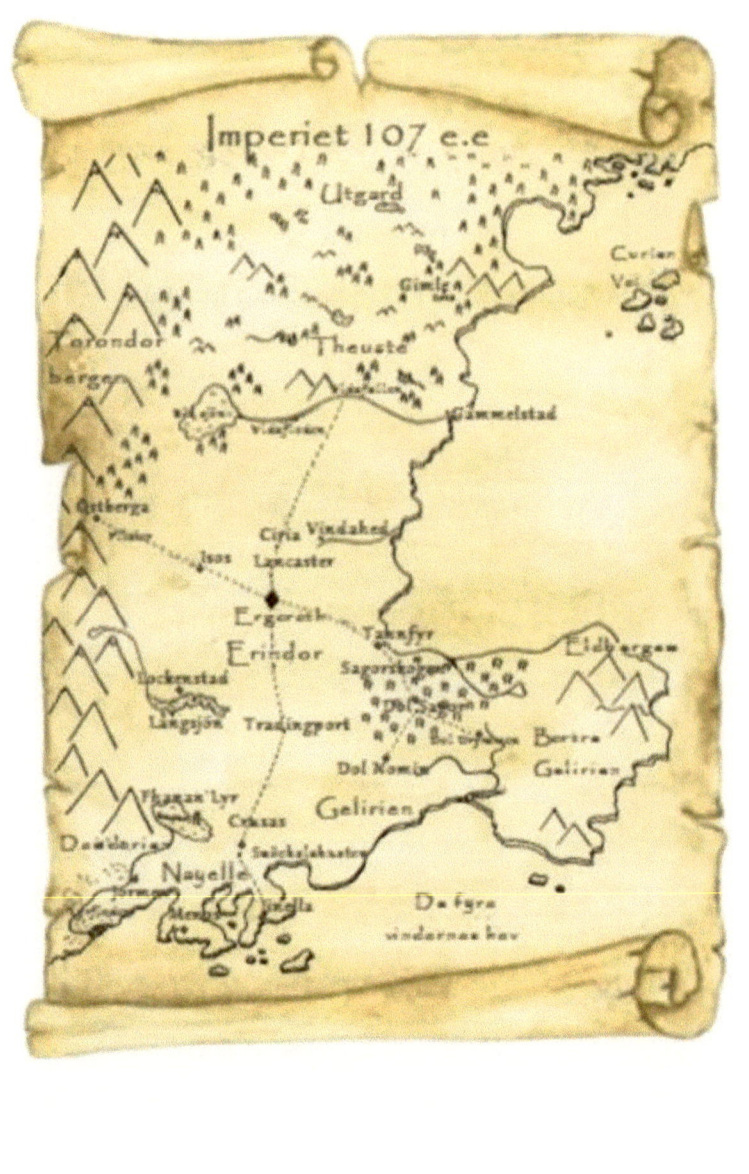

Sju är de utvalda, sju ska de försvara.
Sju drakar över världen fara.
I mitten, i jorden, där jord ej borde vara.
Sju fanns.
Två försvann.

Prolog

Staden var tyst på det sätt bara en vinternatt i norr kunde åstadkomma och gatorna näst intill öde. På ringmuren som omgärdade Gimle patrullerade stadsvakten fram i grupper om två. Vaksamt spanade de ut i natten, bort emot skogen av gran och fur som tyst och uråldrig höjde sig bortom de omgivande åkrarna. Spanade efter oknytt och andra, värre hot.

Men natten var stilla.

Andra vakter patrullerade gatorna där snön hade trampats ned till en grå sörja. De drev bort några tiggare från marknadsplatsen och avbröt ett slagsmål i värdshuset. Men allt eftersom deras skift fortlöpte blev patrulleringen långsammare. Uppmärksamheten sviktade och de såg allt oftare bort emot garnisonen där deras varma sängar väntade.

Deras allt tröttare steg observerades av Garth Gelarson som hade vakten i klocktornet. Han satt ihopkrupen under den stora järnklockan och försökte om och om igen blåsa liv i sina kalla händer. Det var hans uppgift att vara den yttersta utkiken, men allt oftare under natten föll blicken ned över staden istället. Nattpasset i klocktornet var det värsta på hela hans vakt. Särskilt så här års.

Han önskade att han varit hemma hos Ethel. Varm under filten och med småpojkarna snusande i den lilla sängen vid deras fotände. Eller åtminstone på patrull. Då fick han i alla fall röra på sig. Men denna vakt var den viktigaste av dem alla.

Klocktornet fick aldrig vara obemannat.

Så Garth drog manteln tätare omkring sig och återgick till att spana ut i mörkret bortom ringmuren medan de flesta av hans yrkesbröder till sist återvände till sina baracker.

Underligt hur det kunde bli så tyst, reflekterade han, när så många människor bodde på samma plats. Men i Imperiet undvek alla att vara ute efter mörkrets inbrott, till och med här i Gimle som låg så långt ifrån Ergoroth.

Kanske var det för att natten var stilla som vingslagen hördes så tydligt. Det karaktäristiska ljudet av membran som slår genom luften fick Garths blod att frysa i ådrorna. För ett ögonblick blundade han hårt för att stänga ute sanningen. Sedan kastade han sig upp på stela ben och började frenetiskt ringa i varningsklockan över sitt huvud. Det metalliska ljudet ekade genom natten och skar sönder tystnaden. Bara några hjärtslag senare rusade stadsvakten tillbaka ut på gatorna.

"Drake!" ropade Garth ned emot dem medan han fortsatte ringa i klockan. "Drake!"

Allt fler nyvakna, förvirrade borgare fyllde upp gatorna och krävde att få veta vad som pågick.

Men det var för sent.

Det öronbedövande vrålet föregick flammorna när draken svepte ned över staden som en bevingad skugga. Garth kunde bara hjälplöst se på när borgarna, de flesta fortfarande i nattsärkarna, rusade om varandra utan vare sig vett eller sans.

Utan att bry sig om vem de knuffade åt sidan sprang många emot ringmurens portar medan andra flydde tillbaka in i husen, som om deras hem av trä skulle kunna skydda dem. Mitt i paniken stod några som fastfrusna och stirrade upp emot elden som fyllde himlen, högt ovanför dem. Skriken av vanmakt och fasa blandades med hysterisk gråt, men drakens rytande överröstade allt. Hästhandlarens hästar slet sig ur sin fålla och skenade nedför gatorna och borgare fick kasta sig ur deras väg. Någonstans skrek en hysterisk mor när hennes son försvunnit i det allmänna tumultet.

I kaoset som rådde omkring dem samlade kaptenen för stadsvakten ihop sina män och de fick snart sällskap av soldaterna och riddarna från den lokala garnisonen. Trots att det vanligtvis rådde en viss rivalitet mellan dem arbetade de nu sida vid sida för att bemanna ringmuren och porttornen. Kogren fylldes och pilbågarna spändes. Vaksamma och med bultande hjärtan spanade de upp emot natthimlen. Mirakulöst nog hade inga av husen fattat eld ännu. Därför syntes inte heller den svarta draken när den åter svepte över staden förrän en ny kaskad av eld regnade ned över takåsarna.

Soldaterna avfyrade pil efter pil emot besten, men det var verkningslöst. Även pilarna som faktiskt träffade bara studsade emot de starka fjällen. Befälhavarnas order ekade genom natten:

"Nocka. Sikta. Skjut."

Till sist var de två stora ballisterna i porttornen riggade och de första spjutlånga pilarna sköts iväg emot draken.

Ingen av dem fann sitt mål.

Ballisterna var svåra att manövrera och tog lång tid att ladda om. De var inte heller tillverkade för att skjuta ned drakar. Få av projektilerna träffade och allt de åstadkom var att rispa de glänsande, blanka fjällen.

Alla visste det.

Det fanns bara tre saker som kunde döda en drake: is, en annan drake eller en svart pil.

Och en sådan avlägsen, fattig stad som Gimle hade inte råd med svarta pilar. Få i Imperiet hade det. Ändå fortsatte soldaterna sina hopplösa försök att skrämma iväg den. Vad annat kunde de göra?

Nocka. Sikta. Skjut.

Borgen och garnisonen stod i brand nu, medan draken fortsatte att segla över staden. Oberörd av soldaternas försök att skada den.

Över skriken och tumultet nere i staden fortsatte varningsklockan att klämta frenetiskt. Någonstans inom sig förstod Garth att det var meningslöst att fortsätta, men han kunde inte förmå sig själv att sluta. Så kom draken rakt emot klocktornet. Den flög så lågt att han såg de blå ögonen som verkade borra sig in i självaste själen.

Fly. Han måste fly.

Det var allt Garth hann tänka innan draken seglade över klocktornet och han kastade sig till golvet i ren instinkt. Sekunden senare hördes ett ljud som av en enorm piska när draken snärtade till med sin långa svans. Järnklockan ovanför Garth svängde ut så långt som dess upphängning tillät innan kedjorna brast. Han lyckades precis kravla undan innan den slog i tornets golv i sitt fall. Från sin plats, tryckt emot vad träplankor som fanns kvar, såg Garth hur järnklockan slog sönder kullerstenen långt nedanför.

Något vått och förnedrande bredde ut sig i Garth byxor medan han fortsatte att klamra sig fast vid de splittrade plankorna, oförmögen att röra sig därifrån.

Från brunnarna till de brinnande byggnaderna började eldbrigader bildas. Hinkar och vad kärl som stod att finna langades mellan modiga människor som försökte rädda sin stad innan elden spred sig ännu mer.

Allt medan draken fortsatte att cirkulera ovanför dem.

Så steg den till sist uppåt på starka vingar och försvann i nattens mörker. Garth drog sitt första djupa andetag på länge. Han levde.

Runtomkring honom sprakade elden och han hostade flera gånger av den tjocka, giftiga röken som förmörkade omgivningen. Men liksom han själv så stod staden fortfarande.

Garth visste inte mycket om drakar, det gjorde nog ingen, men det var allmänt känt att de anföll skoningslöst och lämnade sällan något mer än aska kvar. Varför hade inte den här gjort så? Inte för att han inte var tacksam såklart, men ju mer han tänkte på det desto underligare verkade det.

Som om en fundamental ordning i världen just hade förändrats.

Kapitel 1

Han var omringad. Tio män cirkulerade runt honom med dragna svärd. Deras stålklädda steg emot stenläggningen var allt som hördes. Alla bar den svarta rustning och röda mantel som kännetecknade kejserliga gardet, de skickligaste och hänsynslösaste riddare Imperiet skådat.

Och Caz'Duw kände deras fruktan.

Den rann ut ifrån var och en av dem i en iskall rännil. Närde honom, gjorde honom starkare. Men trots att de visste vem de mötte så anföll de, utan förvarning.

För de hade inget annat val.

I en enda svepande rörelse drog Caz'Duw svärdet och parerade attackerna med en styrka som fick riddarna att stappla bakåt. De rörde sig för sakta. De var för veka.

Riddaren som anföll honom från sidan knuffade han undan så hårt att mannen slogs medvetslös emot stenläggningen. Två andra anföll honom rakt framifrån. Den ena med svärdet höjt, den andra slog lågt. Innan deras kortare vapen kommit inom räckhåll slog Caz'Duw ned sitt enorma svärd emot det höjda. Oturligt nog för riddaren hade han rört sig snabbare än Caz'Duw räknat med. Därför träffade han inte svärdet utan riddarens arm som knäcktes inuti rustningen. Svärdet föll till marken och riddaren följde efter med ett skrik av smärta. Hans framfart hade dock gjort att den andra riddaren hann komma så nära att Caz'Duw inte hade plats att svinga svärdet. Istället vände han om det och med svärdsfästet slog han in riddarens bröstplåt så hårt att flera revben bröts av.

Det metalliska ljudet av stål emot sten ekade över den tysta tornerplatsen när riddarnas svärd föll till marken, ett efter ett.

Till sist var det bara befälhavaren som fortfarande stod upp, om än vacklande. Men när Caz'Duw vände sin brinnande blick emot honom släppte han svärdet och kastade sig på marken framför hans fötter. Caz'Duw såg ned på honom. De eviga skuggorna dansade omkring honom och den svarta manteln vajade lojt i en vind som inte rörde vid något annat.

"Nåd, herre. Nåd!" Befälhavaren kravlade sig upp på knä, men såg stint ned i backen. Ingen mötte Caz'Duws blick om de kunde undvika det, inte ens en så fruktad man som kejserliga gardets befälhavare.

"Här, om tre dagar. Femton män." Caz'Duws röst var hes och varje ord en plåga.

I hans sinne kände han hur Kejsaren kallade på honom.

Samtidigt som han sköt tillbaka svärdet i skidan med en van rörelse vände han om och med långa steg lämnade han svärdsringen. Bakom sig hörde han hur befälhavaren föll ihop.

Bortsett från de slagna riddarna i svärdsringen låg tornerplatsen öde och förfallen. Caz'Duw mindes en tid när den myllrat av liv. Hur riddare hade tränat här och hur människor vallfärdat hit under torneringsdagarna. Då hade månglare sålt allt som gått att sälja till den förväntansfulla publiken och musikerna och gycklarna hade fått dem att skratta av förtjusning.

Nu fanns här inget annat än en ensam vind.

Rännarbanan var övervuxen av sly, förvriden och förkrympt som all annan växtlighet i Ergoroth. Kal och stel i vinterns kyla.

Caz'Duw fortsatte sin ensamma vandring från tornerplatsen som låg nedanför det gamla Templet upp emot palatset på motsatta kullen. Distriktet närmast runt det fördömda Templet var till största delen obebott. Inte förrän han passerat Tempelavenyn fylldes gatorna av folk, men bara viskningarna om hans närvaro tömde dem lika effektivt som en annalkande storm. Fönsterluckor och dörrar slogs igen omkring honom och all verksamhet upphörde. Som om varenda borgare förväntade sig att han skulle döda dem om han såg dem. Föraktet för dem alla brände i hans själ. Varför skulle han skada dem? De var obetydliga, menlösa varelser. Glömda så snart han passerat förbi.

Dit vetskapen om hans närvaro ännu inte nått fortsatte dock borgarna med sina vardagsbestyr. Släggornas taktfasta slag ekade från smedjorna och blandades med kärrors och vagnars skrammel. Hästar gnäggade och oxar råmade, människor köpslog över varor på torgen. Stadsvaktens stövlar slog taktfast emot kullerstenen när en patrull passerade bara en gata ifrån honom.

Starka, fräna dofter från slakteriet och sörjan som rann fram i rännstenen blandades med de söta dofterna från parfymmakarens butik och nybakat bröd från bageriet en tvärgata bort.

Några småtroll stökade runt bland tunnorna utanför bryggeriet han passerade och tre husvättar kilade snabbt över gatan, ivriga att nå skyddet som gränden på andra sidan kunde erbjuda.

Kejserliga palatset tronade högst upp på sin kulle framför honom, omgivet av höga murar och trädgårdar som var döda sedan länge. Dess tinnar och torn, glaskupoler och välvda tak spred långa, mörka skuggor över staden nedanför. I Ergoroth var Kejsarens makt som starkast och här rådde ett konstant dunkel. Till och med en dag som denna med en molnfri himmel och våren snart på intågande var det som om solens strålar var matta.

Inte för att han brydde sig om det. Han brydde sig inte om någonting.

Stadens liv och rörelse, sådant det nu var, försvann bakom honom när han passerade över den öde plats som en gång varit en vidsträckt park framför palatsmurarna och in genom porten. Kejsaren väntade honom i tronrummet. I hans sinne slet kallelsen i honom och tvingade honom att styra stegen dit.

Tronrummet var en avlång sal vars välvda tak hölls uppe av skruvade marmorpelare. Salens höga, smala fönster gav en spektakulär utsikt över staden nedanför. En gång i tiden hade de släppt in mängder med solljus, nu klarade vad ljus som sken in knappt av att lysa upp salen. Caz'Duw mindes knappt hur solsken såg ut eller kändes, för honom fanns bara skuggor och mörker.

Några få hovmän stod i klungor mellan pelarna och tjänare bytte ut ljusen i kandelabrarna, men de drog sig alla undan när han passerade. Kvar blev bara de alltid närvarande livvakterna från kejserliga gardet som stod nedanför den förgyllda tronen.

Som om någon skulle våga skada Kejsaren.

Som om någon hade den makten. Kejsaren själv satt på sin upphöjda tron, rak i ryggen. Han var en lång och senig man, klädd i svart med röda broderier. Under kronan av guld och rubiner var håret grått. De isblå ögonen var hårda och hyn blek som vittrande pergament, som om all värme försvunnit ur hans kropp. Trots det utstrålade han makt, som om hela staden fortfarande stod endast för att han tillät det. Caz'Duw bugade sig framför honom med ett knä i golvet och blicken sänkt så som seden bjöd.

"Caz'Duw, ärade vän", sade Kejsaren med en röst kall som döden. "Vi har fått brådskande bud om att grems passerat Torondorbergen och attackerat Isos. Stadsvakten och garnisonen där är i omedelbart behov av förstärkning."

Grems var besläktade med trollen men mindre och aggressivare än sina släktingar och slaktade allt dit de kom.

"Jag sänder ut ett kompani."

Meningslöst egentligen. För Caz'Duw visste, och han var självklart den enda som visste, att det var Kejsaren själv som kontrollerade de sinnessvaga gremsen. Dessa attacker var bara ännu ett sätt för Kejsaren att få invånarna i Imperiet att tro att de fortfarande behövde hans beskydd.

Kejsaren reste sig och började gå emot de bakre salarna. Dit där inga riddare följde honom. De hade en gång i tiden fungerat som mindre rådssalar och audiensrum, på den tiden när det fortfarande funnits ett råd. Nu var de bara tomma, mörka rum, till nytta endast när Kejsaren hade order till Caz'Duw han inte ville att hovet eller hans riddare skulle höra.

De order som var anledningen till att Caz'Duw var den mest fruktade varelsen i hela Imperiet.

Kejsaren väntade tills dörren slog igen bakom honom.

"Det har kommit andra, mer oroväckande bud. En grupp rebeller har omintetgjort våra noggrant lagda planer i Jinella. Flera män ur silvergillet är döda. Spåren pekar tillbaka till Östberga. Någon där har förrått oss."

"Rebellerna är inget hot."

Kejsaren fnös indignerat.

"Nej, självklart inte. Några få adelsmän och deras tjänare är inget hot. Men de är ett *irritationsmoment*. Och jag vill att de förgörs!"

Caz'Duw nickade till svar. Han skulle sända ut några lönnmördare, han hade ändå några stationerade i det området.

"Jag hör andra rykten också. Om en man som kan hantera magin."

För ett ögonblick brände Caz'Duws gyllene ögon genom skuggorna. Magin var död. Han hade själv sett till det.

"Hitta honom." Kejsaren behövde inte specificera vad Caz'Duw skulle göra när han fann honom. Magin var död.

Och det var Caz'Duws uppgift att se till att den förblev död.

Kapitel 2

Bain stod böjd över kartorna i arbetsrummet. De täckte ett helt bord. En röd kartnål genomborrade Jinella i söder. Jinella som var förlusternas centrum, den rikaste staden i Imperiet på grund av sin pärlhandel. Det sades att en man kunde köpa vad han än önskade i Jinella: en vacker kvinna, dyrbara smycken och exotiska varor som inte gick att finna någon annanstans. Till och med en adelstitel – om han hade tillräckligt med pengar.

Kartnålen betydde ett framgångsrikt uppdrag.

Rebellerna hade lyckats stoppa silvergillet från att genomföra Kejsarens planer att överta pärlgillets handelsrättigheter. Därmed hade de förhindrat att hundratals pärldykare förlorat sin enda inkomstkälla.

Vad Bain inte förstod var vad Kejsarens slutliga planer var. Vad tjänade han på att byta bort handelsrättigheter? Oavsett vilket gille som innehade rättigheterna gick samma procent av vinsten rakt ned i Kejsarens skattkammare. Så det måste ligga ett annat syfte bakom, där pärlgillet bara var en liten del i en större plan. Förhoppningsvis skulle de spioner som fortfarande befann sig i Jinella finna mer information innan de återvände. Om inte, hade Bain ingen aning om hur han skulle få fram de uppgifter de så desperat behövde. Det skulle innebära ännu mer fattigdom och mer lidande för människorna i Imperiet.

Men just nu kunde han inte göra mer.

Sakta rätade han på sig samtidigt som han masserade ländryggen. Han var inte så ung som han en gång varit. Stark var han fortfarande, men smidigheten började lämna hans kropp. Från flaskan som stod på sidobordet hällde han upp ett glas konjak innan han satte sig i sin mjukt stoppade fåtölj framför brasan. Så lät han tankarna vandra. De hamnade där de alltid gjorde efter ett glas eller två.

I det förflutna.

För hundra år sedan när Ergoroth och Templet anfallits av Caz'Duw hade han flytt, som övermäster Garlow beordrat honom. Det fyllde honom fortfarande med skam. Och när Caz'Duw på Kejsarens order hade jagat ifatt alla överlevande radh'riam hade han gömt sig som en ynkrygg. Till och med när de sista av hans bröder brändes på bål. Men Caz'Duw skulle för alltid känna hans närvaro om han kom för nära och han visste att han aldrig skulle ha kunnat skipa rättvisa genom att dö med de andra. Till och med nu, så många år senare, var känslorna fortfarande överväldigande.

Smärtan. Fasan. Misslyckandet.

Vetskapen att han levde när alla hans systrar och bröder var sedan länge döda snörde ihop halsen på honom även nu.

Ibland önskade han att han varit död. Det hade varit enklare.

Men han hade överlevt och funnit en oväntad fristad i Sagorskogen tillsammans med småvittrorna. Under de första stormiga åren efter Senatoriets fall hade han gömt sig där medan den självutnämnda Kejsaren bildat sitt Imperium, uppbyggt på Den mörka maktens kraft som han på något sätt lyckades kontrollera.

När Bain var säker på att Kejsaren – eller Caz'Duw – inte längre sökte efter honom hade Bain börjat rekrytera män och kvinnor till sin sak. Det var ett långsamt och tålamodskrävande arbete. Alldeles för få ville göra gemensam sak med honom av fruktan för vad Kejsaren skulle göra om de upptäcktes och Bain fick radera mångas minnen. Han föraktade sig själv för det. På Senatoriets tid hade det varit strikt förbjudet, ålagt med dödsstraff för den som utförde besvärjelsen. Men desperata tider krävde desperata åtgärder. Och det var alldeles för många av de dugliga män och kvinnor han försökte värva som vägrade.

För de mindes de sista kaotiska åren innan Senatoriet föll.

De mindes hur radh'riam varit oförmögna att slå tillbaka, och än mindre förgöra, Den mörka makten. Då var ändå Imperiet att föredra. De hade fred igen – så gott som – och om man vände sig över axeln en extra gång när man arbetade på fälten eller snabbt gick åt andra hållet när Kejsarens soldater närmade sig, så var det väl ändå att föredra över det som varit? Och på många ställen fortsatte livet precis som det alltid gjort, Kejsare eller inte. Om yttrandefriheten fick offras, människor förslavades och skatter höjdes så var det fortfarande bättre än öppet krig. Även om skördar fortfarande slog fel och somrarna blivit kallare. Bain förstod dem. De var rädda och hade all rätt att vara det. Det hade varit en fruktansvärd tid.

Men det fanns de som följde honom.

Människor som drömde om ett fritt samhälle utan fruktan och förtryck. Så hade rebellerna bildats, sakta men säkert genom åren, med anhängare över hela Imperiet. Adel, borgare och bönder som kämpade tillsammans för ett gemensamt mål.

Självklart visste Kejsaren om att det fanns rebeller i Imperiet. Deras många attacker hade inte gått honom förbi. De räddade fångar dömda på falska grunder, befriade slavar och rånade skattetransporter så att folket inte blev ännu fattigare än de redan var. De försökte också förhindra sådana kupper som den i Jinella.

De hade blivit allt fler med åren.

Kejsarens begär efter mer makt var omättligt. Men det var alldeles för sällan de lyckades stoppa honom, Imperiet var för starkt. Den mörka makten gjorde Kejsaren själv oövervinnlig och han höll hela den kända världen i ett järngrepp. Borgmästare utsedda av Kejsaren styrde städerna med hjälp av stadsvakterna. Lojala adelsmän regerade landsbygden med hjälp av huskarlar och inhyrda knektar. Gillesherrar kontrollerade all handel. Kejsarens garnisoner, posterade i städerna runt om i Imperiet, såg i sin tur till att de alla följde Kejsarens order.

På något sätt måste Bain hitta ett sätt att förgöra Den mörka makten. Han hade arbetat outtröttligt för detta i hundra år, men fortfarande var han inte ett enda steg närmare en lösning. Och han visste att så länge Den mörka makten gav Kejsaren kraft så skulle Imperiet aldrig falla, oavsett vad rebellerna gjorde. Ändå kämpade Bain vidare för det var det enda han kunde göra, trots att det kändes allt mer meningslöst. Och det var inte bara Den mörka makten som gav Kejsaren styrka. Hur mycket Bain än försökte undvika det var det alltid hit hans tankar ledde honom:

Kejsaren hade även Caz'Duw.

Detta skugghöljda monster som förgjort radh'riam och vars makt Bain aldrig skulle kunna mäta sig mot. Att hitta ett sätt att förgöra Caz'Duw verkade lika hopplöst som att förgöra Den mörka makten.

Och lika viktigt.

Kapitel 3

Hon red in i Gimle strax efter middagstid. En kall vind blåste ned från bergen och solen doldes bakom tunga, stålgrå moln. Utan tvekan skulle det börja snöa innan dagen var till ända. Hon drog manteln tätare omkring sig och rättade till pilkogret som hängde över axeln. Medan hon strök tillbaka en blond hårtest som slitit sig ur den långa flätan såg hon sig omkring.

Det gick inte att missa sig på vad som hänt i Gimle. Rök ringlade sig upp i skyn från ruinerna av det som varit garnisonen längs med den nu raserade södra ringmuren. Den svartnade stenen utstrålade en värme som bara drakeld kan uppbringa och röken sved i lungorna. Borgens tak av trä hade rasat in tillsammans med halva östra väggen och resten av fasaden var svart av sot. Från några få platser till i staden rök det fortfarande, men i stort verkade staden ha klarat sig från drakens attack som genom ett mirakel.

Där hon skrittade gatorna fram verkade staden övergiven. Hon såg några strykarhundar, småknytt och katter i gränderna hon passerade och några grisar och gäss strövade fritt omkring. Plötsligt smällde fönsterluckor igen ovanför dem vilket fick hästen att skygga. Det bevisade i alla fall att staden inte var så övergiven som den gav sken av. Så hördes röster. Högljudda röster. När hon följde ljudet hamnade hon snart på ett stort, trekantigt torg omgärdat av trähus. Av marknadsstånden fanns bara förkolnade rester kvar. Trots det var torget fullt av folk och allas uppmärksamhet var vänd emot ett hastigt uppbyggt podium. På det stod vad hon antog var Gimles borgmästare för att tala till borgarna och lugna dem efter drakattacken.

Vad hon kunde höra hade han ingen större framgång.

"Vi orkar inte mer!" ropade en kvinna ut och flera medhållande rop hördes.

"Först gremsattacken, det var illa nog", fortsatte en medelålders man. "Sedan försvinner flera av skogshuggarna spårlöst. Vem vet vad som blivit av dem?"

"Och nu en *drake!*"

"Vad förväntar ni er att vi ska göra?"

Borgmästaren drog ett synligt djupt andetag innan han svarade: "Allt vi kan göra är att försöka åter..."

"Vad är det för mening med att återuppbygga? Draken finns kvar därute!" avbröt en förargad köpman. Flera andra ropade instämmande. "När som helst kan den komma tillbaka", fortsatte han.

"Jag hör att ni är i behov av en drakdräpare." Kvinnans röst var tillräckligt hög för att överrösta det allmänna larmet. Alla snurrade de runt emot henne och de upprörda utropen ersattes av ett intensivt mummel.

Borgarna i staden borde ha skrattat åt henne. Trots pilbågen och kogret såg hon inte ut att vara kraftfull nog att kunna fälla ett vildsvin, än mindre en drake. Om det inte vore för hästen hon satt på. Det var ett långbent djur, ovanligt stort och elegant. Den släta hårremmen glänste som koppar och hon höll huvudet högt, som om hon visste att hon var värdefull. Det var ett damdariskt fullblod, vem som helst kunde se det. De var högst ovanliga och ofantligt dyra. Bara högadeln eller en mycket rik person kunde äga en sådan häst.

Som till exempel någon som livnärde sig på att döda drakar.

Ett förväntansfullt mummel steg bland stadsborna men borgmästaren var inte övertygad.

"Hur skulle du kunna dräpa en drake, hm? Har du gjort det förut?" ropade han till henne. Han var en korpulent man i övre medelåldern med rynkor kring ögonen som om han brukade skratta ofta. Men han såg inte ut som om han ville skratta nu.

Kvinnan sporrade hästen framåt, in bland folkmassan som delade sig för stoet som sanden för en vårflod, och stannade framför podiet. Nonchalant drog hon en pil ifrån kogret och spände bågen. Pilens snurrade spets var riktad rakt emot borgmästarens hjärta.

"Med den här."

Borgmästaren blev likblek och ett sus gick genom folkmassan. Få var de som någonsin skådat en svart pil. Särskilt ingen i en så avlägsen stad som Gimle. Men den var svart som ebenholts och skruvad precis så som sagorna beskrev att den skulle vara.

"Han kom för två nätter sedan", sade en medelålders kvinna. "Svepte ned från skyn som en bevingad demon, gjorde han."

Kvinnan sänkte pilbågen och borgmästaren suckade lättat.

"Stor och svart var han", fyllde en gillesherre i. "Hans eld lös opp hela himlavalvet."

"Staden verkar nog så intakt." Kvinnan såg sig om från sin plats på hästryggen.

"Intakt!" fnös borgmästaren som verkade ha hämtat sig efter mötet med den svarta pilen. "Han brände ned hela kejserliga garnisonen. Borgen kommer ta månader att återställa, för att inte nämna vad det kommer kosta. Tre verkstäder, hela marknads-platsen och vem vet hur många visthusbodar är utplånade. Många är brännskadade och han åt upp herr Bageros prisbelönta tjur."

"Hur som helst är han borta nu", sade en man ur folkmassan.

"Han kommer tillbaka", svarade kvinnan på fullblodet. "Så länge det finns mat kommer han att komma tillbaka. Det är säkert därför han inte bränt ned allt ännu. Först kommer han plundra staden på allt ätbart."

Folkmassan rörde sig oroligt omkring henne och såg upp emot skyn som om de väntade sig en attackerande drake när som helst.

"Vi måste härifrån!" utbrast en kvinna.

"Det är lönlöst, han kommer bara förfölja oss", sade en äldre man.

"Vi släpper ut all boskap. Låter honom jaga på öppen mark", föreslog någon.

"Och vad ska vi överleva på då tycker du? Ska *vi* svälta för att föda en drake?"

"Vad gör han när allt boskap är slut då? Jo, anfaller igen, din dummer. Bränner oss alla till döds!"

Kvinnan såg hur några av de mer hetlevrade männen kavlade upp ärmarna. Detta fick stadsvakten, som var utplacerade runt om torget, att rastlöst fingra på sina vapen. Borgmästaren insåg att han snart skulle ha ett uppror på halsen, utöver alla andra problem, om han inte gjorde något. Men kvinnan på fullblodet förekom honom.

"Jag kan döda honom åt er." Återigen överröstade hennes ord folkmassan trots att hon inte verkade höja rösten något nämnvärt. Alla tystnade. "Men det kostar."

"Kostar?" Borgmästaren nästan hostade fram ordet.

"Självfallet, svarta pilar är inte enkla att komma över och inte heller någon tillräckligt skicklig med bågen för att träffa en flygande drake. Men det är klart, om ni inte vill betala kan ni ju vänta tills någon av Imperiets drakdräpare kommer hit. De borde vara här om några dagar. Eller veckor, vem vet?" Hon avfyrade ett blixtrande leende emot borgmästaren och gjorde sig redo att rida iväg.

"Vänta!" utbrast borgmästaren innan han suckade tungt. "Vi kan erbjuda dig femton guldkronor."

"Det är ju en förmögenhet", protesterade en prålig klädd gillesherre. "Det är mer än ett års ärligt arbete."

"Nåväl, det är ju upp till er, det finns andra platser som är villiga att betala." Kvinnan började lugnt skritta ut från torget.

"Vänta!" Den här gången var det flera som ropade och paniken gick att höra i deras röster.

"Du ska få pengarna", sade gillesherren ovilligt. "Men först när draken är död."

"Avgjort."

Bara några få timmar hade förflutit sedan hon kom till staden. Stora snöflingor virvlade nu runt i vinden som jagade kylan rakt genom märg och ben. Försiktigt för att inte halka klättrade hon upp i vad som fanns kvar av det höga klocktornet. Det hade slagits sönder under drakattacken men det fanns fortfarande tillräckligt med brädor i golvet för att hon skulle kunna stå stadigt. Knappt hade hon hunnit hänga av sig pilbågen förrän hon såg draken närma sig från bergen i nordost, just som det sista dagsljuset lämnade himlavalvet.

På tysta vingar, vitt utspärrade, seglade den in över staden.

Fartvinden slet i hennes hår när draken passerade över henne. Inte förrän den var långt utanför fälten som omgav Gimle vände den om. På samma sätt som en örn cirklar över sitt byte kretsade draken över staden, varv på varv. Fortfarande på för hög höjd för att hon någonsin skulle kunna träffa den.

Den vettlösa panik som utbrutit i staden förra gången draken anfallit dem var mer dämpad nu. Stadsvakten och garnisonens överlevande soldater stod uppradade längs med ringmuren med ballisterna laddade och pilbågarna spända, trots att de visste att de inte gjorde någon nytta. Men hon antog att känslan av att vara redo ändå ingav en viss upplevelse av kontroll. De flesta av borgarna höll sig i sina hus så som hon rått dem. Några var dock kvar ute på gatorna, de som var modiga nog att se på när draken kom.

Ivriga nog att se den falla.

I vad som kändes som en evighet fortsatte draken att kretsa runt i skyn. Men helt utan förvarning fällde den in sina enorma vingar och dök. Rytandet ekade mellan husväggarna och det slog lock för hennes öron. Borgarna som vistades ute på gatorna skrek i skräck och kastade sig till marken. Bara precis innan vingarna skulle ha slagit i hustaken rätade draken upp sig och i en otrolig hastighet svepte den förbi klocktornet så nära att hon vacklade baklänges av vingslagen. Knappt hade hon hittat balansen igen innan draken åter vänt om.

Denna gång skulle hon vara redo.

Med van hand lade hon pilen emot strängen, lika svart som drakens fjäll.

Trots hennes varningar började äkta panik bryta ut nedanför henne. De borgare som alldeles nyss kastat sig till marken hade kravlat sig upp på benen och börjat springa. Vilket fått dem som lytt hennes råd och stannat inomhus att tänka om och rusa ut. Tumultet som uppstod drog till sig drakens uppmärksamhet. För bara ett ögonblick verkade den ryttla i skyn. Som om den ville ta in allt som hände nedanför den. Sedan vek den in sina vingar och dök rakt emot henne med ett vrål som överröstade allt annat.

Men hon stod stadigt, spände bågen och siktade.

Ett andetag. Två.

Sedan släppte hon strängen och såg pilen flyga genom luften. Den var ynkligt liten emot bestens enorma kroppshydda, men fann sitt mål rakt emot hjärtat och kastade draken bakåt. Dess förfärliga skri fick henne att rysa. Eld forsade ut ur dess käftar som om draken helt tappat kontrollen över sig själv. Vingarna flaxade frenetiskt för att behålla höjd. Från sin utsiktsplats såg kvinnan drakens dödskamp och hur den till sist störtade ned från skyn, ned över skogen bortom fälten. Kraset av träd som bröts av under dess enorma tyngd fortplantade sig genom skymningen, liksom den sista dunsen när draken till sist föll till marken, djupt in i skogens mörker.

Borgarna i staden hyllade henne som en hjälte när hon klättrade ned från klocktornet. Borgmästaren lovade henne bästa rummet i staden så länge hon ville ha det och en stor fest till hennes ära. Men kvinnan bara tog emot guldkronorna och red sedan ut ur staden utan ett ord.

Stadens ljus följde henne en bit ut på landsbygden, men när hon nådde in i den omgivande skogen slukades hon av mörkret. Snöfallet hade ökat i intensitet och blöta flingor föll omkring henne. Vätan trängde snart igenom slängkappan och fick henne att huttra. Men det vita täcket gjorde åtminstone att hon kunde urskilja trädens siluetter så hon inte slog i nedhängande grenar. Skogen var tät och svårgenomtränglig utan några vägar att följa. Åt det håll hon red fanns inget annat än berg och vildmark och människor undvek båda. För mycket oknytt levde i dessa skogar. Därför skulle ingen heller söka efter draken.

Ingen utom hon.

Hon hade ridit i timmar när de första ljusen syntes genom natten.

De kom från höga tallar och granar vars toppar var förkolnade men fortfarande glödde svagt. Efter det blev det enkelt att hitta rätt. Avbrända träd övergick till krossade och till sist kom hon fram till nedslagsplatsen. Här var marken helt sönderbränd och långt utanför hade snön smält undan av hettan.

Mitt i detta glödande kaos låg draken.

Kvinnan satt av på behörigt avstånd och band hästen vid ett träd. Även så här långt ifrån den enorma besten frustade stoet upprört och trampade oroligt. Lukten av rök och något fränare, mer intensivt letade sig in i kvinnans näsborrar.

Hon gick så nära hon kunde utan att bränna sönder stövlarnas sulor. Draken var om möjligt ännu större på nära håll. Bara markens glöd gav sitt svaga ljus till världen, men hon såg att den låg hoprullad med vingarna utslagna och med huvudet tryckt emot glöden.

Ett sällsamt leende lyste upp hennes allvarliga ansikte.

"Ett fantastiskt skådespel, min vän. Som alltid."

Vid ljudet av hennes röst öppnade draken ena ögat till en blå springa. Som om han anklagade henne för att störa hans sömn. Så höjde han upp huvudet för att bättre kunna se ned på henne. Hon förundrades, som alltid, hur liten och obetydlig hon kände sig i drakens sällskap och ändå omhuldad.

Ett djupt, förnöjt mullrande fortplantade sig genom hans kropp som svar på hennes känslor och fick marken att vibrera under fötterna. Så sträckte draken ut en enorm framtass från under sin kropp. Den landade bara någon meter ifrån henne och de enorma klorna, vassare än något svärd, rev upp skåror i marken. Hon tog stöd emot en av dem och klättrade lydigt upp på drakens framben där hon satte sig tillrätta och lutade sig emot hans värme. Med ett mjukt frasande som av siden spred draken ut vingarna över dem som skydd från snöfallet. Så lade han huvudet tillrätta emot frambenet, så nära att hon kunde smeka hans mjuka kind. Sakta lämnade nattens kyla henne. Om bara hennes oro och bekymmer kunde lämna henne lika enkelt. Med en suck slöt hon ögonen.

"Åh Galad, hur länge måste vi fortsätta såhär?" För varje attack de iscensatte fanns risken att oskyldiga kom till skada, även om draken gjorde sitt bästa för att elden bara skulle bränna ned Kejsarens byggnader. "Hur lång tid måste det gå innan rätt öron hör talas om oss? Det har redan gått månader."

Draken bara brummade till svar, knappt vaken. Därför yttrade hon aldrig den sista men viktigaste frågan:

Hur lång tid skulle det ta innan han kom för henne?

Kapitel 4

Biblioteket i Ergoroth var en dyster plats. En gång hade det varit hjärtat i radh'riams tempel, men nu vilade fruktansvärda besvärjelser över både Templet och Biblioteket, kastade av Caz'Duw själv för över hundra år sedan. Förbjudet att beträda och med en snabb död för vem som än gjorde försöket. Inte ens oknytt levde på denna plats.

Delar av Templet hade raserats den dag det intogs, men det mesta var fortfarande intakt. Arbetsrummen, sällskapsrummen, de privata kamrarna och de stora officiella salarna fanns kvar helt orörda. Fortfarande låg personliga tillhörigheter, böcker, astronomiredskap och alkemiska behållare framme, som om de bara väntade på att deras ägare skulle återvända. I garderoberna hängde ruttnande kläder, i sängarna låg lika ruttnande sänglinnen.

Men det var självklart ingen som visste detta. Ingen som sett det.

Även Biblioteket var intakt. Dammigt, dunkelt och tyst, men helt intakt. Det låg i ett runt torn med bara ett par enorma dubbeldörrar som barriärer ut till välkomsthallen. Sedan steg våning efter våning upp över bokhyllorna och skrivborden på bottenplan. Varje våning var bara några meter bred, med bokhyllor längs de runda väggarna, vilket gjorde att i mitten var det öppet ända upp till glaskupolen tolv våningar ovanför.

Det var här Bokmalen arbetade, utsedd av Caz'Duw själv. Endast han hade tillträde till Biblioteket och det var hans uppgift att ta hand om det. För även om allt som hade med radh'riam att göra var strängt förbjudet innehöll Biblioteket fortfarande all kunskap som fanns i Imperiet. All kunskap som någonsin funnits i Senatoriet. Och Kejsaren visste att kunskap var makt. Därför fanns Bokmalen.

En gång i tiden hade han varit en skicklig skrivare i Ergoroths skrivargille. Men han hade frestats att förfalska några viktiga dokument – och åkt fast. Dömd av kejserliga domstolen till att förlora tungan och sin skrivarhand. Men Caz'Duw själv hade benådat honom och istället förvisat honom till det gamla Biblioteket för att på livstid leta fram de böcker som Caz'Duw eller Kejsaren behövde. Han fick självklart aldrig sätta sin fot utanför Biblioteket annat än för att lämna böcker i palatset och han fick aldrig någonsin tala med någon. Det borde ha varit ett fängelse.

Men för Bokmalen var det ett paradis.

Som ung hade han hänförts av sagorna om de hjältemodiga riddarna i radh'riam och längtansfullt blickat upp emot det sägenomspunna Templet. Nu fick han ströva fritt här, läsa vilka böcker han ville.

Bokmalen visste inte hur många år han spenderat här. Om han hade ett namn hade det för länge sedan glömts bort. Han var gråhårig och kutryggig, senig och blek. På krumma ben rörde han sig genom Biblioteket, klättrade på stegarna och hastade upp och ned i trapporna medan han sökte sig igenom tusen år av kunskap.

Genom åren hade han förstås insett att radh'riam varit så mycket mer än tappra riddare. De hade varit kraftfulla magiker och vetenskapsmän inom varje möjligt och omöjligt ämne, skickliga helare och betrodda rådgivare. Biblioteket hade varit en allmän plats dit vem som helst från hela Senatoriet fått komma för att söka kunskap. Här hade radh'riam undervisat vanligt folk i skrivning, läsning och matematik. Bokmalens beundran för radh'riam hade växt till dyrkan när han genom åratals av studier insett allt vad de varit.

På sin väg ned från sjunde våningen strök Bokmalen ömt över bokryggarna han passerade. Så stannade han och plockade försiktigt ut en bok från hyllorna och bläddrade igenom sidorna. Det var en historiebok han hade läst för någon månad eller två sedan.

Inte korrekt, verkade en röst viska.

Varsamt ställde han tillbaka boken på sin plats för att istället ta ut dess granne, även denna en historiebok på samma tema som den förra. Något som kallades för trollens år som utspelat sig för över sexhundra år sedan. *Humbug och fabler,* viskade rösten, betvingande och mjuk på samma gång. Nåväl, den hade hur som helst inte varit särskilt intressant. Han ställde tillbaka även den och strosade ned till våningen under.

En vacker, grön bok väntade honom där, som om den bad om att få bli upplockad. Han tog den vördnadsfullt från sin plats på fjärde hyllplanet och bläddrade igenom sidorna där fantastiskt vackra illustrationer beskrev skogens djur. Själv hade han inget som helst intresse för naturvetenskap men boken var verkligen en av de vackraste i hela Biblioteket, enligt hans tycke i alla fall. *Inte i närheten jämfört med Macurets Stjärnor...*

Så ohyfsat! Han hade åtminstone rätt till en egen åsikt.

Förnärmad tog han sig ned till första våningen där han plockade ut ytterligare tre böcker från sina platser. Det var flera år sedan han läst någon av dem och han hade nästan glömt bort vad de handlade om. *Du har blivit glömsk...* Med böckerna i famnen, som om han höll ett kärt barn, började han röra sig kring läsborden i mitten av Biblioteket. De tomma borden och stolarna verkade viska ord från länge sedan döda och bortglömda människor.

Du borde läsa Verious istället.

Har du hört om Constance?

Det här nya förslaget borde genomarbetas en gång till innan det presenteras.

Bokmalen lade försiktigt ned böckerna vid ett av borden och skulle just dra ut den mjukt stoppade stolen.

Det var då klockan klämtade.

Vad mässingsklockans ursprungliga funktion var visste han inte.

Men nu innebar den att han var kallad. På ett högt, fyrkantigt skrivbord precis innanför entrén uppenbarade sig ett pergament, långt och smalt. Skrivet i bläck svart som döden stod det:

Översikt över radh'riam, år 1002–1036.

Det var en annorlunda order. Allt som rörde radh'riam var trots allt förbjudet. Men Bokmalen visste självklart precis var den fanns.

Han tog sig så snabbt han kunde upp till tredje våningen som var helt dedikerad till radh'riam. Här fanns hela deras historia. Deras kodex och deras regler. Hylla efter hylla fylldes med böcker som beskrev varenda viktig händelse och stordåd som skett. Tjocka liggare presenterade vad varenda krona använts till som radh'riam blivit tilldelade under tusen år. Bara de täckte ett helt hyllplan runt tornet. Här fanns också liggare efter liggare som sammanfattade all information om varenda radh'riam som funnits. Var de kom ifrån, vilket rum de innehade, vad de studerade och vilka uppdrag de fått tilldelade. När de var födda och när och hur de dött. Liggaren för åren 1002–1036 var den sista som någonsin skrevs. År 1037 hade radh'riam fallit.

Bokmalen hade läst dem alla.

Vördnadsfullt plockade han ned liggaren från dess plats och blåste bort dammet.

Fara, väste rösterna. *Fara.*

Självfallet fick inte Bokmalen gå igenom välkomsthallen. Men under Biblioteket fanns ett gytter av mindre läsesalar som alla låg under jord. Opraktiskt, hade Bokmalen alltid tyckt, då det inte fanns något naturligt ljus här. I en av dem fanns en hemlig dörr som genom en tunnel ledde ut till parken som omgav Tempelkullen.

Han pulsade sig igenom den orörda snön i parken och med korta, snabba steg skyndade han nedför kullen och genom stadens vindlande gator. På sin väg väjde han för böndernas kärror som kom för att sälja sina varor i staden där inget kunde odlas och de handels-män som mötte upp dem. Han trängde sig mellan några borgarkvinnor som stod i en grupp och skvallrade lågmält. Och även om han instinktivt ryggande undan för stadsvakten när de patrullerade förbi tänkte han inte på att alla andra gjorde likadant.

Ingen sång hördes från värdshusen eller skänkstugorna. Inga barn lekte på gatorna. Inga skratt hördes.

Naturligtvis hördes inga skratt.

Bokmalen tog sig upp för palatsets kulle och passerade palatsmurarna genom en sidoingång byggd för springpojkar och pigor. Sedan följde han tjänarnas korridorer, inbyggda i de tjocka väggarna. Hela tiden höll han huvudet noga nedböjt. De av tjänstefolket han mötte vände blicken åt andra hållet. I palatset visste alla vem Bokmalen var och vem han tillhörde. Och alla visste att den som tilltalade honom dog en plågsam död framför Caz'Duws fötter.

Efter alla dessa år visste Bokmalen precis vart han skulle. Han lämnade tjänarnas korridorer genom en dold dörr som ledde ut i ett mörkt galleri. Därifrån fortsatte han på snabba fötter genom de tysta korridorerna där kylan verkade strömma ut från stenväggarna. De tjänare, hovfolk och vakter han passerade var inte mer än spöken för honom. Flyktiga och oviktiga.

Caz'Duws våning låg i östra flygeln. Här verkade det om möjligt ännu mörkare än i resten av palatset. Och alldeles för tyst. Caz'Duw väntade på honom i den stora, tomma audienshallen. Självklart visste han redan att Bokmalen var här. För Caz'Duw kunde använda magi – trots att alla visste att magin var död.

Att stå framför Caz'Duw var en fruktansvärd upplevelse. De djupa skuggorna som alltid svävade omkring honom dolde honom från resten av världen. Ingen visste vad som fanns bakom dem. En böljande svart mantel skymtades igenom dem, den rörde sig alltid som i en svag vind och ett enormt svärd hängde vid hans sida, det syntes tydligt. Och ibland brände ett par eldgula ögon igenom skuggorna.

Dessa glödande ögon spände nu blicken i Bokmalen och han började darra okontrollerat. Han kunde knappt andas, smärtan kröp fram från varenda nerv i hans kropp och ändå kunde han inte vika undan blicken. Istället höll han fram liggaren och ett par svarta händer sträckte sig fram ur skuggorna och greppade den. Det var inget utom den redan förlamande fruktan som avhöll Bokmalen från att skrika högt. Caz'Duw tog liggaren, vände om och gick.

I samma sekund som Caz'Duw släppte honom med blicken kollapsade Bokmalen i en darrande hög på golvet. När han åter kom till sans var Caz'Duw borta och alla Bokmalens lemmar var tunga och orkeslösa som om han sprungit i mil. Trots det kravlade han sig upp på fötter. Han ville inget annat än att ta sig tillbaka till trygg-heten i Biblioteket. Trots så många år i Caz'Duws tjänst kunde han inte vänja sig vid dessa möten. Det sades att mäktiga adelsmän och tappra riddare hade dött av skräck när de mötte Caz'Duws blick.

Bokmalen betvivlade det inte.

Med en hand emot den kalla marmorväggen som stöd skyndade han genom palatsets korridorer så snabbt han orkade. Mörka fläckar dansade framför ögonen vilket gjorde att han inte märkte den långa, välklädda adelsmannen förrän han spärrade hans väg. De bruna ögonen såg sig vaksamt omkring innan han tog Bokmalen i armen och hårdhänt drog in honom i en alkov bakom tunga sammets-draperier.

"Vad ville han ha denna gång?" Trots att draperierna nu dolde dem från resten av världen var det tydligt att adelsmannen var på helspänn, uppmärksam på minsta lilla ljud utanför deras gömställe.

"Översikt över radh'riam, år 1002–1036", pep Bokmalen. *Dumt. Dumt,* hånade den betvingande rösten.

Adelsmannen släppte sitt grepp och stack till honom ett litet knyte inlindat i en fin linneservett. Så kontrollerade han att kusten var klar innan han återvände ut i korridoren. Allt som allt hade mötet bara tagit några få ögonblick. Bokmalen såg adelsmannen stega iväg med långa, självsäkra steg som om han inte hade ett enda bekymmer i världen och inte alls just begått högförräderi.

Bokmalen skyndade sig tillbaka genom staden så fort som benen bar honom. När han var tillbaka i Biblioteket igen drog han en suck av lättnad. Trots att benen skakade kämpade han sig ändå upp till tolfte våningen där en plattform ovanför bokhyllorna gav en spektakulär utsikt över Ergoroth och slätten bortom ringmurarna.

Tolfte våningen var den enda i Biblioteket som inte varit öppen för allmänheten. Här fanns alla radh'riams magiska böcker, grimoarer, som beskrev besvärjelserna radh'riam använt sig av. Trots att de bara var text på papper precis som alla andra böcker upplevde han en närvaro hos dem ingen annan bok hade.

Som om de visste att han var här.

De gav honom sällskap när han kände sig ensam och plattformen ovanför dem var hans favoritplats i Biblioteket. En gång i tiden hade man sett upp emot stjärnorna härifrån genom det enorma instrumentet som tog upp mestadels av platsen. Stjärnkikare kallades det i astronomiböckerna. Det var ett passande namn. Många nätter hade han tittat upp emot himlen genom stjärnkikaren.

I den mjuka fåtöljen bredvid arbetsbordet tillät han sig slutligen att sjunka ned och ivrig som ett barn vecklade han till sist ut den lilla linneservetten. Däri låg en stor bit av Geliriens finaste choklad.

Kapitel 5

Efter att ha lämnat Bokmalen gick Arman de Keere med långa steg direkt till duvslaget som låg högst upp i Vindlande tornet. Trappstegen som ledde uppför det smala tornet var branta och trots att Arman var van vid både ridning och fäktning andades han tungt innan han nådde översta våningen. Lukten av duvor och framför allt duvskit var tung i luften, men han valde att ignorera det.

Snabbt skrev han ett kort meddelande, noga att ingen av duvskötarna såg det: *Översikt över radh'riam, år 1002–1036, AdK* och rullade ihop det. Sedan valde han ut en duva och satte fast meddelandet runt dess fot innan han lät den flyga iväg. Så stod han kvar och såg på tills den försvann i fjärran, i säkerhet från Kejsarens bågskyttar, medan han begrundade det högförräderi han återigen begått.

Arman de Keere tillhörde en av Imperiets mest anrika familjer. Hans farfars far hade varit bland de första att svära Kejsaren trohet efter erövringen och hade belönats rikligt för detta.

Nu var det äldre brodern som regerade på slottet Keere utanför Jinella. Därför var det Arman de Keeres plikt att tillhöra hovet. Det var sed att minst en *viktig* familjemedlem från varje adelsfamilj alltid befann sig vid hovet. Men ingen av dem hade någon funktion att fylla. I Imperiet fanns inga rådgivare och ämbetsmännen liksom domstolen bestod uteslutande av riddare från kejserliga gardet.

Hovet var därför inget annat än gisslan.

Det hade dock inte Arman förstått förrän han själv sändes hit. Han skämdes för att erkänna det, men i hela livet hade han varit en hängiven anhängare av Imperiet. Det hade varit enkelt när han bodde på slottet Keere, omgiven av familjen och all den rikedom deras namn och ägor gav dem. Hans uppväxt hade varit okomplicerad. Inget hade någonsin fått honom att tvivla på det han stod för, det hans familj representerade. Deras arrendatorer må ha klagat över orättvisor, onödiga kontroller och höga skatter, men det hade avfärdats som gemene mans okunskap om vad som krävdes för att behålla stabiliteten i Imperiet.

Vid tjugoett års ålder hade det dock blivit Armans tur att skickats till hovet. Då hade han ansett det som en enorm ära och drömt om alla de möjligheter som hovlivet skulle ge honom.

Då, innan han insett vad hovet egentligen var till för.

Han mindes fortfarande första gången han visats genom palatset. Överdådet. Mystiken. De förfinade människorna. Men Ergoroths mörker hade snart sipprat in i hans själ. Han var inte tillräckligt blind för att inte se de utsvultna tiggarna som rörde sig genom staden. Inte tillräckligt döv för att kunna ignorera de hovmän som dog framför Caz'Duws fötter. Inte tillräckligt känslokall för att inte beröras av alla de liv han sett förstöras på grund av Imperiets girighet och makthunger. Hovets rikedom och extravagans blev snabbt ihåligt, kallt som palatsets stenväggar. Arman hade våndats över att inte ha någon möjlighet att bekämpa orättvisorna.

Men möjligheten hade snart nog funnit honom istället.

Det fanns fler i Ergoroth som såg det han såg och kände det han kände. Inte ens ett år efter att han kom hit så hade han träffat dem.

Rebellerna.

Och i över tio år hade han nu varit deras ögon och öron inne i självaste kejserliga palatset. Det var ett farligt spel, men han hade lärt sig det väl, och han hade en medfödd talang att få människor att berätta mer för honom än de själva ämnat göra.

Alla människor utom Bokmalen.

I flera år hade Arman försökt få honom att avslöja vilka böcker Kejsaren och Caz'Duw ville ha från Biblioteket. Men oavsett hur han manipulerat, mutat eller hotat hade Bokmalen vägrat. Ända tills Arman en dag haft en bit choklad med sig när han stoppat Bokmalen och snabbt insett hans kärlek till den dyrbara sötsaken. I utbyte mot en bit choklad avslöjade han nu, om än motvilligt, vilka böcker han levererade till palatset och Arman hade ännu en bit information att lämna till rebellerna.

För att inte riskera att någon annan kunde läsa de meddelanden han sände iväg till Hus tjugotvå, rebellernas högkvarter, hade Arman högt och ljudligt för hela hovet annonserat ut sin fascination för brevduvor. Om och om igen hade han tröttat ut sina bekanta med utläggningar om hur mycket han älskade att hålla den lilla fågeln i handen innan den flög iväg med meddelanden över hela världen. Därför fann ingen det särskilt märkligt att han själv gick alla trapporna upp till duvslaget istället för att skicka en springpojke.

Han hade dock trott att hovet skulle anse honom excentrisk. Men hans påhittade passion hade istället spridit sig och till duvskötarnas stora förtret hade duvslaget blivit en inofficiell mötesplats för hovet.

Därför blev Arman inte förvånad när han slutligen vände sig om för att gå och nästan krockade med en ung, mörkhårig adelsfröken. Hon var fashionabelt blek på det sätt som man bara blev i Ergoroths mörker och hennes bruna rådjursögon mötte hans.

"Åh! Herr de Keere, vilken förtjusande överraskning att träffa på er här", sade hon och neg elegant. Hennes behagliga röst hade ännu inte förlorat sin mjuka, sydländska dialekt.

Arman bugade och svepte av sig sin stora huvudbonad i en enda elegant rörelse, för att sedan kyssa hennes hand så som seden bjöd. Hans läppar emot hennes lena hud skickade allt annat än hederliga impulser genom hans kropp.

"Fröken d'Augustin, nöjet är helt på min sida." svarade Arman samtidigt som han kämpade med begäret inom sig. Vad var det med denna hovfröken som fick honom att förlora sin annars så orubbliga självbehärskning? Visst var hon vacker, men det fanns många vackra kvinnor vid hovet. För någon som Arman, vars liv gick ut på att manipulera fram information ur andra människor, var det frustrerande att bli så totalt utlämnad så fort fröken d'Augustin visade sig. Det var något med sättet hon förde sig på som drog honom till henne som malen till en ljuslåga. Hennes naturliga grace, som hon för övrigt verkade helt omedveten om, fick även den mest eleganta hovdam att blekna bredvid henne.

"Kommer ni på vår bal ikväll?" frågade hon, som tur var omedveten om hans inre känslostormar. "Det sägs att det kommer bli årets höjdpunkt, Kejsaren själv har lovat att närvara."

Arman tvingade sig att fokusera på det hon sade, för det här var viktigt. Kejsaren närvarade sällan vid hovets aktiviteter och även om det ansågs som en stor ära för den familj som fick ha honom som gäst så kom det alltid till ett pris. Rebellerna hade lyckats stoppa silvergillet från att ödelägga pärldykarnas arbete, men vad Kejsaren hade för mål med att stoppa pärlhandeln visste de ännu inte. Arman visste dock att familjen d'Augustin var djupt insatt i pärlgillets affärer i Jinella. Att Kejsaren nu valde att delta på deras bal kunde bara innebära att hans planer involverade d'Augustins på något sätt.

För att dölja allt det som rörde sig inom honom bugade Arman återigen, som för att visa hur hedrad han var över inbjudan. Det gav honom tid nog att tvinga fram ett charmigt leende och få rösten under kontroll.

"Självklart, fröken d'Augustin. En sådan tillställning kan jag omöjligt missa." Trots att han inte borde så tillade han: "Och jag hoppas att ni sparar åtminstone en dans till mig."

Han belönades med ett av hennes fantastiska leenden.

"Oh ja, herr de Keere, det gör jag gärna." Hon gick fram till duvslaget och valde ut en duva. "Men jag har redan lovat bort första dansen och första valsen till herr Lamwing." Kärleksfullt smekte hon den lilla fågeln över huvudet.

Armans blod brann hetare i ådrorna, men han tvingade leendet att stanna kvar på läpparna.

"Då hoppas jag att även jag kan få två danser?"

"Det kan ni kanske få."

"Retas ni med mig, fröken d'Augustin?" Hans leende blev allt mer äkta.

"Åh nej, herr de Keere. Men jag undrar om ni inte retas med mig. Igen."

Armans charmiga leende slocknade och han var fullt allvarlig när han svarade: "Jag skulle aldrig retas med er, fröken. Misstro aldrig min ärlighet gentemot er."

Hon rodnade och såg ned på sina fötter.

"Det gör jag inte, men ibland verkar ni så... undanglidande."

Vad skulle han svara på det? Hans liv var ett nät av lögner och hemligheter som han aldrig någonsin skulle kunna dela med sig av. Att främja rebellernas sak var hans livsverk, men det dömde honom också till ett liv i ensamhet. Det var något han för länge sedan accepterat – trodde han.

Tills den dag Viana d'Augustin för första gången stått framför honom. Han mindes det fortfarande. Hennes påstridiga mor som insisterat på att presentera dem för varandra och hur totalt golvad han blivit av fröken d'Augustins första, blyga leende. Hur hennes intelligenta, kvicka konversation fått honom att skratta på ett sätt han inte gjort på åratal. Men han fick inte visa henne mer uppmärksamhet än någon annan. Om han avslöjades som den förrädare han var skulle inte bara hans liv vara förverkat utan även dem som stod honom närmast. Han hade varit tyst för länge, det såg han på fröken d'Augustins blick, därför slängde han ur sig det första han kom att tänka på:

"Skriver ni till någon släkting?"

Hon suckade besviket.

"Just så är det ni alltid gör. Börjar tala om något annat så snart det blir minsta personligt." Anklagelsen sved, framför allt för att den var sann. "Men ja, jag skriver till min kusin, hon ska gifta sig strax efter segerdagen. Far kan ju inte lämna Ergoroth och mor vill inte lämna hovet mitt i säsongen så tyvärr kommer jag inte kunna närvara." Hon fäste den lilla rullen runt duvans ben och släppte den fri.

"Hon förlovade sig med Forlian de Maesemo, minns jag rätt? Arvingen till borgmästarämbetet i Menos? Ett mycket gott parti."

"Just så. De är mycket lyckliga." Hon släppte den försvinnande duvan med blicken och vände sig åter mot honom. "Jag önskar att jag en dag ska bli lika lycklig."

"Det önskar jag med", svarade Arman. "Jag önskar er all lycka i världen."

Så bjöd han henne armen för att eskortera henne nedför alla trappor. Det var, trots allt, allt han kunde göra för henne.

Få platser i världen ansågs så farliga som kejserliga hovet och en aura av mystik låg över denna inre krets som aldrig fick lämna Ergoroth. Mode, extravagans och storslagna fester dolde de intriger som bubblade under ytan.

Familjen d'Augustin höll en av de större våningarna i västra flygeln och var en av få familjer som kunde ståta med en balsal stor nog för hela hovet. d'Augustin tillhörde inte högadeln, men deras inblandning i pärlhandeln hade gjort dem till en mycket aktad familj. Vid hovet hade också dam d'Augustins envisa ränker förärat dem många privilegier.

Balsalen var fylld av färger och gnistrande juveler när gästerna minglade runt, som om de försökte kompensera för Ergoroths dysterhet och palatsets mörker. Med konstfärdiga frisyrer och dyrbara sidenklänningar svischade damerna genom salen. Deras kavaljerer matchade sina damer med överdådiga huvudbonader och sammetsvästar i lika många färger och nyanser som damernas klänningar. I bufférummet dignade borden av exklusiva rätter och bakverk, dyra ostar och exotiska frukter. Tjänstefolk sicksackade mellan gästerna i balsalen och såg till att inget glas någonsin förblev tomt. Musikanterna som spelade var de skickligaste som gick att köpa för pengar. Det nästan doftade succé i luften.

Arman de Keere anlände fashionabelt sent.

Han hälsade värden och värdinnan med yviga gester och trots att han visste hur det påverkade honom kunde han inte frånhålla sig från att kyssa fröken d'Augustins hand.

"Ni har väl inte redan fyllt ert dansprogram, fröken d'Augustin?" sade han och log mot henne som om de delade en hemlighet.

"Åh nej, herr de Keere." Förlägen såg hon ned i golvet. "Jag har sparat några turer." Från sin ridikyl tog hon fram danskortet och Armans leende blev bredare när han såg att hon sparat bland annat en av valserna åt honom.

Efter att ha fyllt i sitt namn bredvid två danser tvingade han sig själv att lämna henne. Med inövat nonchalanta steg minglade han ut bland de andra gästerna samtidigt som han hälsade till höger och vänster på alla de som ville fånga hans uppmärksamhet. Under tiden lyssnade han på konversationerna som pågick omkring honom.

De flesta berörde senaste leveransen av siden, fru Ernats osmakliga halsband och herr de Marillos senaste kärleksaffär.

"Hörde ni om gryningsduellen? Herr Portsham är visst död."

Arman stannade till.

"Ännu en duell?" frågade han med likgiltig röst, som om herr d'Avelinn berättat att det regnat i morse, och klev in bland de skvallrande hovmedlemmarna.

d'Avelinn, en av få hovmän som även var riddare, gav Arman en konspiratorisk blick innan han lutade sig närmare för att delge honom alla detaljerna: "Portsham insinuerade att de Gorga använde viktade tärningar vid ett spel häromkvällen. Det blev en stor scen, där missade du något."

"Och de Gorga utmanade honom såklart." fyllde herr Lamwing i. Arman rykte på axlarna.

"Förväntat. Det var bara en tidsfråga innan herr Portsham förolämpade fel person med sina rykten." sade han.

"Men man kan ju undra hur många rykten som faktiskt var sanna…" sade herr af Vindahög.

"Jag hörde att de Gorga inte alls utmanade honom på grund av förolämpningen." Herr de Marillo, bror till den mäktigaste mannen i Nayelle, klev in ibland dem. "Det var hämnd för att dam Portsham avslöjade hans skumraskaffärer med handelskammaren."

"Jag trodde af Stridafallen skulle få hjärtsnörp när det uppdagades." skrockade d'Avelinn.

Alla visste att af Stridafallen och de Gorga hatade varandra, men den skandal som följt på dam Portshams avslöjande några veckor tidigare hade fått hela hovet att åter visa intresse för den ganska trista rivalitet de två männen så länge delat.

"Mmm, de Gorga ska vara tacksam att Kejsaren inte vidtagit några åtgärder."

"Ännu..."

"Arman, gamla gosse!" Druwen af Vidafallen, Armans enda riktiga vän vid hovet, slängde en arm över hans axlar och svepte med honom från de andra.

Arman suckade inom sig, där sprack en god chans att få veta mer om Kejsarens eventuella intresse i de Gorgas affärer, men han kunde alltid återuppta samtalet med d'Avelinn imorgon. De skulle mötas under eftermiddagen för en vänskaplig fäktningsmatch.

"Är du här ikväll för att distrahera alla de vackraste damerna från oss andra arma stackare?" fortsatte Druwen.

"Druwen, din kanalje, du vet mycket väl att jag aldrig kunnat motstå ett vackert ansikte. Men se det ifrån den ljusa sidan, du får vara riddaren i skinande rustning som plockar upp alla brustna hjärtan."

Det fick Druwen att skratta så högt att flera äldre hovdamer ogillande spände ögonen i dem.

"För det är jag dig evigt tacksam, men vem ska vi låta plocka upp resterna av sagda hjärtan när jag är färdig med dem?" Druwen hade många goda sidor. Hans hjärtekrossande charm, som fick de flesta fröknar att se längtansfullt efter honom, var nödvändigtvis inte en av dem. "Nåväl, hur charmerande alla dessa damer än är så kan vi ju inte spendera hela kvällen i deras sällskap, eller vad säger du?"

"Så sant som det är sagt", svarade Arman.

"Så vad sägs om det där kortspelet du lovat mig, det du smet undan på af Dumahallens soaré?"

Omnämnandet av soarén som Arman närvarat vid bara några kvällar tidigare fick andan att fastna i halsen. Han hade fått brådskande nyheter om en fångtransport och ursäktat sig i all hast för att hinna organisera fritagningen. Den kvällen hade inget gått rätt. Riddare från kejserliga gardet hade legat i bakhåll, som om de vetat att en fritagning planerats. Bara en av fångarna hade lyckats rymma. Resten hade förts vidare ut ur staden för att tillbringa resten av sina liv som slavar i bortre Geliriens guldgruvor.

Inte tänka på det, intalade han sig själv.

"Självfallet, min gode Druwen." Arman sköt undan de mörka tankarna samtidigt som han till synes retfullt bugade sig inför sin vän. Mer tid behövde han inte för att åter kunna möta Druwens blick med en illmarig glimt i ögonen. "Men jag måste varna dig att jag känner mig syndigt lyckosam ikväll."

Just då skallade trumpeterna och alla i hela balsalen stannade upp, musiken tystnade och deras vänskapliga samtal föll platt. Det som för bara några ögonblick sedan hade varit en uppsluppen fest var nu tystare än en gravkammare, och lika kall.

Kejsaren uppenbarade sig i de breda dubbeldörrarna och alla sjönk de ned i djupa bugningar och nigningar i ett fras av siden, med blicken sänkt emot golvet. I ensamt majestät gick Kejsaren genom balsalen till den väntande tronen. Efter honom kom tio riddare ur kejserliga gardet och de placerade ut sig runt om Kejsaren just som han satte sig ned. Sist, lite efter de andra, kom Caz'Duw, och det gick nästan att ta på skälvningen som passerade genom balsalen när han visade sig. Tyst placerade han sig bakom tronen. Helt stilla stod han, och stilla skulle han förbli tills balen var över.

Värdparet d'Augustin var som seden bjöd först fram för att bedyra Kejsaren sin vördnad och eviga lojalitet. De bugade djupt innan de kysste hans rubinprydda ring och svor eden. Fröken d'Augustin var självklart med dem fram. Hon genomförde ritualen fläckfritt vilket imponerade på Arman. Det var inte alla hovfröknar som klarade av att hålla sig så samlade i Kejsarens närvaro.

Sedan följde en lång procedur när varenda närvarande hovman och dam skulle genomföra samma ritual. Arman själv var såklart bland de första och han tappade bort Druwen någonstans i kön. Det var av yttersta vikt att Kejsaren fortsatte tro att han var en lika hängiven undersåte som hans anfäder varit. När ritualen äntligen var över gav Kejsaren sitt tillstånd till att balen kunde börja på riktigt.

Musikanterna spelade upp och hovet intog dansgolvet. Till och med Arman var tvungen att erkänna att de var en spektakulär syn i sina fantastiska färger där de virvlade runt.

Kejsaren talade inte med någon utan följde bara tyst skådespelet framför sig. Ändå gick hans närvaro inte att bortse ifrån. Arman såg hur de alla hukade sig under Kejsarens blick, hur leendena och skratten forcerades fram och hur de undvek platsen där Caz'Duw stod. Och han var inte så stolt att han inte medgav för sig själv att han gjorde likadant. Men ingen sade ett ord om det. Självklart inte.

Det här var det kejserliga hovet och det var en del av deras liv.

Kapitel 6

Just som Arman återlämnade fröken d'Augustin till hennes mor efter deras första dans kallade Kejsaren till sig herr d'Augustin. Arman hade hoppats få småprata med fröken d'Augustin en stund innan nästa kavaljer bjöd upp. Men nu fick han istället lägga allt fokus på det som hände framme hos Kejsaren.

Genom att placera sig vid änden av bordet med förfriskningar fick han en bra utsikt över tronen även om det såg ut som om han studerade dansgolvet i stort. Tyvärr stod han för långt bort för att höra vad som sades, men han riskerade inte att gå närmare. Det skulle bli för uppenbart och Kejsaren hade alldeles för många ögon omkring sig. För att inte nämna Caz'Duw bredvid sig. Men han behövde inte höra vad som sades för att förstå att det inte var något trevligt samtal. Herr d'Augustin var likblek och såg ut att kunna få en hjärtattack när som helst.

Arman valde därför det näst bästa alternativet för att få reda på vad som pågick. Han fyllde på tre glas med det nu så populära bubblande vinet från Nayelle och återvände till fröken d'Augustin och hennes mor. Övertygad om att det var dit herr d'Augustin skulle gå efter samtalet var över.

Så yvigt det var möjligt med tre glas i händerna bugade han sig för de två kvinnorna.

"Förfriskningar, mina damer?"

"Så gentilt av er, herr de Keere", log fröken d'Augustin och tog emot ett glas. "Det börjar nog bli lite varmt härinne..."

Arman skulle visst få sin efterlängtade konversation trots allt. Men inte på det sätt han önskat. Det var sällan han hade några skrupler över att spionera på de människor som kallade sig hans vänner, men han hatade att behöva göra det inför henne.

Mycket riktigt dök dock herr d'Augustin snart upp, fortfarande blek och uppenbart skärrad. Han var en kort man med ett älskvärt ansikte och ett gott hjärta, inte alls passande för kejserliga hovet.

"Jag måste få berömma er för en fantastiskt lyckad tillställning, dam d'Augustin", sade Arman för att föra samtalet åt det håll han ville.

Till skillnad från sin man var dam d'Augustin fullt hemma i hovets intriger och hon var redo att göra allt som stod i hennes makt för att snärja honom å dotterns vägnar. För d'Augustin skulle det vara ett mycket fördelaktigt parti att gifta in sig i familjen de Keere.

"Tack *snälla* herr de Keere, ni är alltför vänlig", kvittrade hon. Bakom sin solfjäder lyckades hon ge en diskret vink till sin man för att få honom att ta till orda och han samlade ihop sig tillräckligt för att minnas sina plikter som värd.

"En ära att ha er här, de Keere, en ära!"

"Till er tjänst, herr d'Augustin."

"Herr de Keere", dam d'Augustin avfyrade ett leende som skulle varit vackert om inte så mycket intrigerande låg bakom det, "vi planerar för en liten soaré nästa soldag och jag törs påstå att jag talar för hela familjen om jag säger att vi skulle vara mycket ärade om ni ville hedra oss med er närvaro."

"Åh nej, min kära dam, det skulle vara en ära för *mig* att få delta." Arman gav henne ett leende lika fullt av undermeningar som hennes.

Han hade levt tio år vid hovet och kunde spelet bättre än de flesta.

"Underbart!" utbrast dam d'Augustin. "Kanske vill ni även göra oss sällskap vid middagen innan de andra gästerna anländer? Det blir en enkel familjetillställning förstås, men den skulle bli fulländad i ert sällskap."

Och där kom den, Armans chans att få veta allt han behövde. Nog visste de alla att det var en intim inbjudan som dam d'Augustin lämnat ut, endast lämpad för potentiella friare. Fröken d'Augustin såg förväntansfullt på honom.

"Hur kan jag avstå ett sådant erbjudande? Tackar ödmjukast för inbjudan." Arman svor inom sig för att han fick fröken d'Augustin att hoppas på något som aldrig kunde bli verklighet.

Dam d'Augustin avfyrade ett strålande leende som kanske till och med var äkta. "Det kommer säkerligen bli en oförglömlig kväll..."

Kanske, kanske inte. Dock inte på det sett som d'Augustins hoppades. Men så snart desserten dukats ut skulle de två herrarna bli ensamma med sin konjak. Vilket gav Arman ett perfekt tillfälle att, på ett förtäckt sätt förstås, fråga ut herr d'Augustin på all information han hade om Kejsarens planer.

Med en sista bugning lämnade han värdparet och den förtjusande fröken d'Augustin för att dansa en dans med den inte lika förtjusande fröken Klickowström från Gammelstad. Flickan var lång, gänglig och klumpig som få i dansen, med morotsrött hår som inte alls passade ihop med hennes konstant rodnande kinder. Men han tyckte synd om den blyga flickan och försökte alltid dansa åtminstone en dans med henne. Att han visade henne uppmärksamhet fick även andra hovmän att göra detsamma.

Han hade precis återbördat flickan till sitt förkläde när Kejsaren reste sig upp. Musiken tystnade och alla närvarande sjönk åter ned i djupa bugningar och nigningar där de stod, medan Kejsaren lämnade balsalen utan ett ord och med kejserliga gardet bakom sig.

Men Caz'Duw hade inte rört sig från sin plats.

Hela balsalen verkade hålla andan och Arman sneglade omkring sig för att se hur alla andra reagerade. Det hade aldrig förut hänt att Caz'Duw dröjt sig kvar vid en bal. Om han överhuvudtaget hade några känslor så verkade han i alla fall avsky alla festligheter. Dörrarna stängdes bakom Kejsaren och ingen av dem visste hur de skulle bete sig. Förväntades balen fortsätta?

Caz'Duw gav ingen indikation på att röra sig. Osäker gav till sist herr d'Augustin, om möjligt ännu blekare än förut, order till musikanterna att börja spela igen och tjänstefolket att fylla på glasen. Balen återupptogs och dansande par återvände till dansgolvet men festtämningen, sådan den nu varit, var borta.

Arman avvaktade ännu en liten stund innan han bjöd upp nästa dam i sitt dansprogram. Trots dam af Vindahögs nätta, korrekta steg och försök till passande konversation blev dansen nära nog en fars. Hon var uppenbarligen fortfarande skakad och Arman koncentrerade sig så mycket på vart Caz'Duw befann sig att han knappt kom ihåg dansstegen. Än mindre kunde han följa med i en konversation.

Men Caz'Duw rörde sig inte.

När musiken tystnade var han nära att be om ursäkt för sitt opassande uppträdande, men dam af Vindahög neg knappt innan hon vände om och flydde. Arman klandrade henne inte.

Det var sed att ingen fick lämna balen innan Kejsaren, och alla verkade utgå ifrån att detsamma gällde för Caz'Duw. Men allt fler gäster drog sig undan till de angränsande vilorummen och spelborden eller stod i grupper så långt bort från Caz'Duw de kunde komma i den stora salen. Musikerna fortsatte dock att spela och några tappra par gled ut på dansgolvet när kvällens sista vals spelades upp. Det var egentligen hans andra dans med fröken d'Augustin. Men även om han inte ville gå miste om den, ens under dessa omständigheter, kunde han inte utsätta henne för den prövningen. Med svepande blick sökte han av salen och fick syn på henne i en grupp av hovfröknar. De förde en viskade konversation som blev allt mer forcerad medan de försökte att inte stirra bort emot Caz'Duw. Nej, han skulle inte tvinga henne till en dans, även om att vara nära Viana d'Augustin var ett av de få glädjeämnen han hade.

Så han bestämde sig för att söka upp Druwen för det där kortspelet han lovat honom.

Det var då Caz'Duw började röra sig.

Arman stannade mitt i steget på väg emot spelrummet. Han, precis som alla andra. Med manteln böljande bakom sig gick

Caz'Duw med långa kliv genom balsalen. Ingen visste hur de borde agera. Skulle de utföra den kejserliga hovbugningen för honom också, eller en vanlig bugning? Eller kanske ingen alls? Ovissheten gjorde att de alla blev stående där de var, nervöst trampande. Som vanligt verkade inte Caz'Duw bry sig. Hans steg ekade genom den tysta salen, men han gick inte emot dörrarna.

Caz'Duw kom rakt emot Arman.

Tusen tankar for igenom hans sinne under den korta stund det tog för Caz'Duw att nå fram till honom. Tankar om allt han gjort och allt han borde ha gjort och en framför alla andra fortplantade sig inom honom:

Han skulle dö nu.

Caz'Duw stannade bara någon dryg meter ifrån honom och ljusen i kristallkronorna verkade inte längre brinna lika klart. För bara ett ögonblick syntes de gyllene ögonen och Arman kunde inte vända bort blicken hur mycket han än önskade att göra det. Varenda djupt begravd instinkt sade åt honom att springa och aldrig se sig om igen. Men allt han kunde göra var att stå kvar och möta Caz'Duws fruktansvärda blick.

Han började skaka okontrollerat och all kroppsvärme övergav honom, som om till och med den hade mer vett än han. De brinnande ögonen försvann åter bland skuggorna, men Arman kände hur Caz'Duw fortsatte stirra på honom medan han lade en hand på svärdsfästet. Det metalliska ljudet när klingan sakta lämnade skidan var det enda som hördes i hela balsalen.

Arman skakade nu så illa att han inte kunde stå upprätt. Kroppen sade åt honom att springa, att skrika.

Att göra *någonting*.

Men istället föll han ihop framför Caz'Duws fötter, skakandes i krampaktiga spasmer av en smärta som kröp fram genom varenda nerv i kroppen, oförmögen att röra sig. Hans självsäkra kommentar till Druwen dök oväntat upp i hans skräckslagna sinne: *jag känner mig syndigt lyckosam ikväll* och han kände plötsligt för att skratta.

Tänk så fruktansvärt fel en man kunde ha.

Tillbakablick – Flickan från skogen

Vart tredje år på vinterns sista dag begav sig fyra radh'riam ut. Åt söder, öst, väst och norr red de för att söka efter nya lärlingar. Varenda by och varenda stad besöktes och där testades vartenda barn mellan sex och tio års ålder. De barn som hade tillräckligt stor magisk förmåga, det som kallades för Gåvan, valdes ut och fick äran att följa med tillbaka till Templet för att läras upp till nya radh'riam.

Bain hade för första gången valts ut att utföra detta ärofyllda uppdrag och han skulle rida norrut. Med sig på färden hade han en skrivare som skulle dokumentera vilka barn som genomgick provet och vilka som klarade det. Han hade också valt att ta med sin unga lärling, Keiron.

Keiron hade bara varit hos radh'riam i knappt ett år och det var första gången den sjuåriga pojken fick följa med på ett uppdrag. Han var därför fylld av all den iver bara ett barn kan uppbåda inför sitt första stora äventyr. Bain kunde inte göra annat än att le åt honom. Han var mycket fäst vid sin lärling. Pojken var inte bara det mest kraftfulla barn som någonsin hittats, han var också en dedikerad och uppmärksam lärling och ett förvånansvärt trevligt sällskap.

Två veckor in på färden övergick Erindors slättlandskap till nordens dalar och floder, berg och djupa skogar som ofta bröts av av glittrande sjöar. Det mesta av snön hade smält bort, men drivor låg fortfarande kvar på skuggiga platser. Ju längre norrut de kom desto större blev risken för snö trots att våren officiellt var här.

Vid tiden för vårblotet nådde de den nordligaste byn i Senatoriet. Då hade deras sällskap utökats med tre barn, vilket var fler än Bain vågat hoppas på. Denna sista by låg precis i utkanten av Utgard, den stora vildmarken i norr. Den kallades för Vistre även om den var alldeles för liten för att finnas med på andra än de mest detaljrika kartorna. Vistre var egentligen bara en klunga hus och fäbodar omkring ett litet torg med en brunn i mitten. De var alla byggda i trä och, förutom långhuset, så låga att en reslig man knappast kunde stå rak inomhus. Kritter betade på utmarkerna runt omkring och små, raggiga skogsponnyer arbetade i vårbruket på tegarna. Bakom byn reste sig väldiga träd, gamla som tiden själv, där vildmarken tog vid.

”Vilken torftig plats, tror mäster verkligen att vi kan finna någon här?” anmärkte Keiron med all den världsvanhet en sjuåring på sin första resa kan uppbringa.

”Ödmjukhet är en dygd, unge lärling”, bannade Bain. ”Att dessa människor alls klarar av att leva här är storslaget. Så långt bort från huvudstaden, här vid kanten av Utgard. Så här långt norrut är vintrarna kalla och mörkret härskar i månader. I skogen bor allehanda oknytt och veglingar anfaller ifrån kusten. De är ett kringströvande krigarfolk som plundrar var helst de får lust. Och drakar, ingenstans i Senatoriet finns det så mycket drakar som i norr. Dessa människor är tappra, envisa och värda din djupaste respekt.”

Keiron såg som vanligt ned på sina fötter när han blev tillrätta-visad. ”Förlåt mig, mäster, det visste jag inte.”

De satt av sina hästar på det lilla torget medan byborna nyfiket samlade sig runt omkring dem. Ovana som de var vid besökare var de både nyfikna och misstänksamma. Keiron skyndade bort till vagnen, som Bain blivit tvungen att köpa för att transportera de barn han funnit, för att se till att alla hade det bra. Skrivaren, en sydlänning vid namn Falim de Cercey, höll sig däremot nära Bain.

"Olustiga människor, dessa nordbor", anmärkte han, men Bain valde att ignorera honom.

Istället tog han till orda med hög röst så att alla kunde höra honom:

"Mitt namn är mäster Bain och jag är en radh'riam från Templet, hitskickad på uppdrag av rådet att söka efter barn med magiska förmågor."

Flera förtjusta utrop hördes efter Bains tillkännagivande. En rundlagd, kort gumma med skarpa ögon klev fram emot honom och sade med rosslande röst:

"Det é en stor ära att få ha er här, kära radh'riam. Å till vårblotet till råga på allt. Mitt namn é mor Lysa och jag insisterar på att ni måste stanna tills det é över. Ni bare måste fire med oss!"

Dialekten gjorde det svårt att uppfatta vad hon sade, men tonfallet tålde inga motsägelser. Bain förstod att hon var byäldsten och hon var troligen van att alltid få sin vilja fram.

"Vi tackar ödmjukast för detta varma välkomnande och stannar gärna", svarade han.

De var alla trötta efter sin långa resa, särskilt barnen han funnit. Några dagars vila skulle göra dem alla gott. Det skulle också vara nyttigt för Keiron att uppleva sederna i norr. Vårblotet hade för länge sedan avskaffats i söder – det ansågs som en alldeles för hednisk tradition – men i norr levde det kvar i all sin kraft.

De inkvarterades hos mor Lysa och hennes familj i långhuset som både fungerade som bostad, tingshus och samlingssal.

Under kvällen dukades en festmåltid till deras ära upp inne i långhuset, just som små snöflingor började singla ned utanför. Det verkade som om alla i hela byn trängt ihop sig för att närvara. Efter måltiden lyssnade de på sånger så uppblandade av veglingarnas hårdföra språk att de knappt gick att förstå. Keiron, patriotisk som han var, sjöng radh'riams urgamla sång för byborna med ett barns höga, ljusa röst. Några av de andra barnen försökte stämma in där de kunde och byborna applåderade uppvisningen. Det var trots allt en av Senatoriets äldsta, mest välkända sånger. Så trots att röken från eldgropen fick deras ögon att tåras och maten smakade underligt var det i stort en mycket trevlig kväll.

Nästa morgon var det dags för Bain att utföra proven med de barn som fanns i byn, de var endast tolv stycken mellan sex och tio år. De samlades på det lilla torget som nu var täckt av ett tunt lager snö och resten av byborna såg förundrat på. Bain ställde sig framför vart och ett av barnen och såg in i deras ögon, mätte deras sinnen. Men inget av barnen hade Gåvan. Föräldrarna verkade både lättade och besvikna. Om deras barn valdes ut till radh'riam skulle de inte längre finnas kvar för att hjälpa byn i jordbruket. Men att få ett barn som blev radh'riam, ja, det var en ära så fjärran att de inte ens vågat drömma om det.

Vårblotet kom och gick och Keiron såg på med äcklad fascination. En vit hingst hade valts ut bland de små, raggiga ponnyerna och mor Lysa skar själv halsen av den mitt på torget, medan de andra kvinnorna i byn mässade på veglingarnas uråldriga språk. Ett stort bål hade tänts på torget och hela spektaklet lystes upp av dess sken. Vad han kunde förstå var det ett offer till de gudar folket från norr fortfarande tillbad. Religion var något han själv inte var bekant med och något Senatoriet inte uppmuntrade.

Det var därför med viss lättnad Keiron såg gryningen komma dagen därpå. Otåligt hjälpte han till att lasta vagnen med förnödenheterna de skulle behöva innan de nådde den första större staden på sin väg söderut. Snön som fallit hade smält bort dagen före och istället täcktes marken av frost. Dimma låg över tegarna och svepte in byn och skogen i ett trolskt ljus. Endast några få solstrålar lyckades bränna igenom dimman, men fick ändå frosten att gnistra som miljontals diamanter. Keiron var tvungen att erkänna att Vistre faktiskt var ganska vackert i sin enkelhet denna morgon.

Bain höll just på att tacka byäldsten och säga farväl när Keiron för första gången fick syn på henne.

Hon kom ut ur skogen, smygandes som en av diserna byborna viskade om.

"Mäster...?" Pojkens osäkra röst fick Bain att tystna och vända blicken åt det håll hans lärling pekade.

Hon var en liten flicka, mager som en sticka och lortig som ett troll. Håret var tovigt som om det aldrig sett en hårborste och hon bar inget annat än en tunn, mycket trasig särk på kroppen. Smidig som en hind smög hon sig fram i utkanten av byn.

Bain, så snart den första förvåningen lagt sig, gick med varsamma steg emot henne. Uppenbarligen var denna lilla flicka i stort behov av hjälp.

"Kom, mitt barn, var inte rädd. Du är i säkerhet nu." Hans naturligt trygga röst blev mild av hans försiktiga närmande av den arma flickan. Barnets blick var vild och flackande och han stannade för att inte riskera att driva henne på flykten. Försvann hon in i Utgard var chansen liten att de någonsin återfann henne. "Jag ska hjälpa dig, flicka lilla, oroa dig inte. Allt ska bli bra."

Oförstående vände hon sin stirriga blick mot honom. Uppenbarligen förstod hon inte ett ord av vad han sade, därför bytte han till veglingarnas språk. Han talade det inte väl, men kanske var flickan en av dem? Medan han talade såg han hur hon spände sig och gjorde sig redo att fly. Därför tystnade han igen och satte sig på huk för att se mindre hotfull ut.

Flickan vände om och sprang.

"Vänta!" ekade Keirons röst genom dimman. Han hade sprungit förbi sin mäster och efter flickan.

Och flickan stannade vilket förvånade Bain storligen. Keiron stannade också, fortfarande en bit ifrån henne. Sedan sträckte han ut handen och gick några korta steg närmare. Flickan rörde sig inte. Bara några få steg ifrån henne stannade pojken igen och satte sig på huk. Försiktigt vinkade han med sin utsträckta hand.

"Kom, du behöver inte vara rädd. Jag ska ta hand om dig."

Försiktigt tog flickan ett steg emot honom. När inget hände vågade hon sig ytterligare ett steg närmare, sedan ytterligare ett. Keiron satt stilla som en staty. Till sist stannade flickan precis framför honom och satte sig på huk så att hennes ansikte kom i jämnhöjd med hans. Hon lade huvudet på sned först åt ena sedan andra sidan, som om hon studerade honom. Sedan, oändligt försiktigt, drog hon en smutsig hand över hans kind och strök undan en av hans blonda hårlockar från pannan. Så log hon och hela världen verkade med ens ljusare. De två barnen satt så en stund och såg in i varandras ögon. Hans blågrå som havet en stormig dag, hennes mörkt blå som en djup, stilla skogstjärn. Sedan räckte Keiron åter fram handen och flickan fattade den utan att tveka.

Tillsammans, hand i hand, gick de tillbaka till torget.

Bain frågade runt bland byborna, men det var ingen som kände igen flickan.

"Ingen här saknar ett flickebarn! Vi é väl ändå så få här att alla skulle veta om ett barn saknades", sade en av kvinnorna.

"Å ja' é övertygad om att inga av de närliggande byarna saknar något heller, det skulle vi väl fått bud om", fortsatte en annan.

Bain suckade. De så kallade närliggande byarna låg flera dagsresor söderut och han var tveksam till att de skulle meddelat sin något avlägsna granne om ett barn försvunnit. Så här långt norrut var det tyvärr inte ovanligt.

"För den delen kom hon ju norrifrån, ifrån skoga", inflikade en äldre man. "Rakt ut ur vildmarken klev ho' ju."

Bain var tvungen att ge honom rätt i det.

"Kan hon vara en sådan där vegling du talade om, mäster?" frågade Keiron samtidigt som han satte en rykande varm soppskål i flickans taniga små händer. Hon såg på den som om hon aldrig sett soppa förut. "Ät, det är mat." Keiron tog skeden och tog en munfull av soppan för att visa vad han menade innan han räckte tillbaka skeden till henne. Först då verkade hon förstå och ytterst klumpigt fyllde hon skeden och förde den till munnen medan det mesta av soppan rann nedför hennes haka.

"Veglingarna håller sa' till have' och anfaller sällan ifrån skoga", sade mor Lysa samtidigt som hon gestikulerade åt öster.

"Å ingen har rapporterat minste spår av någre veglingar på flera månvarv", tillade en medelålders man i skogshuggarnas klädedräkt. "Å vi håller minsann alltid utkik efter deras spår."

Bain misstänkte att skogshuggarna i byn inte var de bästa spårarna och att inte ens de mest härdade skogsmännen vågade sig särskilt långt in i Utgard. Men han höll sina åsikter för sig själv, de var inte till någon nytta här.

"Flickan é ena oknytt, sanna mina ord!" sade en kvinna samtidigt som hon drog sina egna två barn närmare sig. "En dis eller ena myling."

Flera av de andra byborna nickade instämmande.

"Olycka é va ho' drar med sig", sade en enormt lång och stor man.

Det fick de församlade byborna att oroligt se bort emot flickan som kämpade för att få i sig soppan. Bain förstod deras misstankar. Så här nära Utgard var byn troligen mer utsatt för en större mängd oknytt än mer civiliserade delar av Senatoriet. Men flickan var ett helt vanligt människobarn. Det krävdes inga magiska krafter för att se det.

Keiron lade en beskyddande arm över den lilla flickan när han såg bybornas blickar.

"Oknytt och gastar, minsann. Okunskap é va' det é! Vem som helst kan väl se att de' é ena helt vanligt flickebarn", utbrast mor Lysa med händerna på sina breda höfter. Hennes blick genomborrade de andra som i sin tur såg ned i backen.

Ingen sade emot henne.

Bain tog tillfället i akt och gick fram till flickan som lyckats tömma soppskålen, även om det mesta hade runnit nedför hennes haka och den redan smutsiga särken. Försiktigt satte han sig på huk framför henne och denna gång mötte hon hans blick. Hon var fortfarande rädd men verkade ha full tillit till att Keiron skulle skydda henne.

"Vad heter du barn, vart kommer du ifrån?"

Hon lade huvudet på sned utan att svara. Han ställde samma fråga på veglingarnas språk, men utan någon som helst reaktion.

"Jag tror inte att hon förstår, mäster", sade Keiron. "Kanske är hon lite trög i sinnet?" Men det lät inte som om han trodde på det själv.

Bain däremot tänkte att pojken mycket väl kunde ha rätt. Vem visste vad hon genomlevt och vad det gjort med ett så litet barn?

Därför såg han in i flickans sinne på samma sätt som han gjorde med de barn han testade. Mätte det. Det han såg gjorde honom så chockad att han föll tillbaka på ändalykten.

Keiron såg förvånat på honom och flickan hoppade skrämt till. Aningens ograciöst tog sig Bain upp på fötter igen medan han på nytt såg in i flickans ögon. Denna gång beredd på det han skulle finna.

"Nej, min kära Keiron. Tvärtom." Han skakade på huvudet som för att klarna tankarna. "Hon är mycket stark i sinnet, och inte nog med det, hon är väldigt stark i magin också. Kanske till och med lika stark som du."

Keiron stirrade misstroget på honom och sedan tillbaka på den arma flickan.

"Övermäster Garlow säger att det inte finns någon så stark som jag. Alla radh'riam säger det." Det var inte med högmod pojken sade detta, det var bara något han upprepade som han blivit inpräntad med ända sedan han kom till radh'riam.

Bain skakade på huvudet och såg åter på den alldeles för magra, smutsiga flickan.

"Nu finns det."

Kapitel 7

Caz'Duw hade handen på svärdsfästet. Det fyllde honom som alltid med styrka. Med likgiltig blick såg han ned på adelsmannen vid sina fötter som vred sig i kramper. Han skulle ha bönat om nåd om han bara haft luft nog i lungorna, men allt han lyckades pressa ut var ett kvidande jämmer.

Åh, hur han föraktade dem. Deras vulgära sätt och deras små intriger. Trodde de verkligen att de kunde dölja något från honom?

Han hade haft ögonen på Arman de Keere länge nu. Sett honom smyga omkring i palatset på ställen han inte borde vara och skicka iväg meddelanden vid de märkligaste av tidpunkter. Åh ja, Caz'Duw hade haft sina misstankar.

Han hade bara inte brytt sig.

Hovet var väldigt förtjusta i sina små, så kallade hemliga sällskap. Om någon i dessa sällskap i det fördolda talade om bättre tider och ett friare samhälle, vad brydde han sig om det? Om några till och med gick så långt att de kallade sig för rebeller och omsatte sina ord i handlingar, vad hade det för betydelse? De hade inga allierade, ingen armé och ingen magi. Inget de sade eller gjorde kunde någonsin hota Imperiet.

Inte så länge han fanns här.

Men att förfölja och muta hans Bokmal. Det var en annan sak. Alla visste att *ingen* fick tala med Bokmalen. Och Arman de Keere hade trotsat honom.

Förutom de Keeres ynkliga jämmer var den stora balsalen helt tyst. Ingen protesterade. Ingen höjde sin röst för att försvara de Keere som fram till alldeles nyss ansetts som en av de främsta bland dem. Sakta drog Caz'Duw svärdet och skrapandet av metall ekade mellan väggarna.

Han hejdade sig i rörelsen, medveten om riddaren just innan dörrarna slogs upp och han rusade in. Hela hovet, som alla stirrat emot honom själv, snurrade nu häpet runt emot ingången. Det var tydligt att riddaren inte kom från Ergoroth. Slängkappan och stövlarna var fortfarande täckta av damm och han hade det ljusa utseende som var så typiskt för nordborna.

"Min herre Caz'Duw! Kejsaren kräver er omedelbara närvaro." Riddaren kollapsade på golvet bredvid adelsmannen när Caz'Duw vände sin brinnande blick emot honom. En kort stund fortsatte han stirra för att understryka sitt missnöje. Riddaren, liksom Arman de Keere, vred sig i kramper framför hans fötter. Paralyserade av smärtan han orsakade dem. Övertygade om att de skulle dö nu.

Men Caz'Duw lät svärdet glida tillbaka ned i skidan och lämnade sedan balsalen med långa kliv.

När Kejsaren kallade så kom han. Alltid.

Bandet mellan dem var mycket starkt och Kejsaren höll honom fast. Aldrig kunde han bli fri från sitt öde och han var för alltid förvägrad att ända sitt liv.

Kejsaren väntade på honom i lilla audienskammaren. Den som vissa hovmedlemmar ibland kallades till. Få var de män eller kvinnor som någonsin tagit sig levande därifrån.

Men Caz'Duw kände ingen fruktan. Självklart inte.

För ingen kunde göra något emot honom som var värre än det han redan var. Audienskammaren låg i mörker så när som på två kandelabrar på vardera sidan av Kejsarens högsäte. Inte för att det störde Caz'Duw. I hans värld fanns bara mörker.

"Min gamla vän", sade Kejsaren med en röst lika kall som marmorgolvet under deras fötter.

Caz'Duw hatade det tilltalet. Han var inte någons vän, särskilt inte Kejsarens och Kejsaren visste det. Han bugade sig ändock med ett knä mot golvet, men sade ingenting. Kejsaren fäste ingen vikt vid hans tystnad. Han visste trots allt hur mycket smärta det orsakade Caz'Duw att tala. Så han fortsatte:

"Det har inkommit mycket oroande nyheter från norr. En svart drake har anfallit ett flertal byar och även Gimle."

Caz'Duw såg inte dessa nyheter som särskilt alarmerande. Drakattacker var trots allt inte ovanliga och särskilt inte i norr.

"Vi har flertalet skickliga drakdräpare i området, sänd bud." Han förstod verkligen inte varför han var tvungen att bli inblandad i en sådan liten angelägenhet. Inte när han fortfarande hade Arman de Keere att ta hand om.

"Den har redan blivit dräpt. Sju gånger för att vara exakt. Av en kvinnlig drakdräpare. Har vi kvinnliga drakdräpare?"

"Kanske någon."

"Så en död drake attackerar våra norra provinser och dödas om och om igen av en kvinnlig drakdräpare." Kejsaren lät allt mer irriterad över Caz'Duws likgiltighet.

"Kan vara flera olika drakar. De är vanliga så här års."

"Sju gula drakar kanske, eller kopparbruna, kanske till och med de små grå. Men sju svarta drakar? Nej, Caz'Duw, om det finns sju svarta drakar i hela världen skulle jag bli förvånad." Kejsaren skakade på huvudet. "Nej, någon har makten att kontrollera en drake. Levande eller död."

"Omöjligt. Det har aldrig funnits någon som kunnat kontrollera en drake. Inte ens någon av radh'riam."

Kejsaren svarade inte. Istället räckte han tillbaka liggaren som han beordrat fram från Biblioteket.

"Magin är borta. Jag har förintat dem alla" protesterade Caz'Duw.

"Nej, inte alla. Det finns en kvar."

Kapitel 8

Ryttaren anlände två nätter efter att brevduvan nått fram. Bain satt med det underliga meddelandet i sin fåtölj framför brasan i arbetsrummet. *Översikt över radh'riam år 1002–1036, AdK.* Han läste det om och om igen. Vad för nytta kunde Kejsaren eller Caz'Duw någonsin ha av detta? De visste mycket väl vilka radh'riam som funnits under de åren.

Och de var alla döda sedan länge.

Alla gamla känslor återkom inom honom, men han tryckte bestämt undan dem. De skulle inte hjälpa honom nu.

"Herr Bain?"

Bain tittade upp, han hade varit så djupt försjunken i tankar att han inte hört när Chivers kom in. På sin tid hade Chivers varit den bästa spionen rebellerna haft. Men han var gammal nu och skötte därför istället Bains hushåll såväl som all den information som inkom från Imperiets alla hörn. Han var Bains trognaste rådgivare och inte minst det närmaste en vän han hade kvar.

"Ja?"

"En ryttare i natten, från Ergoroth. Med mycket brådskande nyheter. Han väntar i hallen."

Bains hushåll var litet. Ett enkelt stenhus på en mindre gata med bara några få sovrum på ovanvåningen och några större rum på nedervåningen. Tillräckligt stort för att kunna vårda skadade rebeller och föra mindre rådslag, men tillräckligt litet för att inte dra någon uppmärksamhet till sig. Bara ännu ett hus på gatan bland alla andra. Hus nummer tjugotvå.

"Visa in honom i salongen."

Ryttaren visade sig vara ingen mindre än Arman de Keeres stallknekt Orvin Alester, även han ansluten till rebellerna och en mycket användbar kurir. Att döma av Orvins härjade utseende hade karln ridit i sporrsträck hit. Han var uppenbart utmattad, resdammet låg som en hinna över honom och han svajade där han stod.

"Sitt", beordrade Bain och tryckte ned karln i en stol samtidigt som han sände en liten stråle styrka in i Orvin. "Chivers, en rejäl måltid åt Orvin."

"Redan på väg, herr Bain."

Bain räckte över ett glas konjak till Orvin som tacksamt tog en klunk för att sedan stirra ned i kupan, som om han trodde sig finna några svar där. Så tog han en rejäl klunk till.

"Herr de Keere sände mig i all hast", sade Orvin sedan han klarat strupen. "Han har blivit avslöjad. Caz'Duw tänkte avrätta honom på d'Augustins bal."

Det var *verkligen* oroväckande nyheter.

"Tänkte?"

"Han blev avbruten. Kallades till Kejsaren i lilla audienskammaren. Sedan lämnade Caz'Duw Ergoroth i all hast tillsammans med minst tusen män, några av dem från kejserliga gardet. De red norrut som om världens undergång var nära."

"Norrut?"

Bain hade förväntat sig att Caz'Duw skulle sändas söderut, till Jinella. Tillräckligt med uppgifter hade äntligen inkommit för att han skulle förstå vad som var i görningen. Han var nu övertygad om att Kejsaren planerade att upplösa pärlgillet och avskeda alla pärldykare. På så vis skulle utvinningen av Nayelles unika pärlor stoppas. Det skulle innebära att de redan dyra pärlornas värde mångdubblades när ingen längre kunde utvinna eller förädla dem. Och Kejsarens rikedom skulle växa ytterligare. Men Bain trodde inte att Kejsaren skulle sluta där, pärlgillet var bara början. Han hade som plan att upplösa alla de uråldriga gillena. Ett efter ett skulle han förgöra dem med start i Jinella.

Sedan skulle det inte finnas någon fri handel kvar.

Inga fler gillesherrar att dela vinsten med. Alla Imperiets invånare skulle bli än mer beroende av Kejsaren och ännu fattigare. Medan Kejsaren blev allt mäktigare.

Så varför sända Caz'Duw norrut?

"Ryktet säger att han sänts ut för att jaga drakar."

"Drakar?" Bain hörde själv hur enfaldig han lät men han kunde inte hjälpa det. Drakar var ett gissel, de anföll bondgårdar och byar och ibland till och med städer. Självklart hade han hört om attacken i Gimle och det *var* ovanligt att en så stor stad drabbades. Men emot drakar var magi verkningslöst och Kejsaren hade flera skickliga drakdräpare i området, välutbildade och utrustade med svarta pilar. Och vad Bain hört hade draken i Gimle redan dräpts. Så varför sända ut Caz'Duw att dräpa en redan död drake? Kejsaren höll alltid Caz'Duw nära, lät honom bara lämna Ergoroth om det var absolut nödvändigt. Bain fick det inte att gå ihop. Därför bytte han spår, och ställde den näst viktigaste frågan:

"Arman de Keere?"

"Fortfarande vid liv och i säkerhet när jag red från Ergoroth."

"Så Kejsaren har stora planer i Jinella men Caz'Duw rider norröver för att jaga drakar med en hel armé i släptåg och en förrädare tillåts gå fri?"

"Underliga tider", instämde Orvin just som Chivers kom tillbaka med en tallrik kallskuret, dagsfärskt bröd och ångande potatissoppa.

"Ät nu och vila. Jag behöver dig tillbaka i Ergoroth så snart det är möjligt. Arman de Keere måste hållas vid liv till varje pris." Han var en ovärderlig informationskälla och Bain ville inte mista honom. Orvin var helt uppslukad av sin mat, men nickade att han hört. Bain beslutade att låta honom äta ifred.

"Chivers, vi har arbete att utföra. Ursäkta oss, Orvin." Bain tog med sig Chivers tillbaka in i arbetsrummet. "Sänd bud norröver, jag vill att några av våra spioner i Vidafallen följer efter Caz'Duw och armén han för med sig. Jag vill veta allt vad som händer!"

Vad som än var i görningen var Bain fast besluten att ta reda på vad det var. Vad hade de missat?

Just då föll blicken på meddelandet som brevduvan fört med sig. Det låg fortfarande uppslaget på bordet bredvid fåtöljen. En liten, avlång pappersbit som rullat ihop sig i kanterna och texten så liten att han inte kunde läsa den från där han stod. Orden var dock inetsade i minnet.

Och en misstanke växte fram.

Det var en omöjlighet, han visste det. Trots det ville inte tanken lämna honom när den väl slagit rot och med ens ville han skratta högt. Ju mer han tänkte på det, desto troligare verkade det. Och om hans långsökta misstanke stämde, då hade han just funnit det enda som kunde förgöra Caz'Duw.

Den enda.

Kapitel 9

Skogen stod i brand omkring henne. Dånet från elden uteslöt alla andra ljud, till och med hästens dundrande hovar under henne. Hon hade knappt stoet under kontroll. Allt hon kunde göra var att klamra sig fast, med ansiktet i den piskande manen för att undvika lågt hängande grenar, medan stoet skenade fram över den ojämna terrängen i vild panik. Kontroll var dock oväsentligt nu, de drevs av samma desperation att undfly lågorna som redan slickade träden omkring dem. Hettan brände i huden och den svarta, dödligt giftiga röken fick henne att hosta. Halsen sved för varje andetag och hjärtat bankade som om det försökte slå sig ut ur bröstkorgen.

Måtte bara inte hästen snubbla och falla, då skulle de båda snart vara förlorade. Just som hon tänkte det tog stoet ett stort språng över en fallen trädstam. Bara ett par galoppsprång senare riskerade hon en snabb blick över axeln och då hade trädstammen redan slukats av elden – precis som allt annat som nyss funnits bakom dem.

Och det var ingen naturlig eld.

Marken var våt efter allt smältvatten och de senaste dagarnas kraftiga vårregn. Ingen eld hade kunnat få fäste så fort och spridit sig så snabbt. Bara magi kunde lyckas med det. Och hon visste bara en i hela världen som var tillräckligt kraftfull för att åstadkomma det.

Han hade gillrat sin fälla väl och hon hade inget annat val än att galoppera rakt in i den.

Det var svårt att tro att hon bara minuter tidigare sovit fridfullt, ihoprullad i varma filtar. Hennes sista tankar innan hon somnade hade varit om honom, undrat om han någonsin skulle komma. Så länge hade hon väntat att hon övertygat sig själv om att hon var redo att slutligen möta honom igen.

Men hon hade varit en dåre.

Hon visste hans kraft och ändå hade hon trott att hon skulle ha en chans emot honom. *Dum. Dum.* Ordet verkade eka i huvudet i takt med de dundrande hovslagen. Känslorna rusade lika vilt inom henne som den rytande elden omkring dem. Bävan inför att möta honom igen, se honom, blandades med lättnaden att tiden äntligen var inne. Oavsett hur det slutade. Men det som trängde undan allt annat var en förbjuden längtan i hennes bröst som hon inte kunde förneka.

Snart. Mycket snart.

En hostattack som fick henne att kippa efter andan kastade henne brutalt tillbaka till nuet. Hästen andades också hårt och rosslande. Hennes halsbrytande flykt hade mattats av, galopp-sprången blev allt mindre målmedvetna och hårremmen löddrade av svett. Stoet skulle inte hålla ut länge till. Just som hon tänkte tanken gav skogen till sist vika för ängsmark, men lättnaden blev kortvarig när stoet tvärnitade innan hon stegrade i panik.

Framför dem väntade en hel armé.

Minst tusen man var de och eldens sken reflekterades i deras rustningar och blänkte i spjutspetsarna som riktades emot henne. Det fanns ingen väg förbi dem, hon var helt omringad som av en vägg av mänskliga kroppar och metall. Steg för hotfullt steg började de röra sig. Taktfast. Målmedvetet. Rad efter rad av soldater pressades allt närmare, deras blotta antal verkade dränka henne. Stoet kastade sig fram och tillbaka i panik, hon fick uppbåda all sin skicklighet som ryttare för att hålla sig kvar. Så såg hon hur några av soldaterna fattade spjuten för kast, otvivelaktigt för att fälla hästen och hon visste att hon inte hade en chans. Därför kastade hon sig självmant av stoet och såg henne galoppera iväg igenom leden, utan ryttare fick hon fri lejd.

När soldaterna till sist stannade var de bara ett tjugotal steg ifrån henne, hon var helt innesluten i deras cirkel nu. Bakom dem dånade fortfarande skogsbranden i oförminskad styrka, men elden skulle inte komma närmare. Han hade stannat den nu, för hon var precis där han ville att hon skulle vara.

I hans fälla.

Mödosamt reste hon sig upp, röken brände fortfarande i lungorna och benen skakade efter ansträngningen att hålla sig kvar på hästen. Så snart hon rörde sig fälldes unisont vartenda spjut ned emot henne. Utan tvekan hade soldaterna order om att anfalla henne vid minsta provokation. Men emot tusen man var hon chanslös. Så hon höjde sakta händerna över huvudet och sjönk åter ned på knä.

Och så väntade hon.

Tiden verkade sträcka ut sig i all oändlighet. Sakta började elden dö ut bakom dem men fortfarande hördes det sprakande ljudet av förtärande lågor. För varje andetag hon tog lugnade hon sinnet, tvingade det under kontroll trots alla tankar som ville rusa igenom det.

Det var inte såhär det skulle ha blivit.

Han skulle ha kommit ensam. Hon hade varit så säker på att han skulle komma ensam. Men hon hade underskattat vad han blivit.

En skälvning av fruktan spred sig genom soldatleden, fick dem att trampa oroligt från fot till fot och omedvetet hålla hårdare i sina vapen, innan den översköljde hennes sinne. Hade hon inte redan varit på knä skulle hon med all säkerhet ha fallit.

Han var här.

Med långa steg klev han genom leden av soldater som hastigt delade sig. Hans blotta närvaro överväldigade henne, forsade genom hennes sinne och hotade att dränka henne innan hon lyckades få kontroll över sina egna känslor igen.

Vid det laget stod han redan framför henne.

Men allt hon såg var skuggor. De inneslöt honom i ett ogenomträngligt mörker, svävade omkring honom och verkade söka sig utåt som om han ville dränka hela världen i dem. Aldrig hade hon sett en så fasansfull syn och hjärtat rusade i bröstet. I en hand höll han det enorma svärdet i ett stadigt grepp. Dess klinga av radh'riams stål glänste hotfullt, men verkade ändå absorbera allt ljus omkring sig.

Så brände ett par eldgula ögon genom skuggorna.

Trots att hon redan vänt undan blicken ifrån honom kände hon hur de borrade sig in i henne, som om de brände sönder allt som var hon. Den instinktiva fruktan som grep henne var av ett djuriskt slag, långt bortom all logik. Den spred sig genom hennes sinne som ett gift, kröp längs med varenda nerv i kroppen. Avsedd att förlama hennes tankekraft och slå undan all viljestyrka. Men hon tänkte inte frukta honom.

Inte honom, aldrig någonsin.

Rösten som kom ur skuggorna var hes, obekant och fruktansvärd:

"Skaggi."

Sakta reste hon sig upp och mötte stadigt hans brinnande blick.

"Keiron."

Tillbakablick – Skaggi och Keiron

Tillbaka till Ergoroth fick flickan sitta framför Keiron på hans häst istället för att åka med de andra barnen i vagnen. Keiron vägrade ha det på något annat sätt. Två barn på den stora hästen gjorde heller ingen skillnad, så Bain accepterade det.

De hade badat henne innan de lämnade Vistre, kammat hennes hår och hon hade fått nya, varmare kläder. Flickan var ganska söt med sitt långa, silverblonda hår i två flätor, men Bain tyckte fortfarande att hon mest av allt såg ut som ett vilddjur. Och hon betedde sig som ett sådant också. De hade inte kunnat reda ut varifrån hon kom även om hennes utseende tydde på veglinganlag. Men en sak var säker, den lilla flickan hade tillbringat tillräckligt med tid ensam i vildmarken för att helt ha glömt bort allt som var mänskligt.

Om hon någonsin lärt sig det alls.

Hon hade inget språk även om Keiron nu gjorde sitt bästa för att lära henne tala. Inte heller verkade hon känna igen några mänskliga föremål och hon hade ingen aning om hur hon skulle bete sig. Första gången hon fick se en stad trodde Bain att hon åter skulle ta till flykten och det var nog precis vad hon skulle gjort om Keiron inte lagt en arm om hennes midja och hållit henne fast uppe på hästen.

Nu närmade de sig Ergoroth, staden hade skymtats vid horisonten i flera dagar. Erindors slättlandskap bröts av endast av de två höga kullar på vilka staden var uppförd. De gamla delarna var byggda helt i vit marmor. Som navet i Senatoriets hjul låg Ergoroth nästan i centrum av den kända världen.

Rådet hade sitt högsäte i Citadellet på den högsta kullen, dess tinnar, torn och glänsande glaskupoler blänkte i eftermiddagssolen. På den andra, något mindre kullen tronade radh'riams Tempel, med sitt Bibliotek och all kunskap som fanns tillgänglig i världen. Nedanför kullarna omgärdade inre ringmuren hela den gamla staden.

Men staden hade för länge sedan vuxit ur sin inhägnad och utanför ringmuren fanns nyare byggnader av sten och trä, de flesta stora marknadsplatserna och ett nytt handelsdistrikt. Ytterligare en ringmur hade därför byggts, lägre och mer av gammal hävd än att någon ansåg den nödvändig. Utanför den fanns dock ännu fler hus som om staden återigen försökte krypa ur sin inringning. Bortom dem låg bondgårdar omgärdade av åkerlandskap med några större herresäten utspridda emellan sig innan slätten tog överhanden.

Bain fylldes som alltid med stolthet när han såg den vita staden och en hemlängtan han inte visste han haft kom över honom.

Ergoroth var verkligen mänsklighetens stolthet.

Den lilla flickan däremot såg helt förskräckt ut. Ju närmare de kom yttre ringmuren desto mer spände hon sig och när de till sist red in genom Norrporten gapade hon som en fisk på torra land. Storögd stirrade hon på alla de människor som rörde sig längs med gatorna i en salig röra tillsammans med hästar, kärror, kreatur och småknytt. Hennes små händer tvinnade in sig i hästens man så hårt att knogarna vitnade medan Keiron viskade lugnande ord i hennes öra.

De andra barnen visades till rätta av de radh'riam som kom dem till mötes när de red in på Templets stallbacke, men vad Bain skulle göra med flickan från skogen visste han inte. Bästa lösningen, bestämde han, var att genast föra henne framför övermäster Garlow.

Bara han skulle veta vad de borde göra med henne.

Därför sände Bain iväg Keiron att se efter hästarna och så tog han med sig den lilla flickan för att möta radh'riams främsta ledare.

Garlow var på intet vis den mest kraftfulla av radh'riam, men han var utan tvekan den visaste och hans skicklighet i magin översteg vida hans ringa, naturliga begåvning. Bain fann honom i Gröna salen i samspråk med mäster Daechir som var invald i Senatoriets innersta råd.

"Förlåt att jag avbryter på detta sätt, övermäster", ursäktade sig Bain efter att ha knackat och stigit in utan tillåtelse, "men jag behöver era råd utan dröjsmål."

Garlow var en oansenlig man som till synes var i övre medelåldern. Han var varken kort eller lång, varken särskilt smal eller rund. Vid en första anblick var det lätt att avfärda honom. Tills man såg hans grå ögon.

De verkade se allt, iaktta allt och förstå allt.

"Jag tror vi får fortsätta vår diskussion vid ett senare tillfälle, mäster Daechir." sade Garlow till den andra radh'riamen.

"Detta är av yttersta vikt..." började mäster Daechir protestera, men Garlow avbröt honom:

"Utan tvekan. Men det är också mäster Bains ärende, annars skulle han aldrig störa oss på detta sätt. Jag får be er återkomma senare."

Daechir var en alldeles för slipad politiker för att visa några känslor, men Bain kände missnöjet bakom den artiga fasaden.

"Självklart, övermäster. Jag återkommer när det passar *mig*, adjö."

Så snart mäster Daechir lämnat dem försökte Bain, så varligt han förmådde, att fösa fram den lilla flickan som gjorde vad hon kunde för att gömma sig bakom hans resemantel.

"Vi fann henne i Vistre, mäster. Hon kom från Utgard. Ensam. Hon kan inget mänskligt språk och inga mänskliga seder", sade han.

"Människor kan inte leva länge i Utgard och speciellt inte ett litet flickebarn, det vet du mycket väl", protesterade övermäster Garlow medan han synade flickan från topp till tå.

"Och ändå har hon överlevt."

Garlow rundade bordet han stått vid och sjönk ned på huk framför barnet för att genomföra samma mätning av hennes sinne som Bain tidigare gjort. Hans okaraktäristiskt chockerade blick sade Bain att övermäster Garlow insett samma sak som han.

Flickan var ovanligt kraftfull.

Kvar på huk framför flickan såg Garlow upp på Bain. "Allt detta är högst besynnerligt. Jag skulle inte tro dig alls om hon inte stått här framför mig. Hon förstår alltså ingenting vi säger?"

"Keiron har gjort sitt bästa för att undervisa henne på vägen hit, med viss framgång."

"Keiron?"

"Det var Keiron som fann henne och om det inte varit för honom hade hon försvunnit tillbaka ut i vildmarken innan någon hunnit blinka. Det är bara honom hon tyr sig till."

Garlow skakade förundrat på huvudet innan han reste sig igen.

"Nåväl, från och med nu tänker jag ta henne som min lärling."

Bain blev förbluffad av detta tillkännagivande. Tack vare sin länk till magin levde radh'riam ovanligt länge och åldrades långsamt. Många valde att ha flera olika lärlingar under sin livstid, men övermäster Garlow hade inte haft en lärling på över femtio år. Garlow lade dock ingen värdering i hans förvåning utan vände sig återigen till barnet.

"Du behöver ett namn, flicka. Det är första steget in i den mänskliga världen, tror jag."

Flickan såg på honom med sina stora, mörkblå ögon och förvånade alla närvarande och allra mest sig själv genom att peka på sitt eget bröst och med klar, bestämd röst säga:

"Skaggi."

Tre dagar senare genomgick Skaggi, tillsammans med de sex andra barn som hittats detta år, ceremonin som offentligt gjorde dem till lärlingar. Det var en glädjefull, lättsam ceremoni som tog plats i Spegelsalen, Templets vackraste sal. Även om Skaggi inte förstod vad som hände så visste hon instinktivt att hon nu var hemma.

Sedan började hennes undervisning.

Det tog tid för henne att lära sig tala, hon hade svårt att förstå det skrivna ordet och matematik verkade vara helt utanför hennes förmåga. Men allt som hade med magin att göra lärde hon sig förbluffande fort. Och alltid fanns Keiron där för henne. De sågs endast åtskilda när deras undervisning så krävde, och sedan Garlow insett att Keiron kommunicerade och förstod Skaggi bättre än han själv kunde hoppas på började de två undervisas tillsammans. Trots att det satte tillbaka Keirons egen undervisning och han fick upprepa det mesta av det han redan lärt sig var han ändå omåttligt nöjd över arrangemanget.

Några månader efter att Skaggi först kom till Templet och hon just avslutat en lektion för övermäster Garlow var hon på väg till köket. Skaggi hade snabbt lärt sig att kokerskan gav henne kakor om hon log mot henne. Hon hade dock inte lärt sig hitta i Templets vindlande korridorer ännu och var därför åter vilse. Skaggi hade lärt sig ordet för kök, så kanske kunde hon be någon om hjälp. Mäster Garlow hade övat med henne att be om hjälp, men hon kände sig fortfarande olustig i andra människors sällskap.

Efter att ha vandrat runt en stund fann hon sig själv ståendes utanför Pelarsalen. Osäkert kikade hon in genom dörrvalvet. Pelarsalen var lärlingarnas egna sällskapsrum, men hon hade sällan besökt det. De andra lärlingarna gjorde henne illa till mods. Men om hon gick genom Pelarsalen hittade hon till köket. På tysta fötter smög hon genom salen som badade i höstens klara solstrålar. Hon hann knappt halvvägs innan en av pojkarna utbrast:

"Titta vem som är här!"

Allas blickar vändes emot henne och så kom strömmen av ord som var så obehaglig. Lärlingarna talade för fort och i munnen på varandra så hon förstod inte vad de sade. Orden "enfaldig" och "konstig" snappade hon upp, men hon visste inte vad de betydde. Hon försökte fly men de andra barnen omringade henne. Just då kom Keiron in i salen.

"Sluta!" ropade han så högt att det ekade mellan väggarna innan han skyndade fram till henne.

"Åh, Keiron, var inte löjlig!" protesterade de andra barnen i kör.

"Hon förstår ju ändå inte vad vi säger."

"Hon är ju inte bättre än ett troll, Keiron."

"Inte vill du väl spendera din tid med ett troll?" Lärlingarna skrattade så tårarna rann.

Tills en stormvind svepte genom salen och kastade dem till golvet. De som försökte resa sig föll tillbaka igen. Skratten ersattes av gråt och skärrade utrop. Skaggi, som var den enda förutom Keiron som fortfarande stod upp, stirrade förvånat mellan sin vän, lärlingarna på golvet och den röra som stormvinden orsakat i salen.

"Våga inte tala om henne på det sättet. Gör det aldrig igen!" skrek Keiron med allt ursinne en sjuåring kunde uppbringa.

Det blev första gången Keiron hamnade framför radh'riams råd i upptuktningssyfte. Han kunde inte sitta på en vecka efteråt och den förödmjukande bestraffningen sved i hans stolthet. Men det hade varit värt det. Aldrig mer talade någon illa om Skaggi.

I alla fall inte så han hörde det.

Så gick åren sin gilla gång i Templet mest som de alltid gjort och Skaggi och Keiron växte upp till två mycket aktningsvärda lärlingar. Så sakteliga hade Skaggi lärt sig tala och när hon väl lärt sig läsa hade hon förälskat sig i böcker. Men var Skaggi kom ifrån och hur hon kunnat överleva så länge ensam i vildmarken, det var något de aldrig fick svar på. Kanske mindes hon fortfarande vad som hänt, men hon talade aldrig om det. Inte ens med Keiron.

Även om Skaggi fortfarande ansågs konstig och det fanns de som inte tyckte om henne blev hon allt mer respekterad för sina förmågor. Keiron förblev hennes käraste vän, men hon knöt också allt närmare band med både Bain och Garlow. Med tiden fick hon även fler vänner. Men hon behöll alltid ett självständigt sinne, det fanns något otämjt över henne som ingen skolning i världen kunde råda bot på. Keiron och Skaggi var oskiljaktiga, endast när de sändes iväg på olika uppdrag var de ifrån varandra någon längre tid. Radh'riam såg dock inget fel i detta så länge deras känslor inte utvecklades till något utöver den syskonkärlek de antogs hysa för varandra.

De var så lika – och så olika – som två människor kunde bli.

Keiron hade en rastlös energi och en medfödd auktoritet som fick andra människor att villigt följa honom. De andra lärlingarna såg snart upp till honom och även bland dubbade radh'riam vann han aktning. Självsäkert yttrade han alltid sin åsikt, men var ändå ödmjuk nog att lyssna till andras. Hans höga, hjärtliga skratt smittade av sig på alla runt omkring och det pojkaktiga, varma leendet kunde charma vem som helst. Hans största skicklighet var som riddare och hans magi var kraftfullare än alla andras.

Bain var omåttligt stolt över sin lärling, men under åren som gick blev de mer än bara lärling och mäster. En djup och innerlig vänskap utvecklades snart mellan dem, trots deras stora åldersskillnad. Och under åren som gick fick Bain också erkänna att Keiron lärde honom precis lika mycket som han lärde Keiron.

Skaggis personlighet var av en annan art. Hennes nästan nonchalanta sätt kunde reta gallfeber på de flesta och ett halvleende lekte alltid i ena mungipan, som om hon såg något ingen annan kunde se. Dock var det bara tillsammans med Keiron som hon kunde kallas pratsam. Hon kunde nog upplevas både som sluten och begrundande, men när hon skrattade var det som om hela världen plötsligt blivit ljusare. Om Keiron beskrevs som kraftfull och stark så var Skaggi kvick. Kvick i kroppen och kvick i sinnet. Hennes magi var redan i rörelse innan någon annan hann reagera. Några talanger inom krigets konst hade hon dock inte. Därför lade hon sin tid på böcker och studier, framförallt inom naturvetenskap.

Men under denna till synes stillsamma yta fanns ett sinne av stål.

Hon utnyttjade tysta påtryckningar och lirkande och fick alltid sin vilja fram, särskilt med Keiron. Och de som trodde att det var Keiron som var hjärnan bakom alla deras vilda eskapader tog väldigt fel. Det tog dock radh'riam många år att inse att det var Skaggi och inte Keiron som hittade på alla de hyss och busstreck de åkte fast för. Därför blev det också Keiron som alltid fick de hårdaste straffen.

Men han beskyddade Skaggi med en järnvilja ingen radh'riam någonsin kunde bryta.

Kapitel 10

En lång stund stod de bara och såg på varandra. I periferin av sinnet kände Skaggi soldaternas förvåning. Ingen hade någonsin mött Caz'Duws blick och fortfarande stått upp. Men hon fäste inget intresse vid dem. De var betydelselösa nu. Allt som betydde något var mannen framför henne.

Inte ens nu när hon för första gången stod framför honom kunde hon tro att det var sant.

Men han var hennes Keiron.

Hans energier pulserade genom hennes sinne, så skrämmande välbekanta till och med efter alla dessa år. Men de känslor han då förmedlat till henne var sedan länge borta. Ersatta med hat, vrede och ett begär att döda allt och alla som kom i hans väg. Hon kämpade för att sortera ut sig själv ur infernot som översköljde henne. Bara tack vare åratal av träning lyckades hon resa försvarsmurar kring sitt sinne och skärma sig ifrån honom. Det var dock inte de rasande känslorna som tillintetgjorde henne utan med vilken likgiltighet han ignorerade dem. Samma likgiltighet verkade han känna inför allt omkring honom. Till och med för henne.

Någonting inom henne brast.

Skaggi snubblade baklänges, bort ifrån honom. Tårarna hotade att tränga fram, men hon tvingade dem tillbaka. Han skulle inte få se henne gråta.

Vad som helst utom det.

"Du kan inte fly från mig, Skaggi." Rösten var fruktansvärd att höra. "Jag har blivit mäktigare än du någonsin kan ana. Kom med mig nu." Så sträckte han fram sin fria hand för att dra henne till sig. Handen var svart som natten och skuggor vred sig omkring den.

Skaggi backade undan igen, snart skulle hon ha soldaternas spjut i ryggen.

"Och ändå behöver du hjälp av en hel armé bara för att fånga mig?" Hon tvingade dit ett gäckande leende för att dölja den förtvivlan hon kände inför honom och tvingade sig själv att stå still.

Hans ögon brann starkare när vreden flammade upp inom honom och ett kraftfullt utfall träffade hennes sinne, men hon var beredd. I ett sinnenas strid var hon starkare än honom. Hoppades hon. Hon gjorde dock inga försök att slå tillbaka för om hon såg in i det där mörka, förvridna sinnet skulle hon förlora vad kontroll hon hade kvar över sig själv. Istället fokuserade hon all sin styrka på försvar.

"Du skulle vara död." Han klev närmare men denna gång stod hon kvar.

Du skulle varit död! ville hon skrika tillbaka. *Vad har du blivit? Vad har du gjort? Varför?* Men hennes sorg och bedrövelse skulle inte hjälpa henne nu, så istället svarade hon med kylig nonchalans: "Otur för dig, men jag lever och det har jag tänkt fortsätta med." Hon fortsatte att le samtidigt som hon blockerade alla hans försök att slå igenom hennes sinne. "Det har varit *oerhört* trevligt att träffa dig igen, och vi har verkligen *så* mycket att prata om, du och jag. Men just nu har jag inte riktigt den tiden", fortsatte hon som om de suttit tillsammans på en elegant tebjudning. "Så om du bara vill ha vänligheten att släppa förbi mig så kan vi kanske ses igen, vid en mer passande tidpunkt?"

Det hade funnits en tid när han skulle ha kallat henne uppnosig och skrattat. Nu höjde han svärdet. Beredd att göra vad som helst för att hon inte skulle fly. Till och med döda henne. Han slog ännu hårdare mot hennes sinne och hon vacklade. Så mycket styrka fanns bakom hans attacker, ingen kunde stå emot en sådan kraft någon längre tid, inte ens hon.

"Du har inte en chans, följ mig eller dö."

Hon hade inget annat val än att backa igen. Soldaterna rörde sig oroligt bakom henne, redo att anfalla så snart Caz'Duw gav ordern.

Skaggi hade ingenstans att ta vägen.

Men i det ögonblicket kände hon ännu en närvaro, starkare än något annat, och den fyllde hennes sinne. Svepte undan Caz'Duws närvaro där som om den aldrig funnits. Ingen annan kunde dock känna den, inte ens Caz'Duw, inte ännu. Hennes leende blev bredare, men ögonen förblev hårda som is en vinternatt.

"Kanske inte. Men jag har en ny vän nu. En mycket mäktig, en mycket stor vän." Hon fortsatte att le.

Sedan kom rytandet.

Det överröstade till och med skogsbrandens dånande. Den enorma, svarta draken störtade ned ifrån skyn med klorna vilt utspärrade och ursinnigt rytande. Soldaterna kastade sig till marken i ren överlevnadsinstinkt när drakelden forsade över deras huvuden. Till och med Caz'Duw fick kasta sig åt sidan när draken svepte över honom och blotta vingslagen slog omkull honom med sin kraft. När han åter stod upp var draken redan på väg upp i skyn igen.

I dess väldiga klor satt Skaggi. Trygg och oskadd.

Kapitel 11

Landskapet svischade förbi långt under dem medan draken seglade fram på utsträckta vingar. Hans första vilda flykt hade lugnats och nu lät han vindarna bära honom. Skaggi försökte ändra ställning där hon satt, omsluten av hans väldiga klor, för att sitta åtminstone lite mindre obekvämt.

Fortfarande skakade hon efter mötet med Caz'Duw. Den fysiska kraft det tagit henne att stå emot hans attacker lämnade henne helt utmattad. Trots det tänkte hon inte, ens för sig själv, erkänna hur omskakad hon var.

Det hade tagit många år innan hon insett att Keiron inte mördats av Caz'Duw med alla andra radh'riam, utan att han *var* Caz'Duw. De minnena tryckte hon snabbt ned. De hade nästan förgjort henne en gång, hon tänkte inte låta det ske igen.

Självklart hade hon hört ryktena om honom. Det gick inte att undvika viskningarna om Kejsarens dödligaste tjänare, men hon hade ändå trott att det skulle vara annorlunda första gången de möttes igen. Trots allt hon hört om Caz'Duw hade hon ändå förväntat sig att det var Keiron hon skulle ha mött. Hon hade varit så dum! *Dum. Dum.* Ordet ekade åter inom henne. Den dumheten hade nästan kostat henne livet, bara drakens ingripande hade räddat henne. Hon hade känt så mycket hat och ondska inom honom att hon även nu nära nog tappade andan av bara tanken. Den man hon en gång känt var borta sedan länge.

Bara skuggor fanns kvar.

Återigen brände tårarna bakom ögonen, men hon vägrade släppa fram dem. Hon hade redan fällt för många över honom, hon skulle inte gråta mer. Lite i taget lugnade hon sig, hjälpt av drakens sinne som omslöt henne allt mer. I hans närvaro fanns det inte plats för mycket annat än han.

Många mil hade passerat under dem, dalar och skogar, enstaka byar och sjöar, innan draken äntligen landade och försiktigt släppte ned henne. Hon stapplade några steg, stel efter den långa flygningen. Med ett fras som av siden fällde draken in sina enorma vingar innan han vände huvudet emot henne och hon lade en hand på hans varma nos.

Under alla år i exil hade han varit hennes enda vän. De hade delat så mycket men det kom med ett pris. Hon försökte förneka det, försökte gömma undan den delen av sig själv, men draken hade nästlat sig in i hennes sinne på ett sätt som oroade henne allt mer. Hans sällsamma makt över henne var något hon inte kunde förklara och definitivt inte kunde kämpa emot.

Men vad spelade det för roll?

Hon ville vara med honom och han hade aldrig gjort något för att skada henne. Tvärtom hade han räddat hennes liv många gånger.

Tillsammans hade de utarbetat den plan som skulle ge så mycket uppmärksamhet i Imperiet att Kejsaren sände Caz'Duw norrut, inom räckhåll. Med enkla trick, svart färg och aldrig så lite magi hade hon och draken skapat tillräckligt med rykten för att Caz'Duw äntligen skulle komma till henne.

"Åh, Galad." Hon lutade sig tungt emot draken. "Vad skulle jag ha gjort utan dig?"

Draken gav till ett instämmande hummande som vibrerade genom hela hans enorma kropp. När han talade var rösten som åska:

"Så vad gör vi nu?"

Det var en bra fråga, de behövde fortfarande Caz'Duw. De behövde honom levande och villig att samarbeta.

Skaggi hade varit övertygad att om hon bara fick träffa honom igen, ensam, så skulle de gamla vänskapsbanden fortfarande vara starka. Nu tvivlade hon på det, men hon hade inget annat val än att försöka igen.

Övermäster Garlow hade för alla dessa år sedan gett henne ett uppdrag. För att genomföra det hade hon tvingats bort från radh'riam in i exil. Men det hon funnit var viktigare än hennes personliga lycka. Ännu, över hundra år senare, hade hon fortfarande inte funnit några svar. Bara om möjligt ännu fler frågor. Skaggi hade aldrig tyckt om Kejsaren, inte ens när de både fortfarande varit radh'riam. Men hon hade aldrig kunnat tro att han varit kapabel till allt det han gjort. Hur kunde någon människa vara det? Men på något sätt hade han fått kontroll över Den mörka makten och hon var säker på att när hon äntligen fann det hon sökte skulle svaren på hur man bekämpade Den mörka makten uppdagas. Då, äntligen, skulle Kejsaren störtas och hon skulle ha uppfyllt sitt löfte. Hon var nära nu, så nära.

Allt hon behövde var Caz'Duws hjälp.

"Vi får gillra en egen fälla." Beslutsamheten återkom till henne. I över hundra år hade hon kämpat för detta. Hon tänkte inte ge upp nu.

Caz'Duw skulle aldrig sluta jaga henne nu när han insett att hon fortfarande var vid liv, det förstod hon. Därför måste hon låta honom finna henne på ett ställe där hon hade övertaget och dit han valde att komma ensam. Så länge det fanns andra omkring dem skulle han förbli Caz'Duw, bara om hon fick möta honom ensam kunde hon hoppas på att nå fram till Keiron.

En plan tog sakta form i hennes sinne.

Hon skälvde till och lutade sig närmare draken. Hela hennes inre skrek åt henne att detta var en mycket dålig idé. Men hon behövde en plan och hon behövde den fort, annars skulle hon snart vara fast i ännu en av Caz'Duws fällor.

Hon tvivlade på att hon skulle överleva en till.

Härifrån var Gammelstad den närmaste större staden, där skulle armén behöva sprida ut sig. Där skulle han komma ensam till henne. Hoppades hon. Det var en risk. Hon visste hans styrka och hon tvivlade inte längre på att han skulle använda den emot henne. Minsta felsteg skulle leda till en säker död. Då skulle Den mörka makten fortsätta att härska över världen.

Först stapplande, men sedan allt mer självsäkert redogjorde hon sin plan för Galad. Draken gillade den inte, hans ursinne gentemot Caz'Duw och de futtiga små människorna som hotat henne i natt sipprade in i hennes eget sinne. Men efter en del lirkande så accepterade han den åtminstone. Även om det återigen innebar att han skulle vara för långt ifrån henne för att kunna ingripa innan det var för sent. En enorm svart drake som cirkulerade över staden skulle utan tvekan vara för iögonfallande.

Från där hon stod nu var det en knappt dags vandring till Gammelstad. Hon skulle hinna dit långt före Caz'Duw och armén. Det skulle ge henne tillräckligt med tid för att hitta det perfekta stället för deras nästa möte. Denna gång skulle hon vara beredd, hon gjorde sig inga illusioner längre om vem det var hon skulle möta.

Oavsett vad hon tvingades göra skulle hon inte lämna Gammel-stad utan Caz'Duw.

Ryktena svepte genom staden långt innan Caz'Duw och hans armé anlände. När de väl red in genom stadsporten var alla fönsterluckor igenslagna, alla dörrar förbommade. All handel och verksamhet hade slagit igen trots att det bara var tidig kväll. Oroväckande, mörka moln stockade sig vid horisonten och en iskall vind svepte in från havet och ylande genom de öde gatorna, vilket fick Skaggi att huttra där hon skyndade fram. Endast ett fåtal borgare korsade hennes väg, med sänkt blick och snabba steg.

Det var så tyst att hon hörde armén marschera fram över kuller-stenen flera kvarter bort. Snart skulle de vara utspridda över hela staden på sin jakt efter henne. Men hon hade fortfarande lite tid på sig innan de nådde fram till de gamla kvarteren.

Fortfarande lite tid innan Caz'Duw slutligen fann henne.

Gammelstad hade varit den första staden i Senatoriet och den var så gammal att inte ens Biblioteket hade svar på när den grundats. Vissa påstod att den funnits innan Senatoriet, under omstörtningens tid. Kanske till och med ännu tidigare. Om den någonsin haft ett mer originellt namn så hade det försvunnit ut ur historien. Från början hade den bestått av små trähus, men nyare och större hus i sten hade ersatt många av dem.

Där Skaggi gick fram fanns dock de gamla trähusen kvar. De låg i centrum av staden, mellan marknadsplatsen och hamnen. Här bodde de allra fattigaste av borgarna, de som inte hade råd med något annat. Skaggi gissade att slummens misär var orsaken till alla spelhålor, horhus och ölstugor som var belägna här.

Stanken från sörjan som rann förbi i rännstenen var kväljande.

Trots det var själva husen fortfarande vackra. Bevarade genom besvärjelser kastade för flera hundra år sedan. Den urgamla magin löpte fortfarande längs med dess väggar och dolde till viss del hennes egen närvaro. Dessa kvarter bestod av ett gytter av små gator och smala gränder där småknyttet trivdes. Skaggi svängde in i just en sådan smal gränd mellan några tvåvåningshus som trots bevarelse-besvärjelserna börjat sjangsera och nu verkade luta sig allt mer emot varandra som trötta gamla damer.

Helt osynliga från den större gatan och knappt synliga från själva gränden ledde några trappor ned till kyffet hon valt ut. Det låg i källarplan och hade bara en ingång. Vad dess ursprungliga funktion varit visste hon inte, men nu var det utan tvekan en lönnkrog. De var nog så vanliga över hela Imperiet, om man bara visste vart man skulle leta. Olagliga tillhåll som inte drevs av gillesmedlemmar.

Trots att krogen just ikväll var helt övergiven luktade den fort-farande av otvättade kroppar och dålig sprit. Några tärningar låg kvar på ett av borden, halvfulla flaskor och tomma muggar stod utspridda lite här och var. Flera kortlekar låg på den långa bardisken och bakom den låg stora tunnor staplade, utan tvekan fyllda med billig sprit och utspädd öl.

Caz'Duw skulle tro att han hade henne i en fälla här. Att hon flytt hit för att gömma sig, inte för att ta strid.

Skymningen kom snabbt utanför och lönnkrogen saknade fönster så hon tände vad ljus hon kunde hitta. Bland alla andra lukter spred sig snart stanken av billiga talgdankar. Skaggi var van vid mörker, men ikväll skulle det bara tjäna Caz'Duws syften och hon hade redan gett honom alldeles för många fördelar.

Hans närvaro slingrade sig ned till henne långt innan han uppenbarade sig i dörröppningen, men denna gång visste hon vad hon skulle möta. Redan när han klev nedför trapporna som knarrade under hans tyngd hade han dragit svärdet.

Trots sina föresatser rös Skaggi till när hon först såg honom.

Men denna gång försökte hon inte dölja det. Hon visste att Caz'Duw förnam alla hennes känslor lika väl som hon kände hans. Och det var till hennes fördel om han trodde att hon var lika handlingsförlamad som hon varit under deras första möte.

Han hade kommit ensam, precis som hon trott att han skulle. Hennes utmaning att han inte vågade möta henne utan sina män hade tjänat sitt syfte. Det stärkte henne att hon fortfarande alls kunde påverka honom, det tydde på att åtminstone någonting av Keiron fanns kvar.

Skaggi stod på den öppna ytan framför bardisken, där hade det gjorts plats åt både törstiga kunder och dansande par. Det var den enda ytan i hela lönnkrogen som inte täcktes av bord och bänkar. Caz'Duw kom allt närmare, cirkulerade runt henne. Vaksam.

"Den här gången kan du inte fly." I hans rörelser, om än dolda av skuggorna, kunde hon se Keirons smidighet och styrka. "Du skulle stannat borta, Skaggi. Vart du än varit i alla dessa år så skulle du ha stannat där. Nu måste du dö."

Kanske inbillade hon sig, men hade han stakat sig över de sista orden? Hon ville tro det. Utan förvarning kastade han sig emot henne och svingade svärdet i ett dödligt hugg.

Ja, definitivt inbillning.

Snabbare än han hann reagera hoppade Skaggi undan. I nästa sekund satt hon på huk uppå ett av borden medan det hemlighetsfulla halvleendet lekte i ena mungipan.

Spelet hade börjat.

Ett mörkt ljud hördes från djupet av Caz'Duws strupe innan han anföll henne igen med fördubblad styrka. Han var snabb och stålet blänkte i det svaga ljusskenet när svärdet skar genom luften. Men Skaggi hoppade återigen ur vägen. Om och om igen anföll han henne, rasande och obarmhärtigt. Och varje gång kastade hon sig undan i sista sekund som om de utförde en vettlös, förvriden dans. Stolar föll till golvet, bänkar kastades undan, trä splittrades liksom de flaskor som stått kvar på borden. Spelkort singlade genom luften som höstlöv och golvet blev halt av den utspillda, illaluktande spriten. Han var som en rasande eld, attackerande och slukande. Men hon var en gäckande vind, retsam och undvikande.

Hennes snabbhet överträffade varje gång hans styrka.

Till sist stannade Caz'Duw och sänkte det tunga svärdet emot golvet. Hon tvivlade på att han var trött, men däremot behövde han återfinna sitt fokus och skjuta undan vreden som rasade inom honom. Skaggi kunde inte låta det ske.

Till synes oberörd satte hon sig längst ut på bardisken - en bra bit ifrån honom - med ena benet dinglande över kanten, det andra uppdraget så att hon kunde vila hakan emot knät. Hon såg helt avslappnad ut, men hennes sinne arbetade för fullt i utkanten av hans för att hitta minsta spricka i hans försvar.

"Du kan inte undvika mig för evigt."

Hans anfall emot hennes sinne var inte lika subtila, mer som en murbräcka, och hela hennes inre skakade för varje slag. Ändå pressade Skaggi fram ett nonchalant, retsamt leende.

"Så som du flåsar verkar jag inte behöva försöka så länge till."

De gyllene ögonen brände genom skuggorna när han borrade in sin blick i hennes. Men hon slog åter undan hans försök att låsa fast hennes sinne. Det verkade inte förvåna honom att misslyckas och inte heller verkade det påverka honom på något sätt. Istället började han åter röra sig emot henne. Hon hade hoppats få honom så rasande att han tappade självkontrollen och på så vis få övertaget över hans sinne. Men han var för erfaren för det, den rasande vreden inom honom var under hård kontroll, inget hon sade eller gjorde verkade kunna få honom ur balans.

Och han hade rätt, hon kunde inte undvika honom för alltid. Till och med hon skulle tröttna.

Förbluffande snabbt anföll han henne igen och denna gång träffade svärdets bredsida henne innan hon hann kasta sig undan. Det slog henne till golvet och klumpigt rullade hon undan innan han hann genomborra henne och hoppade upp på ett av borden där hon satte sig på huk medan hon höll om sin ömmande sida. Det var nära att han knäckt ett par revben på henne, men hon sköt undan smärtan och pressade tillbaka halvleendet. Hon hade dock gjort ett misstag och han visste det.

Nu var han inte längre något annat än dödligt lugn.

Vad hon än gjorde nu så skulle hon inte få honom att tappa besinningen. Hon behövde ett annat sätt för att ta sig innanför hans försvarsmurar.

"Du kan inte besegra mig Skaggi. En gång för länge sedan hade du kanske haft en chans." Han rörde sig åter emot henne. Sakta och beräknande denna gång. Beredd på minsta rörelse från hennes sida, men hon satt stilla. "Hundra år har passerat och jag har lärt mig mer om magin än du någonsin kan föreställa dig." Han kom allt närmare medan han talade. Deras sinnen slog emot varandras skyddsmurar, sökte minsta svaghet och kämpade för att få övertaget över den andre. Kraften som slog emot henne var enorm och övervältigande. Han var bara fem steg ifrån henne nu och höjde svärdet till ett sista dödligt hugg.

Tre steg bort. Två steg.

Så föll han livlös ihop på golvet med en duns.

Där blev han liggande, orörlig, som en skugga bland skuggor. Skaggi hoppade ned från bordet och satte sig på huk bredvid honom.

"Ja, det har gått hundra år, dumskalle. Tror du verkligen att du är den enda som lärt dig något nytt?"

Kapitel 12

Arman levde. Dagar hade passerat sedan Caz'Duw i all hast lämnat Ergoroth och han var fortfarande vid liv. Kejsaren hade inte heller fängslat honom eller gjort någon annan åtbörd gentemot honom. Som om han inte ens var medveten om hans förräderi och händelsen på d'Augustins bal. Arman trodde inte ens att han stod under bevakning. I alla fall inte mer än han alltid gjort.

Efter det första skräckfyllda dygnet när han om och om igen övervägt hur han bäst tjänade rebellernas sak, genom att fly och kanske få leva eller stanna och dö, hade han sakta börjat tro att han faktiskt var säker. Åtminstone för stunden. Och om han flytt hade Kejsarens vrede gått ut över hans familj. Hans äldre bror Arvix och dennes fru Niell och deras tre barn. Yngre systern Aina och hans älskade mor, änkenåden Shesmina de Keere. Hedern krävde att han stannade. Hans ed till rebellerna krävde att han stannade.

Och inget hände.

I alla fall inget som hade med honom själv att göra. Underliga ting var utan tvekan i görningen. Caz'Duw hade ridit norrut för att enligt ryktet jaga drakar. Något Arman inte trodde på för ett ögonblick. Men hur han än försökte kunde han inte få reda på Caz'Duws verkliga uppdrag. Inte så mycket som en viskning ens ifrån Kejsarens innersta krets.

Kejsaren själv var upprörd. Så mycket hade Arman listat ut. Alla visste att han aldrig tyckte om att sända iväg Caz'Duw. Men denna gång var han mer än bara missnöjd. Han var orolig. Bekymrad, rent av. Arman hade inte ens trott att Kejsaren kunde uppleva en sådan känsla. Häromdagen när Arman passerade genom tronsalen hade han till och med hört Kejsaren fräsa åt en av riddarna i kejserliga gardet. Aldrig tidigare hade Arman hört honom höja rösten. Han hade också sett tärd ut. Kejsaren hade alltid utstrålat en sådan oerhörd makt att han inte upplevdes gammal, trots rynkorna och det gråa håret. Men sist Arman sett honom hade vartenda ett av de över hundra levnadsåren synts i hans slitna anlete.

Efter det hade Kejsaren varit frånvarande. Han hade låst in sig i sin våning utan att ta emot någon och med halva kejserliga gardet på vakt utanför. Det hade aldrig tidigare hänt att Kejsaren inte suttit på sin tron för hovet att beskåda åtminstone en kort stund varje dag.

Kan Kejsaren vara sjuk? skrev Arman som avslutning på den rapport han höll på att skriva ihop till Hus tjugotvå.

Var det ens möjligt? funderade han för sig själv, och vad skulle det betyda för rebellerna?

Han hade inga svar på det och det hjälpte inte att spekulera. Därför sköt han tankarna på Kejsaren åt sidan – för tillfället – och sträckte sig efter mer papper och doppade åter pennan i bläckhornet för att påbörja nästa rapport. Han började med att beskriva Kejsarens underliga ignorans emot honom själv.

Det har också blivit allt svårare för mig att samla information, fortsatte han. För även om Kejsaren ännu inte gjort någon åtbörd gentemot honom hade hovet undvikit honom ända sedan balen. Klev han in i något av de gallerier som stod till hovets förfogande tystnade alla samtal. Han hade inte erhållit en endaste inbjudan och de han fått tidigare hade dragits tillbaka. Inklusive den till kvällssupén och soarén hos d'Augustin. Därför hade han inte fått veta något mer om vad Kejsaren sagt till herr d'Augustin. Inte heller hörde han något skvaller längre. Ingen gav honom hemliga förtroenden eller kom till honom för att söka råd. *Jag är totalt utfryst från all samvaro,* avslutade han.

Med en tung suck rengjorde han fjäderpennan och skulle just lägga tillbaka den när det knackade på dörren.

Reflexmässigt grep han efter stiletten han alltid höll gömd i översta skrivbordslådan och reste sig hastigt för att slänga rapporterna på brasan bakom sig. Han gruvade sig för att skriva om alltihopa igen, men han var tvungen att vara försiktigare än någonsin. Ett riktat meddelande till Hus tjugotvå som kom i orätta händer skulle få oerhörda konsekvenser för rebellerna och han visste att han hade många fiender vid hovet. Adelsmän avundsjuka på hans namn och de fördelar det gav honom. Besvikna hovdamer som förväntat sig mer än han givit dem. Vid hovet fanns det tusen sätt att förolämpa någon och han hade levt här tillräckligt länge för att veta vad som kunde hända de adelsmän som hamnade i onåd.

Hans betjänt Vixon stod vid dörren nu, även han med en kniv i ena handen, dold bakom ryggen. Med bultande hjärta nickade Arman åt honom att öppna samtidigt som han grep hårdare om sin egen stilettkniv.

Men när Vixon osynligt lät kniven försvinna upp i skjortärmen och sedan klev åt sidan var det Viana d'Augustin som skred in igenom dörren. Ljudlöst och obemärkt på det sätt bara de allra skickligaste av tjänare lyckas med försvann Vixon ut ur salongen. Så snart dörren stängdes bakom henne neg fröken d'Augustin artigt så som etiketten föreskrev. Hon såg bortkommen, osäker och alldeles underbar ut och något kramade om hans hjärta.

"Fröken d'Augustin?"

"Herr de Keere."

"Ni borde inte vara här", utbrast han när hjärnan började arbeta igen. Att hon stod ensam i hans salong utan förkläde var skandalöst nog även under normala omständigheter. Nu fann han inte ens ett passande ord.

"Jag måste få tala med er."

Han hade aldrig hört hennes röst så hård, men å andra sidan hade hon aldrig tidigare trott att han var en förrädare. Vad hon gjorde här kunde han inte förstå, men det var oviktigt. Det viktiga var att han fick henne härifrån innan någon såg henne. Vem visste vad en illasinnad hovman kunde ta sig till om detta kom ut. Eller, ännu värre, vad Kejsaren kunde få för sig att göra för att tvinga ur henne information om Armans förehavanden.

"Fröken d'Augustin", började Arman med så högdragen röst han kunde uppbringa. "Jag anser inte att... Vad jag vill säga är att ni inte... Ni ska veta att jag inte..."

"Arman." Användandet av hans förnamn, att höra det från hennes vackra läppar, tystade honom. "Nog nu, säg mig sanningen. Är det sant så som de säger? Att du är en förrädare, en rebell?"

Han hade lögnen på tungan, redo att uttalas.

"Det är sant", chockerade han sig själv med att säga.

Det var de första helt ärliga ord han någonsin sagt till henne.

Ett par andetag och en hel evighet passerade medan han väntade på att hon skulle fly ut ur hans liv för alltid. Istället kom hon närmare tills bara några få steg och skrivbordet skilde dem åt. När hon åter talade var rösten knappt mer än en viskning, som om hon var rädd att någon skulle höra:

"Så de finns verkligen? Rebellerna?"

I hennes ögon fanns ett djup han aldrig lagt märke till tidigare. En sorg hon dolt och en förväntan han för första gången kunde möta. Även om det förrådde allt han levt för de senaste tio åren nickade han till svar.

"Finns det hopp? Hopp om att besegra Kejsaren?"

Av allt hon kunnat säga så var detta det sista han förväntat sig. Men att även hon, trots sitt skyddade liv, förstod att något var fruktansvärt fel med Imperiet och deras sätt att leva borde inte förvåna honom. Hon var trots allt en av de mest varmhjärtade människor han mött. Arman hade aldrig trott att så många motstridiga känslor kunde rymmas inom honom samtidigt. Utan att han riktigt tänkte på vad han gjorde steg han runt skrivbordet som skiljde dem åt och tog båda hennes händer i sina.

"Det finns alltid hopp."

Hon stod tyst och såg ned på deras sammanflätade händer.

"Det var därför, eller hur?" sade hon till sist utan att titta upp. "Därför ni visade mig uppmärksamhet, för att få information från min far?"

"Nej! Eller jo, jag menar..." Återigen svamlade han så han tystnade. Ärlighet, sade han till sig själv. Han hade redan avslöjat sin djupaste hemlighet. Han kunde fortsätta vara ärlig. Så han drog ett djupt andetag och tog sig friheten att använda hennes förnamn så som hon nyss använt hans: "Viana, jag högaktar er, er godhet och intelligens. Om situationen varit annorlunda... Men jag kan inte be er om det. Jag skulle aldrig kunna utsätta er för fara." Han fick henne att lyfta blicken så att han såg henne rakt i ögonen. "Ni måste gå nu. Nu när ni vet vad jag är." Han släppte hennes händer och tog ett steg bakåt. "Du utsätter dig för fara bara av att vara här, för självaste Kejsarens vrede."

Den alltid närvarande rädslan för Kejsaren passerade bakom hennes ögon. Den han hatade så innerligt. Den täckte över det djup han sett där och för ett ögonblick verkade hon tveka. Sedan tog hon ett steg framåt och fattade hans händer så som han nyss fattat hennes.

"Jag har beundrat er, Arman de Keere, sedan den dag jag först kom till hovet. När ni började visa mig uppmärksamhet trodde jag att jag förirrat mig i en dröm. Och nu, nu när jag vet. Låt mig hjälpa dig. Jag ber dig."

Försiktigt lösgjorde han sina händer från hennes. Han var inte ens den man hon trodde hon kände. Hon visste inte ens vad hon bad om. Arman trodde på rebellernas sak med allt som var han och skulle aldrig sluta kämpa för dem.

Men det kom till ett högt pris.

Hur skulle han kunna förklara för henne inte bara den fara hon skulle sväva i om han tillät detta, utan också få henne att förstå allt det hon måste försaka. Alla de broar som måste brännas. Alla intriger som bit för bit slet sönder själen tills bara lögner fanns kvar. Nej, han kunde inte tillåta att hon utsatte sig själv för det. Han vägrade se på när hennes oskuldsfullhet och värme förbyttes emot cynism och kyliga beräkningar.

"Våga inte vägra mig detta!" utbrast hon som om hon läst hans tankar. "Ser du hellre att jag dukar under under Kejsarens ok? Vill du se mig tvingas in i ett kärlekslöst äktenskap jag inte vill ha? Att aldrig ha mer vilja än en häst, sadlad och betslad för någon annan att styra? En kvinna är inget mer än en ägodel för hennes far eller make att göra vad de vill med. Dugolas bok berättar om en tid när kvinnan var jämlik mannen. När hennes ägodelar var hennes egna och hennes liv var hennes att styra. En tid innan Kejsaren när en kvinna kunde vara gillesherre, godsägare eller rådsdam. Till och med en radh'riam."

Mållös stirrade Arman på henne. Ambitionen bakom hennes ord förvånade honom. Må så vara att hon inte visste vem han var under den polerade fasaden, men han insåg att han inte kände henne heller. Kanske borde det ha skrämt honom men nu mer än någonsin kastade hon omkull all hans självbevarelsedrift. Han försökte formulera ett svar, men hon var ännu inte färdig trots att tårar av hopplöshet glänste i ögonen:

"Varenda kvinna i Imperiet är en slav. Och du är en av dem som kämpar för förändring. Jag tänker inte acceptera ett nej, Arman de Keere. Jag kommer hjälpa dig vare sig du vill det eller ej."

Han kysste henne.

Innan han ens förstod vad han var på väg att göra täckte hans läppar hennes. Hon smakade söta bär och hennes doft var mer berusande än något vin. Hennes läppar särades när hon förvånat drog efter andan.

Vad höll han på med? Han måste backa undan. Nu.

Fjäderlätt rörde sig hennes läppar över hans i ett gensvar. Oskuldsfullt. Osäkert. Men det fick både hans tankar och känslor att löpa amok. Han behövde henne, på vartenda sätt en man behöver en kvinna. Allt det han inte kunde formulera i ord lade han i kyssen istället. Med en hänförd suck tryckte hon sig närmare honom och han slöt sina armar om henne. De var bröst emot bröst nu. Hjärta emot hjärta.

Om han inte hejdade sig nu skulle han aldrig kunna göra det. Ytterst motvilligt drog han sig tillbaka, bara så mycket att kyssen avbröts. Men han kunde inte tvinga sig själv att släppa henne. Hon mötte hans blick under täta, långa ögonfransar och han tappade nästan de spillror av självbehärskning han hade kvar. Några hårnålar hade lossnat och långa, svarta hårtestar hade rymt ur den eleganta frisyren. Han var tvungen att dra en hand genom dem och de var precis lika lena som han föreställt sig. Vad heder han hade kvar skrek åt honom att sätta stopp för detta nu. Sätta stopp för all den fara han skulle utsätta henne för, på så många olika sätt, om han lät detta fortsätta.

"Våga inte förneka mig detta. Inte nu." viskade hon.

Hedern kunde dra åt fanders.

"Jag skulle aldrig kunna neka dig någonting. Inte hur mycket jag än skulle vilja."

Hon sträckte sig upp och lade armarna om hans hals samtidigt som hennes läppar fann hans.

Att han absolut inte borde göra detta, var Armans sista klara tanke.

Kapitel 13

A rmans stallknekt, Orvin, återvände till Ergoroth dagen efter. Med sig hade han två apelgrå hingstar från Isos exklusivaste auktionsstall. Han använde dessa som förklaring för sin frånvaro, att hans herre önskat sig två nya körhästar.

Arman kom ned till stallarna morgonen efter. Efter andra natten med för lite sömn och för mycket av allting annat tillsammans med Viana. Det var bara tack vare åratal av träning i att förvrida sina anletsdrag som han kunde avstå från att le som den förälskade dåre han var. För dem som eventuellt iakttog honom verkade dock de nya, tjusiga hingstarna ha hans odelade uppmärksamhet. Meddelandet från Hus tjugotvå kunde Orvin enkelt smyga till honom medan han förevisade hästarna.

Arman försäkrade sig om att ingen såg det och att ingen följde efter honom tillbaka till hans våning. Inte förrän han satt ensam i sin favoritfåtölj tog han upp det förseglade kuvertet och bröt sigillet med nummer tjugotvå instämplat i det röda vaxet.

Herr Bain, självaste rebelledaren, sände sina hälsningar och hoppades att brevet skulle nå honom vid god hälsa trots omständligheterna. Brevet beskrev vidare Kejsarens planer att upplösa gillena och att han tänkte börja med pärlgillet.

... Detta kommer leda till att Kejsaren själv kan ta kontroll över all handel i Imperiet. Jag kan inte nog trycka på den förödelse detta skulle innebära för folket.
Jag förstår att din egen situation är svår, men gör vad du kan.
Gör allt som står i din makt för att förhindra att detta sker.

Bain

Det var det viktigaste uppdrag Arman fått.

Och rebellernas hittills svåraste uppdrag någonsin.

Arman läste brevet två gånger till, tills han var säker på att han memorerat vartenda ord. Sedan reste han sig upp och slängde brevet på brasan. Medan han såg pappret förvandlas till aska i öppna spisen bearbetade han denna nya information och uppdraget han fått.

Det var mer personligt än något tidigare uppdrag.

Hans egen familj hade investerat större delen av sin förmögenhet i pärlgillet och många av de människor som bodde på de Keeres mark försörjde sig som pärldykare. Om Kejsarens planer lyckades skulle hans familj bli nästintill barskrapad. För att inte tala om alla de människor som stod under deras beskydd.

Han var övertygad om att vad Kejsaren än planerade för pärlgillet så hörde det ihop med samtalet han haft med herr d'Augustin. Det innebar också att Viana var den som nu hade störst chans att ta reda på vad som pågick.

Men han kunde inte be henne.

Efter deras första natt tillsammans hade han berättat allt för henne. Om rebellerna. Om honom själv. Aldrig hade han känt sig så sårbar och aldrig hade någon fått honom att känna sig så stark som Viana gjort då.

Vi gör det här tillsammans nu, inga fler lögner mellan oss, hade hon sagt som avsked. Hennes ansikte hade lysts upp av gryningens första, matta ljus när hon kysst honom en sista gång. *Vad du än behöver, tveka aldrig att be mig.*

Han hade lovat henne då. Men han kunde inte be henne intrigera emot sin egen far. Han ville inte se vad det skulle göra med henne.

Därför måste han hitta en annan lösning.

Gör allt som står i din makt, hade herr Bain skrivit. Och det skulle han – så länge det inte inbegrep Viana.

Därför bestämde han sig för att meddela de rebeller han hade nere i staden. Kanske visste de något som han inte gjorde. Korpral Macran hörde nästan varenda order stadsvakten fick. Bryggaren Tito från Lönnargatan kände varenda krogägare i staden. Sömmerskan Mya från Skräddargränd sydde klänningar till både välbärgade borgare och hovdamer. Hon fick höra mer skvaller än alla de andra tillsammans, kanske med undantag från herr och fru Beron. De drev ett värdshus nära stora marknadsplatsen dit folk kom från när och fjärran. Unga Kenk var springpojke åt det ansedda penninggillet och vad Deron försörjde sig på föredrog Arman att inte veta, men han var alltid oerhört effektiv oavsett vilken uppgift han fick. Alla sju hade varit Armans ögon och öron ute i Ergoroth under flera år.

Nöjd med beslutet satte sig Arman vid sitt breda skrivbord och tog fram brevpapper och bläckhorn. Tankfullt vässade han fjäderpennan medan han funderade på hur han skulle formulera sig. Till sist nöjde han sig med att beskriva vad han ville att de skulle göra men inte varför. Ju mindre de visste, desto mindre kunde de avslöja. Dock tog han sig tiden att mana dem till försiktighet. Det var viktigare än någonsin nu.

"Vixon!" ropade Arman just som han förslöt det sista meddelandet med rött vax och sigillet *22* som var dolt i hans egen signetring.

"Ni kallade, herrn", svarade Vixon som uppenbarade sig i dörren bara ögonblick senare.

"Gå med dessa meddelanden ut i staden." Arman behövde inte specificera vart. Vixon hade varit rebell till och med längre än Arman själv och visste precis vad han menade. "Var försiktig."

"Självklart, herrn."

"Jag menar det, vi har ingen aning om vad Kejsaren vet och inte vet."

"Ja, herrn."

Vixon tog emot meddelandena och vände sig om för att gå.

"Vixon, låna också ett extra öra till allt vad tjänstefolket skvallrar om." Tjänstefolk glömdes ofta bort av det högfärdiga hovet och de hörde ofta saker de egentligen inte borde höra.

"Naturligtvis, herrn."

Ergoroths onaturliga mörker hade alltid gjort Arman illa till mods. Han hade levt större delen av livet under Nayelles varma sol och skulle nog aldrig sluta sakna den. Under nattens mörkaste timmar, när han låg ensam i sin stora säng och palatsets kyla knappt kunde hållas borta ens med de varmaste av filtar, hade han alltid haft sådan hemlängtan att tårar runnit nedför kinderna.

Men inte nu längre.

Ända sedan första kvällen Viana stigit in genom dörren hade han längtat efter nattens mörka timmar för då skulle hon komma tillbaka till honom.

Ikväll var hon sen, men han visste varför. Det var ikväll hennes mors soaré pågick bara några korridorer längre bort i palatset. Öppnade han dörren kunde han till och med höra lite av musiken. Men han tvingade sig själv att låta bli, ingen skulle få se att han saknade den samvaro han tidigare varit en central del av.

När dörren till sist öppnades och Viana smög in glömde han dock allt utom henne. I tre långa steg var han framme hos henne och slöt henne i sina armar.

För en stund var allt som fanns de två.

Till sist lutade sig Arman tillbaka i soffan och drog Viana med sig. Hon suckade nöjt, tillfredsställd och sömnig, och lutade huvudet mot hans bröstkorg.

"Hade Orvin med sig något meddelande till dig?" frågade hon efter en stund.

Arman hade fruktat den frågan.

"Det hade han."

"Vad stod det?"

"Rebelledaren själv sände sina hälsningar. Och så hoppades han att jag kan fortsätta mitt uppdrag här."

Inga fler lögner, hade han lovat henne. Han hade lyckats hålla det löftet i nästan två dygn. Men han kunde inte berätta för henne om pärlgillets del i Kejsarens planer. Hon var alldeles för smart för att inte lägga ihop två och två.

"Kommer du berätta för dem om mig?" undrade hon.

Det var han tvungen till. Rebellnätverket var de enda han aldrig skulle undanhålla något för. Hans lojalitet emot Hus tjugotvå var total.

"Självfallet."

Han lutade sig ned så han kunde lägga kinden mot hennes hår. Först då insåg han sitt dilemma. Rebellerna visste redan om d'Augustins inblandning i pärlgillet och Kejsarens samtal med Vianas far, han hade själv rapporterat om det. Om han berättade om Viana skulle de förvänta sig att hon tog reda på vad som sagts.

Att Arman såg till att hon tog reda på det.

"Arman?" Viana flyttade sig så hon kunde se rakt in i hans ögon. "Vad är det?"

Han skakade på huvudet.

"Ingenting, allt är bra." Och det skulle det bli, det lovade han sig själv. Bara han fann svaren snart utan att behöva involvera Viana.

Och den som bäst kunde svara på alla frågor var Kejsaren själv.

Kapitel 14

Rebellerna nere i Ergoroth skickade stadigt rapporter tillbaka till Arman de kommande dagarna. De sändes med Vixon när han hämtade upp vinflaskor till Armans middagar och i fickan på Armans nya sidenväst. I skumrasket i skänkstugorna lämnades de osynligt över till Orvin när han sökte sig dit för att till synes ta sig ett glas i goda vänners lag.

Pärlgillet hade nämnts vid ett par tillfällen mellan några gillesherrar och igen bland soldater som återvänt från Jinella. Men de avslöjade ingenting av vad det var som faktiskt pågick.

Arman själv hade ännu mindre tur.

Återigen försvann Kejsaren i flera dagar. Enligt de få rykten han fortfarande lyckades snappa upp i palatsets korridorer höll han sig ännu en gång inlåst i sin våning utan att träffa någon.

"Ers höghet har hela världen att styra över, inte är det väl märkligt om han behöver några dagars återhämtning då och då?" utbrast dam Drummard just som Arman passerade henne och hennes vanliga entourage i ett av gallerierna.

Trots att Arman utförde sin allra mest eleganta bugning när de möttes bara blängde den äldre damen högdraget på honom innan hon svepte vidare. Ingen av de andra damerna så mycket som såg åt hans håll. Han kunde lika gärna ha varit gjord av luft. Bara hans goda uppfostran frånhöll honom från att sucka uppgivet.

Te. Han behövde en god kopp te medan han funderade ut nästa steg. Arman återvände till sin våning och skulle just ringa på sitt efterlängtade eftermiddagste när Vixon kom inrusande med andan i halsen och skräck skrivet över hela anletet.

"Macran..." flämtade Vixon så häftigt att han knappt fick fram orden. "Macran och de andra har fängslats!"

En järnhand kramade ihop Armans bröstkorg. "Vad? Hur?"

"Kejserliga gardet. Jag vet inte hur... hur de kunde veta." Vixon drog flera djupa andetag och samlade sig till sist så mycket att han kunde berätta allt: "De genomförde en enda stor räd genom Ergoroth för bara några timmar sedan och fängslade dem alla. Riddarna brände ned deras hus och beslagtog all egendom. Jag fruktar att deras familjer, ja, de som hade någon alltså, har mördats."

Arman sjönk ihop i sin mjuka favoritfåtölj. Det kunde inte vara sant. Det *fick* inte vara sant. Utan att Arman sett att Vixon hällt upp räckte han över ett glas konjak. Och innan Arman ens höjt glaset till munnen hade Vixon själv sköljt ned en stor klunk, glömsk av att en tjänare inte fick nyttja sin herres ägodelar. Så sjönk även han ned i en fåtölj. "Några var modiga nog att protestera, en granne och några förbipasserande borgare. De höggs ned där de stod."

Hur kunde kejserliga gardet fått reda på vilka de var? De hade varit så försiktiga. Hur kunde Arman ha misslyckats så kapitalt? Han tog ännu en klunk av konjaken och fyllde på åt både sig själv och Vixon medan han funderade över deras alternativ. På något sätt måste han rädda dem.

"Det finns inget ni kan göra", sade Vixon och avbröt hans tankar.

Arman vägrade tro på det.

"Det finns alltid ett sätt. Alltid! Vi måste bara..."

"De fördes raka vägen till tortyrkammaren. Ni vet lika väl som jag att det bara finns en väg ut därifrån."

"Makterna hjälpe oss." Arman sjönk längre ned i fåtöljen. Vem visste vad de arma stackarna avslöjade under sina fångvaktares omsorger? Det var inte längre bara deras liv som stod på spel, vem visste vilken information sju så rutinerade rebeller hade? "Vi måste…"

"Herr de Keere! Det finns inget ni kan göra, hör ni mig? Ingenting! Det är redan för sent." Vixon svepte glaset och med en sista uppgiven suck reste han sig på tunga fötter. "Jag ska förbereda ert kvällsmål."

Arman blev ensam kvar med sin förtvivlan och skuld. Han visste att Vixon hade rätt, hans hjärta ville bara inte acceptera sanningen.

Det fanns inget någon kunde göra nu.

Men han kunde inte låta bli att undra, genom att vägra be Viana om hjälp, hade han dömt de andra till döden?

Han tvingade undan de tankarna. Det som var gjort var gjort. Vad han var tvungen att fokusera på nu var de andra. Kanske kunde han sända iväg Orvin igen? Eller var det för misstänksamt om hans stall-knekt åter lämnade sin herres hästar så snart? För sin inre syn såg han Orvins livlösa kropp nedslängd i ett dike och övergav snabbt den planen. Vixon däremot kunde han sända ned till Ergoroth, det var inget underligt. Som Armans betjänt gick han ärenden dit var och varannan dag. Väl där kunde han försvinna. Men hur länge skulle han kunna hålla sig gömd, och vad för liv skulle han få? Nej, Arman kunde inte med hedern i behåll sända iväg någon av dem. Men de var inte säkra i hans tjänst heller.

"Vi visste alla riskerna när vi anslöt oss till rebellerna." Vixon hade ljudlöst återvänt med hans kvällsmat och tydligen stod Armans tankar skrivna över hela ansiktet.

"Men…"

"Jag är säker på att jag talar för både Orvin och mig själv när jag säger att vi stannar, oavsett slut."

De hade vetat riskerna, det var sant. Det gjorde de alla och Arman var inte främmande för att riskera sitt eget liv. Men vetskapen om att hans beslut att skydda den han älskade dömde oskyldiga människor till döden, det var en fruktansvärd skuld att bära.

Avrättningen skedde en molnig, kall eftermiddag tre dagar senare på vad som i folkmun kallades för Spötorget. Torget och gatorna runt omkring var så fulla av folk att Arman knappt tog sig fram trots att borgarna rätteligen skulle hålla undan för en adelsman. Med stor möda tog han sig till sist upp på den läktare som ställts upp för hovet. Självklart skulle hovet alltid ha den bästa utsikten, oavsett om det gällde en pjäs eller avrättning. Arman trängde sig förbi flera adelsmän och en nervöst fnittrande dam för att sätta sig på en ledig plats. Hovmannen närmast honom flyttade sig demonstrativt undan.

Normalt sett föredrog hovet att inte närvara vid avrättningar, men denna var annorlunda. Idag skulle en av deras skickligaste sömmerskor hängas. För dem var det en tragedi likvärdig det en bonde känner när hela skörden förstörts.

Från sin plats såg Arman allt som hände på torget. Stadsvakten, som skulle se till att vägen fram till galgen var fri så att fångvagnen tog sig fram, trycktes nästan undan av mängden folk som kommit hit. Från byggnaderna runt omkring hängde borgare ut genom fönstren. Om och om igen försökte Arman svälja ned klumpen i halsen som envist vägrade försvinna. Underligt nog hade fortfarande ingen åtgärd skett emot vare sig Arman, Orvin eller Vixon, men Arman kunde inte känna sig lättad. Inte när människor som stått under hans beskydd nu skulle dö.

Kejsarens avrättningar skedde alltid offentligt, så att alla såg vad som hände med dem som trotsade Imperiet. Och liken hängde kvar långt efteråt. För borgarna var avrättningar vanligen en underlig blandning av folkfest och fasansfull varning. Månglarna brukade slå mynt av att så många samlats på samma ställe, ficktjuvarna likaså. Vanligen kunde stämningen under en hängning vara nästan uppsluppen. Men inte idag.

Borgarnas hat, misstro och fruktan för Imperiet som helt ostraffat kunde välja ut vem de än ville och mörda dem utan nåd, utan att någon kunde kräva skäl eller förklaring, fortplantade sig över torget och vidare ut i hela Ergoroth.

Befälhavaren för kejserliga gardet klev upp på galgen som stod mitt på torget just som fångvagnen kördes fram. Allt sorl dog ut och en tryckande, tung tystnad som kom sig av mycket mer än bara avsaknaden av ljud fick stadsvakterna att trampa nervöst från fot till fot och rastlöst fingra på sina vapen.

En trumvirvel ekade mellan husen och så leddes de dömda genom folkmassan som delade sig i tystnad för att släppa fram dem. Flera av dem var redan så misshandlade att de inte kunde stå utan hjälp utan släpades upp till galgen. Pojken Kenk var en av dem. Det var overkligt att se honom så, denna kvicka, snabbkäftade grabb som troligen inte var fjorton vårar gammal. Väl uppe på galgen radades de upp så att hela torget kunde se dem och för en kort stund fick Arman ögonkontakt med Mya. Tårar rann nedför hennes sönderslagna ansikte.

Medan bödeln i sin svarta huva lade snarorna kring fångarnas halsar började befälhavaren att tala med hög, myndig stämma:

"Korpral Macran. Tito Titosson. Vidar Beron. Silja Beron. Kenk Korsson. Mya Rivasdotter. Deron Beucoup. Ni har alla befunnits skyldiga till konspiration och flertalet uppsåtliga brott emot kronan av vilka det allvarligaste benämns högförräderi. För dessa brott har ni dömts att denna åskdag i nådens år hundrasju hängas tills döden inträder."

En trumvirvel senare var allt över.

Bödeln ryckte till i spaken och ljudet av nackar som knäcks fortplantade sig genom tystnaden. Bara ögonblick senare hade rebellernas sprattlande slutat. Liken vajade lojt i den tilltagande vinden och luften fylldes av stanken från deras sista meningslösa akt i livet.

Arman tvingade sig att se på var och en av de döda trots att det vände sig i magen på honom och tårar brann bakom ögonen. Minnen av deras gärningar som så ofta hjälpt honom i det förflutna sköljde över honom. Detta var hans fel. Han var övertygad om att dessa tappra män och kvinnor hade dött för att han på något sätt avslöjat även dem.

Men när folkmassan skingrades lämnade han dem, vände dem ryggen, och anlade en passande högdragen min av avsky. Den min som förväntades av Kejsarens hovman. Så steg han in i sin privata vagn dragen av de två nya apelgrå hingstarna som skulle ta honom tillbaka till palatset. Allt han var tvungen att göra och allt han misslyckats att göra hängde över honom som en stor tyngd och hotade att krossa honom. Just som trafiken runt torget äntligen tunnades ut tillräckligt för att Orvin skulle få hästarna framåt såg Arman en sista gång tillbaka emot galgen. På de döda som hängde där. Och han lovade sig själv att Imperiet skulle få betala för det här.

På något sätt skulle han se till att de fick betala.

När mörkret föll den kvällen ställde borgare i staden ut ett ensamt ljus i sina fönster. Arman såg dem genom sitt eget fönster i palatset. Först var det bara några få, men allt fler tändes tills tusen och åter tusentals ljus brann över hela staden.

En tyst hyllning till de döda.

Arman undrade om fler skulle dö på grund av ljusen som lyste upp staden inatt. Skulle deras död i så fall också vara hans fel?

Han skakade av återhållen vrede. Vrede över Kejsaren och hans grymhet, men också över hans egna tillkortakommanden. Idag hade andra dött för hans misslyckanden. För de felaktiga beslut han tagit.

"Arman?"

Viana hade kommit in genom dörren utan att han ens märkt det. Det var farligt. Hade det varit någon annan än hon kunde han varit död nu.

Han tvingade undan vreden för hon skulle inte behöva möta den.

"Jag är inget trevligt sällskap ikväll, Viana."

"Hur skulle du kunna vara det efter allt som har hänt?"

Hennes vänlighet var mer än han klarade av.

"Det var mitt fel."

"Nej, Arman."

"Om jag bara hade... Jag skulle ha bett om..." Han tystnade när han insåg vad han var på väg att säga.

"Detta handlar om mig eller hur?" Han fortsatte stirra ut genom fönstret men hon gick fram till honom och tvingade honom att vända runt så att hon kunde se in i hans ögon. "Vad är det du inte berättar för mig?"

För en stund stod han tyst, men han var tvungen att berätta för henne nu. Det fanns ingen annan utväg.

"Kejsaren planerar att upplösa alla gillen." sade Arman till sist. "Han har redan gjort ett försök med pärlgillet och Hus tjugotvå tror att han kommer försöka igen. Om vi inte lyckas stoppa honom kommer all pärlhandel att upphöra.”

”Och far är på något sätt inblandad”, sade hon. Det var ett konstaterande, inte en fråga. ”Jag hade kunnat hjälpa dig… jag hade kunnat…”

”Nej, Viana.” Det här var hans skuld att bära, inte hennes.

”Du ljög för mig!”

”Viana, jag…”

”Nej! Jag vill inte höra det.” Hon backade undan ifrån honom nu vilket slet sönder hans hjärta. ”Har du en aning om vad jag har gett upp för din skull? För det här.” Hon gjorde en gest som inbegrep dem båda liksom rummet de stod i. ”Och du litar inte ens på mig.”

Arman slog hjälplöst ut med händerna.

”Självklart litar jag på dig, men jag älskar dig också. Och även om du tror det har *du* ingen aning om vad du kommer få ge upp om jag tillåter dig göra detta.”

”Tillåter? Tillåter!” Hon stod framför honom med en hållning självvaste Kejsaren skulle avundats. ”Du, Arman de Keere, har ingen rätt att *tillåta* mig någonting.”

”Viana…”

”Och om du bara litat tillräckligt mycket på mig för att ha ett samtal med min egen far kanske Mya, Kenk och de andra fortfarande varit vid liv.”

Han ryckte till som om hon slagit honom. På ben som knappt bar gick han en omväg runt henne och föll ihop på soffan.

”Jag vet”, viskade han med darrande röst. Förödmjukande tårar brann i ögonvrårna. En man skulle aldrig visa sådan svaghet framför en kvinna. Vad för vekling skulle hon ta honom för nu? ”Men hur ska jag någonsin kunna få dig att förstå vad det är du ber mig om?”

”Genom att berätta det för mig.” Hon satte sig bredvid honom i soffan och tog hans händer i sina. ”Berätta för mig, Arman.”

Så det gjorde han.

Han berättade om den skam och skuld han bar inom sig för alla de människor han stulit hemligheter ifrån. Hur lögnerna åt upp honom inifrån och hur han aldrig ville att hon skulle behöva uppleva dessa känslor. Medan han talade rann tårarna ohejdat nedför kinderna.

"Jag kan inte förlora dig Viana, och jag vill inte se dig förlora dig själv heller."

"Åh, Arman." Hon kysste bort hans tårar, en efter en. "Det kommer jag inte. Så länge du finns här så kommer jag också finnas kvar."

Han drog inne henne i famnen.

"Förlåt mig. Jag har varit en sådan idiot."

"Förlåt mig också, jag borde aldrig ha sagt att du hade del i Myas, Kenks och de andras död." Hon kröp längre in i hans famn. "Vad du än tror så var det inte ditt fel. Det är Kejsarens. Allt ont som hänt i Imperiet är hans fel. Och Caz'Duws och kejserliga gardets. Allt du någonsin försökt göra är att beskydda oss alla ifrån dem."

Viana hade rätt, allt det han gjorde, gjorde han för en god sak. Den information han sänt till Hus tjugotvå hade många gånger räddat människors liv.

"Och det tänker jag fortsätta med."

Viana såg upp på honom.

"Tillsammans?"

"Tillsammans."

Denna gång menade han det med hela sitt hjärta.

Kapitel 15

När Caz'Duw åter kom till sans bultade huvudet som om smeden använde det som städ. Försiktigt öppnade han ögonen. Han hade fått tillräckligt med slag emot huvudet som ung för att veta när det var dags att vara försiktig. Världen snurrade omkring honom, suddigare än vanligt, men han tänkte inte falla tillbaka ned i medvetslöshet. Trevande rörde han sina lemmar och kände mjuk mossa under sina händer. Han låg inne i något som verkade vara ett vindskydd av färska grenar. Solen strålade in genom lövverket och fick de första regnvåta, spröda vårlöven att glittra.

Solen?

Han satte sig käpprak upp och hela världen skälpte fram och tillbaka som om den provade ut nya versioner av sig själv. Bultandet i huvudet övergick till ren tortyr, men han ignorerade det.

Han kunde se solens strålar!

Skuggorna virvlade dock omkring honom, lika mörka som någonsin. Gömde honom från världen och gjorde den avlägsen och suddig. Han var fortfarande det han var. Ändå kunde han se solstrålar, hur var det möjligt? Omtumlad sträckte han ut en skugghöljd hand för att den skulle fångas i ljuset.

Just då dök Skaggi upp i vindskyddets öppning. Emot ljuset var hon endast en siluett, men flätan som hängde över ena axeln glänste likt silver. När hon såg att han var vaken satte hon sig försiktigt på huk som om hon inte ville skrämma honom. Det skulle ha varit en roande tanke om han hade kunnat känna glädje.

"Du är vaken." Ett helt onödigt konstaterande. "Jag... jag försökte bryta... vad det nu är som fångar dig i skuggorna. Jag kunde inte."

Hon lät så sorgsen att han slet blicken från solstrålarna för att se på henne istället. Hon drog också en hand genom de glittrande ljusstrimmorna.

"Det... det var det enda jag kunde göra."

En obekant känsla av tacksamhet spred sig genom honom, värmde hans känslolösa kropp inifrån. Samma smärta som alltid rev sönder strupen när han talade, men han gjorde det ändå:

"Det är värt allt."

Han belönades med ett leende. Ett äkta leende denna gång, inte det hon hånat honom med tidigare. En mängd ovana känslor strömmade genom honom, känslor han glömt bort fanns. Stönandes gjorde han ett försök att resa sig och Skaggi flög upp på fötter, redo och på sin vakt. Men hon hade inget att frukta ifrån honom nu. Han var fortfarande så omtöcknad att all styrka gick åt till att stå på benen.

"Försiktigt", manade Skaggi.

Han kände hur hon slets mellan önskan att hjälpa honom och att försvara sig om det skulle visa sig nödvändigt. Därför blev hon stående, osäkert trampande från fot till fot. Han stödde sig med båda armarna emot de kraftiga trädgrenarna som utgjorde vindskyddets tak, tveksam till att han kunde stå utan stöd och mötte åter hennes blick.

"Vad gjorde du med mig?"

Frågan var egentligen överflödig för han visste redan svaret. Och inte ens *han* hade varit redo att använda sig av det hon gjort. Visst hade han manipulerat andra människors sinnen, men han hade endast påverkat de känslor de redan hade och förstärkt dem. Särskilt människors fruktan för honom. Men det Skaggi gjort, det hade varit otänkbart till och med för honom. Hon hade manövrerat hans sinne som en marionettdocka och sedan släckt det helt.

Skaggis inre blev stilla och tomt, omöjligt att tyda.

"Jag gjorde det jag måste."

Hon backade ut ur vindskyddet när han stapplade framåt för att ge honom plats och kanske också för att skapa distans mellan dem. De befann sig i en skogsglänta där solens strålar föll ned mellan de höga, gamla träden. Han blinkade hårt flera gånger medan han försökte få rätsida på vad han såg, men förstod att det skulle ta tid för ögonen att acceptera solljuset.

Därför tog det honom en stund innan han insåg att de svarta skuggor han trodde sig se framför de knotiga tallarna inte alls var skuggor utan en drakes kroppshydda. En drake som låg hopringlad runt det lilla vindskyddet och nu rörde på sig för att kunna fixera honom med ett stort, blått öga. Dess huvud var minst en manshöjd över honom själv och ändå hade den nattsvarta draken böjt ned sin långa hals för att kunna studera honom närmare. Från djupet av strupen kom ett dovt morrande och resonansen i ljudet fick marken att vibrera.

Caz'Duw backade undan men det fanns ingenstans att fly, han var helt omringad. Instinktivt grep han efter magin men den fanns inte där, allt som fanns var ett tomrum.

Varför kunde han inte nå den?

Så mindes han, magi var verkningslöst emot drakar. Uppenbarligen gick den inte ens att nå i närheten av dem. Skaggi klev fram bredvid honom och lade en hand mot den enorma bestens kind som villigt sänkt huvudet till hennes nivå.

"Keiron." Namnet han nästan glömt fångade hans uppmärksamhet. "Vi behöver din hjälp."

Hennes ord slet sönder allt annat.

För över hundra år sedan hade Skaggi försvunnit ut ur hans liv. Den enda någonsin som blivit förvisad från radh'riam, för att aldrig synas till igen.

Han hade trott att hon var död.

När hon inte försökt finna honom efter Senatoriets fall, inte ens för att hämnas alla de radh'riam han mördat och alla liv han förstört, då hade han varit säker på att hon var död. Det hade varit hans enda tröst, att hon redan var borta så att hon aldrig skulle behöva se vad han blivit.

Men han hade haft fel och här stod hon nu, efter alla dessa år, inte för att kräva hämnd. Inte för att förgöra honom. Istället hade hon gett honom gåvan att ännu en gång få uppleva solens strålar. Hon hade lett mot honom.

Och hon bad om hans hjälp.

Inga makter i världen, mörka eller andra, hade kunnat hålla honom ifrån henne nu. Kejsarens band till honom, det som hela tiden krävde lydnad, död och förgörelse, hade i den stunden ingen chans emot Skaggis förväntansfulla blick.

"Vad vill du att jag ska göra?"

"Jag tänker inte avslöja det ännu, först är det någonting jag måste visa dig, annars kommer du aldrig att förstå."

"Vad kommer jag inte att förstå?"

"Tänk om allt vi någonsin trott på var lögn? Tänk om all kunskap vi tror oss ha är baserat på lögner. Tänk om allt vi tränats och fostrats för är lögn. Skulle du vilja veta det då?"

Kapitel 16

D raken var inte villig att bära dem på sin rygg, det var bara med yttersta övertalning och lirkande som Skaggi lyckades få honom till det.

"Utan dig tar det månader att ta oss fram!" bönade hon. Draken fnös åt henne, som om han visste just det och inte kunde bry sig mindre. "Galad, snälla. Snälla, vi är *så* nära nu!"

Caz'Duw ryckte förvånat till när draken till sist svarade med en stämma som ett åskoväder:

"Nåväl, dit och tillbaka igen, och aldrig mer."

Aldrig hade han kunnat föreställa sig att drakar kunde tala. Att de var synnerligen sluga visste han, men att de kunde kommunicera med ord hade aldrig ens föresvävat honom. Skaggi verkade dock nöjd när hon smekte drakens nos till tack. Draken svarade med ett hummande likt en katts spinnande och hela marken vibrerade återigen av dess resonans. Han visste inte hur, men mellan Skaggi och Galad fanns ett band som kunde liknas vid det radh'riam delat.

Nästan som det band han och Skaggi en gång haft.

Det var många, långa år sedan Caz'Duw upplevt rädsla men när han klättrade upp på draken bakom Skaggi kände han sig utlämnad och... liten. Knappt hade han satt sig ned mellan två av de ryggfenor som löpte längs med drakens ryggrad innan Galad kastade sig upp i skyn med ett enda språng. För vartenda taktfast slag kupade vingarna in vinden medan de steg allt högre. Allt han hade att klamra sig fast emot var en av de läderartade ryggfenorna och det krävde all hans balans bara att hålla sig kvar. Fartvinden slet i honom och fångades upp i manteln så att han nästan tappade greppet. När draken äntligen planade ut och sträckte ut de enorma vingarna i sin fulla längd var det nära att hans maginnehåll kom upp igen. Han lyckades svälja hårt, men magen gjorde ännu en volt när han för första gången blickade ned över drakens sida och såg världen långt nedanför dem.

Illamåendet skulle förfölja honom resten av dagen, men under det fanns en annan känsla, en han inte längre kunde sätta ord på. Draken seglade genom luften, vred sig, höjde och sänkte sig i sina försök att fånga de bästa uppvindarna. Aldrig hade han kunnat föreställa sig en sådan hastighet, inte ens de snabbaste av hästar kunde jämföras med detta. Tårar orsakade av fartvinden rann nedför kinderna och magen verkade höjas och sänkas i takt med drakens rörelser.

Långt nedanför dem passerade nordens omväxlande, kuperade landskap förbi. Det ljusa gräset bröts av av de mörka skogarna. Här och var skar glittrande sjöar och slingrande åar igenom allt det gröna. Byar och gårdar kom och försvann, för bara ett vingslag syntes drakens skugga över husen. De nysådda åkrarna och vårgröna betesfälten omkring bosättningarna såg från denna höjd ut som ett lapptäcke.

Inte under hela dagen sedan draken lyft hade Caz'Duw och Skaggi talat med varandra. Tystnaden sträckte ut sig allt mer medan solen försvann bortom horisonten och himlen för en stund färgades rosa och brinnande röd. Det fanns så mycket att säga, så mycket han ville fråga, men han visste inte längre hur.

Vart hade hon varit i alla dessa år? Vad hade hänt? Hur hade hon mött och blivit vän med en drake?

En gång för länge sedan hade de talat om precis allt. Nu mindes han knappt hur man förde ett normalt samtal. Den fasa han injagade i folk inbjöd inte precis till konversation och smärtan det orsakade honom att tala gjorde att han sällan sade något alls. Men det var inte bara smärtan som hindrade honom från att fråga. För han skulle aldrig kunna svara på frågorna som hon skulle ställa i gengäld.

Skaggi satt där drakens hals övergick i rygg en bit framför honom själv. Men ofta vände hon sig om emot honom med en begrundande blick han fortfarande kände igen alltför väl. Han visste hur gärna hon ville fråga. Hur mycket hon ville *veta* vad som hänt. Men även hon satt tyst.

Kanske fruktade hon svaren lika mycket som han.

Istället mötte de varandras blickar innan de båda såg åt ett annat håll, gång på gång, medan världen omkring sakta blev mörkare och hon blev lika mycket en skugga som han.

Han trodde att de skulle landa i skymningen för vila, men draken flög oförtröttligt vidare. Högt ovanför dem lyste stjärnornas kalla sken och nedanför dem såg de ibland några få varma ljus som visade var människor bodde. Inget annat kunde ses. Ingen sade ett ord. Allt som hördes var drakens långsamma vingslag och någonstans, långt bort och långt nedanför, en vargflocks ylande sång.

Det var en lättnad när Skaggi till sist satte sig mer bekvämt till rätta och hennes sinne stillades när hon slumrade till. Själv kunde han inte finna någon vila. Ännu en del av att vara honom. Om han var riktigt utmattad kunde han falla in i någon form av halvdvala, men sömnens bekväma glömska var honom för alltid förvägrad. Men när Skaggis blickar inte längre följde honom kunde han tillåta sig att tänka.

Han hade förrått Kejsaren.

Valt Skaggi framför allt annat. Den del av hans sinne som var fast förankrat i Kejsaren kämpade för att ta överhanden. Krävde att han dödade henne. Det skulle vara så enkelt. Allt han behövde göra var att ge efter det allra minsta. Om Skaggi var död skulle han inte vackla mellan det som en gång varit och nutidens verklighet. Alla kval skulle försvinna.

Om hon inte fanns var det bara skuggor kvar.

Med en kraftansträngning som skulle ha varit omöjlig för en svagare man sköt han undan de tankarna. Men de fanns kvar, pulserande just under ytan.

En skälvning fortplantade sig genom draken och först då insåg Caz'Duw att den enorma besten spänt sig under honom. Galad hade känt hans inre kamp. Fast på hans rygg var Caz'Duw helt i drakens våld. Om han anföll Skaggi i natt var det han själv som skulle dö. Den tanken störde honom inte.

Det var länge sedan han fruktat döden.

Och draken skulle inte alltid finnas nära, det skulle komma en tid när Skaggi och han blev ensamma igen. Han kunde vänta.

I tre dagar flög de genom norden. Inte förrän de nådde gränsen mot Utgard gav draken dem en längre vila. Vid det laget stapplade både Caz'Duw och Skaggi av honom på ben som knappt bar. Caz'Duw hade inte ens hunnit undan innan Galad lyfte igen och vinddraget slog nästan omkull honom.

"Han behöver jaga", sade Skaggi. De var de första ord hon yttrat på tre dygn.

Han svarade inte.

Eftermiddagssolen var dold bakom gråa moln och vinden fick de urgamla träden att klaga och knarra. En bit ifrån skogsbrynet började Skaggi göra upp eld och förbereda ett enkelt nattläger.

Caz'Duw gick inte nära. Istället vandrade han några steg in i Utgard och följde skogsbrynet bort ifrån henne. Om han lade alla sina tankar på skogen, som var den civiliserade världens slut, fanns det inte plats för något annat. Även om han flera gånger förut varit nära gränsen så hade han aldrig tidigare satt sin fot nedanför dessa väldiga träd och den uråldriga, undflyende magin de utstrålade förvånade honom. Det var ett spörsmål så gott som något att vila tankarna på och för en stund behöll det hans intresse.

Men mystiska träd kunde inte hålla honom distraherad särskilt länge. Draken var borta och all hans kraft och magi pulserade precis under ytan. Krävde att han släppte den lös. Nu hade han sin chans att döda Skaggi och återvända till Kejsaren. Den vetskapen hotade att slita sönder det lilla som fanns kvar av honom själv. Utan att tänka på vad han gjorde hade fingrarna slutit sig kring svärdsfästet. Skaggi var skicklig och kraftfull, hon hade redan övermannat honom en gång. Men han hade varit arrogant och vårdslös då, så säker på seger.

Han skulle inte göra det misstaget igen.

Trots allt han riskerade kunde han inte låta bli att se tillbaka på henne. Genom träden såg han hur hon stod framåtlutad över sin slitna läderväska. Att se henne rota runt i den med irriterad uppsyn samtidigt som hon kastade undan den långa flätan som fallit ned över ena axeln var som att få ett hårt slag i magen. Hur ofta hade han inte sett henne just så? Hon hade alltid varit värdelös på att packa. Därför hade han fått packa extra bara för att vara säker på att hon hade det hon behövde.

Han fick allt svårare att andas.

Ett minne ersattes av ett annat. Huller om buller rusade de genom honom som om en damm brustit. Han såg Bain framför sig med det försiktiga, men allt igenom genuint stolta, leende han haft när han lyckats särskilt bra med en uppgift. Mindes Skaggis och hans olovliga, halsbrytande kapplöpning längs med Tempelavenyn på de ofantligt värdefulla, nya damdariska fullbloden som lärlingar *absolut inte* fick komma i närheten av. Hur han och Bain ragglat hem med armarna över varandras axlar. Högljutt skrattandes på ett sätt som var högst opassande för två radh'riam och som resulterat i flera irriterande utrop av borgare som ansåg att midnatt var en tid för sömn.

Tungt lutade han sig emot en tjock trädstam medan han försökte trycka ned störtfloden av minnen tillbaka ned i skuggorna där de hörde hemma. För med de minnena kom också de andra.

Ljudet av marmor som krossades när Templets väggar rasade samman. Känslan när svärdet skar igenom radh'riams kött. Stanken av rök från bålet där de sista av hans bröder brändes till döds.

Han måste få kontroll över sig själv igen. Hitta tillbaka till det dödliga lugn som tjänat honom de senaste hundra åren.

Allt annat skulle driva honom till galenskap.

När han äntligen kom till sans igen var det mörkt och utan att han ens märkt det hade Galad landat igen. Nu låg han som en skyddande mur runt lägerelden vilket stängde ute lite av den kalla vinden. Skaggi hade krupit upp på hans ena framben, men inte förrän hon såg att han kom tillbaka ut från skogsbrynet slöt hon sina ögon för att sova. Trygg i förvissningen om drakens beskydd.

Caz'Duw drog sig närmare lägerelden. Han visste att hans kropp behövde dess värme även om han inte kunde känna vårnattens kyla. Benen skakade under honom och tungt sjönk han ned i gräset. Drakens ena öga öppnades till en blå, misstänksam springa. Det var tydligt att draken inte litade på honom. Han klandrade honom inte. Det som nyss hänt visade bara allt för tydligt hur instabil han var i Skaggis närhet.

Ensam med sina tankar och Kejsarens ändlösa kallelser såg han natten passera.

När gryningen spred sitt första, gråa ljus över skogen vaknade äntligen draken. Skaggi fick ett bryskt uppvaknande när han sträckte på sig som en enorm katt och hon nästan ramlade av hans framben. Bara minuter senare var vad glöd som fanns kvar av lägerelden släckt och de var åter i luften.

Så flög de slutligen in över vildmarken ingen människa kunde överleva. Skaggi hade gett honom att äta precis som alla andra dagar, men tystnaden sträckte ut sig allt mer. Besvärande och enorm tryckte den in sig emellan dem. Trots att hon satt bara några få meter ifrån honom var hon längre bort än någonsin.

Tillbakablick – Den mörka makten

Sagorna om radh'riam berättade om stordåd, hjältar och tappra riddare. Sanningen var något annorlunda. Nog för att många av dem var skickliga krigare, deras magi gjorde dem näst intill oövervinnliga på slagfältet. Men mest av allt var de lärda män och kvinnor, och Biblioteket var en högre skattad plats än rännarbanan. Radh'riam var rådgivare, akademiker, vetenskapsmän och framför allt var de magiker. Genom sin direktlänk till magin levde de länge. Många var de som firat sin trehundrade födelsedag och de flesta dedikerade hela sin livstid till något specifikt ämne. Vissa kunde till och med bli så excentriska och inskränkta att de helt glömde av världen utanför, förlorade i sina studier.

Illasinnade tungor påstod att några till och med blev galna.

Ett helt liv kunde spenderas på att kartlägga varenda stjärna på himlavalvet eller förbättra trollformler. Andra valde att lägga sin tid på att lära sig svinga svärd och lans eller till att odla läkeörter. Många specialiserade sig på att förstå själva magin, dess ursprung och hur mänskliga sinnet kunde påverka och påverkas av den.

Men en sak fick aldrig vidröras. Den äldsta av regler som aldrig fick brytas.

Det ansågs som höjden av ondska.

Alla radh'riam kände av andra människors känslor och sinnesstämningar. Detta gjorde också att alla radh'riam var förbundna med varandra genom magin. Nära vänner skapade ett särskilt starkt band mellan sig och de kunde även vidröra varandras sinnen. Detta krävde stor tillit, men skapade också en ordlös kommunikation som ansågs som höjden av förfining. Men aldrig någonsin fick radh'riam påverka en annan människas sinne. Att få någon annan att böja sig efter deras vilja och få dem att känna det man önskade att de skulle känna. För detta var straffet döden.

Obevekligt och oåterkalleligen.

I denna ordern av tusen år gamla anor och traditioner växte Keiron och Skaggi upp. Även om det genom århundradena funnits både uppror och regelrätta krig i Senatoriet så var dess välde stabilt och ingen av dem kunde föreställa sig att det skulle förändras.

Men redan i deras tidiga tonår så började viskningar om en uråldrig ondska sprida sig genom Senatoriet. Vintrarna verkade bli bistrare, men väder var trots allt väder. Ändå pratade folk om att detta var något mer, något mäktigare. Ibland kom en sommar med missväxt, sådant hände förstås, även om det hände oftare nu än förut. Bönderna klagade och vissa år blev så illa att folk svalt, men vad kunde rådet eller radh'riam göra åt dåligt väder? Allt de kunde göra var att sända hjälp till de platser som var mest utsatta. Men folk pratade allt mer. Rykten spreds i stugorna i byarna och husen i städerna och i slottens salar. Rykten om en mörk makt. Och Senatoriets stabilitet började naggas i kanterna.

Det var då oförklarliga dödsfall började ske runt om i Senatoriet.

Människor hittades i sina hem, på fälten eller i en gränd, kalla och stela som om de hade frusit till döds. Oftast kom dessa rapporter från norden och oftast, så klart, under vintern. Därför brydde radh'riam sig inte så mycket om det till att börja med. Det var förstås beklagligt att människor frös ihjäl, även om det var det sådant som hände under nordens kalla vintrar.

Men sedan kom rapporterna även från södern, och mitt i sommaren. Det oroade både radh'riam och rådet som nu på allvar började söka efter svar, efter minsta ledtråd, men inget kunde hittas. Så spreds värre rykten.

Rykten om plötsliga snöstormar som förstörde hela byar och dök upp från ingenstans. En klarblå himmel kunde tvärt förvandlas till ett inferno av snö och is. Det förbryllade och skrämde dem alla.

Från bergen sökte sig grems allt oftare till bebyggelse. Normalt sätt var de lätta att skrämma iväg, men inte nu längre. Och de kom i sådana antal att adelsmännens huskarlar och inhyrda knektar ute på jordegendomarna inte kunde slå tillbaka dem utan hjälp. Allt oftare behövdes förstärkning av senatoriska armén för att hålla dem stångna. Radh'riam började sändas med trupperna, inte bara för att slå tillbaka gremsen utan också för att söka efter ledtrådar.

Ytterligare andra sändes ut för att göra efterforskningar varhelst dessa underliga, fasansfulla fenomen visade sig. Men hur de än sökte kunde ingen finna några svar på vad det var som höll på att hända och vad – eller vem – som låg bakom det. Ännu fler radh'riam sökte igenom Biblioteket dag som natt för att finna svar, men ingenting i alla deras tusen och åter tusentals böcker gav minsta ledtråd.

Självklart var lärlingarna i Templet inte ovetandes om vad som pågick i världen, även om deras mästare försökte att inte oroa dem. Därför blev inte Bain förvånad när han fann Skaggi och Keiron sittandes i det gröna gräset i parken nedanför Templet. Med huvudena tätt ihop diskuterade de den senaste av en lång rad rapporter som de egentligen inte skulle veta något om.

Han hade gett sig ut för att leta reda på dem efter att mäster Ikono, Templets främsta matematiker, högst irriterat sökt upp honom för att tala om att de saknades i läsesalen. Igen. Så snart vädret blev varmt och behagligt var det stört omöjligt att hålla Skaggi inomhus någon längre tid och, förstås, vart Skaggi än gick så följde Keiron med. Även om det innebar att skolka från studierna. Speciellt om det innebar studier som krävde att han satt stilla.

"Om jag inte ser er båda böjda över matematikböcker i läsesalen inom fem minuter ligger ni riktigt illa till", sade Bain med så sträng röst han kunde uppbåda och lade armarna i kors över bröstet.

Keiron reste sig med en suck och gav Skaggi en hjälpande hand upp. Vid sjutton års ålder var han redan både längre än Bain och bredare över axlarna. Bain hade ännu inte accepterat att den lilla pojke han mer eller mindre uppfostrat snart var en vuxen man.

"Är det sant", undrade Keiron nu utan att bry sig ett dugg om Bains hot. "Har det skett ännu en av dessa märkliga snöstormar?"

"De säger att denna hände i Gelirien." fyllde Skaggi i.

"Hur är det möjligt?" fortsatte Keiron.

"Det är ju mitt i sommaren!" avslutade Skaggi.

Efter så många år var Bain van vid hur de talade och det irriterade honom inte längre.

"Ja, det är sant är jag rädd."

"Och inga ledtrådar?" frågade Skaggi.

"Nej." Bain skakade på huvudet, sedan bestämde han sig för att de båda var gamla nog att höra hela sanningen. "Inga förutom tjugosex stelfrusna lik och en halv by förstörd."

Skaggi flämtade till och utifrån hur hennes blick blev fjärrskådande förstod han att hon redan arbetade med denna nya information. Keiron började rastlöst vanka fram och tillbaka över gräset.

"Vi måste göra någonting!" Bara hans förargelse över situationen fick luften att vibrera omkring honom.

I gränslandet mellan pojke och man hade han ibland svårt att hantera sina enorma krafter. Skaggi lade en hand på hans arm och fick honom att stanna. Som alltid lugnade han sig och luften återgick till sitt normala tillstånd. Bain suckade. Det fanns inget någon av dem kunde göra, och Keiron visste det lika bra som han. Ibland var det svåraste man kunde göra att bara vänta i ovisshet, men Keiron var tvungen att lära sig tålamod.

"Med stor makt kommer stort ansvar Keiron, snälla var försiktig. Så mycket skada skulle kunna ske om någon med din kraft tappar kontrollen", sade Bain för vad som kändes som femtioelfte gången.

Bain skulle aldrig berätta det för Keiron, men radh'riams råd var oroliga att hans krafter var för stora för pojken att hantera. Det fanns dem som fruktade vad som skulle hända om han verkligen tappade kontrollen. Bain var dock inte orolig. Han hade fullt förtroende för sin lärling. Keiron var vis, och Bain fanns här för att vägleda honom rätt, liksom Skaggi gjorde. Hon visste på något underligt, intuitivt vis alltid vad hon skulle göra för att lugna honom.

"Jag är ledsen mäster, jag försöker verkligen, jag lovar. Men ibland..."

Bain tystade honom genom att lägga en hand på hans axel och tryckte den med värme för att visa att han varken var arg eller oroad, och att han stöttade honom.

"Jag vet." Så tog Bain ett steg tillbaka och borrade in sin blick i Keirons. "Tillbaka till läsesalen. Nu." Han vände samma blick emot Skaggi. "Båda två, eller så ska jag se till att ni får kvarsittning tills ni är kutryggiga av ålder."

Kapitel 17

" Med stor makt kommer stort ansvar", sade Chivers.
Hur många gånger hade Bain inte sagt just de orden till
Keiron under årens lopp? Han visste att Chivers hade rätt.
Han önskade bara att han kunde minnas vad de talat om.

"Gillena är allt som står mellan köpmännen och Kejsaren, om de
faller kommer all handel att sönderfalla i kaos", fortsatte Chivers.

Gillena, givetvis, så var det.

"Ja, du har rätt, förstås. Vi kan inte låta det hända", svarade
Bain.

Men Chivers ord hade fört honom tillbaka till en annan tid. En tid
när han, Keiron och Skaggi alltid hjälpt och stöttat varandra.

Ett halvt bortglömt minne gjorde sig med ens påmint. Bain hade
bett Keiron hjälpa honom i alkemikammaren och för att skynda på
allt lite hade Keiron hällt ihop lösningarna inom två minuter istället
för tio som han blivit tillsagd. Båda två hade stått böjda över den allt
mer rosafärgade vätska som bubblade över glasbägaren innan de
rusat ut och barrikerat dörren. När de väl öppnat igen hade allt i
hela den underjordiska kammaren varit täckt av ett rosa skum och
det hade tagit dem en hel eftermiddag att få allt rent igen.

Den gången hade Bain svurit över honom och hans otålighet, men när kriget väl bröt ut och Keiron alltid lyckades vara där han behövdes som mest blev han istället tacksam över hans rastlöshet. Hur många gånger Keiron räddat hans liv ute på slagfältet mindes han inte. Men alltid hade han funnits där när Bain behövde honom som mest. Till och med nu, hundra år senare, var det fortfarande det som gjorde allra mest ont. Inte de tusentals liv som förstörts. Inte förlusten av radh'riam, demokratin eller yttrandefriheten.

Utan förlusten av hans käraste vän.

Bain föreställde sig honom som död. Det var enklare. Keiron död och borta sedan länge, precis som alla andra. Caz'Duw var bara ett monster av skuggor, skapad av Den mörka makten precis som kylan och mörkret. Då behövde Bain bara känna sorgen. Då kunde han hålla avskyn, förbittringen och alla skuldkänslor borta.

"Mäster Bain, mår ni bra?" Chivers använde aldrig hans riktiga titel, han kallade honom alltid bara för herr.

Han måste se riktigt illa däran ut för att Chivers skulle försäga sig så.

Med en kraftansträngning tryckte han åter ned alla gamla minnen och försökte fokusera på nuet och vad de hade diskuterat. Just då knackade en tjänsteflicka på arbetsrummets dörr.

"Middagen är serverad nu, herr Bain", sade hon. "Och ett brev anlände precis, jag lade det på matbordet."

"Kanske ska vi fortsätta diskussionen i morgon?" erbjöd Chivers.

"Ja, det kanske är bättre, jag är bara lite trött. Jag kommer må bra igen imorgon." Ingen av dem trodde på lögnen, men Chivers lät den passera. Ibland var det allt de kunde göra.

Bain gick fram och tillbaka över golvet i matsalen. Tre steg från stolen till fönstret, fem långa steg runt bordet till dörren. Fyra från dörren och tillbaka till stolen innan han började om igen. För en stund stannade han till och såg ut genom fönstret, ut på den mörka, stilla gatan utanför, innan han började vanka av och an igen. Tre steg. Fem steg. Fyra steg. Hans orörda middag blev allt kallare på tallriken, men Bain kunde inte finna ro nog att sitta ned för att äta.

Han hade spioner över hela norden. De hade följt efter Caz'Duws armé från Vidafallen genom landsbygden. En tusen man stark armé var trots allt inte särskilt svår att spåra. Ändå var rapporterna en enda röra. Några beskrev att den svarta draken, som Bain visste redan dödats, hade orsakat en skogsbrand när armén attackerat den. Andra sade att Caz'Duw hade skapat skogsbranden och att draken därefter hade attackerat armén. Hur som helst så skulle draken redan vara död. Rapporterna var helt utan rim eller reson. Efter det hade armén marscherat dag och natt för att nå fram till Gammelstad. Det var de enda klara och entydiga uppgifter han hade, men väl där hände ingenting. Förutom att Caz'Duw försvann. Och ingen hade minsta ledtråd till vart han tagit vägen. Inte en enda av spionerna eller rebellerna som fanns i soldaternas led hade hört ett ord från honom. Hur kunde han bara försvinna? Och varför?

Till viss del förstod Bain fortfarande Caz'Duws planer, han kunde ofta skönja Keirons taktik bakom dem. Men detta var helt oförståeligt. Inte heller hade han hört något mer om draken, vilket förvisso var en lättnad eftersom den skulle vara död sedan flera månader tillbaka.

Bains blick föll på brevet som låg bredvid hans kallnande måltid. Det kom från Ergoroth, han kände igen de Keeres sirliga handstil. Bain satte sig till sist ned och sprättade upp brevet. Han förväntade sig inte att de Keere skulle ha några nyheter om Caz'Duw, men kanske hade han hört något mer om pärlgillet.

Med tungt sinne måste jag meddela att Macran, Tito, Vidar och Silja, Kenk, Mya och Deron har blivit avslöjade, fängslade och torterade. När detta kom till min kännedom var det redan för sent att agera och de avrättades under gårdagen. Det finns inget sätt för mig att få reda på vad de har avslöjat för kejserliga gardet. Flera av deras familjemedlemmar och fyra andra borgare dödades också vid tillfångatagandet...

Bain lade ifrån sig rapporten och lutade sig tungt tillbaka i stolen med händerna för ansiktet. Han klarade inte av att läsa mer.

Det var sällan han fick riktigt goda nyheter, men dessa var värre än de flesta.

Rapporten var daterad flera dagar bakåt. Vem visste vad Kejsaren hade torterat fram för information från rebellerna och vad han nu planerade. Om någon av dem känt till Hus tjugotvå, navet i hela rebellorganisationen, kunde Kejserliga gardet redan vara på väg hit.

Bain måste göra någonting. Vad som helst.

Rastlös återupptog han vankandet över matsalens golv. Bra män och kvinnor hade mördats, rebellernas hela existens hotades och fortfarande var de inte ett enda steg närmare att veta vad Kejsaren planerade för pärlgillet. Samtidigt visste Bain att han själv inte kunde lämna Hus tjugotvå, det var bara härifrån han kunde få tillräckligt med information för att veta hur han skulle agera. Det fanns inget annat han kunde göra just nu.

Men det var det svåraste av allt: att vänta i ovisshet.

Kapitel 18

Mörka sjöar var det enda som då och då bröt av det oändliga skogslandskapet nedanför dem. I Utgard hade träden aldrig utsatts för människans exploatering, utan de växte ostörda och dolde världen under dem under vida tallkronor och massiva grantoppar. Draken flög så rakt norrut som norr går i flera dagar till. Caz'Duw var fortsatt försiktig med vart han lät tankarna vandra men gång på gång återvände de till Skaggis tidigare fråga:

Om allt varit en lögn, hade han velat veta det då?

Vad menade hon med det? Vart var de på väg? I Senatoriets tidigaste historia hade människor försökt att bebygga och bosätta sig i Utgard, men ingen hade någonsin kommit tillbaka. Ingen människa kunde överleva i Utgard någon längre tid, det visste alla. Ändå hade Skaggi gjort det. Redan som litet barn hade hon överlevt här och han gissade att det var här hon spenderat alla år sedan hon förvisades från radh'riam. Men vad kunde möjligen finnas här som hon behövde hans hjälp för?

Av alla människor i världen, varför han?

De kommande dagarna landade Galad bara för att dricka och under en hisnande dykning emot en skogsglänta slog han ned på en älg som var sönderbränd och uppäten innan den ens förstått vad som hänt.

När Skaggi till slut pekade framför dem hade drakens vingslag mattats av. Skogen gav vika för en stor sjö, en av de största Caz'Duw sett hittills. Vattnet krusades under drakens loja vingslag när han sjönk så lågt att vingspetsarna nästan nuddade vid den mörka vattenytan.

"Titta."

Först såg inte Caz'Duw vad hon menade, på andra sidan sjön verkade skogen bara fortsätta på samma sätt som den redan gjort i oändlighet. Men när han skärpte blicken såg han.

På andra sidan sjön låg en stad.

Den var så övervuxen av sly och växtlighet att han först inte insett vad han såg, men ju närmare de kom desto tydligare syntes staden. Trots naturens försök att återta platsen var byggnaderna helt intakta och tre torn reste sig emot skyn, mycket högre än några träd.

När draken flög in över staden såg han enorma terrasser och gator bredare än några han tidigare sett. Byggnaderna var alla märkligt konstruerade. Inte en var någon annan lik och de hade inga raka kanter eller hörn. De flesta tak var platta, de andra var byggda i snirkliga former han aldrig kunnat förestäla sig. Vissa byggnader bestod av flera våningar medan andra bara hade en. Höga torn, breda som hela kvarter, stack upp mellan dem men inga var i närheten så höga som de tre tornen i stadens centrum. Vid första anblicken var byggnaderna vita, grå och sandfärgade. Men beroende på hur eftermiddagssolens strålar föll glänste de i alla regnbågens färger.

Efter att ha cirklat något varv över staden landade draken på ett av de platta hustaken. Skaggi hoppade ledigt av från drakens rygg och Caz'Duw följde efter, stel efter de många dagarna på drakryggen.

Hans ögon såg det, men hans sinne kunde inte ta in att han stod i en enorm, märklig stad mitt ute i vildmarken. Tveksamt satte han sig på huk och borstade undan döda löv och en slingerväxt för att kunna röra vid taket med ena handen. Det var helt slätt, utan minsta spricka eller fog och stadens magi svävade in i hans sinne.

En uråldrig, kraftfull magi av en sort han aldrig tidigare erfarit.

"Det är en stad", utbrast han högst onödigt. "En stad av glas."

Skaggi vände sig emot honom med det där halvleendet han kände igen så väl. "Nej, inte glas. Draksten."

Galad hade somnat uppe på det platta taket och hans mullrande snarkningar ekade mellan byggnaderna medan Skaggi och Keiron vandrade genom den övergivna staden. Hon ledde dem längs med de orimligt breda gatorna som slingrade sig mellan byggnaderna utan rim eller reson. Över dem sträckte välvda broar ut sig i ett komplicerat nätverk som band samman byggnaderna med varandra. Skaggi kände hur Keirons medfödda äventyrslust för en stund trängde undan hans mörker. Han vred sig runt sig själv i försöket att se och ta in allt i den enorma staden.

Skaggi förstod honom. Hon hade själv känt samma förundran första gången hon sett staden.

Ingen kunde ta sig utanför Senatoriets gränser med både livet och förståndet i behåll, det var allmänt känt. Ändå fanns här en hel stad som var större och mer avancerat byggd än någon det gamla Senatoriet kunnat åstadkomma. Inte ens Ergoroth under sina glansdagar kunde mäta sig med denna, vare sig i skönhet eller storlek.

Hur kunde den finnas här, vilka var de varelser som en gång bott här? Och varför fanns det ingen som hört talas om en så avancerad civilisation som denna måste ha varit? Det var frågor Skaggi ännu inte funnit några svar på och okunskapen gjorde henne mer och mer frustrerad för varje år.

Naturen hade för länge sedan gjort sitt intåg i staden. Småknytt sprang fram överallt, tjattrandes på ett språk ingen människa någonsin förstått. Klätterväxter slingrade sig uppför husväggarna, fåglar sjöng från träden som växte sig stora längs gatorna och ogräs spred sig mellan gatstenarna. Trots det var staden av draksten intakt. Taken var hela och inte en spricka fanns i husen, inte en dörr- eller fönsterkarm hade naggats i kanterna.

Däremot fanns inget annat kvar.

Inga redskap eller konstföremål, krukor eller ruttnande möbler. Ingenting. Som om någon medvetet tömt den. Trots det kändes staden välkomnande. Som om den saknat att ha människor hos sig. En befängd tanke, men det var trots allt det Skaggi kände varje gång hon återvände. Den borde ha känts som en spökstad, övergiven och tyst, men det gjorde den inte.

Den kändes som hemma.

Trots sin ofrivilliga exil och att hon förutom Galad varit helt ensam i alla år, trivdes hon här. Den kvarvarande magin som slingrade sig längs med byggnaderna likt klätterväxterna och som genomsyrade hela platsen kändes efter alla dessa år som en del av henne själv. Trygga och välbekanta trots att det var många besvärjelser hon inte alls kände igen.

Så ledde gatan de vandrat på in i en liten vildmark som Skaggi misstänkte en gång i tiden varit en trädgård eller park. På sommaren blommade fortfarande de mest fantastiska av blommor här. Till sist stannade hon framför ett av de tre höga torn som fanns i mitten av staden. Det var ett enormt högt torn. Till och med gamla Citadellet och Templet i Ergoroth blev små i jämförelse. Det följde inga mönster utan reste sig emot himlen helt befriat ifrån kanter och raka linjer. Utanför tornets ingång var sly och ogräs bortrensat och dörrarna av draksten stod öppna och välkomnande.

"Den här vägen." sade Skaggi och steg in genom den enorma dörröppningen. Interiören var precis lika förvirrande som tornets yttre. I den enorma hallen ledde flera olika trappor vidare upp i tornet och dörrvalv ledde vidare till dess inre. Det hade tagit henne många år att hitta genom tornet, men nu gick Skaggi med självsäkra steg emot en av trapporna och Keiron följde efter henne. Den var byggd i gräddvit draksten men där solen sken in genom fönstren glittrande den som av guld.

De passerade genom enorma salar, vindlande korridorer, långsmala gallerier och uppför och nedför oändligt många trappor innan Skaggi slutligen stannade i en cirkelrund sal. Den tog upp en hel våning halvvägs upp i tornet. Fönster från golv till tak gick runt om nästan hela salen och erbjöd en spektakulär utsikt över staden och sjön bortom den. Bara på den del som vätte emot de andra tornen saknades det fönster. På den släta drakstenen fanns istället en väggmålning av en drake som slog ut sina vingar. Skaggi var inte säker, men den kunde mycket väl vara målad i naturlig storlek. Färgerna var precis så klara som de måste ha varit den dag målningen gjorts.

Draken var röd som blod och eld med brandgula ögon. Dess käftar var vidöppna och klorna utspärrade som i attack. Precis som hon själv gjort första gången ryggade Keiron bakåt när han först såg avbildningen, så verklig var den.

"Det tog mig femton år att finna staden. Och ytterligare nästan två innan jag fann den här salen och texten." berättade hon. Det hade varit först då, sjutton år efter att hon lämnat Templet, som hon återvänt till civilisationen. Hon hade behövt hjälp av mer lärda radh'riam för att klara av att göra tolkningen, men då var alla redan borta och Senatoriet hade fallit. Men hon sade inget om det nu. Sade inget om hur hon maniskt hade spenderat större delen av livet åt att tyda en uråldrig text som om lösningen skulle få alla att komma tillbaka.

Få honom att komma tillbaka.

"Vilken text?" frågade Keiron och avbröt hennes mörka tankar.

Hon blev inte förvånad över frågan. Texten hon syftade på var liten och sprutade ut ur drakens gap istället för eld och var lätt att missa. Särskilt eftersom bokstäverna inte hade någon likhet med de som de lärt sig. Hon ställde sig på tå vid målningen och drog en hand över texten för att visa. Färgen var urblekt och bokstäverna ojämna som om de gjorts i stor hast och Skaggi misstänkte att texten målats dit långt efter att draken målats. Keiron steg in bakom henne och drog även han en hand över texten och för en sekund verkade bokstäverna pulsera av ett gyllene ljus. De tog båda ett snabbt steg bakåt.

"Vad var det där?"

"Jag vet inte, det har aldrig hänt förut", svarade Skaggi. "Men hela staden är insvept i uråldrig magi, mycket av det är besvärjelser jag aldrig någonsin sett tidigare."

"Kan du tyda det som står?"

"Det har varit mycket svårt. Det enda jag hade att gå efter var en antik bok om olika språk jag stal i Gammelstad. I den fanns veglingarnas första runor, de som de använde innan Senatoriet lärde dem skrivspråket. De var hårdare och kantigare än dessa, men de har vissa likheter."

Keiron såg ut genom de stora fönstren och vidare mot den enorma målningen av draken och slutligen på den underliga texten.

"Det ska inte finnas någon civilisation här uppe. Ingen har någonsin överlevt i Utgard."

Utom hon.

"Och ändå finns här en hel stad. Det var därför jag sändes iväg, Keiron, för alla dessa år sedan. Vad vår historia än är, så är den baserad på lögner."

Hon visade honom en annan text placerad mitt i drakens gripande klor. "*Den röda draken håller svaret*", läste hon högt. Sedan gick hon åter fram till drakens gap och drog med ett finger över texten medan hon läste med klar stämma:

Sju är de utvalda, sju ska de försvara.
Sju drakar över världen fara.
I mitten, i jorden, där jord ej borde vara.
Sju fanns.
Två försvann.

"Det är en gåta."

"Ja. Det är därför du är här, Keiron. Svaret är Ergoroth." Hon vände sig emot honom och såg djupt in i hans brinnande ögon. "Jag måste ta mig in i Ergoroth, till de svarta cellerna djupt under Citadellet. Och jag kan inte göra det utan din hjälp."

Kapitel 19

"Arman!" ljöd Vianas röst utifrån salongen.

Arman som barbröstad stod mitt uppe i sin kvällstoalett avbröt sig förvånat. Hans vita skjorta hängde över en stol bredvid honom så hastigt drog han på sig den och fortfarande medan han knäppte de sista knapparna gick han ut för att möta henne.

"Viana. Jag trodde inte du skulle komma ikväll..."

"Jag har fått veta något. Jag... Jag tror det är mycket viktigt."

Hjärtat hoppade över ett slag, men han tog hennes händer i sina och ledde henne till den mjuka soffan där de båda sjönk ned.

"Berätta allt."

"Jo, du förstår att tidigare i kväll kallade far in mig till sitt arbetsrum. Han gör det aldrig förutom när han behöver vara formell emot mig, vilket han sällan är... Men hur som helst. Han sade att han framöver förväntade sig det allra bästa, fromma uppförandet från mig, ty han väntar ett mycket viktigt besök." Viana lade en hand på hans arm som för att inpränta hur viktigt det hon sade var. "Arman, han har bjudit hit de tre främsta gillesherrarna i pärlgillet."

Blodet frös till is i ådrorna och hjärtat bultade plågsamt hårt.

"Nej..."

Det fick inte vara sant. I blicken Viana gav honom fanns det dock inte något utrymme för hopp.

"De kommer vara hans gäster vid hovet. Kejsaren själv har beordrat det."

"Det var det han sade till din far på balen."

Viana nickade. "Jag är säker på att det inte är det enda han sade. Jag frågade, men aldrig har far svarat så kallsinnigt. Vad det än är far vet så kommer han inte avslöja det för mig."

"Riskera inget mer genom att fråga igen." rådde Arman. "Det kommer göra honom misstänksam."

Hon makade sig ännu närmare honom för att kunna luta huvudet mot hans axel och han lade en arm om henne.

"Åh Arman, vad ska vi göra nu?"

Med näsan mot hennes hår drog han in hennes doft.

"Jag vet inte."

Det var naturligtvis en stor ära för gillesherrarna att få gästa hovet. Att få uppleva deras extravaganta baler och deras överflöd, mycket sällan beskådat av någon utomstående, skulle utan tvekan förblinda dem. För att inte tala om möjligheten att kanske få en audiens med Kejsaren. Det var få utanför palatset som någonsin fick det eftersom Kejsaren aldrig lämnade Ergoroth.

"Om något skulle hända dessa gillesherrar så skulle kaos utbryta i pärlgillet", tänkte Arman högt. "Det skulle bli tillräckligt illa för att Kejsaren enkelt skulle kunna upplösa det. Och det skulle nog till och med finnas de som sade att han gjorde rätt i att ta kontrollen över ett sådant kaos för att handeln med pärlorna inte ska avbrytas."

"Gillesherrarna kommer aldrig lämna Ergoroth levande, kommer de?"

"Jo, om vi lyckas beskydda dem." Arman drog Viana ännu närmare sig. "Vad som än händer får jag inte misslyckas med detta. Pärlgillet får inte falla. Det skulle vara början till slutet för den sista frihet som finns kvar i Imperiet."

"Vi." sade Viana och satte sig upp igen så hon kunde se in i hans ögon. "*Vi* får inte misslyckas."

"Vi." instämde han.

Elegant reste hon sig samtidigt som hon tog hans hand för att dra honom med sig upp. Med blicken fäst i hans öppna v-ringning började hon sakta knäppa upp knapparna i den skrynkliga skjortan.

Han svalde hårt och hejdade hennes händer.

"Viana, det som du nyss berättade... Vi måste vara försiktigare än någonsin, du borde inte vara här ikväll."

Hon lösgjorde sina händer och fortsatte knäppa upp knapparna.

"Jag borde inte vara här någon kväll", svarade hon. "Ändå har vi delat säng varenda natt. Jag tänker inte sluta nu."

"Om Kejsaren..."

Hon tystade honom med en kyss. Makterna hjälpe honom, hon hade blivit skicklig på att kyssas. Hjälplös drog han henne intill sig just som den första åskknallen fick palatsets fönster att skallra. Båda ryckte de till och såg ut genom salongens höga fönster just som natthimlen lystes upp av en blixt.

"Jag stannar hos dig. Ikväll och alla andra kvällar."

Långt senare hade åskan dragit vidare. Fortfarande hörde han mullret på avstånd, men blixtarna var inte mer än något enstaka blinkande. Viana hade somnat bredvid honom. Om och om igen drog han fingrarna genom hennes silkeslena hår medan han lät tankarna vandra. Arman oroade sig för henne, mer än hon någonsin skulle förstå. Det krävdes bara ett enda par illvilliga ögon som såg henne lämna hans våning för att katastrofen skulle vara ett faktum. Han makade sig närmare och lade armarna omkring henne som om han kunde skydda henne bara genom att vara henne nära.

"Vet du, jag har funderat", mumlade hon sömndrucket. "En dag, när vi lyckats störta Kejsaren, då vill jag bli rådsdam."

Arman log, bara hon kunde få honom att le så.

"Du kommer bli den främsta av dem alla." försäkrade han och tillät sig själv att drömma. "Du kommer hjälpa till att stifta lagar som beskyddar människorna de är till för och bygga ett samhälle där våra barn kan växa upp i en fri värld."

"Våra barn... Ja. Vi ska ha många barn", sade hon nöjt och tryckte sig närmare vilket fick honom att tänka allt annat än beskyddande tankar. "Vet du, som enda barnet har jag alltid önskat mig en stor familj."

"Jag har aldrig tidigare vågat drömma om en egen familj", erkände Arman. "Mitt arbete för rebellerna har alltid varit för farligt för att våga tro att jag skulle kunna dela mitt liv med någon."

"Det måste ha varit ensamt."

"Ja. Men inte förrän nu när jag har dig inser jag hur ensamt."

Hon vände sig om i hans famn för att kyssa honom ömt innan hon lade sig tillrätta på hans arm och blundade. Snart blev hennes andetag djupare och långsammare.

I över tio år hade Arman kämpat för rebellerna och han hade hela tiden drivits av önskan att störta Kejsaren och se en ny värld resa sig ur hans aska. En bättre värld. Men inatt, för första gången, hade han personliga skäl att vilja se Kejsaren död. Allt annat bleknade vid sidan av att kunna leva tillsammans med Viana, öppet och i frihet.

Att se deras barn växa upp utan fruktan och förtryck.

En beslutsamhet, av ett slag han aldrig tidigare erfarit, gjorde sig hemmastadd i bröstkorgen. Det var dags att han återvände till societeten, han behövde de Keeres namn och goda rykte för att kunna rädda gillesherrarna. Och han skulle rädda dem.

För Vianas skull, för deras gemensamma framtid.

Sakta tog en plan form. Han kände hovet utan och innan, han hade manipulerat sig igenom det i tio års tid. Med en sista kyss mot Vianas axel drog han upp täcket över dem och slöt ögonen.

Imorgon skulle han börja.

Kapitel 20

Fyra dagar senare anlände inte bara gillesherrarna utan även deras familjer. De reste ståndsmässigt i dekorerade vagnar dragna av eleganta hästar. Eskorterade av vakter i rustning och en hel stab av tjänare i livré. Gillesherrar var framgångsrika borgare och handelsmän, inte adelsmän. Men deras rikedom som ofta kunde mäta sig med de flesta adelsfamiljers gjorde att de kunde nyttja samma överflöd som dem.

Deras gemensamma följe var så stort att de vanliga gästrummen i palatset inte räckte till. Istället inkvarterades de i de sällan använda våningarna mellan Senatoriets gamla rådsal och Östra galleriet, det som ledde till Caz'Duws mörka våning.

Arman hade under alla sina år vid hovet bara varit i dessa delar av palatset en enda gång tidigare. Kejsaren ville inte att hans undersåtar skulle påminnas om det som en gång varit och ingen vågade sig så nära Caz'Duws boning om det kunde undvikas. Därför var det med viss andakt som han nu stannade till när han passerade rådsalen. Här verkade palatsets skuggor om möjligt ännu djupare och fönstren, smutsiga och dåligt underhållna, släppte knappt in något ljus. Men det var tillräckligt för att han skulle kunna se in genom dubbeldörrarnas glas, in i den cirkelrunda salen.

Den var byggd som en amfiteater med fyra andra dörrar in från den lika cirkelrunda korridoren utanför där Arman stod. Hela salen var täckt av ett hundraårigt lager av damm och smuts. Den stora glaskupolen som utgjorde taket släppte knappt in något ljus alls. Högst upp där Arman stod och kisade in genom fönstren fanns en bred balkong med marmorräcken som gick runt om hela salen. Nedanför fanns ytterligare två likadana balkonger, var och en något mindre än den förra. Dessa, hade han fått höra, hade en gång i tiden varit till för de åskådare som önskade lyssna på rådslagen. Nedanför balkongerna låg hundramannarådets läktare där representanter från folket runtom i hela Senatoriet suttit. Ytterligare fyra läktare fanns nedanför, den översta för bönder, sedan för borgare, för adeln och den sista för radh'riam. Var och en något mindre än läktaren över tills de nådde första våningen där ett ensamt runt bord fortfarande stod kvar. Där hade innersta rådet suttit.

En stund stod Arman stilla i den kalla, öde korridoren och försökte föreställa sig hur det varit. Hur människor över hela det gamla Senatoriet hade fått rösta för att välja in de män och kvinnor som suttit innanför dessa dörrar och hur ett så komplext system alls hade kunnat fungera. För ett ögonblick kunde han för sin inre syn se hur solen strålat in genom glaskupolen och hur ämbetsmän och politiker intagit sina platser i rådsalen.

Men Arman hade inte tid för dagdrömmar. I salen som kallades för Blå salen på grund av himlen som var målad i taket skulle välkomstmottagningen hållas för gillesherrarna och det var dags för Arman att börja slå sig tillbaka in i societeten. Han *skulle* vinna gillesherrarnas förtroende. Det var deras enda chans om de skulle få se den värld Viana målat upp för honom.

Om de någonsin skulle få se dessa salar fyllda av liv och ljus igen.

Självfallet hade Arman inte erhållit en inbjudan till mottagningen, men han tvivlade på att någon av hovmedlemmarna skulle nedlåta sig till att köra iväg honom. Han hade även sökt upp sin vän Druwen af Vidafallen, som inte alls ville veta av honom längre, för att inkräva en gammal tjänst. Druwen hade först vägrat, men hans hederskänsla hade till sist segrat, precis som Arman förväntat sig. I morse hade Druwen levererat en inbjudan till välkomstbalen nästkommande afton.

Arman log ett alldeles för belåtet leende och rättade till sina anletsdrag innan han klev in genom de himmelsblå dubbeldörrarna. Knappt hade han satt sin fot i Blå salen innan viskningarna började. Trots att de skedde bakom solfjädrar eller i örat på närmaste granne kunde han inte undgå att höra dem:

"Hur vågar han visa sig här?"

"Vem har bjudit in *honom*?"

"Bäst att inte låtsas om honom..."

"Vem vet vad han kan ta sig till."

"*Han* är verkligen inte välkommen här!"

Efter de första högdragna, hatiska blickarna som följde honom genom salen vände sig hovmedlemmarna, en efter en, ifrån honom. Han hade dock rätt i att ingen nedlät sig till att ansikte emot ansikte förklara att han faktiskt inte var välkommen. Inte ens för sig själv tänkte han erkänna hur ont det gjorde att människor som för inte så länge sedan sett upp till honom, bett om hans råd och till och med kallat sig för hans vänner nu nonchalerade honom så totalt.

Det var oviktigt, intalade han sig själv, det enda som spelade någon roll var att skapa ett band till gillesherrarna. Vad rätt hade han att sörja över vänskapsband som inte varit äkta ens till att börja med när så mycket stod på spel?

Viana var självklart här. Hon stod med några andra hovfröknar som förväntansfullt skvallrade tillsammans på det sätt bara unga kvinnor kan göra. För att inte riskera att avslöja hennes inblandning i rebellernas sak hade Arman insisterat på att hon skulle behandla honom som alla andra gjorde. Hon och andra sidan ansåg att hennes status hade kunnat hjälpa honom tillbaka in i societeten. Tack och lov gav hon honom dock bara en snabb blick innan hon vände sig bort, precis som alla andra. Hon såg så ung och oskuldsfull ut när hon fnittrade åt något fröken af Brackenstad sade.

Medan han fortfarande på avstånd stod och beundrade Viana banade sig en mycket storväxt man i alldeles för prålig stass sin väg fram till honom. Gillesherre Voran Bachelle kunde inte ha undgått ryktena som cirkulerade om Arman de Keere, men precis som Arman trott så var namnet de Keere fortfarande ett av de mest aktade i Imperiet trots hans egna prekära situation. Och herr Bachelle var en av Armans brors närmaste kontakter inom pärlhandeln. Arman hade räknat med att han skulle söka upp honom, trots ryktena, om inget annat för att inte förarga hans bror.

"de Keere!" Bachelles djupa röst dånade genom salen utan att han gjorde sig någon ansträngning vilket fick flera att snurra runt och stirra på dem trots sina föresatser att ignorera Arman.

Arman lade sig till med sitt allra mest genuina leende. Manhaftigt räckte gillesherren fram båda sina händer emot Arman i en alldeles för familjär gest med tanke på hur ytligt bekanta de var och deras skillnad i samhällsstånd. Det passade dock Armans syften väl så han dolde sin förvåning och lät den äldre mannen fatta hans händer i ett smärtsamt starkt grepp och skaka dem hjärtligt.

"En ära att träffa er, de Keere. En ära", mullrade Bachelle. "Ni är onekligen lik er bror. Några kilo lättare kanske, men maten i Ergoroth går väl inte upp emot gammal Nayellesk husmanskost."

Nog för att Arman hoppats att Bachelle skulle inleda en konversation med honom, men hans öppna informalitet gjorde honom så ställd att han knappt visste hur han skulle svara.

"Tack... Tack. En ära att ha er här, naturligtvis... Ähum... Jag hoppas resan inte var alltför tröttande?" lyckades han till sist få fram. Bachelles hjärtlighet var en oväntad men tacksam öppning som han inte tänkte gå miste om.

"Åh nej då, vägarna är nog så bra den här tiden på året. Frun och sonen min blev nog lite tärda förstås, men själv är jag stark som en oxe", svarade Bachelle medan han klappade sig över den runda magen och skrattade så högljutt åt sig själv att flera hovmän blängde på dem.

Arman rodnade och visste inte vart han skulle vända blicken.

"Så bra att höra", mumlade han till svar.

Tack och lov avbröts deras högst genanta konversation av Carlos de Marillo som elegant klingade i glaset. de Marillo var bror till herren av Snäckskalskusten och ättling till hertigfamiljen som regerat Nayelle före Senatoriets tid, och de var fortfarande den mäktigaste adelsfamiljen i söder.

"Ärade hovmedlemmar och vänner, får jag be om er uppmärksamhet." sade de Marillo när hela salen artigt tystnat. Han var den som blivit utvald att hålla i det obligatoriska välkomsttalet. Den medelålders mannens karisma skapade ett engagerat och väl applåderat tal, men Arman kunde inte låta bli att tänka att det var han själv som borde hållit i det. För några veckor sedan hade det varit otänkbart att hovet skulle tillfrågat någon annan än honom. Även om de Marillo var mäktigare så var det på de Keeres ägor de vackraste pärlorna återfanns.

Han sköt tanken åt sidan, den var så löjligt oviktig nu att han inte kunde låta bli att håna sig själv för att den ens föresvävat honom.

"... och det är därför min stora ära, nej mitt *privilegium*, att få välkomna Voran Bachelle, pärlgillets *främsta* gillesherre!" Applåderna smattrade artigt genom salen när de Marillo avslutade sitt tal och herr Bachelle steg upp bredvid honom.

"Tack. Tack! Jo, jag talar självklart för hela pärlgillet och de av gillesherrarna som är här idag... och våra familjer förstås... Vi är alla hedrade över denna högst oväntade inbjudan." Hovet höll artigt en god min trots herr Bachelles burdusa och medfött bullriga röst. "Att få göra så belevade människors bekantskap och att få komma *hit*, till självaste kejserliga palatset. Ja, för en enkel handelsman som jag själv är det förstås svårt att ta in..." Bachelle fortsatte en stund till i samma anda och hovet fortsatte att applådera på de ställen de trodde var rätt innan han äntligen tystnade.

"Låt oss utbringa en skål för pärlgillet och dess gillesherrar. Må ni alla få god hälsa och välstånd." de Marillo höjde sitt glas på ett sätt som fick Arman att misstänka att han gjorde det mest för att förhindra vidare tal.

"För god hälsa och välstånd!" ekade hela hovet i kör innan glas klingades emot varandra och en sista artig applåd utbröt.

Arman stod fortsatt för sig själv.

Hovet kunde ignorera en man så väl att han nästan började tvivla på sin egen existens. Hur många gånger hade han själv behandlat någon på samma sätt? undrade han, men sköt undan de tankarna innan de fick fäste.

Istället började han röra sig runt i salen med ett tomt glas i handen. Ingen brydde sig om att fylla på det, till och med tjänarna verkade förstå att han skulle behandlas som luft. Snart nog upptäckte Arman dock en oväntad fördel med detta. Om alla skulle låtsas som om han inte fanns kunde de heller inte avbryta sina konversationer när han kom nära.

”… Självklart närvarar inte Kejsaren vid en sådan obetydlig till-ställning som denna, herr Vindahög”, sade herr Drummard samtidigt som han vände ryggen åt Arman. ”Men jag hörde att han återigen kommer närvara vid d’Augustins bal i morgon kväll.”

Armans hjärta slog hårdare. Om Kejsaren skulle närvara vid balen innebar det utan tvekan att nästa steg i hans plan skulle sättas i rullning. Tiden höll på att rinna ut.

”Ja, det är vad jag också hört…” nickade Odrin af Vindahög.

”Till dam af Dumahallens stora förtret…” skrockade Everess Lamwing. Så lutade han sig närmare af Vindahögs vackra fru Beorlee och viskade konspiratoriskt: ”Hennes bal hotas nu av fiasko, det har jag hört från säkra källor. Och vem orkar gå på ännu en bal, bara kvällen efter en sådan tillställning som denna kommer bli?”

”Denna, d’Augustins *andra* bal för säsongen, är en skymf emot alla seder och all anständighet, sanna mina ord”, avbröt dam Drummard de yngre hovmedlemmarna. ”Nya gäster eller inte.”

”Skymf eller inte”, skrattade herr Lamwing, uppenbart oberörd av den äldre damens tillrättavisning, ”alla inbjudna kommer ändå när-vara. Detta blir den mest spännande tillställningen på hela säsongen. Själv kan jag knappt bärga mig tills jag får se vad den oförlikneliga dam d’Augustin har ordnat denna gång.”

Alla nickade de instämmande, till och med Arman även om han inte insåg det själv. Just som han skulle gå vidare i salen kom åter herr Bachelle fram till honom.

"de Keere! Kom, kom min gosse." Han lade en tung arm om Armans axlar. "Jag måste självklart presentera er för de andra. Nej, nej, protestera inte. Det är mitt genuina nöje!"

Arman hade inte en tanke på att protestera. Efter vad han precis fått höra behövde han snabbt vinna gillesherrarnas förtroende. För allt vad Arman visste kunde han behöva smuggla ut dem ur Ergoroth redan nästkommande natt.

Kejsaren själv skulle såklart aldrig skada gillesherrarna. Men hur enkelt kunde han inte manipulera en hovman att göra det? Allt som krävdes var några få ord från Kejsaren och gillesherrarna skulle bli tvungna att ändra avtal som kunde ruinera hela adelsfamiljer. Vid hovet var det mer än tillräckligt för att driva någon till mord.

Som en vallhund som jagade ihop sin fårskock hade Bachelle snart samlat ihop alla. "Mina vänner, mina vänner. Det är en ära för mig att få presentera denna unga man. Detta är självklart den omtalade herr de Keere, ja, hans namn behöver väl ingen vidare presentation bland oss förstås."

Om Bachelle talade om andra hovmän på samma sätt som han just gjort om Arman skulle han snart ha flertalet dueller att ut-kämpa. Ingen skulle ens höja på ett ögonbryn om herr Bachelle blev utmanad – och dödad – och Kejsaren skulle inte behöva lyfta så mycket som ett finger för att förgöra pärlgillet. Armans uppdrag skulle bli mer utmanande än han trott, och det sade en del.

"Herr de Keere", fortsatte Bachelle utan att inse sitt opassande uppträdande, "får jag presentera Howar Tyrawell, min närmaste affärspartner." Den gängliga herr Tyrawell bugade avvägt artigt. "Och hans fru Rowena. Så, så min kära, var inte blyg, stig fram nu." Bachelle föste fram henne så hon nästan snubblade in framför Arman. "Och deras förtjusande dotter Ferina, förstås." Flickan rodnade förläget och höll sig bakom sin mor.

Arman bugade tillbaka på en hovmans yviga manér och log sitt charmigaste leende. "Ett stort nöje att få göra er bekantskap."

Rowena rodnade blygt och Ferina fnittrade nervöst.

"Och här har vi Charwar Bastari. Ja, han är en ökänd gammal räv, det är sant och skoningslös i affärer. Ja, på ett bra sätt såklart."

Bastaris rykte föregick honom, enligt Armans bror hade han förmågor vilken slipad hovman som helst skulle avundats honom. Rakryggad på det sätt bara äldre gentlemän kunde bli, som om de skulle gå av om de böjde det allra minsta på ryggraden, mötte Bastari Armans blick.

"Ett sant nöje, naturligtvis", sade han, men det var tydligt att han menade allt annat utom det.

"Ja, ähum... Ja, ha, ha." stammade Bachelle. Hade inte Arman varit tvungen att vinna deras förtroende hade han aldrig utsatt sig för denna högst penibla situation. "Ja, det här är min egen familj." Nästan desperat sköt Bachelle fram en nätt, välklädd dam och en yngling i samma storlek som sin far. "Detta är min kära hustru Medina Bachelle och vår son, Vorim. Våra döttrar är för unga för att vistas vid hovet, förstår ni, och är kvar i Jinella."

"Angenämt att göra er bekantskap." sade fru Bachelle och neg lika elegant som någon hovdam.

"Nöjet är helt och hållet på min sida." Han vände sig emot dem alla, återigen med sitt mest genuina leende på läpparna. "Min bror talar alltid så väl om pärlgillet och hur väl det styrs."

Emot sin vilja sträckte både herr Tyrawell och herr Bastari på sig.

Under hela den genanta presentationen hade andra ur hovet rört sig i grupper runtom det lilla sällskapet, viskandes sins emellan. Alla ville de göra gillesherrarnas bekantskap men ingen nedlät sig till att komma nära honom själv.

"Jag önskar er välkomna till hovet", fortsatte Arman som om det vore han själv som bjudit in dem, "och jag kommer naturligtvis göra allt som står i min makt för att ni ska få en så *trevlig* vistelse som möjligt." Han hoppades att de aldrig skulle inse vad som låg bakom hans avskedsord.

"Tack, tack", brummade Bachelle och damerna neg artigt. Både fru Bachelle och den unga Ferina gav honom genuina leenden. Han bestämde sig för att det var en bra start inför balen imorgon kväll och lämnade dem efter ännu en yvig bugning.

Han kunde bara hoppas att denna bal avlöpte bättre än den förra.

Kapitel 21

Balen nästkommande kväll var mer överdådig än någonsin. Eftersom hovet så sällan fick besök från världen utanför så firades det alltid extra storslaget, men denna gång hade dam d'Augustin överträffat sig själv. När Arman lämnade över sin inbjudan till den högst förvånade ceremonimästaren och klev in genom dörrarna var det nära att han stannade på tröskeln.

Balsalen var förvandlad till en dröm av silver och midnattsblått.

Midnattsblå draperier broderade med silvertråd hängde i taket, från kristallkronorna och ut emot väggarna, och skapade illusionen av en stjärnhimmel. På borden låg först dukar av silver och över dem dukar i midnattsblått och varenda skål, vas, tallrik och bestick som stod på dem var av silver. På väggarna hängde d'Augustins vapen med silversvanen emot midnattsblå bakgrund varvat med pärlgillets blå pärlhalsband emot silvrig botten. Det enda som bröt av färgskalan var Kejsarens enorma baner i svart och rött ovanför den förgyllda tronen som återigen fått flyttas hit. Sofforna och stolarna som stod längs väggarna hade alla målats med silverfärg och stoppats med midnattsblått tyg. Varenda gäst var även klädd i dessa färger och damerna bar så många nayellska pärlor de ägde.

De tre gillesherrarna och deras familjer kunde inte tro sina ögon. Arman såg dem stå tillsammans en bit in i salen, uppenbart överväldigade och bortkomna. Han borde gå fram och tala med dem, men så fick han syn på Viana och för en stund glömde han bort allt annat. Hon var sedesamt klädd i en vit klänning med silverbroderier över hela livet och endast en mycket stor, silverfärgad pärla prydde hennes vita hals. Bara den hade troligen kostat mer än de flesta borgarfamiljer tjänade på ett år. Det svarta håret var konstfärdigt uppsatt så att det föll ned över hennes ena axel och hon var så vacker att Armans tankeförmåga slutade fungera. Men just då skallade trumpeterna och tvingade honom tillbaka till verkligheten.

Med sin sedvanliga eskort av riddare från kejserliga gardet anlände Kejsaren. Ärevördig steg han genom salen utan att se emot någon av alla de människor som bugade och neg emot honom. Först när Kejsaren satt sig tillrätta på tronen gav han med en enkel handrörelse sin tillåtelse åt alla att resa sig igen. Det var också signalen för alla att stiga fram för att visa honom de nödvändiga hedersbetygelserna. Det ansågs som en ära att hamna bland de första och många gäster nära nog knuffades för att få en eftersträvansvärd plats i kön.

Arman hamnade någonstans i mitten av ledet eftersom ingen längre brydde sig om att ge honom förtur. Först då gick det upp för honom att han också måste buga sig framför Kejsaren och kyssa hans ring. Kön ringlade sig sakta framåt vilket gav honom lång tid att föreställa sig allt som Kejsaren kunde göra med honom. Pulsen dunkade allt högre i tinningarna och han strök diskret sina svettiga handflator emot de midnattsblå byxorna. Även om Kejsaren ignorerat honom sedan Caz'Duw försvunnit var detta första gången som Arman stod framför honom. Hade Kejsaren väntat på att bestraffa honom tills nu? Alla visste att Kejsaren tyckte om publik. Hur Arman än försökte dölja det så var hans blick desperat när han såg sig om i salen efter Viana. Hon hade redan hälsat Kejsaren och stod nu bredvid sin mor. Trygg och oskadd – än så länge.

Familjen Klickowström vek undan framför honom och Arman fann sig stå öga mot öga med Kejsaren. Snabbt föll han ned på knä.

Kejserliga gardets befälhavare, som stod på Kejsarens högra sida, fingrade rastlöst på svärdsfästet samtidigt som han spände ögonen i Arman. Pulsen dunkade nu så högt att alla andra ljud försvann och han fick dra två djupa andetag innan han klarade av att tala. Så svor Arman, med tydlig stämma, återigen den ed han bröt varje dag:

"Jag svär min eviga trohet till Kejsaren. Mitt liv, ära och heder tillhör Imperiet. För alltid ska jag försvara det och upprätthålla dess makt och styrka. Från denna dag till min sista."

Kejsaren nickade nådigt åt honom som han gjort till alla andra gäster och sträckte fram handen med den rubinprydda ringen för honom att kyssa.

Det var över.

Oskadd backade Arman undan från tronen och lämnade plats för nästa adelsman. Det hade gått bra. Han var fortfarande vid liv. Vad Kejsaren än planerade för honom så skulle det inte hända ikväll.

Han fångade in närmaste tjänare och tömde ett glas rött, menosiskt vin från dennes bricka. Sedan tog han ytterligare ett glas för att hålla händerna sysselsatta medan han försökte lugna sig själv. Tvärs över balsalen mötte han Vianas blick och hon såg precis lika lättad ut som han kände sig.

Oavsett hur tacksam han var över att få leva ännu en dag kunde han inte förstå varför Kejsaren lät honom gå fri. Väntade han tills Caz'Duw kom tillbaka så att denne kunde avsluta det han påbörjat? Ja, så måste det vara. Arman förnam fortfarande smärtan som Caz'Duw orsakat honom vid deras senaste möte. Den verkade lura under huden så snart han tänkte hans namn. Han hamnade hellre i Kejsarens tortyrkammare än mötte Caz'Duw igen.

Inte tänka på det, intalade han sig själv.

Istället vände han åter uppmärksamheten emot Kejsaren medan de sista gästerna visade honom sin vördnad. Nu syntes inget av det tärda uttryck Arman sett tidigare. Han utstrålade åter okuvlig makt och kyligt lugn. Men medan Arman fortsatte studera honom såg han hur en muskel vid Kejsarens ena öga började rycka okontrollerat. Arman skulle aldrig ha upptäckt det om han inte så desperat sökt efter en svaghet. Men det värmde honom, för vad som än hänt och som gjorde att Caz'Duw inte var här gjorde det Kejsaren mycket orolig.

När proceduren äntligen var över och den sista adelsmannen steg undan gjorde Kejsaren en yvig gest i luften framför sig och balen hade fått tillåtelse att börja. Musikerna spelade upp och dansgolvet fylldes pliktskyldigast med virvlade kjolar och rakryggade kavaljerer.

Men Arman dansade inte. Han var här endast tack vare att han manipulerat fram en extra inbjudan från Druwen och hovet, framför allt värdinnan dam d'Augustin, gjorde ingen hemlighet av hur illa de tyckte om honom. De frostiga blickarna och bortvända ryggarna visade med all tydlighet att han inte var välkommen här. Han ville inte ens tänka på den scen som skulle följa om han bjöd upp någon, men det skulle utan tvekan sluta med svärd i gryningen – och det var inget Arman hade tid med nu.

Men när kvällens första vals spelades upp och han fick syn på Viana i armarna på Everess Lamwing brann blodet hetare i ådrorna. Särskilt när hon log och skrattade åt något hovmannen sade till henne i dansens turer. Lamwing kom ifrån en mindre adelsfamilj utanför Lockenstad och umgicks i den cirkel av unga sprättar som inte brydde sig om något annat än hästkapplöpningar, fina kläder och vackra kvinnor. Han borde inte ens få röra vid Vianas hand, än mindre dansa med henne.

Arman visste att känslorna var missriktade. Viana må uppskatta herr Lamwings sällskap även om han inte kunde förstå varför. Men hon hade utan tvekan gett Arman sitt hjärta lika villkorslöst som han gett henne sitt och han hade bra viktigare saker att göra ikväll än att ge efter för oresonlig svartsjuka. Med en viljeansträngning som var större än han ville erkänna vände han bort blicken från Viana och sökte istället av dansgolvet för att lokalisera gillesherrarna.

Båda kvinnorna Tyrawell dansade med varsin kavaljer medan Howar Tyrawell var inbegripen i en diskussion tillsammans med flera hovmän. Carlos de Marillo var en av dem. Utan tvekan försökte de Marillo lisma eller hota sig till ytterligare framgång och rikedom, vad helst som fungerade bäst i stunden. Men även om Arman fann adelsmannen motbjudande var han inget hot just nu så Arman fortsatte söka efter de andra. Voran Bachelle dansade med sin fru och deras son förde en djup konversation med en av de vanligtvis så blyga panelhönorna. Charwar Bastari däremot... Arman sökte åter genom balsalen när mannen ifråga oväntat stod rakt framför honom.

Arman blev högst förvånad då det var herr Bastari som varit allra mest avvisande vid deras tidigare möte. Men han kunde snabbt konstatera att gillesherren inte sökt upp honom för ett vänskapligt samtal. Den äldre herren såg på honom som om han sett ned på en missfärgad pärla inte värd att förädla. Arman fick påminna sig själv om att det var hans jobb att få gillesherrarna och deras familjer levande härifrån oavsett hur mycket de föraktade honom.

Han skulle inte misslyckas. Inte igen.

"En storslagen bal, herr de Keere, är alla baler vid hovet som denna?" började herr Bastari och höjde ett buskigt ögonbryn.

Arman lade sig till med sitt allra mest vinnande leende.

"Den ena är den andra lik. Men d'Augustins är alltid praktfullast", anförtrodde Arman honom. Och det var sant. Säga vad man ville om Vianas mor, men hon var en anmärkningsvärt skicklig värdinna.

"Och hur kommer det sig att en så framstående och stilig ung man som ni själv inte dansar en kväll som denna, hm?" Den äldre mannen mätte honom med blicken, men Arman hann inte svara innan herr Bastari fortsatte: "Är det för att ni är i onåd, min herre? Jag är ingen fin hovman, herr de Keere, med inlindat språk och vaga antydningar. Jag säger vad jag tycker och tänker och just nu är jag orolig sedan ni så tydligt önskar göra vår bekantskap. För jag hör rykten om att självaste Caz'Duw har något otalt med er. Jag har till och med hört ordet *förrädare* användas."

"Nonsens, min gode man!" protesterade Arman och lät masken av charm falla av, hans naturliga motvilja passade alldeles utmärkt nu. "Ett beklagligt missförstånd och någon hovmans önskan om att svärta ned mitt goda namn, det är allt."

"Men..."

"Tror ni verkligen att Kejsaren skulle låta en förrädare gå fri? Låta honom vistas på en bal mitt framför näsan på honom? Skulle jag stå här nu om *Caz'Duw* ville se mig död?" Han såg hur gillesherren tvekade. Även om det var just de frågor han ställde sig själv så lät de övertygande i herr Bastaris öron. Om man trotsade Kejsaren basunerades det ut över hela Imperiet och man avrättades där alla kunde se vad som hände en förrädare. Om man trotsade Caz'Duw var man död. Punkt. Men innan gillesherren fick chans att säga något mer kom Viana fram till dem och på sitt milda sätt sade hon:

"Ursäkta mig, mina herrar, men jag tror att ni lovat mig denna dans, herr de Keere?" Under den oskuldsfulla minen kunde Arman se att hon visste precis vad hon gjorde och hon hade valt exakt rätt tidpunkt.

"Det skulle jag aldrig kunna glömma."

Med en ursäktande, avvägt kylig nick gentemot gillesherren eskorterade han Viana ut på dansgolvet. Genast tog hovskvallret fart. Vianas mor såg ut som hon skulle få ett hysteriskt anfall när en väninna uppmärksammade henne på dotterns danspartner. Men hon kunde inte ingripa utan att skandalen var ett faktum lika lite som han nu kunde avböja dansen.

Den scen han hoppats undvika var nu en realitet.

Han borde verkligen *inte* dansa med Viana. Han borde inte visa henne någon uppmärksamhet alls så länge det fanns ögon som iakttog dem och speciellt inte mitt framför Kejsaren. Trots det kunde han inte låta bli att le emot henne. Vianas perfekta ingripande hade varit det sista som behövdes för att övertyga herr Bastari om att Arman bara var utsatt för de illvilliga rykten hovet var så känt för. Han var övertygad om att gillesherren skulle återkomma till honom med en ursäkt innan kvällen var till ända och det skulle vara början till att bygga upp ett verkligt förtroende dem emellan.

Musiken började och Viana gled in i hans famn.

"Du är genialisk", viskade han i hennes öra och svängde runt henne i första turen.

Han belönades med ett bländande leende.

I den stunden önskade Arman, mer än han någonsin önskat något, att deras drömmar skulle bli verklighet. Att han skulle kunna dansa varenda dans med henne, eskortera henne till alla till-ställningar. Att deras förhållande skulle vara mer än bara hemliga möten i natten. De fick så lite tid med varandra och den tid de fick, som nu, var så kantad av dubbelspel och risker att Arman aldrig bara kunde njuta av att vara med henne.

När dansen var slut kunde Arman knappt släppa henne. Allt han ville var att ta henne i sin famn och fly bort från allt det här. Till en plats där han kunde få vara bara Arman och hon var trygg.

"Kejsaren har kallat fram gillesherrarna", viskade Viana.

Arman återvände till verkligheten med ett ryck. Återigen visste han att han inte borde fortsätta sin samvaro med Viana men hon var precis vad han behövde för ett övertygande spel. Med hennes hand på sin arm eskorterade han henne till en av de midnattsblå sofforna som stod längs väggen, som om hon var i behov av vila. Soffan stod så nära tronen att det gick att höra en del av konversationen som pågick. Arman ställde sig med ryggen emot Kejsaren och såg ut att ha allt fokus på Viana. Hon kunde vara hans ögon om det behövdes.

"Se på mig och le, som om vi är mitt i en roande konversation."

Hon gjorde honom till viljes och han log tillbaka, som om de delade riktigt saftigt skvaller. Medan de fortsatte sin låtsas-konversation lyssnade Arman till Kejsarens kyliga röst:

"Ärade gillesmedlemmar. Välkomna till mitt hov. Jag hoppas ni blivit väl mottagna."

Det gick inte att höra gillesherrarnas svar över musiken och det allmänna larmet i salen, men han var säker på att det var ytterst undergivet och tacksamt. Ingen svarade Kejsaren på något annat sätt.

"Jag önskar möta er alla imorgon för att diskutera vissa... oklarheter... angående ert handelsavtal. Jag är rädd att det skett vissa... missförstånd."

Arman hade haft rätt. Kejsaren skulle göra en förändring i handelsavtalet.

De tre gillesherrarna kunde inte göra annat än lova att närvara och sedan ytterst höviskt buga sig ur vägen för Kejsaren. Men Arman såg i ögonvrån att de just insett att deras resa till Ergoroth inte skulle bli så nöjsam som de först trott. De oroliga blickarna de delade och deras allt blekare ansikten visade att de till sist insåg hur utsatta de var här för Kejsarens vilja. Nu när de såg sig om i balsalen efter någon som kunde hjälpa dem hörde de för första gången hur falskt skratten klingade och hur konstlade hovets konversationer egentligen var. Såg hur alla misstänksamt bedömde varandra och viskade bakom varandras ryggar.

Även om gillesherrarna inte visste det var Arman deras enda allierade. På något sätt måste han ta reda på vad som skulle hända under morgondagens möte och vad Kejsaren planerade. Natten var redan sen, han hade inte mycket tid på sig. Trots att de efter kvällens samtal förstod att de svävade i fara skulle gillesherrarna aldrig kunna förstå vidden av vad Kejsaren var kapabel till. Arman visste, och han fruktade nu att morgondagens möte skulle bli sista spiken i kistan för pärlgillets existens.

Men det blev aldrig något möte mellan gillesherrarna och Kejsaren nästa dag.

För eskorterad av hela den tusen man starka armén som sänts ut tillsammans med honom återkom Caz'Duw nästa morgon till Ergoroth. Och ryktet spred sig som en löpeld genom hovet och hela staden och så fort som fåglarna kunde flyga till varenda del av det vidsträckta Imperiet.

Caz'Duw var tillbaka, och med sig hade han en livs levande radh'riam.

Tillbakablick – En hemlighet

Begynnelsedagen var den dag som radh'riams orden officiellt bildats, för ettusen sexton år sedan, och över hela Senatoriet firades helgdagen med pompa och stått. Och för Skaggi var det i år en extra speciell dag. Som den yngsta lärlingen någonsin skulle hon idag dubbas till radh'riam, blott arton år gammal. Eller det var så gammal man trodde hon var i alla fall. Nervös och uppspelt på samma gång gjorde hon sig redo för dagen.

Hon delade den med tre andra lärlingar, de andra flera år äldre än hon själv, som också skulle invigas i radh'riam idag.

Dagen började med en tornering till radh'riams ära och hela staden verkade ha klämt in sig på tornerplatsen. Borgare hade köat sedan innan gryningen för att få de bästa platserna. I logerna högre upp på läktarna hade rådmännen och damerna, adeln och gilles-herrarna förväntansfullt tagit plats.

Skaggi däremot behövde varken köa eller trängas idag. Tillsammans med övermäster Garlow, de tre andra lärlingarna och deras mästare var hon inbjuden att sitta i innersta rådets loge som hedersgäst. Det var den största av dem alla och med bäst utsikt. Strax innan middagstid skallade äntligen trumpeterna och de vanliga riddarna red in på arenan till publikens jubel. Startfältet var exklusivt. Bara de allra skickligaste, mest berömda riddarna hade fått chansen att rida här idag. Stridshästarna var draperade i färgglada täcken och fladdrande band i riddarnas hus färger. Rustningarna och det nakna stålet blänkte i solskenet när riddarna visade upp sig med lans och svärd.

Utan att Skaggi tänkte på det förflyttade hon sig lite längre ut på stolen för varje par som drabbade samman. Applådåskorna dånade ikapp med hästarnas hovar och hon jublade tillsammans med resten av publiken för varje fullträff.

Från bakom läktaren hörde hon ännu mer jubel från de ur publiken som hellre såg på duellerna i svärdsringen. Där kämpade riddare av lägre rang liksom de av knektarna som lyckats göra ett namn för sig själva. Jublet blandades med skratt från dem, framför allt barnen, som tittade på gycklartrupperna som visade upp sina konster. Månglare sicksackade genom publiken och de mest vågade trängde sig till och med upp på läktaren medan de ropade ut sina varor:

"Mjöd, mjöd för alla och envar!"

"Köttpajer, bästa som står att finna!"

"Band, här var det band. Skänk riddaren din gunst med ett band!"

Skaggi var dock för uppspelt för att köpa någonting.

Ändå var riddarnas kamp, hur dramatisk den än var, bara uppvärmning inför det som alla väntat på. När vinnaren korats och galopperat ut från banan var det äntligen dags.

Radh'riams skickligaste riddare skulle rida för ära och heder.

Jubelvrålet som steg från läktarna när de tolv riddarna red in på rännarbanan fick det nästan att slå lock för öronen. Radh'riams stål och rustningar hade en annan glans än vanligt stål, mörkare och djupare. De dyrbara stridshästarna bar alla samma färger av koboltblått och guld. De galopperade ett par varv runt banan medan jubelropen fortsatte att regna ned över dem innan de stannade framför logen där Skaggi satt. Unisont fällde de ned sina lansar och med en röst som ekade över hela rännarbanan sade de:

"För radh'riam, Senatoriet och för våra nya bröder och systrar."

Skaggi log stort emot Bain och mimade ett lycka till just som han gjorde sig redo att rida iväg. Bara Keiron stod kvar framför logen när de andra galopperade vidare. Trots att den vita stridshingsten dansade under honom sträckte han lugnt fram lansen emot Skaggi för att hon skulle kunna knyta sitt gröna band omkring den.

Utmanarna valde sina första motståndare och trumpeterna skallade återigen för att förkunna att spelet kunde börja. Radh'riam bjöd på flertalet otroliga duster där magin som flödade mellan kombattanterna fick publiken att vråla av upphetsning. Bain kämpade väl, men slogs ur sadeln i sin sista duell.

Till sist var det bara två radh'riam kvar.

Vid det laget kunde Skaggi knappt sitta still på stolen. Jubelropen övergick till hänförda skrik och applåderna dundrade så högt att hon knappt hörde när trumpeterna blåste för den sista, avgörande duellen. Keirons stridshingst stegrade sig av upphetsning samtidigt som han tiltade lansen. I nästa sekund dundrade de framåt. I andra änden av rännarbanan satte mäster Deamon, en härdad, stridsärrad riddare, sporrarna i sin kopparröda fux. Magin fyllde hela rännarbanan, fick självaste luften att vibrera, och för en kort stund hördes inget annat än hästarnas dundrande hovar när varenda människa närvarande verkade hålla andan.

Två hjärtslag senare stod Keiron som segrare.

Skaggi hoppade jämfota av lycka när Keiron red sitt ärevarv och jublade lika högt som alla andra i publiken. Så stannade han slutligen nedanför hennes loge igen.

"Det bör väl vara du som ger honom segerkransen, antar jag", suckade övermäster Garlow och räckte över den till Skaggi.

Med ett leende som lyste ikapp med solen steg hon fram och placerade kransen av lagerblad på Keiron huvud. Till och med publikens applådåskor och jubelvrål försvann som i dimma när de för ett ögonblick såg in i varandras ögon.

Dag övergick till kväll och tornerspelen följdes av själva ceremonin. Den ägde rum i Spegelsalen, Templets största och vackraste sal. Eftersom den var belägen nästan mitt i Templet saknade den fönster.

Istället var alla väggar täckta av spegelglas vilket skapade illusionen av att den fortsatte i all oändlighet. I taket hängde dyrbara ljuskronor av färgad kristall. Gästerna satt längs långa bord som var uppdukade med guldfärgade och koboltblå dukar och vaser överrösta med blå rosor och gyllene liljor.

På det upphöjda podiet längst fram i salen stod Skaggi tillsammans med de tre andra lärlingarna som också skulle dubbas denna kväll. Framför dem stod övermäster Garlow mellan två stora banér med koboltblå och guldfärgad bakgrund med en lilja i kontrafärger, radh'riams vapen. För säkert hundrade gången rättade Skaggi till den vita, traditionella dräkten som hon, liksom alla radh'riam och lärlingar närvarande, bar. Det vita linnetyget sveptes kring kroppen och om och om igen fingrade hon på det gyllene spännet vid vänstra axeln som höll dräkten på plats.

Alla radh'riam inom sju dagsritter från Ergoroth hade kommit till ceremonin. De satt nu tillsammans med de elva medlemmarna ur innersta rådet samt de från hundramannarådet och ståndsråden som var tillräckligt inflytelserika för att få en inbjudan. Och det kändes som om de alla stirrade på henne.

Skaggi var den sista att kliva fram och knäböja framför övermäster Garlow. Med hög och klar stämma som ekade mellan salens väggar svor hon eden hon övat på nästan hela livet:

"Mitt liv är radh'riams. Min ära och min heder är radh'riams. Min kunskap är radh'riams. Mitt svärd skall försvara de försvarslösa. Min makt skall försvara de maktlösa. Mina ord skall alltid vara sanna. Från denna dag till min sista."

"Res dig, Skaggi. Minns för alltid din ed och stig in i radh'riams ljus." sade Garlow och sände en stråle ljus runt henne, gyllene och vitt. För en stund dolde det henne från resten av världen innan hon reste sig igen.

Som en radh'riam.

När ritualen var över var det dags för den mest storslagna bankett som skådats sedan förra året. Skaggi eskorterades till högändan av honnörsbordet där hon satt vid Garlows högra sida och med de andra nydubbade radh'riamen omkring dem. Banketten bestod av inte mindre än sju rätter och radh'riams kockar hade utfört de mest spektakulära konstverk av de bakverk som avslutade måltiden. Under hela den långa middagen uttalades många tal där radh'riam önskade dem lycka, visdom och välkomnade dem in i ordern.

Som lärling hade man fortfarande möjlighet att lämna Templet och man kunde också bedömas att inte vara lämplig att tillhöra ordern. Men så snart eden var svuren var man för alltid bunden till radh'riam.

Skaggi kunde inte sluta le hur mycket hon än försökte.

Här hörde hon hemma. Här var hon lycklig.

Och varje gång hon mötte Keirons blick, så stolt och beundrande, log hon ännu bredare. Som segrare i torneringen hade även han fått en hedersplats kring honnörsbordet ikväll, men för långt ifrån henne för att de skulle kunna tala med varandra. Det behövdes dock inte. De skickade känslor och förnimmelser genom bandet de delade lika enkelt som de andades.

När den sista rätten slutligen dukades ut och bord och stolar på ett bokstavligt magiskt sätt försvann från golvet tog dansen vid. Musiken flödade genom salen när de traditionella styckena spelades upp och leende, kanske något överförfriskade, människor fyllde dansgolvet.

Den färgade kristallen i ljuskronorna fick hela balsalen att bada i regnbågens alla färger och Garlow förstärkte detta ytterligare så att dansparen gled in och ut genom rött, grönt, blått och gult ljus. Luften i salen var kvävande varm trots att Skaggi misstänkte att någon radh'riam försökte kyla ned den. Sorlet och musiken kändes snart öronbedövande och tillsammans med kanske ett glas vin för mycket blev Skaggi nästan yr av allt runtomkring henne. Detta gjordes såklart inte bättre av att alltihopa reflekterades ifrån de hundratals speglarna på väggarna.

Dansen skulle utan tvekan pågå till gryningen, men Keiron hade såklart känt av Skaggis yrsel och genom en tyst överenskommelse smet de iväg, obemärkta i det allmänna larmet. Tystnaden i det i övrigt nästan tomma Templet bultade i deras öron. För en kort stund skildes de åt när Skaggi stannade till vid sin kammare. Genom det öppna fönstret svepte en sval kvällsbris in och yrseln lättade. Hon bytte snabbt om till en enkel klänning. Med en suck av lättnad slängde hon ifrån sig linnedräkten på sängen innan hon slätade ut den gröna kjolen. För en gångs skull lät hon sitt långa hår hänga fritt. Hon var egentligen för gammal för det, men ikväll bestämde hon sig för att inte bry sig om det. Trots att hon idag bundit sig till radh'riam för alltid kände hon sig friare än någonsin.

Vågad och ohämmad.

Keiron väntade på henne vid en av tjänarnas bakdörrar. Även han var nu enklare klädd i sina vanliga svarta hosor och en kjortel i grönt. En svart slängkappa hängde dramatiskt över ena axeln på det sätt som alla unga män just nu bar den.

Utan att de behövde yttra några ord tog de vägen över tornerings-platsen. Även här var festligheterna i full gång. Många var de borgare som inte lämnat platsen trots att torneringarna sedan länge var över.

Tillsammans med de riddare, väpnare och knektar som inte hade egna fester att bevista drack de varandra till i tälten eller på alla de skänkstugor som låg längs tornerplatsens utkant. Men Skaggi och Keiron höll sig till skuggorna och passerade förbi så fort de kunde. Här fanns fortfarande risken att någon skulle känna igen dem.

Särskilt Keiron, som trots att han fortfarande bara var lärling, hade blivit något av en celebritet efter alla vinster på rännarbanan. Alla som mötte honom ville skaka hans hand, berömma hans skicklighet och han förekom redan i flera sånger. Även om han oftast tyckte om uppmärksamheten så var det inte det han ville ikväll.

Därför lämnade de tornerplatsen och tog av emot gyttret av gator och gränder som utgjorde de nyare distrikten utanför inre ring-muren. Medan gamla staden var ganska strikt indelad utifrån de olika gillena och samhällsstånden så var dessa distrikt en enda salig röra av butiker, verkstäder och bostäder och mellan dem låg skänk-stugor och värdshus inklämda. Här sov aldrig staden. Speciellt inte under en sådan högtidsdag som idag. Musik hördes överallt. Bodhärns höll takten och fela, nyckelharpa och flöjt blandades ihop till ett enda sammelsurium. Sångröster svävade ut genom öppna dörrar. Vartenda vattenhål verkade ha sina egna spelemän ikväll.

Människor, småknytt, droskor och bärstolar samsades om utrymmet på gatorna och Keiron och Skaggi fick tränga sig fram. Musiken blandades med skratt, rop och skrålande. Var och varannan människa högg tag i Skaggi eller Keiron, snurrade dem ett varv och önskade dem glad begynnelsedag och fortsatt lycka innan de släppte dem. Snart skrattade båda två så mycket att de fick stödja sig på varandra. Klädda i vanliga kläder och i det allmänna larmet var det ingen som lade märke till att de var radh'riam.

Här fick de bara vara en del av staden de båda älskade.

De valde ett värdshus på måfå. En av deras favoritsånger spelades just upp på felan så de trängde sig in genom dörren just som tre överförfriskade kvinnor trängde sig ut. Var och en av dem kysste Keiron på kinden innan de högljutt vinglade vidare längs gatan. Det fick Skaggi att skratta så mycket att Keiron fick stödja henne fram till ett av långborden där de kunde klämma in sig på kanten.

I slutet av den långa bardisken satt tre musikanter, en slog takten, en spelade på felan och den sista slog an ackorden på en nyckelharpa. Uppe på bardisken satt en kvinna och sjöng. De var inte på något vis de skickligaste musikanter de hört, men kvinnan hade en vacker röst och stämningen var uppslupen.

Här var alla främlingar, men ändå vänner för en kväll.

Framför bardisken dansade så många par att de knappt kunde röra sig medan resten av gästerna klappade takten.

"... Min dam, min dam vackrast av alla", sjöng mannen med nyckelharpan.

"Min dam, min dam fager som en dag", skrålade gästerna.

"Min dam, min dam söt som jag..." sjöng mannen med felan.

Melodin var en av de mest populära just nu. Gästerna skrattade åt damen i sången och hennes tre friare som hela tiden försökte överträffa varandra. På dansgolvet lyfte kavaljererna sina kvinnor högt upp i luften varje gång någon sjöng ordet *dam.*

En skänkflicka lyckades tränga sig fram till dem och böjde sig ned emot Keiron för att höra vad han sade.

"Mjöd för två, på halvstop", ropade Keiron över larmet och gav flickan sitt mest charmiga leende och några mynt.

"Det kommer så snart jag kan!" lovade hon med rodnande kinder.

Han hade inte frågat vad Skaggi ville ha, han visste ändå svaret. Den första sången hade knappt tystnat innan nästa tog vid, en trallvänlig melodi om en riddare som skickades ut på de mest galna uppdrag av sitt hjärtas dam. Tillsammans skrattade de åt sången, klappade i takt och så snart deras mjöd anlände skålade de med resten av gästerna på de rätta ställena.

Så fortsatte kvällen med den ena trallvänliga melodin efter den andra medan skratten blev högre, musiken djärvare och spriten allt starkare.

Tills felan drog några suckande, darrande toner, då tystnade för en stund sorlet och sångerskans röst hördes högt och klart när kärleksmelodin svävade genom rummet. Dansgolvet blev lugnare, men fullare än någonsin när alla verkade vilja trycka sin käresta emot sig och snart valsade par runt på varenda öppen yta. Några till och med dansade på borden.

Keiron reste sig och med lätthet lyfte han ut Skaggi bland de dansande paren. Hon skrattade åt hans påhitt, men följde honom ändå i dansen som om de vore en. De hade lärt sig dansa tillsammans och många gånger tidigare hade de smitit ut från Templet för att dansa på ställen som detta. För en stund blundade hon och lät den berusande atmosfären fylla henne medan Keiron skickligt förde henne mellan de andra paren. Sången tog slut alldeles för snart, men alla ropade efter mer så musikanterna spelade upp igen.

Musiken blev innerligare nu.

Och medan de valsade över det trånga utrymmet förbyttes skrattet emot något allvarligare, något djupare, och de glömde resten av de dansande paren. Glömde allt utanför den dans de delade medan kvinnan på bardisken sjöng om evig kärlek:

"... ljuset av dig, en natt av stjärnor, av elden i våra hjärtan. Led mig, dröm av min dröm, till ett hav av eld och stjärnor..."

Skaggi lutade huvudet mot Keirons axel och gled ännu längre in i hans famn. Hans starka armar tryckte henne emot sig och de svävade tillsammans.

"... i evig tid, för längre än för alltid."

Sången tystnade och de sista tonerna från felan svävade ut över skänkrummet utan att de ens märkte det. Det tog en stund innan de stannade upp. Runt omkring dem började gästerna åter skråla på en dryckesvisa, men det hörde de inte. När Skaggi såg upp i Keirons ögon hade något tänts i dem som hon aldrig sett där förut. Som en eld som hotade att sluka henne. Det fick hjärtat att slå fortare, andhämtningen blev ytlig och tunn. Okända känslor rusade genom deras band. Ett ljud som en blandning mellan morrande och stön hördes från Keiron när han såg ett svar i hennes ögon.

Kyssen började utan att någon av dem visste hur.

Men den var så rätt. Som om alla deras år tillsammans hade lett fram till just det här ögonblicket.

Hur de lyckades få ett rum var det ingen som mindes. Allt som räknades var att det nu fanns en dörr mellan dem och resten av världen. Skaggi kämpade för att få av Keirons kjortel och suckade nöjt när hans solbruna hud var allt som fanns under hennes händer. Ömsint och sakta som om han ville att detta ögonblick skulle vara för alltid snörade han upp klänningen innan han varsamt sköt ned den över hennes axlar. Sekunden senare landade den i en pöl vid hennes fötter. Underklänningen följde samma väg bara hjärtslag senare. Som om han såg henne för första gången svepte han med blicken över hennes bara kropp, så innerligt att hon nästan fick tårar i ögonen.

Aldrig hade hon känt sig så vacker.

Skaggi klev in närmare honom och lät händerna gå på upptäckts-färd över hans hårda muskler. Keirons andhämtning ökade och han fångade henne i ännu en kyss, öm, sökande och självklar. Det tände en eld inom henne som fortplantade sig genom hela kroppen. Hon hade inte ens vetat att hon önskade detta förrän nu. Hans läppar lämnade hennes och letade sig istället en väg ned längs hennes hals, fortsatte över hennes nyckelben och vidare nedåt. Den fysiska njutningen var mer än hon någonsin kunnat föreställa sig, men det var känslorna som flödade igenom deras band som verkligen tog andan ur henne.

Vem som kände vad kunde de inte längre urskilja.

Så lyfte han upp henne och bar henne till sängen. Där lade han ned henne som om hon var gjord av glas. Musklerna spelade under händerna när hon smekte hans starka rygg och pressade honom närmare sig.

Hon ville ha det här, ville ha det så starkt att det gjorde fysiskt ont. Hans enorma kraft fanns överallt omkring henne likaväl som inuti hennes kropp och sinne. Hon drunknade i den, skyddades av den och blev en del av den. Liksom han blev en del av henne.

Allt som var hon fanns i honom nu.

De visste att det de gjort var förbjudet. Radh'riam uppmuntrades att visa kärlek, empati och tillgivenhet emot varandra likaväl som emot alla de mötte.

Men de fick inte ingå kärleksrelationer.

De var alla systrar och bröder, och intima relationer dem emellan var strikt förbjudna. Men det Skaggi och Keiron kände för varandra gick inte att förneka. Det hade alltid funnits där.

Skaggi var nu en edsvuren radh'riam. Keiron skulle tveklöst bli det inom några år. Det var hela deras värld. Allt de trodde på och levde för var knutet till radh'riam.

"Det här får aldrig hända igen." Skaggi kysste hans halsgrop och makade sig närmare honom bland stökiga sängkläder och lät ett finger glida längs med musklerna på hans överarm.

"Och vi får aldrig tala om detta igen. Aldrig någonsin." sade Keiron innan han gav henne en öm kyss. "Det är vår hemlighet." Hans fingrar strök över hennes läppar som för att försegla dem.

De återvände till Templet några timmar efter gryningen, innan någon hann sakna dem. Festligheterna i staden och Templet hade då tystnat och hela Ergoroth verkade försjunken i utmattad sömn.

En sista kyss delade de i skuggorna under en välvd port innan de gick skilda vägar. Skaggi fortsatte till sin egen kammare som låg i närheten av orangeriet medan hon försökte inprägla varenda förnimmelse i minnet, varenda beröring. Från och med nu var minnen allt de någonsin skulle få.

För Skaggi och Keiron höll sitt löfte.

Denna kärleksnatt blev deras enda. Kanske riskerade en kärlek som aldrig fick erkännas att bli bitter. Kanske var det förväntat att de känslor som aldrig fick avslöjas skulle tära på deras sinnen och fördärva deras vänskap.

Men deras kärlek gjorde dem bara starkare.

När den inte fick anta fysisk form eller uttalas högt lärde de sig att visa den på andra sätt. De kom varandra så nära som två människor någonsin kunde vara i sinnet, om än inte kroppsligt.

För alltid sammanlänkade av en underbar hemlighet.

Kapitel 22

Skaggi stod mitt i tronsalen. Ensam i ett hav av människor. Skuggor svävade längs med väggarna och under taket högt ovanför dem. Det onaturligt svaga solljuset som sken in genom de höga fönstren orkade inte jaga undan dem.

Skaggi hade många gånger bevistat denna sal under Senatoriets tid. Den hade använts av innersta rådet för att lyssna på petitioner ifrån Senatoriets invånare. Då hade den badat i ljus och den vita marmorn hade gnistrat under de lekande solstrålarna.

Det var svårt att tro att det ens var samma plats.

Nu stod kejserliga gardet uppradade längs väggarna och vid varenda dörr och ännu fler bildade en vid cirkel omkring henne själv. Mellan de två raderna av riddare i svarta rustningar trängdes vad som verkade vara hela det kejserliga hovet. Det enda Skaggi såg av dem bakom riddarnas röda mantlar var deras fåniga huvudbonader och överdådiga, höga frisyrer som guppade åt alla håll när de försökte få en skymt av henne. De var alla så ivriga att stirra på henne att inte ens Kejsarens närvaro hindrade dem. Bara där Keiron stod fanns det plats. Trots att de nära nog stod på varandra så var det en stor tom cirkel runt honom, inte ens riddarna stod nära.

Skaggi och Keiron hade gjort upp sin plan. Då, alldeles ensamma i vildmarken, hade hon för en kort stund känt honom så som han en gång varit. Men så snart Galad kommit nära hade han slutit sig inom sig själv igen, hans sinne helt stängt för henne. De hade inte talat mer när Galad flög dem tillbaka och så snart de nådde fram till armén hade han knappt ens sett åt henne. Nu verkade han istället inte kunna släppa henne med blicken. Trots att hon inte kunde urskilja hans ögon kände hon hur de brände i henne, men hon såg inte tillbaka på honom.

För hon var rädd att hon inte skulle kunna genomföra detta om hon gjorde det.

Skaggi visste fortfarande inte om hon kunde lita på honom. Om han skulle hålla vad han lovat eller om han skulle avslöja allt för Kejsaren. Hon kände hur det rasande infernot inom honom blev starkare i Kejsarens närhet. Samtidigt blev hans sinne helt likgiltigt som om ingenting i världen spelade någon roll. All smärta, vrede och hat som han bar inom sig kanaliserades ut i ett dödligt lugn, kraftfullt nog att ödelägga hela staden.

Det var som om allt som var *Keiron* försvann.

Skaggi blev allt oroligare. Hon hade ingen aning om vad konsekvenserna skulle bli om han avslöjade hennes hemligheter för Kejsaren, men en sak visste hon säkert – Kejsaren skulle göra vad som helst för att förhindra att någon kunde hota honom eller Den mörka makten.

Kejsaren satt framför henne på sin upphöjda, gyllene tron omgiven av ännu fler ur kejserliga gardet. Som om någon av riddarna kunde hindra henne om hon bestämde sig för att anfalla honom. Men Skaggi kunde inte göra det, hur hett hon än önskade, för Keiron skulle döda henne i samma ögonblick hon rörde sig. Och Kejsaren själv var stark i magin. Mycket starkare än han borde vara. Starkare än hon mindes honom och mycket starkare än hon själv. Kanske till och med starkare än Keiron.

"Skaggi, Skaggi, Skaggi." Kejsaren skakade på huvudet så som han ofta gjort åt henne förr när hon gjort något som misshagat honom. Någonstans mellan missnöjd och motvilligt imponerad. "Den yngsta att invigas i radh'riam, den enda någonsin som förvisats från orden." Hans tonlösa röst skickade kalla kårar nedför ryggraden. "Jag har alltid beundrat dig, Skaggi, vad du än må tro."

Samtidigt som han talade slog han emot hennes sinne. Försökte tvinga henne till underkastelse så som han gjort med Keiron. Men hon blockerade alla försök. Uttryckslöst fäste hon blicken på en punkt just ovanför Kejsarens huvud och stod tyst.

Hon var bra på tystnad.

"Vi är väldigt lika, du och jag, vi har aldrig fruktat mörkret." De isblå ögonen borrade sig in i henne medan allt mer kraft pressade samman hennes sinne. "Tänk vilka stordåd vi skulle kunna utföra tillsammans! Följ mig och inta din rättmätiga plats vid min sida så kan du och Caz'Duw äntligen vara tillsammans."

Vid omnämnandet av Keiron flög blicken över till honom innan hon hann hejda sig. Förutom manteln som vajade lojt var han helt stilla, men hans känslor pulserade genom bandet som åter börjat knytas emellan dem. För bara ett hjärtslag brann Keirons ögon igenom skuggorna. Krävande. Bedjande. Längtande.

I det ögonblicket önskade hon inget hellre än att få vara med honom. För alltid. Skaggi fick uppbåda all själsstyrka för att kunna vända bort blicken. Att åter fokusera på att tigande se rakt igenom Kejsaren. Hennes sinne hade vacklat, bara för ett ögonblick, men det hade varit tillräckligt för Kejsaren att slå hål i hennes försvarsmurar.

Nu reste hon snabbt nya, omgärdade sig själv med en mur av iskall beslutsamhet som han inte kunde krossa. Ännu. Förutom de blixtrande ögonen och en ryckande muskel vid ena ögat visade han ingen reaktion på hennes motstånd eller gäckande tystnad. Men han var utan tvekan rasande. Ingen trotsade Kejsaren. Hon kände hur han började kanalisera sin magi. Den formades inom honom, ökade ofattbart i styrka. Om inte Keiron gjorde något snart skulle hon alldeles strax vara död.

"Svarta cellerna. Kasta henne i svarta cellerna." Keirons röst kröp genom salens tystnad och Kejsaren vände sin blick emot honom. Ett förfärat sus gick genom det församlade hovet. "Inspärrad under jord kommer hon snart göra er till viljes."

Lockelsen i att få Skaggi att underkasta sig honom var för stor. Om det fortfarande fanns en möjlighet för honom att kunna använda hennes krafter till hans egna maktgalna begär så var det uppenbarligen värt risken att låta henne leva för han sade:

"För henne dit."

Keiron hade hållit sitt löfte.

De svarta cellerna hade byggts under slutet av omstörtningens tid för att kunna fängsla de personer med magiska förmågor som utgjorde ett hot emot det nybildade Senatoriet. De låg långt under jord och det fanns bara en ingång, belägen halvvägs nedför kullen varpå gamla Citadellet vilade. Skaggi gick först genom dörren med Keiron tätt bakom sig. Flera riddare ur kejserliga gardet ställde sig på vakt utanför medan ännu fler följde dem ned i det becksvarta djupet. Endast en fladdrande fackla lyste upp deras väg.

Tid och rum verkade försvinna. Hur länge de vandrade nedför trapporna, ned i mörkret, kunde hon inte säga men benen värkte av ansträngningen innan de nådde botten.

Som unga hade lärlingarna utmanat varandra om vem som vågade sig ned till svarta cellerna, Keiron hade såklart varit först varenda gång men själv hade hon aldrig vågat.

Den här gången hade hon dock inget annat val än att fullfölja det hon påbörjat.

Väl där nere, långt under Ergoroth, låg sju celler i en lång rad. Hon leddes fram till den femte i raden och snubblade över tröskeln in i ett mörker svartare än något hon någonsin upplevt. Bakom sig hörde hon hur dörren började glida igen. Med ens panikslagen snurrade hon runt. Dörröppningen täcktes nästan helt av Keirons kroppshydda och hans siluett dolde det svaga fackelskenet bakom honom. Han hejdade sig när han kände hennes panik. Fortfarande kunde hon ångra sig. Men hon visste att det inte fanns något annat alternativ. Kejsaren skulle aldrig låta henne leva i frihet och hon skulle aldrig följa honom. Tre djupa andetag senare hittade hon sitt lugn. Så nickade hon emot Keiron och dörren slog igen med en dov duns och allt blev svart. Hon hörde hur de invecklade låsmekanismerna gick igen och kände hur de uråldriga besvärjelserna som skyddade dessa celler lade sig till rätta. Besvärjelser som skulle se till att inga magiska förmågor kunde öppna låsen.

Hon var fast. Hon var fångad.

Det var de enda tankar som rusade igenom hennes sinne en lång stund och hon tvingade sig själv att inte kasta sig emot dörren i vild hysteri. Tänk om det inte fanns något här? Tänk om hon skulle dö på denna fruktansvärda plats?

Åratal av träning i att kontrollera sinnet var det enda som hindrade henne ifrån att ramla ihop i en skakande hög på det kalla golvet. Genom att tvinga sig själv att andas lugna, djupa andetag fick hon åter kontroll över sig själv. Men inte förrän hon var helt behärskad igen började hon försiktigt undersöka cellen.

Uråldriga besvärjelser låg täta över varenda del av väggarna, taket och golvet. Hon var tvungen att vara ytterst försiktig så att hon inte utlöste någon av dem. De låg i ett så intrikat mönster att hon omöjligt kunde bryta en utan att aktivera alla de andra. Genom sinnet såg hon besvärjelserna framför sig trots att cellen var så mörk som mörker kunde bli och hon undersökte varenda del av cellen ytterst noggrant.

Men vart hon än sökte så fanns det inget där.

Hon var inlåst på den mest rymningssäkra platsen i Imperiet, med den farligaste mannen i världen vakandes över henne och Kejsaren som bara väntade på att kunna bryta ned henne och det fanns inget där! Skaggi kände hur den underliggande paniken åter började växa. Vad skulle hon ta sig till? Mer och mer desperat undersökte hon cellen om och om igen.

Men där!

I den bortre väggen fanns en smal glipa i besvärjelserna, först omöjlig att upptäcka för skyddsbesvärjelser låg över den, men den fanns där. Hon trevade med händerna över den kalla stenen. Fysiskt sätt var detta bara en del av väggen. Men hon var säker.

Det var detta hon sökt efter.

Så hon öppnade sinnet till fullo, drog i de skyddande besvärjelserna och nystade upp dem en efter en. Under alla dessa låg en låsbesvärjelse av en art hon aldrig sett förut. Men när hon väl studerat den en stund var den inte särskilt svår att nysta upp. Med ett öronbedövande brak föll stenarna till golvet medan Skaggi förskräckt hoppade bakåt för att inte krossas under dem.

Bakom stenarna fanns en dörr.

En helt vanlig trädörr i kraftig ek, svartnad av tidens tand, som svängde upp på gnisslande, rostiga gångjärn.

Kapitel 23

Skaggi passerade genom dörren och med en smäll slog den igen bakom henne så snart hon var igenom. På andra sidan hördes hur alla stenar och besvärjelser åter satte sig på plats. Ingen skulle någonsin förstå hur hon kunnat försvinna ifrån sin cell.

På denna sida dörren var det lika mörkt som på den andra och hon höll upp ena handflatan för att låta ett grönt ljus sprida ut sig. Byggnader av underlig arkitektur utan några raka linjer eller kanter framträdde omkring henne. Mellan dem försvann enormt breda gator vidare in i mörkret. Hon hade klivit rakt ut på ett stort, runt torg. Det gröna ljuset reflekterades i de släta väggarna på husen omkring och Skaggi drog vördnadsfullt en hand över drakstenen.

Det var en underjordisk stad.

Skaggi hade såklart misstänkt att hon skulle finna något under Ergoroth, annars hade hon aldrig låtit sig föras till de svarta cellerna, men en stad av draksten.

Hon kunde inte tro det trots att hon stod mitt i den.

Utan tvekan var den byggd av samma varelser som byggt staden i norr och samma uråldriga, okända besvärjelser svävade mellan husväggarna här. Hela Ergoroth var anlagd över en försvunnen stad.

Endast enorma och kraftfulla besvärjelser höll jorden på plats ovanför hustaken och förhindrade att allt rasade samman.

Det borde vara omöjligt.

En lång stund stod hon bara och stirrade runt omkring sig och försökte få sinnet att komma ikapp ögonen.

Till sist tvingade hon sig själv att börja gå. *Den röda draken håller svaret.* Det var den andra ledtråden hon hittat uppe i tornet i norr. Om denna stad var uppbyggd på samma sätt som den hon funnit i Utgard så kanske det fanns ytterligare en sal med en målning av den röda draken där hon äntligen skulle finna de svar hon så länge sökt. Den insikten fick Skaggi att skynda på stegen. Snart, mycket snart, skulle kanske hennes hundraåriga sökande vara över.

Den underjordiska staden hade precis lika breda gator som den i norr och inte heller här var en byggnad den andra lik. De bands samman med terrasser, broar och även trappor, snirkliga och ologiska. Hur länge hon vandrade längs dessa gator visste hon inte, här nere fanns ingenting som hon kunde mäta tiden med.

Medan hon gick drog hon med sin lediga hand över drakstenen och kände en svag värme från självaste stenen. Förutom dess namn visste hon ingenting om materialet, draksten var helt okänt för människor och hon hade ingen aning om vad det egentligen var. Att det utstrålade värme var dock något hon aldrig upplevt, eller tänkt på, i Utgard. Luften var tung och instängd, men tack vare värmen från stenen, hur svag den än var, var det inte riktigt lika kallt här nere så som det borde vara under jord.

Genom fönstren såg hon in i byggnaderna hon passerade. Om det var på grund av nyfikenhet eller om hon nu, när hon var så nära, ville dra ut på tiden innan det var dags att finna det hon hade sökt så länge kunde hon inte säga. Men klumpen i magen och de svettiga handflatorna gick inte att ignorera.

Nu skulle hon finna svaren – eller misslyckas.

Skaggi var även genuint nyfiken på denna uråldriga civilisation som ingen någonsin känt till. Så det var inte bara för att dra ut på tiden som hon undersökte byggnaderna hon passerade. Om det nu fanns inte bara en utan två av dessa städer så hade staden i norr troligen inte varit en isolerad civilisation som hon trott. Det hade varit hennes starkaste argument för att ingen hade känt till att den fanns. Så långt upp i Utgard hade aldrig någon vågat sig och överlevt. Därför hade hon trott att staden i norr varit ett eget rike utan någon, eller åtminstone minimal, koppling till resten av världen.

Nu föll den teorin.

Denna stad låg i centrum av världen. Utan tvekan hade den samexisterat med rikena som funnits här före Senatoriets tid. Hon ville så innerligt få veta mer om de varelser som en gång bott här, men även den här staden var helt tömd. Inte ett föremål fanns kvar som kunde ge en ledtråd till vilka som hade byggt dessa magnifika städer. Den försvunna staden i Utgard hade av någon anledning övergivits, men den här, den hade medvetet gömts undan. Skaggi kunde inte ens föreställa sig hur kraftfulla dessa varelser måste ha varit för att åstadkomma detta.

Hela staden pulserade av uråldriga besvärjelser, kraftfullare än några hon upplevt tidigare. Hur kunde de ha missat det? Hur kunde så kraftfulla besvärjelser ha gömt sig precis under självaste radh'riams Tempel utan att någon märkt det? Och varför hade en sådan här magnifik stad gömts undan till att börja med?

De visste så lite om tiden innan Senatoriet bildats. Den kallades för omstörtningens tid, men allt hon lärt sig var att det varit en tid av kaos, krig och förstörelse. Hade staden gömts för att skydda den ifrån detta? Eller hade den gömts för att skydda världen ifrån staden? Skaggi tvivlade på att människor någonsin skulle ha kunnat bygga något liknande, så vart hade de varelser som en gång byggt dessa städer tagit vägen? Vad hade hänt dem?

Det var så frustrerande att inte en enda ledtråd stod att finna, men hon hade ett mycket viktigare mysterium att lösa. Mysteriet med Den mörka makten och hur hon skulle förgöra den. Hur spännande och lockande gåtan med de försvunna städerna än var, var hon här av en annan anledning. Den tanken fick henne att mer målmedvetet röra sig in emot centrum av staden. Hennes gröna ljuscirkel lyste inte upp mer än de närmaste byggnaderna, men hon visste vad hon letade efter. De två drakstensstäderna var uppbyggda på samma sätt, därför misstänkte hon att det även här fanns höga torn i dess centrum.

Trots att hon ville nå dit så snart som möjligt fick hon efter ett tag stanna. Hennes tidsuppfattning var helt borta, men den knorrande magen och tröttheten sade henne att hon missat åtminstone en natts sömn. Därför kröp hon ihop emot en av husväggarna för att få lite av dess värme. Åtminstone för en stund var hon tvungen att vila. Att nå fram till målet och vara så utmattad att hon inte kunde fokusera ordentligt var inget annat än dumheter.

Men trots att hon var så trött kunde hon inte somna. Allt för många tankar tumlade omkring. Att träffa Keiron igen, se vad han blivit. Att återvända till Ergoroth och finna en begravd drakstens-stad. De tumultartade känslorna kastades runt inom henne. Det var mer än hon kände sig kapabel till att hantera just nu, men de lämnade henne ingen ro. Till sist gav hon upp och började gå igen. Åtminstone hade kroppen fått lite vila även om hennes sinne rusade.

Den slingrande gatan hon följde gjorde en lång sväng omkring en vågformad byggnad i fem våningar. När hon kom runt den lyste ljuset äntligen upp ett högt torn. För att vara på säkra sidan sökte hon igenom området och flera kvarter längre bort fann hon ytterligare ett torn. Det måste vara dessa två torn som utgjorde de kullar varpå det gamla Citadellet och Templet var byggda. De var de största byggnader hon någonsin skådat och trots att hon gjorde sitt gröna ljus så starkt hon kunde såg hon inte toppen.

Magkänslan sade henne dock att hon skulle gå in i det första tornet hon hittat så hon tog sig tillbaka till det. För att kunna öppna porten krävdes det att hon nystade upp en ganska komplicerad lås-besvärjelse som först inte alls var samarbetsvillig. Hon var tvungen att hålla flera delar av den under kontroll samtidigt för att till sist bryta låsningen. På ljudlösa, osynliga gångjärn svängde de enorma dubbeldörrarna upp. För en stund bara stirrade hon in i tornets mörker med bultande hjärta.

Hon var ännu ett steg närmare sitt mål.

Först tvekade hon att gå in men hon kände inte några illvilliga eller direkt farliga besvärjelser så hon tvingade sig över tröskeln.

Invändigt påminde tornet mycket om det i Utgard där avbildningen av draken fanns. Vilket troligen innebar att det var precis lika omöjligt att hitta i det. Hon valde en trappa på chans och den ledde henne uppåt till ett stort galleri. Därifrån fortsatte hon uppåt så gott det gick. Hon passerade genom fler gallerier och salar i underliga former, uppför trappor och nedför trappor i ett helt ologiskt mönster. Allt hon kunde göra var att hoppas att hon någonstans skulle hamna i en liknande sal som den som fanns i det andra tornet.

Precis som tornet i Utgard saknades helt de sniderier, förgyllningar och stuckaturer som var så populära i alla moderna, finare byggnader. Det fanns ingenting här som visade på makt eller rikedom. Bara den rena drakstenen som avbröts av enorma fönster i underliga former, som en gång måste ha släppt in solljus i mängder.

Förvånansvärt snart fann hon salen hon sökte. Den var cirkelrund och täckte hela våningen, precis som i det andra tornet men var mycket större. Fönstren här var däremot smala och inte lika höga, men istället fanns en enorm öppning i stenen. Skaggi trodde först att drakstenen här faktiskt blivit skadad men öppningen, om än oregelbunden som ett naggat hål, var faktiskt en del av arkitekturen. Hon gick fram kanten och blickade ut i mörkret, det ljus hon kunde uppbringa lyckades kasta ett svagt sken över några av de allra närmaste byggnaderna. Hon gissade att salen låg någonstans i mitten av tornet. Det var svårt att säga för hon var så högt upp att hennes gröna ljus inte nådde marken, men fortfarande kunde hon inte lysa upp toppen av tornet. Men hon kunde tänka sig att en gång hade man kunnat se hela staden härifrån och miltals ut över den öppna slätten. Så vände hon sig till sist emot avbildningen av draken.

Hon hade nått sitt mål.

Men denna drake var gyllengul som solens strålar. Dess vingar verkade slå som i ett kraftfullt vingslag och de brandgula ögonen fixerade henne med blicken. Avbilden måste vara i verklig storlek, den var i alla fall minst lika stor som Galad, och han var en stor drake. Besvikelsen låg tung inom henne, men hon tänkte inte låta sig nedslås så lätt, inte förrän hon undersökt varenda del av målningen. Skaggi började med klorna men de höll ingenting vad hon kunde se. Därifrån utökade hon sedan sökområdet, lät det gröna ljuset lysa upp varenda millimeter av väggen. Men där fanns ingen text. Hur hon än sökte kunde hon inte finna minsta runa eller bokstav. Det fanns ingenting där alls som inte tillhörde målningen. Skaggi vidgade sinnet och möttes av mängder med kända och okända besvärjelser, men hur hon än undersökte dem verkade ingen dölja något som ögonen inte såg. Med händerna kände hon över målningen så högt upp som hon nådde men möttes inte av någonting annat än den släta, ljumna stenen.

Om och om igen sökte hon igenom målningen med ögon, händer och sinne men hur hon än försökte kunde hon inte finna någonting. Besvikelse övergick i förtvivlan. Det hopp hon känt tidigare försvann. Draken var gul, inte röd. Och det fanns ingen text. Drakens väldiga klor höll ingenting.

"Den röda draken håller svaret", citerade hon högt. "Den röda draken håller svaret." Tårar började rinna nedför kinderna. Desperat utvidgade Skaggi sökområdet, gick över varenda del av salens väggar. "I mitten, i jorden, där jord ej borde vara." Ergoroth låg i mitten av världen, hon var under jorden fast hela staden egentligen borde vara ovan jord. Sju minus två var fem, och hon hade funnit vägen genom femte cellen. Allt stämde och ändå fanns det ingenting här.

Hon hade funnit den gömda staden.

Hon hade funnit salen med draken och det fanns inget här.

"Sju är de utvalda, sju ska de försvara. Sju drakar över världen fara. I mitten, i jorden, där jord ej borde vara. Sju fanns. Två försvann." Rösten dog bort.

Som en marionettdocka ingen längre höll trådarna till sjönk hon ihop på golvet.

I hundra år hade hon kämpat för att ta sig så här långt. Hon hade övergivit radh'riam. När de behövt henne som mest hade hon inte varit där. Hon hade lämnat Keiron. Låtit honom falla ned i ondskans grepp medan hon sökte efter svar som inte fanns. Och för vad? Allt hade varit förgäves, hon hade misslyckats. Det här var vägs ände. Den mörka makten och Kejsaren skulle fortsätta regera.

Keiron skulle inte gå att rädda.

De varma tårarna som rann nedför kinderna följdes av snyftningar som hon inte ens försökte hejda. Med ens ursinnig slog hon nävarna i den hårda stenen. Om och om igen slog hon ned dem så hårt att blodet rann. Så kastade hon huvudet bakåt och skrek:

"ARRGH!" I vanmakt och raseri skrek hon så att det ekade mellan väggarna tills strupen snördes samman och inga fler ljud kom ut.

Till sist föll hon ihop på golvet. De hejdlösa snyftningarna tystande. Utmattad och bruten kurade hon ihop sig och gjorde sig så liten det var möjligt medan tårarna fortsatte att rinna och så lät hon till sist ljuset slockna.

Mörkret som omgav henne speglade det bottenlösa mörker hon kände i själen.

Tid försvann. Allt försvann. Hon grät tills inga fler tårar fanns och underjordens kyla kröp in i kroppen trots den svaga värmen från stenen.

Långt senare, när sömnen till sist sökte henne, drog hon upp sina såriga händer för att lägga dem under huvudet. Och kände en spricka i det annars släta golvet.

Det fanns inga sprickor i draksten.

Ljuset flödade innan hon ens hunnit resa sig. På alla fyra kröp Skaggi över golvet med ljuset strålande, det var sprickor överallt i golvet. Små fina linjer. Det var ett mönster av något slag, hon behövde bara få en bättre överblick så skulle hon kunna tolka det, det bara måste hon kunna. I sitt ivriga undersökande satte hon ena handen i vad som verkade vara ett virrvarr av fina små linjer och ett gyllene ljus spred ut sig åt alla håll. Skaggi blev så förskräckt att hon föll tillbaka på ändan. Ljuset fortsatte flöda igenom varenda liten spricka så att hela golvet snart verkade glöda. Skaggi tog sig upp på skakiga ben och en stund bara stirrade hon ned på de glödande linjerna.

Det var en karta. En världskarta.

Ljuset hade börjat stråla ut ifrån Ergoroth och sakta började linjerna få liv. Det bildades kustlinjer, sjöar och skogar. Alldeles svagt hördes havets brus och vindens sus. Ännu en stad lyste högt upp i norr. Det måste vara hennes försvunna stad! Flera andra städer kunde också ses på ställen Skaggi inte ens visste existerade. I söder fanns en hel kontinent till, täckt av sand. I sydöst, i det enorma havet, låg flera stora öar. Torondorbergen, gränsen för den kända världen åt väst, var placerade i mitten av kartan. Långt bortanför dem åt väst, bortom slätter och skogar vid en stor sjö låg ännu en stad. Mellan den och Ergoroth pulserade ett gyllene ljus, som om någon ritat upp en väg.

Skaggi bara stirrade på den magiska kartan en lång stund utan att tro på det hon faktiskt såg. Sedan hon klev ut genom ekdörren från den svarta cellen hade hennes sinne kastats omkring i sådana känslomässiga stormar att hon nu kände sig nästan avtrubbad när hon såg ned på en värld som just blivit minst tre gånger större än vad de någonsin vetat om. Där fanns helt nya länder, kontinenter och hav. Helt nya städer. Och allt omgärdades av is. Höga glaciärer av is.

Tusen år av kunskap och de hade inte ens vetat vad som fanns utanför Senatoriet.

Skaggis blick föll åter på den pulserande, gyllene linjen som förband Ergoroth med den andra staden långt bortom bergen.

Hon hade inte fått några svar idag.

Men hon hade fått ytterligare en ledtråd och hon visste vad hon var tvungen att göra.

Kapitel 24

Återigen stod Caz'Duw i tronsalen. Denna gång vid Kejsarens högra sida vilket gav honom en överblick över hovet som kallats samman för att lyssna till vilket hot Skaggi utgjorde.

"Enda chansen", sade Kejsaren. "Är att hon underordnar sig min visdom och kontroll. Det är enda sättet jag kan skydda er alla från hennes makt."

Caz'Duw visste lika väl som Kejsaren att hovet bara väntade på att sprida allt vidare till sina familjer och bekanta runt om i Imperiet.

"Magi är ytterst vådlig", fortsatte han, "när den inte kontrolleras av någon mycket mäktig och rättrådig."

Och Skaggi hade varit så farlig att radh'riam förvisat henne. Om och om igen upprepade Kejsaren det i sitt tal. Vilket tvingade Caz'Duw att minnas när hon försvunnit ut ur hans liv. Ena dagen hade allt varit som vanligt, den andra hade hon varit borta och han fick aldrig ens veta varför. Den sorgen och bottenlösa tomheten överskuggade allt annat till och med nu, hundra år senare. Speciellt nu, sedan han åter funnit henne. Sett henne, talat till henne.

"Av respekt för vad hon en gång varit", ekade Kejsarens röst, "har hon nu fått en andra chans att välja den rättrådiga vägen. Min väg."

Hovet slukade hans berättelse. Att det ens fanns en radh'riam vid liv var sensationellt, att de fått se henne med egna ögon var ofattbart. Men han kände också rädslan som svävade under ytan. De visste alla Caz'Duws makt. Nu fanns det en till med magiska krafter trots att alla visste att magin inte längre fanns kvar i världen.

Kejsarens tal var inget annat en lögner menade för hovets öron. För att i förlängningen få Imperiets invånare att frukta Skaggi mer än de fruktade Kejsaren. Caz'Duw orkade inte ens lyssna på dem.

Han behövde få något annat att ockupera sinnet med än tankar på Skaggi så han såg ut över de församlade och fick syn på Arman de Keere. Adelsmannen försökte gömma sig längst bak i folkmassan, alldeles vid dörrvalvet. För nyfiken för att hålla sig borta, för rädd för att synas. I samma stund som Caz'Duws blick föll på honom såg han honom stelna till, även på detta avstånd kunde han få de Keere att skälva. Han såg honom våndas och låste fast hans sinne när han ville fly.

Men Arman de Keere skulle inte dö idag.

Det var onekligen Skaggi som påverkat honom och så var tankarna åter tillbaka hos henne. Att få vara nära henne igen, om än bara för en kort stund, hade påmint honom om vem han en gång varit. Så han släppte adelsmannen och lät istället blicken svepa genom salen, en våg av rädsla efterföljde hans blick. Men han märkte det knappt. Trots att han försökte stänga alla tankar ute återvände de till resan Skaggi tagit med honom på och den försvunna staden som inte borde finnas. Att den alls existerade bevisade att allt de trott på varit lögn, precis som Skaggi sagt. Att den var övergiven och död visade att de trots allt fått höra sanningen. Caz'Duw visste inte längre vad han skulle tro. Skaggi hade aldrig förklarat vad hon sökte efter, men han förstod att det hade med Den mörka makten att göra.

Något mycket farligt rörde sig i djupet av hans själ.

Han tryckte ned det med allt som var han. För han ville att Skaggi skulle lyckas. *Han* ville det. Makterna som styrde så mycket av honom skulle dock aldrig tillåta det. Men Skaggi var säkert inlåst i den mest rymningssäkra cell som någonsin konstruerats, inte ens hon kunde väl ta sig ut därifrån?

Han fick sitt svar fortare än han trott när en soldat plötsligt kom rusandes genom salen och avbröt Kejsarens tal. Caz'Duw behövde inte höra mannens förtvivlade redogörelse för att förstå vad som hänt.

"Hon har rymt, ers höghet! Hon är borta. Vi... vi... hittar henne inte." Soldaten var död redan innan han slog i golvet och en iskyla spred sig genom tronsalen.

Hela hovet hukade sig inför Kejsarens vrede. Den verkade pulsera genom självaste palatsväggarna och fick skuggorna att tätna.

"Hitta henne!" röt Kejsaren. "Hitta henne och för henne till mig!"

Ingen hade någonsin sett Kejsaren så upprörd.

Kejserliga gardet och hovet försvann i all hast för att utföra hans order. Kvar stod Caz'Duw bredvid soldatens lik.

"Hur kunde hon fly? Det är omöjligt. Ingen radh'riam kan fly från de cellerna. Ingen!" Kejsarens vrede fick självaste grundstenarna i palatset att skaka.

Caz'Duw tänkte tillbaka på hur Skaggi totalt släckt ned hans sinne vid deras tidigare möte. En gärning som gick emot allt radh'riam någonsin stått för.

"Hon är ingen radh'riam. Inte nu längre." Caz'Duws röst var lika lugn som han var stilla inför Kejsarens vrede.

Med hjälp av en makt som inte var hans egen tvingade Kejsaren ned honom på golvet. Smärtan som krävdes för att få honom på knä var obeskrivbar, den böjde kroppen och pressade ihop hans inre organ, men han brydde sig inte.

Det var länge sedan smärta hade besvärat honom.

"Hitta henne och för henne till mig. Och hon ska vara vid liv."

Men det var redan för sent. Även om Kejsaren inte kände hennes närvaro så gjorde Caz'Duw det. Hon var här, så nära. Och hon sände en värmande smekning över hans sargade sinne, ett farväl. Sedan var hon borta.

Sekunden senare kom larmet.

De stora varningsklockorna började ringa över hela staden. Först de yttre, knappt hörbara här i palatset, men en efter en tog de vid tills varenda varningsklocka i Ergoroth ringde ut. Utan någon nytta.

Drakens rytande rullade genom salarna som åska. För ett ögonblick var allt förlamande stilla.

Sedan kom elden.

Den regnade ned över taken och fick glaskupolerna att explodera av hettan. Till och med självaste stenen började smälta samman. Den dyrbara inredningen och de invecklade snideriema flammade upp. De överdådiga gobelängerna och exklusiva mattorna gav elden näring.

Hovet, tjänare, soldater och vad människor som fanns i palatset rusade i panik emot utgångarna medan elden rasade genom salarna.

Skräckslagen förtvivlan skar genom palatset lika iskall som elden var het och sköljde över Caz'Duws sinne. Men inte ens han kunde göra något. Mot en drake var all magi verkningslös, som han så nyligen fått erfara. Så han flydde. Det enda han kunde göra var att se till att det blev fri lejd för Kejsaren att ta sig ut. Även om Caz'Duw inte kunde göra något åt draken kunde han åtminstone hålla elden ifrån sig. Men till och med han förnam hettan utanför den skyddande bubblan av magi och inte ens magin kunde helt hålla röken borta. Den slingrade sig ned i lungorna och gjorde det svårt att andas.

Kejsaren hostade vid hans sida, vacklade och kunde inte alls gripa tag i sin egen magi. Hur han än försökte kunde han inte frammana något som helst skydd. Caz'Duw kände hur han klöste vilt emot hans eget sinne för att få tillträde till hans kraft. Men hur desperat Kejsaren än försökte undflydde magin honom.

Han fick helt förlita sig på Caz'Duws styrka.

Några av riddarna som följde dem föll ihop när de kom för långt ifrån hans beskydd, avsvimmade av röken redan innan lågorna slickade deras kroppar. Innan hettan fick rustningarna att smälta samman med deras kött.

Tak föll in, väggar rasade samman. Fönsterglas exploderade.

Allt för många passager var redan övertända. Allt för många korridorer blockerades av nedrasade bjälkar och raserad marmor. De flyende människorna hamnade allt oftare i återvändsgränder eller stängdes in i salar som snart uppslukades av eld från alla sidor.

Hjälplösa. Förlorade.

Genom palatsets övertända korridorer hörde Caz'Duw deras förtvivlade, besinningslösa skrik när deras hud sprack och brändes bort ifrån deras ben. Och över de panikslagna skriken, den dånande elden och klockornas ringande ekade drakens ursinniga vrål.

Genom ett trasigt fönster fick Caz'Duw en snabb glimt av tre adelsfröknar på en av de mindre borggårdarna. Hejdlöst gråtandes skrek de ut sin fasa.

Sekunderna senare fanns bara aska kvar.

Från en korridor hörde Caz'Duw hysteriska förbannelser innan elden slukade sju soldater. Under deras flykt genom palatset såg han människor som i vettlös panik hoppade genom fönster eller kastade sig ut över balkonger bara för att störta emot en säker död. Kanske var det ett skonsammare slut än elden.

Den förhatliga röken störde honom, rev i strupen. Det blev allt svårare att ta sig fram, rasmassor låg överallt i deras väg och eldens inferno rasade omkring dem. Därför uppfattade han inte att taket ovanför dem föll in förrän i sista sekund. Caz'Duw lyckades precis hålla de fallande stenarna borta ifrån dem, men runt omkring föll de ohejdade och krossade tre riddare.

Äntligen snubblade de ut genom en mindre port i palatsmuren, men även om elden var fokuserad till själva palatset var hettan så stark att de fick fortsätta genom hela parken innan de kunde stanna för att hämta andan och Caz'Duw äntligen kunde släppa magin.

Kejsaren var vid det laget så illa däran att han knappt kunde stå på sina egna ben och även Caz'Duw kände sig matt. Omkring dem samlades snart de överlevande, som om Kejsaren och Caz'Duw nu var deras enda trygghet.

Soldaterna nerifrån Ergoroth nådde slutligen fram.

Men innan de hann komma i position och nocka de svarta pilarna så var draken redan på väg bort. På svarta vingar seglade han iväg åt nordväst och även om Caz'Duw inte kunde se henne visste han att Skaggi satt på drakens rygg. Trygg och oskadd. Caz'Duw följde honom med blicken tills han inte längre kunde skönjas.

En ensamhet han inte känt på många, långa år överväldigade honom och fick honom för en stund att glömma till och med det brinnande palatset och människorna omkring honom som kämpade för sina liv.

Det tog lång tid, men till sist fanns inget mer kvar som kunde brinna. Lågorna falnade och genom den svarta röken blottades det tomma, utbrunna skelett som var allt som fanns kvar av kejserliga palatset.

Som om det ville visa upp sig en sista gång.

Sedan var det som om det inte längre kunde hålla uppe sin egen tyngd. Dånet när palatset rasade ihop var ofattbart. Hela Ergoroth skakade när tonvis med smält, rykande, svart sten föll ihop som ett korthus faller av en vindpust.

Kapitel 25

Palatset låg i ruiner. Allt som fanns kvar var aska och sten så het att den smält samman. Svart rök steg emot himlen och mörklade hela Ergoroth. Tjock och giftig fick den ögonen att tåras och lungorna att dra ihop sig i protest. Det skulle ta mycket lång tid innan någon ens kunde närma sig kullen där palatset alldeles nyss stått utan att dö av hettan.

Många människor hade omkommit i branden. Det var en luggsliten och förtvivlad skara överlevare som chockade stod och såg på ruinerna av sitt hem, sådant det nu varit.

Adel gick knappt att skilja ifrån tjänare, så fulla av sot och smuts som alla var. Och brännskadade. Stanken av bränt kött letade sig in i Caz'Duws sinne och fick magen att vända sig. Som han hatade den stanken. Den förföljde honom, grävde sig in bland hans djupaste, undanträngda minnen.

Runt omkring honom grät människor, vissa hysteriskt och ohejdat, andra tyst och hjälplöst. Några skrek ut sin vanmakt och sorg. Vissa föll ihop där de stod, för skadade, utmattade eller chockade för att kunna stå på egna ben. Några satte sig apatiska ned och bara stirrade tomt framför sig. Andra höll om varandra, lika mycket för stöd som för tröst, enade i sin sorg över sina familjer, vänner och bekanta som inte hunnit ut.

Men knappt några samtal hördes.

De som var minst skadade hjälpte dem som var värre däran. De som inte klarade av att stå utan hjälp lades på marken så bekvämt det gick. Sotiga trasor till kläder användes som filtar eller kuddar och bandage. Katastrofen som drabbat dem fick alla att för en stund glömma sina intriger och meningsskiljaktigheter.

Snart nog kom borgare ifrån staden nedanför med rent vatten, filtar och läkemedel. De som var värst skadade hjälptes upp på kärror eller vagnar och fördes till helbärgargörarna nere i staden. Andra fick vård där de var, kallt vatten sköljdes över deras brännsår innan de ströks över med helande örter och förbands. Över andra lades svepningar. De som tagit sig ut men som aldrig mer skulle resa sig. Caz'Duw såg till och med hur palatsets överlevande småknytt stöttade sina små, sårade kamrater.

Så kallade Kejsaren honom till sig. Han utstrålade nu åter kraft och styrka som om han inte alldeles nyss varit totalt hjälplös och utmattad. Rösten bar över hela parken när han delade ut order med en utstrålning som sade att katastrofen som nyss skett bara var en bagatell. En bragd i sig, när Kejsarens svarta klädnad var svedd på sina ställen och aska fortfarande föll från himlen omkring dem och lämnade ränder efter sig i både hår och ansikte.

Men Caz'Duw såg rädslan som gömde sig bakom hans isblå ögon.

Uppfattade hur han inte en enda gång såg tillbaka emot ruinerna av palatset som varit centrum för hans makt de senaste hundra åren. Istället såg han till att en passande eskort samlades ihop för att föra honom genom staden. Utan att erbjuda minsta hjälp eller stöttande ord till alla de människor han lämnade bakom sig. Caz'Duw sade ingenting om hur Kejsaren varit helt maktlös under infernot. Men han kunde inte låta bli att undra vad som orsakat det.

Kejsarens makt sviktade ibland, det visste han, men aldrig så här fatalt.

Den natten fick de överlevande av hovet, som inte behövde stanna hos helbrägdagörarna, sova i sina släktingars stadshus eller på värdshus. Kejsaren själv fick hålla till godo med Ergoroths handels-kammare. Det var den äldsta byggnaden i staden, med en arkitektur som inte liknande någon annan. Här hade gillen från hela världen samlats ända sedan omstörtningens tid för att besluta om handels-avtal och handelns infrastruktur. Det var den enda byggnad i staden som var värdig Kejsarens närvaro.

Men den var inte värdig att bli Kejsarens nya högsäte.

Det fanns bara en enda plats i hela Ergoroth som kunde mäta sig med palatset. Som var stor nog för att kunna inrymma det kvar-varande hovet, tjänarna, kejserliga gardet och samtidigt erbjuda något som åtminstone kunde liknas vid deras tidigare överdådiga liv.

Templet.

Förbjudet och öde vilade det på sin kulle. Ett mausoleum. En grav. Men nu gav Kejsaren order om att det skulle öppnas upp.

På hundra år hade ingen satt sin fot på denna fördömda plats.

Caz'Duw hade själv beseglat besvärjelserna som omgav Templet. De var kraftfulla och skulle se till att inte en levande själ tog sig in. Gjorda för att aldrig brytas. Men nu var han tvungen att göra det. Den natten, när röken fortfarande steg ifrån palatsets ruiner, klev han åter in i Templet. Han hade lagt besvärjelser i besvärjelser och de riskerade att utlösas så snart de krockade med varandra. Ett enkelt trick, men oerhört effektivt.

Ensam passerade han genom Templets vindlande korridorer medan han nystade upp besvärjelserna allt eftersom de uppen-barade sig för hans sinne. Han var tvungen att vara ytterst försiktig samtidigt som de krävde all hans styrka. Det var en känslig, svår balansgång som skulle kosta honom livet om han misslyckades. Endast tack vare att han mindes hur han konstruerat dem kunde han bryta dem. När slutligen de sista besvärjelserna nystats upp var han mer utmattad än på länge.

Förutom ett tjockt lager av damm såg Templet ut precis som när han lämnat det. Under sin tysta vandring genom de välbekanta korridorerna och salarna såg han övergivna föremål – böcker, tekoppar, skurborstar, alkemiflaskor – som låg kvar precis där de lämnats hundra år tidigare. Denna plats tvingade honom att minnas allt som en gång varit och allt som han för alltid förstört. De delar som låg i ruiner, de han hade raserat den där dagen, fick minnesbilderna att rusa bakom ögonen. Återigen såg han hur hans bröder och systrar dött för hans svärd. Kände den ofantliga kraften som uppfyllt honom och givit honom tillgång till en magi han aldrig tidigare kunnat föreställa sig – kall, skoningslös och utplånande.

Men mest av allt mindes han hur tyst allt blivit när han stod ensam kvar. Den tystnaden hade stannat kvar här i över hundra år.

Det mesta av Templet var dock fortfarande intakt så som alkemisternas arbetsrum och Bains kammare, Pelarsalen och Astronomisalen och det stora köket som han och Skaggi så ofta stulit kakor ifrån. Och förutom textiliernas förruttnelse, var allt skrämmande välbevarat.

Som om inte ens tiden vågat besöka denna plats.

Tystnaden och stillheten försvann dock snabbt ifrån Templet de följande dagarna. En armé av nyrekryterade tjänare sändes in efter Caz'Duw för att göra det beboeligt för Kejsaren, hovet och alla de människor som behövdes för att ge dem det extravaganta liv i yttersta bekvämlighet som de alla förväntade sig.

Det mesta av radh'riams tillhörigheter städades bort och rökelse spreds genom Templet för att rensa bort ohyra. Nya textilier ersatte de gamla, nya möbler blandades med de antika som fortfarande var användbara. Konstverk dammades av och nya hängdes upp.

Omtöcknade, skräckslagna och samtidigt ohöljt nyfikna på denna sägenomspunna plats steg så hovet till sist in genom välkomstentrén. Lite av deras gamla dispyter och intrigerande tog fart igen när de skulle besluta om vem som skulle bo var i det mindre Templet som inte alls kunde erbjuda dem deras normala, luxuösa standard.

Inte ens nu sedan de så tydligt reducerats i antal.

Hovet sände bud till sina familjers överhuvuden runt om i Imperiet för att få utökat underhåll. Hantverkare, köpmän och sömmerskor i Ergoroth hade aldrig varit så överbelamrade med arbete och ordrar. Väntetiderna på att få en klänning uppsydd eller ett nytt matbord tillverkat mångdubblades.

Kejsaren tog upp säte i den gamla Spegelsalen där de hundratals speglarna fortfarande hängde kvar. Det tog tjänarna en hel natt att putsa rent dem alla för att göra salen Kejsaren värdig. En ny tron, praktfullare än den gamla, smiddes ihop av stadens skickligaste smeder som under flera dagar inte arbetade med något annat. Rubiner innefattades i det höga förgyllda ryggstödet och en mjuk, röd sidendyna lades dit. Den placerades på det podium som använts när radh'riam dubbades.

Det var hit Kejsaren kallade Caz'Duw.

För första gången sedan branden var de i samma rum och nu var Kejsarens kraft lika stark som någonsin. Åter pressades Caz'Duw ned på golvet. Här, där ingen annan kunde se, släppte Kejsaren till sist lös all sin vrede. Skaggi hade förstört hans palats, visat hela världen att det gick att skada honom.

"Hitta henne. Döda draken och döda Skaggi." Varje ord åtföljdes av en våg av smärta som böjde hans sinne likväl som kroppen. "För hennes döda kropp till mig. Och Caz'Duw, svik mig aldrig igen."

De sista orden åtföljdes av en smärta som skar som tusen knivar genom kroppen. En makt så enorm att han inte ens kunde andas svepte genom honom, slog undan all vilja. All hans enorma styrka.

Han var tvungen att lyda, sådan var Kejsarens makt över honom.

Den lilla del av honom själv som blivit starkare i Skaggis närvaro sköljdes undan.

Allt som blev kvar var skuggor.

Han skulle jaga ifatt Skaggi och han skulle döda henne, det var Kejsarens order. Hans hjärta, sådant det nu var, slets itu.

Men när Kejsaren släppte sitt grepp om honom reste han sig åter, som om all smärta som nyss härjat i hans kropp aldrig funnits. Hans egen kraft pulserade precis under huden och krävde att få släppas lös. Kejsaren hade givit honom en order och han skulle utföra den.

Nästa gång han stod i Spegelsalen skulle Skaggis döda kropp ligga framför hans fötter.

Tillbakablick – Drakboken

Tempelbyggnaden i Ergoroth var indelad i fyra delar: Biblioteket med tillhörande föreläsningssalar, representationssalarna med Spegelsalen i centrum, orangeriet, och köket med tillhörande matsalar. Mellan dem fanns alla de olika boendekomplexen. Sovgemaken var olika stora och vissa hade till och med en egen liten salong, men alla hade en dörr ut emot ett gemensamt sällskapsrum. I anslutning till dem fanns olika arbetsrum och träningssalar. Nästan alltid tillhörde en större salong, sal eller galleri labyrinten av rum och ofta fanns också en innergård i nära anslutning. Och alltihopa bands samman med breda, vindlande korridorer som tog åratal att lära sig hitta i.

Skaggi sprang genom dessa i en fart som fick andra radh'riam att stirra efter henne eller högljutt protestera emot det olämpliga i hennes uppförande. Men hon brydde sig inte. Hon hade just gjort en helt otrolig upptäckt och ville visa övermäster Garlow utan dröjsmål.

Det var många år sedan hon varit hans lärling, men hon sökte fortfarande råd av honom framför alla andra och vågade inte anförtro någon annan vad hon just funnit. Hon fann honom i stora rådskammaren tillsammans med två rådmän ur innersta rådet och mäster Daechir som var skriftmästare. De församlade hade just avslutat ett möte och höll som bäst på att avsluta alla avskedsfraser när Skaggi störtade in.

"Garlow! Mäster Garlow! Jag måste få tala med er genast."

Garlow hade vid det här laget, efter alla år som Skaggis mäster, vant sig vid att hennes uppförande aldrig skulle bli mer än knappt acceptabelt och valde därför att ignorera hennes opassande entré. Istället bara nickade han nådigt sitt bifall.

"Ensam, mäster." sade Skaggi bestämt.

"Vi har inga hemligheter i radh'riam, Skaggi", bannade Garlow. Men han sände ändå iväg de andra trots att han kände deras missnöje. Särskilt Daechirs. Den mannen kunde inte acceptera att någon beordrade honom, inte ens övermäster Garlow och särskilt inte till fördel för någon som Skaggi.

"Jag tror nog att ni vill se det här själv först, mäster." Med de orden förde hon honom tillbaka till Biblioteket som hon bara en stund tidigare rusat ut ifrån.

Där var det fullt av folk, så här mitt på dagen var man tacksam om man alls kunde finna en sittplats. Bokhållare skyndade mellan hyllorna på alla våningar för att hitta de böcker som radh'riam eller andra besökare önskade läsa. I lugnare takt sökte radh'riam själva igenom hyllorna. Några mästare stod i en grupp och diskuterade med låg röst, samtidigt som de höll ett öga på sina lärlingar som inte nödvändigtvis studerade så ihärdigt som de borde. Skaggi kom knappt ihåg att hälsa medan hon skyndade genom Biblioteket till de nedre läsesalarna. Garlow följde efter henne. Trots sina alltid lika vördnadsfulla, lugna steg lyckades han hålla nästan samma takt som hon. Hon gick in i en av läsesalarna, den hon brukade använda och alldeles nyss lämnat, och lät de små ljusgloberna som var utställda på olika hyllor stråla för fullt. På bordet låg en stor, tjock bok. Så fort Garlow kommit in stängde hon dörren och lät även en liten låsbesvärjelse lägga sig över den.

"Skaggi!" protesterade Garlow.

"Lita på mig, mäster."

Och Garlow litade på henne även om han inte förstod allt drama.

Skaggi visade honom boken. Det var originalet av herr Fahren Dwen. En av få böcker som fanns kvar i världen som var skrivna innan omstörtningens tid. Den handlade om drakar, titeln var rätt och slätt *Det stora draklexikonet,* och den var fortfarande det mest omfattande verk som skrivits i ämnet.

Skaggi hade alltid fascinerats av drakar. Och sedan Keiron och hon varit på uppdrag i Bortre Gelirien för några månader sedan och träffat på inte mindre än tre drakar där, hade hon börjat forska mer om dessa magnifika, men totalt livsfarliga varelser. Sedan dess hade hon lusläst *Det stora draklexikonet* inte mindre än fem gånger.

Skaggi slog upp en sida och vände boken emot Garlow. "Se här."

Garlow skummade genom texten och drog med en hand över illustrationerna.

"Det är ett helt fantastiskt verk. Och en av våra bäst bevarade antika böcker, om jag minns rätt." Garlow själv var inte särskilt intresserad av böcker även om han ofta sökte kunskap i dem. Han var alkemist och hans livsverk var ljus.

En radh'riam kunde bara använda sig av ett enda ljus, exempelvis var hans gyllene medan Skaggis var grönt. Men Garlow hade lagt all sin lediga tid på att studera ljus och kunde nu, som den enda radh'riam någonsin, använda sig av vilket ljus som helst. Därför var Skaggis uppmaning att läsa en tusentals år gammal bok om drakar inte särskilt intressant i hans ögon.

"Jag förstår nog inte vad du menar, kära du", sade han sedan han sett över sidorna.

"Boken beskriver alla drakrasers särdrag. Var de finns, vilka färger de kan ha, hur stora de blir. Herr Dwen har till och med teorier om vilka mekanismer som gör att de kan spruta eld och varför de är resistenta emot magin." Skaggi bläddrade igenom boken för att visa. Det fanns inga sidnummer, det fanns det inte i några antika böcker, men hon kunde boken utan och innan vid det här laget. "Men här…" Skaggi återvände till uppslaget som hon först visat. "Här beskrivs elddrakarna. Dwen menar att de är urmodern till alla andra drakar." Skaggi pekade på det sista stycket. "Sedan börjar han beskriva en individ, en speciell drake." Hon läste högt:

Han var röd som solnedgången. Som elden själv. Som blod.
Ögonen brann av den inre glöd alla elddrakar innehar.
Han var inte den största av drakar, ej heller den starkaste eller
snabbaste. Ehuru han var slug, hänsynslös och grym.

Skaggi såg upp på Garlow när hon slutat läsa. "Och här tar det slut. Det verkar ju som om författaren bygger upp till en slutsats av något slag, men det finns inget mer." Hon bytte sida där texten började beskriva elddrakarnas anatomi.

"Och vad vill du mena med detta?" Skaggi hörde att hon hade fångat hans intresse och kände hans växande obehag.

"Det saknas sidor. Någon har raderat text ur denna bok."

Garlow skakade på huvudet.

"Det är omöjligt. Dessa böcker skyddas av starka bevarelse- och skyddsbesvärjelser. Besvärjelser under besvärjelser, omöjliga att bryta. Är det inte troligare att författaren helt enkelt inte hade mer att säga?"

"Han skriver så oerhört detaljerat, lämnar ingenting hängande i luften. Varför skulle han beskriva denna enda drake på det här viset om han inte menade att berätta något mer? Nej mäster, jag tror att en sida saknas."

Garlow bläddrade mellan sidorna, kände över dem med magin för att undersöka besvärjelserna som skyddade dem.

"Böcker med sidnummer och innehållsförteckningar återfinns först hundra år efter Senatoriet bildats."

"Man hade säkert bara inte tänkt på det innan."

"Många av våra äldsta böcker, de som skrevs innan omstörtningens tid, är oerhört välskrivna. De innehåller mycket kunskap som än idag ligger till grund för många av våra moderna verk. Varför skulle de inte ha tänkt på att använda sidnummer?"

"Vad exakt är det du vill ha sagt?" Garlow slet blicken från boken och mötte hennes över bordet. Hans var djup, vis och bekymrad.

"Att någon medvetet har raderat eller dolt information ifrån oss."

"Senatoriet är uppbyggt på sanning, det vet du. På öppenhet och att alla ska ha rätt till en egen åsikt, att ingenting någonsin får döljas eller ske bakom stängda dörrar. Biblioteket skapades enkom av den anledningen, för att bevara och ge kunskap åt alla som söker den!"

"Och ändå har någon här medvetet dolt information ifrån oss. Jag är säker på det."

Den senaste tiden hade flera gremsöverfall rapporterats ifrån de västra delarna av Senatoriet. Keiron var där just nu för att driva tillbaka oknytten upp i bergen. Förra sommaren hade gett missväxt och i norr hade det varit ovanligt kallt. Och överallt fortsatte oförklarliga dödsfall ske, dödsfall orsakade av en mörk makt. Dessa oroligheter hade lett till att Senatoriska rådet var slitet mellan olika viljor och innersta rådet kunde knappt hålla läget stabilt som det var.

Därför var detta en mycket ovälkommen upptäckt.

Radh'riam hade redan försäkrat rådet om att det inte fanns någon information i Biblioteket som rörde dessa händelser. Tänk om motsatsen bevisades? Radh'riam svor att alltid säga sanningen. Det var deras yttersta signum. Men radh'riam var också edsvurna att beskydda Senatoriet och varenda en av dess invånare. Detta kunde bli droppen som fick bägaren att rinna över. Inbördeskriget skulle vara ett faktum, det förstod de båda två. Om sanning och beskydd ställdes emot varandra, vad var då det viktigaste?

"Jag måste undersöka detta närmare", sade Garlow till sist. "Under tiden får du inte tala om detta med någon. Inte ens Keiron."

"Men..."

"Nej, Skaggi, inte ens Keiron. Inte någon."

Skaggi hade aldrig dolt någonting för Keiron. De delade allt. Men Skaggi visste att Garlow hade rätt och hon skulle lyda. Läget i Senatoriet var för instabilt just nu, minsta gnista skulle tända en rasande eld. Skaggi var villig att göra allt som stod i hennes makt för att förhindra att så skedde.

Keiron återkom till Ergoroth tre dagar senare tillsammans med sina soldater och riddare. Han var nöjd och stolt. De hade jagat gremsen på flykten och han tvivlade på att de skulle våga sig nedför Torondorbergen igen, åtminstone inte för lång tid framöver.

Alla andades de lite lättare.

Skaggi framför allt, för det betydde att Keiron skulle stanna i Ergoroth hos henne. På senare tid verkade han behövas överallt utom just här. Han hade dubbats till radh'riam inte långt efter Skaggi och sedan dess hade hans kraft växt sig ännu större. Men trots hans enorma styrka var hon alltid lika orolig när han sändes iväg utan henne.

Hela Senatoriska rådet hade samlats i Citadellets stora rådsal för att debattera om hur de skulle gå vidare efter att Keirons senaste rapport lästs upp. Skaggi stod på åhörarläktarna tillsammans med många andra av Ergoroths borgare när mäster Daechir berättade om hur hotet emot Senatoriet för denna gång var avvärjt. Alla runt omkring henne verkade dra en lättnadens suck. Rådslagen hade alltid varit välbesökta, men det senaste året var läktarna formligen överfulla av människor som försökte förstå vad som pågick i deras värld.

"Mäster Keirons handlingar har utan tvekan räddat dessa byar från gremsen", sade en man ur adelsmännens råd, "men de är inte besegrade. Det verkliga hotet finns kvar därute."

Mängder med röster höjdes samtidigt som följd på adelsmannens insinuation om Den mörka makten. Konsuln, hon som ledde innersta rådet, satt tankfullt tillbakalutad medan hon lyssnade till de allt hetsigare diskussionerna.

"Herr de Gorga har rätt." Daechirs röst förstärktes av magin och fick alla andra att tystna. "Vi får inte glömma att de fruktansvärda oknytten finns kvar därute", fortsatte han när han hade rådssalens fulla uppmärksamhet. "I den takt de nu anfaller oss är det bara en fråga om tid innan de återigen attackerar. Jag har dock analyserat deras förflyttningar och tror mig ha en lösning på hur vi ska kunna förebygga dessa attacker." Daechirs utläggning fortgick med blomstrande tal och stora gester, men Skaggi har slutat lyssna.

Radh'riamen hade blivit innersta rådets klippa under denna stormiga tid men Skaggi kunde inte hjälpa att hon tyckte illa om honom. Daechir var den som funnit Keiron som barn och hade insisterat på att bli hans mäster. Övermäster Garlow hade dock bedömt honom för ockuperad med innersta rådets angelägenheter för att ha tid med en lärling och avvisat hans önskan – upprepade gånger. Istället hade Bain blivit Keirons mäster vilket Skaggi var evigt tacksam för. Hon var mindre nöjd över att Daechir ändock envisades med att vägleda Keiron. Daechir var på alla sätt en rättskaffens man, men han såg fel och brister hos alla utom sig själv. Som tur var lyssnade Keiron bara på ett halvt öra när Daechir föreläste för honom om allt han borde bli. Keiron må ha större kraft än någon annan, men han sökte inte makt på det sätt Daechir gjorde.

Applåder dundrade genom rådsalen och kastade Skaggi tillbaka till nuet och Daechirs tal. Medan hon studerade honom fick hon känslan av att något var fel. Hon kunde inte sätta fingret på vad det var. Han lät och gestikulerade som vanligt och kändes som vanligt.

Så slog det henne.

Han såg ut över de församlade rådsmedlemmarna med samma blick han normalt sätt reserverade för henne. Nedlåtande och avfärdande. Som om han vore förmer än hela senatoriska rådet.

Av de rungande applåderna att döma verkade det dock bara vara hon som sett det. Skaggi blundade och rensade tankarna. När hon åter såg ned mot Daechir undrade hon om hon inbillat sig allt. Ända sedan hennes samtal med Garlow har hon varit tankspridd och vetskapen om att hon för första gången undanhållit något från Keiron splittrade hennes sinne.

"... Med detta överlämnar jag nu ordet till vår högst ärade konsul", avslutade Daechir och gav höviskt plats för Senatoriets främsta ledare. Hon gav honom ett varmt leende som han återgäldade.

Nej, Skaggi måste ha inbillat sig.

Tre veckor senare satt Skaggi på en tunna utanför svärdsringen och såg på medan Keiron tränade tillsammans med några av de andra riddarna i radh'riam. Hans enorma styrka och kraft gjorde honom överlägsen och de andra anföll honom i grupper om tre. Han hade tagit av sig skjortan och svetten lackade över hans muskulösa över-kropp och klistrade fast blonda lockar emot pannan. Trots det rörde han sig med en snabbhet och smidighet ingen av de andra kunde uppbåda.

Skaggi klappade i händerna varenda gång han besegrade dem och andra som också såg på visslade uppskattande.

Efter varje sammandrabbning gick Keiron noggrant igenom med de andra radh'riamen vad de hade missat och hur de nästa gång kunde göra bättre. Hur de kunde hålla svärdet i en bättre vinkel eller rikta magin på ett annat sätt.

Det var under en sådan genomgång som en springpojke kom fram till henne.

"Ursäkta, mästress Skaggi, men övermäster Garlow söker er. Han väntar i läsesalen. Han sa ni skulle veta vilken."

Vårsolen kändes med ens kall.

Keiron hejdade sig i sin undervisning när han kände hennes plötsliga oro. Men hon tryckte undan den och log mot honom samtidigt som hon vinkade hejdå med en gest emot springpojken som förklaring. Så han återgick till svärdsträningen och Skaggi gick till läsesalen under Biblioteket.

Denna gång var det Garlow som låste dörren bakom dem. Han lade också till flera besvärjelser emot avlyssning och för att dölja de besvärjelser han kastat. Skaggis oro tog ny fart.

"Jag har gått igenom de flesta av de andra antika böckerna som Biblioteket har i sin ägo", berättade han utan omsvep. "Flertalet av dem har liknande fel. Och de är alla skyddade med fler och mer komplicerade besvärjelser än några jag känner till."

Skaggi nickade. Det var precis vad hon själv misstänkt och fruktat.

"Jag lyckades dock bryta en av dem som skyddade *Det stora draklexikonet*. Dessvärre självförstördes boken ögonblick senare."

Med gapande mun försökte Skaggi ta in det Garlow just sagt. Hans lugna samtalston gjorde inte rättvisa åt den enorma katastrof som inträffat. Den boken hade varit ovärderlig. Även om det idag fanns mängder av kopior var alla antika böcker en historisk skatt som aldrig kunde ersättas. De sista lämningarna från tiden innan Senatoriet bildades. Hur han skulle kunna förklara detta för biblioteksmästaren, det ville Skaggi inte ens tänka på.

Men Garlow hade värre nyheter än så.

"Du hade rätt. Det fanns fler sidor i boken än dem vi kunde se. Stycket om den röda draken ledde fram till en beskrivning av en stor stad långt uppe i norr. Det var allt jag hann se."

"Men mäster, det finns inga stora städer i norr", protesterade Skaggi. "Störst är Gammelstad, men den skulle nog aldrig kallas stor med dagens mått mätt."

"Det var längre norrut än så. Långt upp i Utgards vildmark."

"Men det är omöjligt! Ingen kan överleva i Utgard, än mindre en hel stad." Men hon tystnade medan orden fortfarande svävade i luften. För hon visste att man kunde leva i Utgard. Hon hade gjort det i många år.

Och Garlow visste det också.

"Så vad gör vi nu?"

"Om ens en viskning om detta når ut kommer hela Senatoriet skakas i sina grundvallar. Vi kan inte riskera det, inte nu när tiderna är som de är", bestämde Garlow.

"Men vi måste finna den här staden, mäster! Den innehåller säkert svar på många frågor, som varför någon försökt dölja en massa kunskap ifrån oss. Detta ändrar hela vår historia."

"Ja, någon måste finna staden, men ingen får veta om att den finns förrän vi vet mer. Radh'riam kan inte blandas in i detta."

Skaggi visste att han hade rätt. Radh'riam skulle alltid tala sanning, hela sanningen. Ingen sändes någonsin ut på uppdrag utan att det noga dokumenterades. Garlow själv kunde inte heller lämna Ergoroth, speciellt inte i hemlighet. Han var alldeles för viktig för både radh'riam och senatoriska rådet för att kunna vara frånvarande någon längre tid, speciellt nu. Då återstod bara hon.

"Vad måste jag göra?"

"Hitta staden. Men ingen får veta varför du försvinner. Inte ens Keiron. Det här är något du måste göra ensam." Garlow såg på henne och hon kände hur han våndades över att behöva ålägga henne denna uppgift. "Du kommer att förvisas. Det är enda sättet."

"Förvisas? Ingen har någonsin blivit förvisad från radh'riam!" Benen vek sig under henne och hon satte sig tungt på en av stolarna. "Men radh'riam är allt jag har." Tårar brände i ögonvrårna. "Jag kan inte lämna er. Jag kan inte... Jag kan inte lämna honom." Hon kunde knappt andas. "Han kommer hata mig", viskade hon och såg ned i bordet.

"Det är just därför kärlek inte är tillåtet mellan radh'riam, Skaggi. Kärleken är starkare än något annat och när någon måste fatta ett svårt beslut får den inte vara ett hinder. Det här är viktigare än någonting annat nu. Det är för mycket vi inte vet om vad som händer i Senatoriet. Kanske kan den här försvunna staden ge oss svar om vårt förflutna som kan rädda vår framtid. Du är edsvuren att lyda. Så lyd mig nu. En sista gång."

Kapitel 26

Galad flög västerut, rakt mot solnedgången. Så här högt ovanför marken var allt stilla. Det enda som hördes var de taktfasta, långsamma vingslagen.

Skaggi satt ihopkrupen på hans rygg som om hon kunde försvinna om hon bara gjorde sig själv tillräckligt liten. Hon hade inte vetat att Galad följt efter dem till Ergoroth. Inte förstått vad han var kapabel att göra. Men han hade känt hennes panik när hon trott att hon misslyckats och tolkat det som att hon var i fara. Skaggi hade varit helt oförberedd på hans enorma raseri. Inte förrän varningsklockorna börjat klämta hade hon ens insett att han var där och då hade det redan varit för sent.

Attacken emot gamla Citadellet hade varit utan rim eller reson, en drakes vrede över att någon hotade något han satte värde på.

Och Skaggi hade varit helt oförmögen att stoppa honom.

För sin inre syn såg hon fortfarande lågorna som slog upp genom taken och hörde skriken från de dödsdömda människorna. Lungorna sved fortfarande av röken och stanken hängde kvar i kläderna. Hon svalde hårt flera gånger för att inte kasta upp. För varje andetag tvingade hon sig själv att trycka undan skuldkänslorna och den förtvivlan hon kände över vad Galad gjort. Men skuld var inte allt hon kände. Hon hade skakat om Kejsaren. Fått honom att frukta henne. Det var utan tvekan en futtig och fasansfull hämnd för allt han tagit ifrån henne. Den hade inte gjort någonting bättre, men Kejsaren skulle för alltid minnas detta.

Och han skulle bäva inför den dag hon återkom.

Det var i alla fall vad hon försökte intala sig själv för att minska skuldkänslorna.

Trots det fasansfulla som hänt insåg hon också att hon hade behövt Galad, utan hans hjälp skulle hon aldrig kunnat fly från Ergoroth. Skaggi hade varit så fokuserad på att ta sig in i staden och finna den sista ledtråden att hon aldrig tänkt på hur hon skulle ta sig därifrån. Om inte Galad kommit för henne skulle Kejsaren ha hittat henne, eller rättare sagt, Keiron skulle ha hittat henne. I närheten av Kejsaren var Keiron dock helt i hans våld, hon tvivlade på att han skulle ha låtit henne gå. Men attacken emot Citadellet, den förtärande elden och alla de människor som dött, det hade inte behövt hända.

För alltid skulle den händelsen hemsöka henne i drömmarna.

Galad hade enkelt kunnat fånga upp henne utan att bränna ned ett helt palats. Trots det kunde hon inte vara arg på honom, det kunde hon aldrig. Han agerade bara i enlighet med sin natur. Människoliv hade helt enkelt inget värde för honom.

Bara en dags flygning ifrån Östberga landade Galad, mitt ute på den öde slätten. Östberga var den stad som låg nedanför Torondors silvergruvor och redan nu såg hon bergen höja sig i fjärran, som svarta siluetter emot den allt mörkare skymningen. Skaggi trodde att den bästa vägen över bergen gick förbi gruvorna. Om hon tolkat kartan under Ergoroth rätt hade den gyllene linjen passerat förbi där. Hon behövde också besöka staden av en annan anledning.

"Jag följer inte med dig." Galads röst mullrade över slätten och avbröt hennes tankar.

"Vad?" Skaggi gled av drakens rygg. "Men snälla Galad! Utan dig vet jag inte hur jag ska ha en chans att ta mig över bergen." Hon lade sina händer på hans framben i en bönfallande gest.

"Drakar flyger inte över de höga bergen."

Skaggi hade alltid vetat att deras vänskap inte kom på lika villkor och att hon inte på något sätt kunde påverka draken – attacken emot det gamla Citadellet var bara ett allt för tydligt bevis på det. Men han hade alltid följt henne, alltid ställt upp när hon behövde honom, under alla dessa år. Han hade till och med gått med på att attackera alla de platser som han gjort och sedan spela död när hon sköt en pil emot honom, under månaderna när de försökt fånga Kejsarens uppmärksamhet.

Så varför inte nu?

Skaggi visste inte vad hon skulle ta sig till. Hon hade räknat med att enkelt kunna flyga över de enorma bergen och vidare över det okända landet på andra sidan. Räknat med hans beskydd emot vad än de skulle möta där. Men i den del av hennes sinne som tillhörde draken, den del hon försökte gömma och glömma, där kände hon exakt hur obeveklig han var. Hans beslutsamhet var mer än ett tillfälligt nyck, den bottnade i något mycket allvarligare.

"Vad finns det i bergen? Varför flyger ni inte över dem?"

Galad sänkte huvudet så att hans ena öga kom i jämnhöjd med hennes. Eller åtminstone så mycket i jämnhöjd som en varelse av hans storlek kunde komma.

"Uråldrig magi. De drakar som försökt passera störtar. De slås sönder och samman uppå bergstopparna."

"Men drakar kan inte påverkas av magi!" protesterade Skaggi.

"Inte människors magi", rättade Galad.

Mer tänkte han inte tala om detta. Istället rullade han ihop sig runt Skaggi och spred ut sin ena vinge som ett tak över dem båda och Skaggi klättrade upp på hans framben. Galad vilade sitt enorma huvud emot frambenen så att han kunde möta hennes blick där hon satt.

Det blev deras egna lilla sfär där de för en stund kunde hålla resten av världen och dess problem på avstånd. Här var hon omsluten av honom till både kropp och sinne, som en enorm, svart sammetsfilt. Hon lutade huvudet emot hans varma fjäll och klappade ömsint hans ben. Det fascinerade henne fortfarande hur len, varm och mjuk han var trots att det var näst intill omöjligt att penetrera hans fjäll.

Hon försökte hålla borta en tår, men den föll ändå.

Trots allt som hänt var draken den enda vän hon hade kvar och hon, liksom han, var ovillig att lämna den andre. Men Skaggi var van vid avsked. Hon skulle klara även detta. Även om smärtan i hjärtat var större än hon förväntat sig. En del av hennes sinne, den del draken nästlat sig in i, ville inget hellre än att vara trygg och säker hos honom. Beskyddad av honom för alltid. Men det var inte ett alternativ för hon hade givit Garlow ett löfte och hon tänkte hålla det. Oavsett vad.

De skulle vila här i natt, sedan skulle Galad släppa henne vid foten av berget. Om allt gick vägen skulle Skaggi återvända, annars var detta deras sista stund tillsammans.

Ännu en tår rann nedför kinden.

Draken hade kunnat hejda henne. Tvingat henne att för alltid stanna hos honom. Det skulle vara så enkelt. Men han visste att hon behövde göra detta för att hon skulle finna frid och av någon underlig anledning ville han faktiskt att hon skulle vara lycklig.

En underlig, okänd känsla för en drake som aldrig brytt sig om något annat än sitt eget välbefinnande.

Kapitel 27

Det var inte ett av Östbergas finaste värdshus. Eller det största. Det låg en bit ifrån Storgatan, på andra sidan den mindre av stadens två marknadsplatser. Men det var fullt av folk där ikväll precis som alla andra kvällar. Värdshusvärden Trevon Assarson var välkänd för att aldrig ställa besvärande frågor och att han utförde små tjänster åt sina gäster när det behövdes.

Men det kostade såklart.

På Trevons värdshus Gyllene Liljan var inget gratis. Vinet var vattnat, maten innehöll sällan vad som sades och det hände ofta att saker försvann. De gäster som drack vid borden förväntade sig dock inget bättre.

Trevon själv var ung. Inte för att han någonsin räknat efter, men han var knappast mer än tjugofem. Han hade ett sätt som fick alla gäster att känna sig välkomna, det kostade trots allt inget att vara trevlig. De unga dragen utstrålade oskuld, men det var långt ifrån sanningen. Ett hårt liv på Östbergas gator hade gjort honom till en skicklig spelare, värdshuset hade han faktiskt vunnit på tärning. Han hade inte mycket till samvete, tvekade aldrig att dra en lögn om det räddade hans eget skinn och han ansåg att fusk var något man gjorde så snart man inte kunde vinna på ärligt sätt.

Detta syndfulla liv hade dock inte tagit ut sin rätt på hans kropp ännu. Kvinnor kallade honom stilig, med sitt bruna hår och hasselnötsfärgade ögon. Han var smal, på gränsen till gänglig och blek på det sätt man blev när man arbetade om nätterna och sov på dagarna.

Det tog aldrig lång stund för honom att ta reda på vem av gästerna som hade mest pengar, vem som var naiv nog att slösa med dem och vem som var berusad nog att inte märka om för mycket försvann. På samma sätt höll han ett vakande öga på vartenda spel som pågick runt om borden. Om någon fuskade brydde han sig inte om, men han ville inte ha något slagsmål. Det skadade inredningen, kostade pengar och det var ytterst opraktiskt om någon dog. Det påkallade stadsvakten och kunde dra med sig granskningar av värdshuset som han klarade sig bättre utan.

Hans flickor svassade mellan gästerna i skänkrummet med svängande höfter och uppnålade kjolar för att servera dricka och erbjuda andra tjänster. Musiken flödade ifrån spelemännen som Trevon höll sig med – en av få saker han betalade ärligt för – och överförfriskade män dansade med flickorna.

Ifrån sin plats bakom bardisken serverade Trevon själv öl, sprit och vin till sina gäster med beundransvärd skicklighet. Trots att han underhöll flera av dem samtidigt med samtal och skämt såg han ändå allt som hände runt om i skänkrummet. Med diskreta handsignaler gav han order till sin personal så att gästerna fick service redan innan de hann be om den – och en oväntat dyr nota i slutet av kvällen.

Därför var det inte förvånande att han såg henne så snart hon kom innanför dörren. Utifrån hans tidigare erfarenheter av henne var det inte heller förvånande att synen fick honom att spilla ut ett halvt stop öl.

”Förbaskat”, svor han och torkade upp ölet med en trasa utan att släppa henne med blicken.

Tack och lov verkade ingen annan ha lagt märke till kvinnan ännu. Hon gick med smidiga steg genom skänkrummet tills hon fann ett ledigt bord under trappan. Där låg skuggorna så djupa att hon knappt syntes.

"Scal! Ta över här", ropade Trevon över det allmänna larmet och så snart mannen tagit hans plats skyndade han bort till kvinnan.

"Kejsarens piss, vad gör du här?" sade han så lågt att ingen kunde tjuvlyssna på dem, samtidigt som han oinbjuden slog sig ned mitt emot henne.

"Jag behöver en trygg plats att sova på en natt eller två. Det är allt."

Hon var precis sig lik, det silverblonda håret hängde ned över ena axeln i en lång fläta och pilbågen, kogret och samma slitna läderväska som han mindes stod varsamt lutade emot väggen bakom henne. Och samma halvleende lekte i ena mungipan.

"Vilken del av *våga aldrig komma tillbaka* var det du inte förstod? Har du en aning om hur lång tid det tog mig sist att prata mig ur soldaternas häkte? Har du en *aning* om vilka metoder de använder för att få en karl att gola?"

"Jag kan gissa", svarade hon lugnt.

"Nej, det kan du *inte*! Försvinn härifrån och kom inte tillbaka." Med de orden reste han sig igen, detta samtal var avslutat.

Men kvinnan rörde sig inte. Istället såg hon på honom med de där mörkblå ögonen han mindes så väl, de verkade se rakt in i hans själ.

"Jag försvinner om två dagar. Du har mitt ord."

Kanske borde han låta henne stanna. Vart hade den tanken kommit ifrån? Trevon ville till och med att hon skulle stanna. Vad var det för fel på honom?

"Två dagar. Inte mer. Men sedan vill jag aldrig mer se dig."

Nonchalant kastade hon upp en liten skinnpung med silverkronor på bordet. Några av dem rullade iväg över bordsskivan.

"För besväret."

Snabbt samlade han ihop pengarna och slöt skinnpungen om dess innehåll. Det var mer än han tjänade på en månad, en bra månad.

"Vakterna är stirriga." För så mycket pengar kunde han kosta på sig åtminstone den varningen. "Svartrockarna likaså. Jag vet inte vad som gjort dem så hispiga, men tydligen har något stort hänt borta i Ergoroth som fått hela Imperiet att hamna på tårna."

"Tack för informationen." Kvinnans leende blev bredare och mer hemlighetsfullt än någonsin.

"Du vet varför, eller hur?" Trevons hjärta sjönk i bröstet.

Men kvinnan svarade honom inte, istället reste hon sig på sitt smidiga sätt och gled förbi honom, men stannade så att hon kunde viska in i hans öra:

"Tar du upp mina saker till mitt rum, är du snäll? Jag är snart tillbaka."

Kapitel 28

Östberga låg insvept i mörker och en kuslig dimma drog igenom de ödsliga gatorna. Alla ljud kom till korta, som om de inte orkade nå igenom dimman. De få borgare som vistades ute skyndade sig för att komma inomhus så fort som möjligt. Soldater och stadsvakter patrullerade gatorna i täta intervaller utan att riktigt veta vad de letade efter och det låg en oro i luften som nästan gick att ta på.

Även Skaggi skyndade på snabba fötter genom de spöklika gatorna, med huvan uppfälld och slängkappan omsvept om kroppen.

Åtminstone sken fortfarande ett varmt ljus genom de flesta fönstren hon passerade. Det var på något sätt trösterikt att veta att trots allt som hänt senaste tiden så fortsatte livet som vanligt innanför dessa husväggar. Familjer åt kvällsvard, pratade eller skrattade med varandra i husen hon passerade. Matos och rök ringlade sig ut genom skorstenarna och blandades med stadens övriga dofter.

Vissa saker förändrades aldrig.

Inte heller verkade tiggarna som satt i gathörnen förändras, bara öka i antal. De kurade ihop sig emot kylan medan de såg med längtan upp emot det varma ljus som föll ut genom fönstren. Lösa hundar och strykarkatter stökade runt i gränderna. Vid några tomma trälådor hon passerade var det ett högljutt tjatter när några småtroll uppenbarligen var osams.

Alla affärer var noga tillbommade och fönsterluckorna stängda. I Imperiet var brottsligheten hög. Alldeles för många människor var fattiga och utan någon annan chans till försörjning. Gillena kontrollerade all handel och produktion. Ingen kunde bedriva verksamhet utan att vara medlem i ett gille och de tog ut höga avgifter för det privilegiet.

Allt för att kunna betala Kejsarens skyhöga skatter.

Skaggi höll sig till de mindre gatorna och gränderna för att undvika soldaterna. Den obehagliga dimman tjänade hennes syften, den dämpade stegen och dolde hennes framfart. Rykten hade uppenbarligen redan nått Östberga, det var bara en fråga om timmar innan hela staden skulle veta att en radh'riam återfunnits och palatset i Ergoroth brunnit ned. Så snart nyheten kom skulle hon vara den mest eftersöka personen i hela Imperiet.

Och hon visste vem som skulle leda jakten.

Skaggis känslor gentemot Keiron var i en enda röra och han upptog alldeles för mycket av hennes tankar. Det dödliga lugn som han utstrålat, speciellt när han var nära Kejsaren, skakade henne. Särskilt eftersom hon känt infernot som dolde sig därunder.

För att inte nämna allt det han gjort genom åren.

Men han *hade* hjälpt henne. Under allt hat, vrede och mörker kunde hon fortfarande känna *honom*. Hennes Keiron fanns fortfarande därinne, någonstans.

Och förutom löftet till Garlow hade hon ett annat att uppfylla.

Hon tvingade undan dessa tankar när hon nådde sitt mål. Det var ett trevåningshus omgivet av en vacker trädgård bakom en hög mur, precis som de andra husen runtom det trekantiga torget. En gång hade det varit Östbergas rådhus, på den tiden när det fortfarande funnits ett råd. Nu tillhörde det familjen af Silverlöf, Östbergas främsta adelsfamilj näst efter borgmästaren själv. Det var ett elegant stenhus, det största runt torget, med kolonner som skapade en pampig entré. Skaggi gömde sig i skuggan av den höga muren och sträckte ut sitt sinne så långt hon kunde. Människor rörde sig fortfarande inne i huset. Så hon väntade. Inte förrän hon kände att alla kommit till ro smög hon in i trädgården. Då var natten redan långt gången.

Att ta sig in i huset var inget svårt. Inget vanligt lås var ett problem för henne, hur stort och respektingivande det än var. En snabb handrörelse och en enkel besvärjelse var allt som behövdes för att tjänarnas dörr skulle glida upp på väloljade gångjärn och hon smög in i det öde köket. Hon hittade lätt fram till serveringsgången och vidare ut till herrskapets matsal. Även här var allt mörkt och stilla. Nästan ljudlöst smög hon genom bottenvåningen och kikade in genom dörrarna. Ett frukostrum, en salong, ett rum fullt med konstverk. I slutet av korridoren, med fönster som vette emot baksidans trädgård, låg biblioteket.

Hon hade försökt komma hit redan för några år sedan, då när hon för första gången träffat Trevon. Då hade ett obehagligt möte med några garnisonssoldater gjort att hon tvingats fly innan någon kunnat ta reda på vem hon verkligen var.

Biblioteket i Ergoroth var fortfarande det största och mest omfattande i världen. Hon visste inte hur skadat det blivit under erövringen eller Imperiets dagar, hon hoppades dock att det fortfarande fanns kvar. Men af Silverlöfs bibliotek i Östberga innehöll en imponerande samling av antika böcker som de fått ta över tillsammans med rådhuset efter erövringen. Hon hade läst några av kopiorna som fanns i Biblioteket, precis innan hon gett sig av, men hon behövde originalet för att få svar på det hon behövde veta.

Bokhyllor i mörkoljat trä fyllde väggarna. Skaggi visste att herr af Silverlöf var väldigt stolt över sitt bibliotek och en notorisk samlare. Ett skrivbord i nyimperisk stil täckte större delen av den öppna golvytan och hon fann sig stående på en mjuk, exklusiv matta, med all säkerhet vävd i Dol Drymmen. De antika böckerna hon sökte stod på hedersplats bakom skrivbordet. Hon lät sitt gröna ljus lysa svagt så att hon kunde läsa på bokryggarna. På hyllan under fick hon syn på *Erövringen*. Den handlade om Kejsarens seger över radh'riam och

Senatoriets fall, berättad ur Kejsarens synvinkel och så full av lögner att en saga kändes verkligare. Skaggi kunde inte låta bli att fnysa högt åt den, som om det var bokens fel att hela världen var upp och ner.

På hyllan med antika böcker stod säkert tio volymer i olika storlekar och tjocklekar. Det var en fantastisk samling, Skaggi tvivlade på att ens Biblioteket i Ergoroth hade fler än trettio antika böcker i originalutgåva. De var alla fortfarande i gott skick trots att de var över tusen år gamla, uppenbart vällästa men helt oskadda, skyddade av bevarelsebesvärjelser. Boken hon sökte var liten, den minsta i samlingen. *Förteckning af förhistoriska kungariken och välden*, läste hon på den smala bokryggen. Det var författad strax efter omstörtandet, under Senatoriets första dagar, men den enda antika bok hon kände till som berörde de ämnena.

Försiktigt tog hon ut boken ifrån hyllan.

Om det fanns några ledtrådar till staden bortom bergen och hur man tog sig dit så var det i den här boken hon skulle finna dem. Varsamt lade hon ned den i väskan hon bar med sig just som ett gällt skrik hördes från dörröppningen. Hjärtat hoppade över ett slag och Skaggi snurrade runt. Hon hade varit så fokuserad på böckerna att hon inte känt någon närma sig förrän det var för sent. Innanför dörren stod en ung kvinna i nattsärk och med det blonda håret under en hätta.

"Hysch!" manade Skaggi medan hon svor på sig själv för sin oaktsamhet.

Den unga kvinnan skrek ännu högre när Skaggi tog ett steg emot henne. Inget annat kunde möjligen höras över flickans hysteriska skrik men Skaggi, som nu var på helspänn, kände hur resten av huset vaknade till liv och vakter närmade sig. Fönstren i biblioteket var alla täckta med galler liksom de flesta andra fönster i städerna nu för tiden. Enda sättet att ta sig ut var förbi den hysteriska unga kvinnan om hon inte tänkte använda magi – vilket skulle avslöja exakt vem hon var. Hon rusade därför ut i korridoren, men från det håll hon kommit hördes springande steg och vakternas rop till tjänstefolket att hålla sig undan. Flickans hysteriska skrik förföljde

Skaggi medan hon tog sig in genom salongen och ut i ett långsmalt galleri, tydligen ämnade inte flickan sluta skrika trots att Skaggi försvunnit utom synhåll.

Vakterna var bakom henne nu och närmade sig snabbt.

"Stanna!" skrek de. "I Kejsarens namn, stopp!"

"Tjuv! Stoppa tjuven!"

Hon fann en smal trappa bakom nästa dörr, troligen tjänarnas, och tog den två steg i taget upp till nästa våning. En visselpipa blåste frenetiskt utanför huset, snart skulle af Silverlöfs egna vakter få hjälp av stadsvakten. Hon kom ut i en övre hall och låste snabbt dörren efter sig, besvärjelsen var osynlig men skulle hålla dörren låst för de två vakter som dundrade uppför trappan bakom henne.

Men de fanns ännu fler framför henne. När hon vände sig om var hon omringad av inte mindre än fem vakter, de hade alla dragit sina svärd och såg ut som om de visste hur man använde dem.

"Fräcka tjuv!" spottade den största av dem. Han var huvudet längre än hon själv med en näsa som brutits mer än en gång och muskler under ringbrynjan som kom sig av många slagsmål. Hon tvivlade på att han hade förlorat särskilt många av dem.

Bakom sig hörde hon hur vakterna försökte slå in den låsta dörren. Hennes lilla låsbesvärjelse skulle inte hålla länge till. Visselpipan hade tystnat om än inte den hysteriska flickan och på bottenvåningen hördes ännu fler fotsteg när soldater dundrade genom huset.

Hon var tvungen att ta sig härifrån och det fort.

Bakom vakterna fanns höga, smala fönster. Hon hade inget annat val. Innan någon av vakterna ens insett att hon var i rörelse flödade magin genom kroppen med full kraft. Med ett ljussken som av en grön blixt kastade hon dem alla till golvet samtidigt som hon bedövade dem och tömde deras sinnen så att de aldrig skulle minnas vad som hänt.

Allt på bara det språng det tog henne att passera dem.

Sedan sköt hon en ny blixt emot fönstret så att glas, trä och järn splittrades i tusentals bitar och regnade ned i trädgården utanför. Utan att tänka hoppade hon rakt ut och bromsade fallet så gott hon kunde genom att bända luften men landade ändå hårt på grus-gången nedanför. Hon hade inte tid att känna efter om hon hade gjort sig illa. Fötterna sprang så snart de nuddade marken.

Torget utanför myllrade av soldater så hon sprang till baksidan, genom den välskötta trädgården med doftande rabatter och halvt klättrade, halvt hoppade över den höga muren som omgärdade träd-gården. Hon fann sig ståendes på en elegant gata kantad av fina affärer. Den var alldeles för stor och lättillgänglig men tvärs över gatan ledde en gränd in mellan två av husen där dimman låg tät. Hur försiktig hon än var när hon passerade gatan fick ändå en soldat syn på henne.

"Där!" ropade han. "Där är hon. Stå inte bara där, efter henne!"

Jakten var igång och Skaggi sprang.

Hon sicksackade sig genom gatorna och gränderna, försökte ta sig till mindre och mer svårtillgängliga gator. Hon var snabb, mycket snabbare än soldaterna i sina tunga rustningar, men pulsen bultade i tinningarna och det kraftiga användandet av magin började ta ut sin rätt.

Men hon kunde inte stanna, inte ännu.

Vakterna fanns överallt, hela stadsvakten verkade ha engagerats i sökandet efter henne. De spred ut sig allt mer genom staden. Hon riskerade hela tiden att springa ihop med dem. Istället för att huvud-löst springa framåt fick hon nu smyga längs med skuggorna, för-sökte hålla sig där dimman var som tätast men snart skulle hon inte ha någonstans att gömma sig. Magiutmattningen bultade i tinningarna och krävde att hon vilade. Synen blev allt suddigare, hörseln dämpad och hennes fokus allt sämre.

Och vakterna närmade sig från alla håll.

Kapitel 29

Bokmalen kunde fortfarande inte tro att det var sant trots att han sett henne med egna ögon. En livs levande radh'riam! Hela Ergoroth hade skvallrat om det, till och med han i sitt isolerade fängelse hade hört talas om henne. *Hon lever. Hon lever,* jublade rösterna. Självaste Caz'Duw och tusen soldater hade krävts för att hålla henne fången.

Bokmalen hade varit tvungen att få se henne.

Även om det innebar att han riskerade livet när han smet ut ifrån Biblioteket olovligt hade det inte hindrat honom. Inte ens hans rädsla för Caz'Duw kunde hålla honom borta. Genom att gömma sig bland skuggorna i tronsalen, så långt bak att han knappt sett något alls, hade han hoppats att obemärkt kunna få en glimt av henne.

Men han hade inte behövt oroa sig. Ingen hade lagt märke till honom ens när han vågade tränga sig emellan några hovmedlemmar för att få en bättre plats. Ingen hade haft ögon för någon annan än den radh'riam som stod där mitt ibland dem. Bokmalen skulle aldrig erkänna det, men han blev oerhört besviken när han först såg henne. Hon hade sett ut som en helt vanlig kvinna i konstiga, högst okvinnliga kläder. Inget med henne hade verkat speciellt eller extraordinärt, bara udda. Men han hade snabbt ångrat första intrycket.

För hon hade stått rakryggad och tyst framför Kejsaren. Caz'Duw hade inte släppt henne med blicken för ens ett ögonblick och hon hade verkat helt oberörd. Vid ett tillfälle hade hon till och med vänt sig emot honom och ändå hade ingenting hänt.

De hade förvisat henne till de svarta cellerna. De som sades ligga långt under stadens gator och som ingen någonsin kunde rymma ifrån, inte ens en radh'riam. Men hon hade rymt. *Så klart hon gjorde.*

Bokmalen hade pysslat med några böcker på sjunde våningen när larmklockorna först börjat ringa. Så snabbt som hans krumma ben bar honom hade han hastat upp till plattformen under glaskupolen. När han nådde dit var palatset redan övertänt men den nattsvarta draken hade ändå fortsatt dyka ned emot det i vilt raseri. Så hade den för bara några ögonblick försvunnit utom synhåll innan den flugit rakt emot tornet där Bokmalen satt. Så nära hade den svept förbi att vingspetsen nästan nuddat vid glaset och Bokmalen hade sett radh'riamen sitta på dess rygg, trygg mellan ryggfenorna.

Allt hade gått så fort att Bokmalen inte ens hunnit bli rädd.

Bortsett från dånet ifrån elden hade allt blivit tyst innan palatset till sist rasade samman vilket orsakat hela Templet att skaka.

Sedan hade Caz'Duw öppnat portarna och Kejsaren och kejserliga gardet, hovet och deras armé av tjänare hade flyttat in.

Nu fanns de i varenda vrå av Templet som fortfarande stod upp.

De städade undan hundra år av smuts och damm, och radh'riams tillhörigheter brändes upp. Som om de inte fått nog av eld redan.

Hovet installerade sig i nya gemak, bra mycket mindre än de var vana vid, och skapade nya sällskapsutrymmen i de öde salarna. Bokmalen hade hört deras disputer när de blev oense om vad en stor sal bredvid välkomsthallen skulle användas till. Biblioteket var dock fortfarande förbjudet att beträda. Men han hade sett nyfikna män och kvinnor kika in genom de nu rena fönsterglasen i de höga entrédörrarna. Bokmalen tyckte *inte* om det.

Detta var en helig plats där de främsta av människor en gång hade levt. Dessa uppblåsta sprättar och Kejsaren *vanhelgade* Templet med sin blotta närvaro.

Förrädare. Ynkryggar. Rösterna var också upprörda. *Försvinn!*

Kejsaren hade berättat för hovet att radh'riamen omkommit i branden hon själv nedkallat över dem, men Bokmalen visste ju att det inte var så. Många andra tvivlade också. Framför allt sedan Caz'Duw i all hast åter lämnat staden. Denna gång helt ensam.

Bokmalen hade sedan dess börjat spendera allt mer tid på tredje våningen där han hade gått igenom varenda bok som fanns ifrån tiden precis innan Senatoriets fall.

Han ville veta allt om den livs levande radh'riamen.

Böcker låg nu i travar på golvet, på de små skrivborden som stod emot marmorräcket och fyllde upp de bekväma fåtöljerna som inbjöd till att sitta ned och läsa. Bokmalen studerade en bok, sedan korsrefererade han den med andra medan han försökte pussla ihop alla bitar. Så började han om igen, plockade ned en ny bok från hyllorna och ställde tillbaka en annan, innan han gick tillbaka till den enda fåtölj som inte var full av böcker och började läsa. Bara för att snart resa sig igen och hämta en till. Hela tiden muttrandes för sig själv. Muttrade frågor till människor för länge sedan borta.

Hitta svaren, viskade rösterna. *Ge oss rättvisa. Ge oss upprättelse.*

Han visste efter Kejsarens samtal med den kvinnliga radh'riamen att hon hette Skaggi. Det namnet nämndes på många ställen i radh'riams böcker. Hon hade tydligen hittats i Utgard, överlevt där själv som litet barn, bara det verkade helt omöjligt. Av radh'riam hade hon ansetts som mycket skicklig och kraftfull. Böckerna berättade när hon blivit funnen och när hon blivit dubbad. Han hittade flera rapporter, skrivna av hennes egen hand, om uppdrag hon genomfört runtom i det gamla Senatoriet.

Och hon hade blivit förvisad. Precis som Kejsaren sagt. Den enda radh'riam som någonsin uteslutits ur orden, men hur han än sökte bland böckerna kunde han inte finna varför. Inte minsta lilla ledtråd. Det gjorde honom både förbryllad och upprörd, radh'riam skulle inte dölja någonting. *All* kunskap som fanns skulle finnas i Biblioteket.

Men det var ett annat namn som nästan ständigt nämndes bredvid hennes: Keiron. Och en hemsk idé slog rot i Bokmalens sinne. *Inta din rättmätiga plats vid min sida så kan du och Caz'Duw äntligen vara tillsammans.* Det var vad Kejsaren sagt till Skaggi i tronsalen. Så Bokmalen bytte spår. *Ja! Ja! Hitta det!* Och började läsa allt som fanns om Keiron.

Keiron som varit den kraftfullaste radh'riam som någonsin levt.

Han fann flertalet notiser om hur Keiron hamnat för upptuktning när Skaggi och han utsatt radh'riam för hyss och spratt. På ännu fler ställen fanns kommentarer om Keiron som klassetta i varenda stridsgren. Bokmalen hittade mängder med rapporter som beskrev hur Keiron drivit tillbaka grems och annat oknytt i kriget som föregått erövringen och hur han stoppat en revolt bland bönderna i Dol Sagor. De flesta var skrivna av hans egen hand och Bokmalen blev allt mer illa till mods ju fler han läste.

För han kände igen den handstilen.

En lång rapport skriven av radh'riams råd fångade speciellt Bokmalens intresse. I upprörda ordalag beskrevs det hur Keiron slog sönder halva Gröna salen när Skaggi förvisats.

Den sista anteckning som någonsin gjorts av en radh'riam, den han hittat på golvet när han först kommit hit, hastigt nedklottrad på ett sönderrivet pergament och knappt läsbar, blev hans sista bevis:

Han förrådde oss, förrådde oss alla.
Strider härjar i staden, radh'riam kämpar för sina liv och
Senatoriets frihet. Självaste Templet rasar samman omkring oss.
Och Keiron är här. Allt är förlorat.

Bokmalen hade aldrig insett vad den betytt förut. Bara varsamt stoppat in den i den sista av radh'riams alla böcker och tänkt att den passade bäst där. Nu visste han bättre. Keiron *var* Caz'Duw! Han hade förrått radh'riam, de som överlevt erövringen hade han jagat ifatt och bränt på bål.

Och han hade varit en av dem. Den bästa av dem.

Bokmalens händer började skaka och illamåendet fick magen att knyta ihop sig. Snubblandes tog han sig tillbaka till sin fåtölj och sjönk tungt ned med huvudet i händerna. Radh'riam hade varit hjältar, de bästa av människor, de hade skapat denna fantastiska plats. De var självaste grunden till sanning och heder och nåd. Hur kunde någon av deras egna förråda dem?

"Det är inte sant", mumlade han om och om igen. "Det kan inte vara sant." *Det är det. Det är det...*

Bokmalen snörvlade till och torkade sig under näsan. Just då hörde han ljud nerifrån första våningen. Ingen fick komma hit! När han blickade över balkongräcket såg han herr de Keere stå där nere och förundrat se sig omkring. Bokmalen blev alldeles kall, de Keere hade redan blivit avslöjad en gång. Den gången hade Caz'Duw inte straffat Bokmalen men han tänkte inte chansa en gång till. På snabba fötter hastade han nedför trapporna. *Jaga iväg honom!*

"Du får inte vara här. Försvinn!" Han viftade emot adelsmannen redan när han gick nedför de sista trappstegen som om han försökte schasa iväg en katt.

"Ingen såg mig", svarade de Keere lugnt och gjorde ingen ansats till att gå sin väg.

"Du får inte vara här!" Hjärtat slog allt snabbare.

Det var inte hans fel om adelsmannen vägrade lämna Biblioteket, var det? Caz'Duw kunde väl inte bestraffa honom för de Keeres synder? *Jo, det kan han.* Och det skulle han.

"Jag behöver din hjälp", bad de Keere. "Radh'riamen, vem var hon? Hur kunde hon stå emot Caz'Duws blick? Det måste stå något om det i någon av alla dessa böcker." Hovmannen såg sig åter förundrat omkring. "Fast jag visste inte att de var så många", tillade han nästan som för sig själv.

Hade de Keere kommit hit någon annan dag, frågat vilken annan fråga som helst, hade Bokmalen gjort allt för att jaga iväg honom, det hade han verkligen. Men efter det han nyss läst, det han nyss fått veta. Han var bara tvungen att dela det med någon, han skulle spricka om han inte fick berätta det för *någon*.

Ge oss rättvisa, viskade rösterna.

"Hon heter Skaggi. Och hon blev förvisad ifrån radh'riam innan erövringen, men hur jag än försökt kan jag inte hitta varför." Bokmalen drog ett djupt andetag och stålsatte sig för det han skulle säga härnäst. För så fort det lämnade hans läppar skulle det bli sant, det som helt enkelt inte kunde vara sanning. "Och hon var Caz'Duws älskade."

de Keere vacklade till. "Vad sade du?"

Ge oss upprättelse.

"Det är sant! Caz'Duw var en radh'riam och han förrådde dem alla efter att Skaggi förvisats." Förödmjukande tårar rann nedför kinderna. Tårar för alla de radh'riam som dött och för allt han trott på som inte var sant.

Arman de Keere stod tyst, vad mer fanns det att säga?

"Står det någonting om Kejsaren?" sade han till sist. "Finns det någonting om honom i alla dessa böcker?"

Det hade Bokmalen inte tänkt på. Han brydde sig inte om Kejsaren, bara radh'riam. Kejsaren var inget annat än det monster som förgjort dem – med Caz'Duws hjälp. Caz'Duw som varit en radh'riam.

Tänk om Kejsaren också varit en radh'riam? Tanken passerade genom hjärnan innan han hann stoppa den.

Hitta svaren.

"Vad spelar det för roll?" Kejsaren var Kejsaren. Oåtkomlig. Han sade dessa ord lika mycket till de Keere som till rösterna.

de Keeres bruna ögon borrade sig in i hans och i dem såg han ett djup, ett mörker och en ärlighet han aldrig sett där tidigare.

"För om det står något om vem *han* en gång var kanske vi kan döda honom."

Bokmalen föll lealös ihop på en stol. Döda Kejsaren. Det var omöjligt, han var Kejsaren! Bara att uttala orden var en omöjlighet.

Men Arman de Keere hade sagt det. Och om Kejsaren var död och det fanns en radh'riam kvar i världen, då kanske det fortfarande fanns hopp för hans älskade bibliotek. Ett galet leende spred sig över hans läppar.

Hitta svaren.

"Om det finns något så ska jag finna det."

Kapitel 30

Är Skaggi vaknade låg hon i en varm säng och solen strålade in genom ett litet fönster under snedtaket. Hon kände sig utsövd, men det tog henne en stund innan hon insåg att hon var tillbaka på Gyllene Liljan. Hur hon tagit sig hit hade hon inget minne av, inte heller hur hon undvikit soldaterna och vakterna.

Boken!

Hon satte sig käpprak upp i sängen och såg sig omkring i rummet. Uppenbarligen hade hon somnat med alla kläder på, inklusive stövlarna, men väskan var noggrant placerad på rummets enda stol och en enkel låsbesvärjelse låg över dörren. Skaggi sträckte sig efter väskan och konstaterade med en lättad suck att boken var oskadd.

Försiktigt bläddrade hon genom dess vackert illustrerade sidor. Hon ville genast börja gå igenom den, avslöja dess hemligheter, men hennes knorrande mage och torra strupe sade henne något annat. Hon behövde vara helt skärpt och fullt fokuserad om hon skulle ha en chans att bryta de besvärjelser som vilade över boken utan att riskera att den självförstördes. Så istället försökte hon släta till sina skrynkliga kläder så gott det gick och flätade om håret innan hon sköljde av ansiktet i det kalla vattnet i tvättfatet. Det fick duga, beslutade hon, och gick ned till skänkrummet efter att noga låst dörren efter sig.

Först då insåg hon att det redan var över middagstid. De andra gästerna, de få som fanns så här dags på dagen, intog middagsmålet. Ifrån köket kom en doft av köttgryta som inte var särskilt angenäm. Vad än Trevons kocka lagt i den grytan så var det inte oxkött. Aldrig att Skaggi ens tänkte smaka på den, så hon kallade till sig en av skänkflickorna och beställde in bröd och gröt. Det var åtminstone något hon kunde se vad det var. Både gröten och brödet kom snart nog och tillsammans med det en kanna färsk mjölk, en klick nykärnat smör och en liten burk honung. Det var den bästa måltid hon ätit på länge och hon hade nästan kastat i sig allting när Trevon kom in i skänkrummet ifrån de bakre regionerna. Så snart han fick syn på henne kom han fram till henne.

"Så du är vaken nu." Han vände en stol bakochfram och slog sig ned framför henne. "Vad hände igår egentligen? Du kom tillbaka mitt i natten och betedde dig väldigt... underligt. Underligare än vanligt."

Skaggi tuggade i sig det sista av brödet under tystnad. Hon tänkte inte delge Trevon vad hon gjort igår kväll och hon tvivlade hur som helst på att han skulle uppskatta svaret. Men Trevon hade redan lagt ihop två och två.

"af Silverlöf hade inbrott i natt, tydligen har en ovärderlig bok stulits. Hela staden skvallrar om det. Äldsta dottern tog den *kvinnliga* tjuven på bar gärning, men ingen av vakterna minns någonting, konstigt eller hur?" Trevon såg intensivt på henne. "Det har kommit andra nyheter också, inofficiellt förstås, ifrån Ergoroth. En radh'riam har hittats, kan du tänka dig det? Och *hon* lyckades fly och brände ned hela kejserliga palatset på kuppen."

"Verkligen? Så spännande." Skaggi rörde inte en min.

"Fördöme dig, kvinna!" Trevon slog handflatan i bordet vilket fick tallrikarna att skallra och de andra gästerna att stirra på dem. Så han sänkte rösten igen men de bruna ögonen sköt blixtar. "Jag vet att du har något med allt det här att göra! Imperiet har utlöst en hutlöst stor belöning för minsta lilla tips. Ge mig ett enda bra skäl till varför jag inte ska överlämna dig till svartrockarna."

Skaggi var dålig på gatans slang, men hon antog att svartrockarna stod för garnisonens soldater eftersom de bar svarta slängkappor. Om det var de som utlöst belöningen så hade ordern kommit direkt från Ergoroth, troligen från Kejsaren själv. Och Trevon var gniden nog för att avslöja henne.

"För om du gör det kommer du snart ha en egen snara runt halsen. Du har härbärgerat mig och tagit emot mina pengar."

"Jag säger att jag ingenting visste."

"Och det tror du att de kejserliga soldaterna tror på. Kom igen, Trevon, du är smartare än så."

"Förbannade mara! Ut ur mitt värdshus", rasade Trevon utan att längre bry sig om att de andra gästerna stirrade på dem. "Och om du har minsta vett i skallen lägger du långa benet före rakt ut ur Östberga."

"Inte ännu..." svarade hon, med ens var tankarna långt bortom skänkrummet. "Jag väntar på någon."

Men Skaggi reste sig ändå och gick för att hämta sina tillhörigheter. Hon höll uppriktigt av Trevon, han var en bra pojke även om han inte visste om det själv. Och om hon stannade här utsatte hon inte bara Trevon utan även alla hans anställda och gäster för fara. Det hade varit trevligt med en mjuk säng och ett varmt mål mat, men hon kunde inte riskera det, ville inte ha ännu fler liv på sitt samvete än hon redan hade. Istället skulle hon ta sig till skogen strax utanför staden, hon kunde vänta där.

Väl utanför värdshusets skyddande väggar höll hon sig till bakgator med huvan uppfälld och varenda sinne på helspänn så att hon inte riskerade att springa ihop med vakterna. Och det var gott om dem. De verkade patrullera varenda större gata, söka igenom varenda gränd. Trots det lyckades hon ta sig genom staden och ut genom ringmuren utan missöden.

På vägen mot skogen passerade hon bondgårdar och en välskött äppellund där blommorna knoppades och spred en frisk, härlig doft.

På fälten böjde sig gräs och växande säd för den mjuka vinden. I bakgrunden höjde sig Torondorbergen emot skyn med snöklädda toppar. Solen värmde ryggen där hon gick och fåglar kvittrade omkring henne men hon kunde inte njuta av den fina dagen.

Alldeles för många mörka tankar rörde sig i hennes sinne.

Skaggi sörjde inte att Galad bränt ned det gamla Citadellet, men hon sörjde de människor som behövt sätta livet till. Varje gång hon slöt ögonen hörde hon fortfarande deras dödsskrik, i näsborrarna lurade fortfarande den distinkta stanken av drakeld. Och hon kände alltmer av pressen att hon måste hitta svar snart.

Något sade henne att hon började få ont om tid.

Hon nådde skogen efter någon timmes vandring och bredde ut sin filt i en skyddad glänta där solen värmde gräset och ormbunkarna som täckte marken. Så tog hon äntligen fram boken, den var liten och ganska tunn, och slog upp första sidan. Försiktigt och mycket noggrant gick hon igenom varenda sida i boken från början till slut. Läste texten, studerade varenda illustration, sökte efter delar som inte hängde ihop, efter besvärjelser som inte borde vara där.

De följande dagarna läste hon boken om och om igen tills hon kunde varenda del utantill. Men den berättade inget nytt. I vaga ordalag beskrevs kaoset under omstörtningen. Ett kapitel beskrev hur Nayelle en gång varit ett litet hertigdöme som försökt överleva angrepp ifrån det större kungariket Gelirien i öst. Det var få i Imperiet, i ärlighetens namn få även i Senatoriet, som vetat att det bestod av flera kungadömen som slagits ihop.

Men det var ingen hemlighet.

Hon ville minnas att det till och med fanns ättlingar kvar till den gamla hertigfamiljen i Nayelle. Men hon mindes inte några ättlingar till Geliriens kungahus. Det var i och för sig inget konstigt efter så lång tid. Nayelle hade, enligt boken, sökt hjälp hos det nybildade Senatoriet och tillsammans hade de slagit ned Gelirien. Det hade varit det sista stora slaget som slutligen enat hela Senatoriet.

Men kartan i tornet under Ergoroth hade visat på två stora städer i söder. En byggd på en ö utanför Nayelle och en i Bortre Gelirien, i

Eldbergen. Skaggi var övertygad om att de var drakstensstäder precis som de försvunna städerna hon redan funnit. Hur hade Senatoriet lyckats erövra de städerna? Eller hade städerna redan då försvunnit? Fanns de fortfarande kvar?

Boken gav inga som helst ledtrådar till detta.

Den första besvärjelsen som inte platsade in fann hon på en sida i kapitel tre som beskrev Senatoriets första råd. Då när det fortfarande bara funnits i Ergoroth, innan Senatoriet hade enat alla andra riken. Det var en intrikat besvärjelse, så lätt och enkel att den knappt märktes och ändå så stark och invecklad att hon inte visste om hon kunde bryta den. Hon studerade den länge, började se ett mönster och förstod nästan hur den var uppbyggd när solen började gå ned i väst och ljuset sakta försvann ifrån skogsgläntan.

Hon skulle inte kunna göra mer ikväll hur gärna hon än ville.

Därför bestämde hon sig för att gå tillbaka in till Östberga för att proviantera. Nu när några dagar passerat och ingen misstänkt hade hittas i staden hade den värsta oron lagt sig. Soldaterna och vakterna var övertygade om att vem tjuven än varit som stulit den ovärderliga boken så var hon långt härifrån, särskilt om det varit radh'riamen som flytt från Ergoroth.

Hon lämnade sina saker kvar, allt utom boken som hon åter lade i väskan, den vågade hon inte släppa ur sikte. Medan hon gick funderade hon på hur hon bäst skulle kunna bryta besvärjelsen hon hittat. Hon var ganska säker på en metod som borde fungera, men hon behövde modifiera den något vilket komplicerade det hela.

Skaggi nådde fram till Östberga när solen precis föll ned bakom de höga bergen. Det var som om hon klivit in i en helt annan stad än den hon smugit igenom för bara några få nätter sedan. Många borgare promenerade fortfarande längs med de finare gatorna medan de njöt av senvårens ljumma, ljusa kväll och strosade förbi butiker som fortfarande höll öppet. Från de bättre värdshusen spred sig doften av köttgryta och pajer, bröd och öl. I parkerna kurtiserade adelsmän och borgare sina käraste. Soldater patrullerade fortfarande gatorna, det gjorde de alltid, men de verkade inte vara lika mycket på sin vakt nu, och Skaggi kunde enkelt undvika dem.

Ingen lade någon vikt vid henne, trots att hennes slitna skogskläder under slängkappan så tydligt visade att hon inte kom härifrån. Östbergas silvergruvor var de enda i hela Imperiet, hit kom människor från världens alla hörn för att köpa silvret, ännu en udda främling bland så många andra var inget någon lade märke till ikväll.

Skaggi stannade till hos en bagare just som denne skulle stänga och köpte en stor limpa dagsfärskt bröd och sedan vid två olika marknadsstånd för att köpa inlagda grönsaker och en liten hårdost.

Sedan vände hon åter emot stadens ringmur för att återvända till skogen. Men när hon passerade ett av de numera så populära kaffehusen kunde hon inte låta bli att gå in. Kaffehusen kom ifrån Jinella men hade fått stor spridning senaste åren. Just detta hade en ljus, elegant och inbjudande inredning och bakom glasdisken stod bakverk och tårtor uppradade. De få kunderna, alla fina damer och herrar, såg ogillande på henne och hennes slitna, smutsiga kläder, men hon lade ingen vikt vid dem. Blicken hade fastnat på en bakelse med färska jordgubbar och massor med grädde. När hon senast ätit en bakelse kunde Skaggi inte minnas. Hon köpte den från den något förvånade kvinnan bakom disken.

När hon åter kom ut i vårkvällen bland alla människor som just nu verkade så tillfreds smittade deras sinnesstämning snart av sig på henne och hennes naturliga optimism återvände. Snart skulle hon ha listat ut besvärjelsens gåta och ikväll skulle hon få äta sin första bakelse på över hundra år.

Kanske var det därför hon inte lade märke till att hon var förföljd.

Inte förrän hon förnam en strimma av magi. Känslan stoppade henne mitt i steget utanför en smal gränd. Vad kunde utsöndra magi här? I äldre eller finare stadsdelar fanns alltid några gamla besvärjelser kvar, skyddsbesvärjelser och bevarelsebesvärjelser, för vissa byggnader eller speciellt värdefulla konstverk och böcker. Men det borde inte finnas något sådant här, de flesta byggnaderna omkring henne var från Imperiets tid. Och för den delen så kändes den här magin ny. Utan att tänka efter klev hon rakt in i gränden. Knappt hade hon tagit tre steg när en kraftig hand lades om hennes midja och en kniv pressades mot strupen.

"Inga tricks, kvinna", väste en man i hennes öra. "Jag vill er inget ont, en gammal vän vill träffa er."

Det förvånade Skaggi storligen, men magin kom ifrån mannen. Han verkade vara skyddad av en besvärjelse, en som skulle hindra henne ifrån att skada honom. Vad hon än försökte skulle bara glida av honom, som om han befann sig inuti en bubbla av säkerhet.

"Jag har inga vänner, gamla eller nya." svarade Skaggi, men hon höll sig stilla.

Besvärjelsen var enkel utan någon som helst finess. Vem som helst med minsta magiska förmåga skulle känna igen den. Den skulle inte heller vara särskilt svår att bryta, men det skulle ta henne lite tid. Hon såg dock ingen anledning till att göra det ännu.

"En man har ett armborst riktat mot er." Försiktigt släppte mannen sitt grepp om henne och placerade istället kniven mot hennes revben. Sedan tog han henne i armen, som om han skulle eskortera henne längs gatorna som de andra kavaljererna. "Du ska följa med mig nu, lugnt och stilla." Han tryckte med kniven mot revbenen för att få henne att börja gå och de återvände ut på gatan. Myllret av folk hade redan börjat mattas av, natten tog sakta över himlen och började sänka sig över staden medan de gick.

Mannen bredvid henne var i övre medelåldern, men definitivt fortfarande stark. Håret hade börjat dra sig tillbaka ifrån tinningarna och gråa strån syntes lite här och var i både hår och skäggstubb. Kläderna var oansenliga, men av god kvalité, och de var hela och rena. Som vilken som helst av de vanliga borgarna i en stad. Varken fattig eller rik. Men han var knappast en av Kejsarens män och besvärjelsen var inte Keirons verk.

Då hon inte ansåg sig vara i någon större fara så länge det bara var mannen med kniven och han med armborstet, var han nu var, tog nyfikenheten överhanden. Vem mer visste vem hon var? Vem mer hade kunskapen att nyttja magin, om än på ett så grovhugget sätt? Besvärjelsen hade tagit så kort tid att skapa att den inte lämnat någon kvardröjande signatur efter den som kastat den. Hon bestämde sig för att det var bättre att få veta vad männen ville och vem som sänt dem istället för att behöva kasta en blick över axeln vart hon än gick och oroa sig över att vara förföljd. Därför följde Skaggi lydigt med.

De stannade kvar bland de mer respektabla kvarteren. Inte de finaste där gillesherrarna och adeln hade sina residens men fina nog för gruvägare och rikare handelsmän. Så svängde de in på ytterligare en annan gata. Här var husen inte lika fina, men de var definitivt kvar i ett respektabelt område där vem som helst med lite pengar kunde köpa sig en bra bostad. Ett perfekt ställe att bo på om man inte ville att någon skulle lägga märke till en.

Medan de gick nystade Skaggi till sist upp besvärjelsen. Mannen verkade inte märka någonting vare sig av den svaga magi som rörde vid honom eller när den kraftfullare besvärjelsen lämnade honom. Efter att ha svängt av ytterligare några gånger stod de till sist på en mindre gata kantad av tvåvåningshus, välskötta men inte särskilt eleganta. Skaggi höll länken till magin knappt öppen. På så sätt kunde hon dölja sin magi för den som väntade henne inne i huset och ändå vara redo att släppa löst allt hon hade om det visade sig nödvändigt, långt innan någon annan hann reagera.

Mannen ledde fram henne till hus nummer tjugotvå och tre trapp-steg senare steg hon in i en bekvämt inredd hall där en brasa sprakade välkomnande. En robust trappa ledde upp till över-våningen och på golvet låg en sliten men mjuk matta. Genom en dörr skymtade hon en bekväm salong och hon gissade att de andra dörrarna ledde till en matsal och ett arbetsrum eller mindre sällskapsrum. Det var ett hemtrevligt hus, men hon såg inte några personliga tillhörigheter som kunde ge henne en ledtråd till vem som ägde det.

Men det behövdes inga ledtrådar, för just i det ögonblicket klev en man ut genom en av dörrarna. Hans mörkbruna hår och skägg hade fått gråa strån. Ansiktsdragen hade blivit skarpare och de gröna ögonen allvarligare, som om han glömt bort hur man ler.

"Bain!" utbrast Skaggi.

Han stod där framför henne och ändå kunde hon inte tro att det var sant.

Han var död. Hon hade varit helt säker på att han var död.

Innan den andre mannen ens förstod vad som hände lösgjorde hon sig ur hans grepp och kastade sig in i Bains famn. Något överrumplad slöt han sina armar om henne, först tafatt men sedan allt hårdare tills de klamrade sig fast vid varandra med tårarna rinnandes nedför bådas kinder.

"Skaggi", mumlade Bain in i hennes hår. "Min lilla Skaggi."

Kapitel 31

De satt vid den varma brasan i sällskapsrummet och delade på den något tilltygade bakelsen som fått sällskap av inlagda päron i sockerlag, en skål med vispad grädde och ett riktigt fint vin ifrån Menos. Skaggi hade krupit upp i en stor fåtölj med fötterna uppdragna under sig och Bain satt i den andra fåtöljen bredvid henne. Det var en så underligt familjär känsla att Skaggi gång på gång fick trycka undan tårarna.

En stund verkade de båda nöjda att bara sitta så och glädjas över varandras sällskap. Glädjas över att återses efter alla dessa år och inse att de faktiskt inte längre var ensamma.

Bain hade heller aldrig varit mycket för samtal. Det var en av anledningarna till att Skaggi och han alltid kommit så väl överens och näst efter Keiron hade han förblivit hennes käraste vän.

Men det fanns alldeles för mycket att säga.

"Jag trodde du var död." Bain blev den som först bröt tystnaden. Hans röst avslöjade alla de känslor han kände. Glädje javisst, men där fanns också något annat förutom det otroliga i att återses efter all denna tid, hon hörde anklagelsen i hans röst. Och hon klandrade honom inte.

"Jag trodde du också var död. Jag trodde ni alla var döda."

"Var har du varit i alla dessa år?"

"Utgard." Hon stålsatte sig inför det hon måste berätta härnäst, minnena var fortfarande så starka, så smärtsamma. "Bain, jag visste inte. Jag visste ingenting. Inget om kriget eller erövringen eller... eller..." Rösten bröts så hon drog ett djupt andetag innan hon klarade av att fortsätta: "Jag återvände tio år efter att Imperiet bildats och allt var förändrat... Alla var redan borta."

Tårar hade börjat rinna nedför kinderna och hon kunde inte längre hålla tillbaka snyftningarna hur mycket hon än försökte. Minnena rusade igenom henne, den förlamande chocken när hon först insett vad som hade hänt. När hon insett att allt och alla hon någonsin känt var borta.

När hon till sist insåg vem som orsakat det, vad han blivit.

Hon hade flytt tillbaka in i vildmarken. Då hade hon inte önskat något hellre än att få dö. I veckor hade hon legat helt apatisk utan att kunna göra något, utan att våga tänka. Men Galad hade tagit hand om henne, fyllt henne med sin styrka, sin vilja och hon hade tvingats att leva.

"Sch." Bain satte sig på huk framför henne och tog hennes händer i sina. "Du kunde inte veta. Ingen av oss förstod vad som hänt innan det redan var för sent. Du är vid liv, och du är här. Det är allt som betyder något nu."

"Keiron?" Hon klarade knappt av att fråga men hon var tvungen att få veta. "Vad hände?"

Bain skakade på huvudet och när han talade lät han mycket gammal och mycket trött:

"Han blev sig aldrig lik efter att du försvann. Kriget verkade komma som en välsignelse för honom. Alltid befann han sig där striderna var som värst. Han verkade oövervinnlig, så länge han fanns på vår sida kunde vi hålla Den mörka makten på avstånd. Jag var själv stationerad i Ergoroth när det hände. Ingen vet varför, ena dagen var han hjälte på slagfältet, nästa marscherade han i spetsen för fiendehären redo att förgöra radh'riam."

Skaggi kände hans sorg och smärta.

Hur han klandrade sig själv lika mycket som hon gjorde. Keiron hade inte bara varit hans lärling utan också hans närmaste vän. Hon kramade hans händer och Bain såg upp på henne.

"Du älskade honom, eller hur?" sade han.

"Det gjorde vi båda."

"Ja, men du *älskade* honom. Och han älskade dig."

Till och med efter alla dessa år var det svårt att säga det högt. Så länge som de dolt sin kärlek för omvärlden.

"Ja."

Bain nickade. Han hade trots allt alltid vetat det, det hade bara inte funnits något han kunde göra åt det.

"Hur kunde du överleva?" frågade Skaggi.

"Jag var redo att dö för att försvara Ergoroth och radh'riam. Strider rasade överallt och radh'riam kämpade för att hålla staden. Men emot Keiron och Den mörka makten tillsammans var vi chanslösa. Garlow beordrade mig att fly. Och jag lydde. Som en ynkrygg flydde jag ur staden just när Keiron stormade Tempelportarna."

"Så här är vi nu. En ynkrygg och en förrädare. De sista av det mäktiga radh'riam."

Detta lockade fram ett tunt leende hos Bain.

"Du var aldrig en förrädare, eller hur?"

"Inte mer än du var en ynkrygg. Garlow beordrade mig att ge mig av, precis som han beordrade dig att fly. Vi var edsvurna att lyda, och vi litade på att Garlow visste vad som var bäst."

"Men varför sändes du iväg?"

"En lång historia. För en annan kväll."

"Det spelar ingen roll nu. Du är här och du kan hjälpa oss."

"Oss?"

"Vi är ett stort nätverk av rebeller, redo att bekämpa Kejsaren. Nu med dig på vår sida, nästan lika mäktig som Caz'Duw, kan vi ha en chans. Och du har en drake. Tack vare dig har Kejsaren fått känna på ett riktigt nederlag för första gången på hundra år. Hans palats är raserat, Caz'Duw är på jakt efter dig. Nu är chansen att slå till!"

"Nej."

"Vad?" Bain såg helt oförstående ut.

"Jag har ingen drake, oftare tror jag att det är han som har mig."
Igen kände hon på den delen av sinnet som fortfarande var så starkt
bundet till Galad. "Och jag måste västerut."

"Du är redan så långt västerut som det går att komma."
protesterade Bain.

Men vad han än tänkte säga sedan dog på hans läppar. Skaggi
kände det också.

Han var här.

"Fly!" Bain var redan i rörelse. "Han får inte hitta dig här, vi måste
fly omedelbart. Han känner din närvaro, han kan spåra den."

"Åh nej." Skaggi blev alldeles kall. "Trevon!"

Tillbakablick – Farväl

Natten var mörk utanför det öppna fönstret. Det fanns ingen måne denna natt. Endast stjärnorna kastade sitt kalla sken över världen och en svag vind fick gardinerna att fladdra svagt. Möblerna i hans gemak var bara skuggor, silhuetter.

Tårar rann nedför Keirons kinder. Sorgen blandade sig med vreden. Han hade aldrig tidigare vetat att sorg kunde göra så ont. Som om någon pressade sönder hans bröstkorg. Fick hjärtat att gå i tusen bitar. Det gjorde fysiskt ont.

En skugga föll ifrån fönstret och han kände hennes närvaro. Alla de energier som bara var hennes omringade honom, blandades med hans egna. Han vände sig inte om, klarade inte av att se på henne.

Han skulle aldrig se på henne igen.

Men han visste att hon satt uppflugen på fönsterbrädan. Vaksam. Stilla. Deras sinnen blandade ihop deras känslor så att det var svårt att veta vem som kände vad. Han försökte avskärma sig ifrån henne. För första gången någonsin.

"Du borde inte ha kommit."

"Jag var tvungen att säga farväl."

"Jag vill inte tala med dig. Vill inte ha något med dig att göra. Du är en förrädare! Försvinn härifrån."

"Snälla Keiron!" Rösten bröts, han hörde att hon grät. Deras själar delade samma smärta. Allt han ville var att ta henne i sin famn, hålla om henne och beskydda henne emot hela världen. Men han kunde inte. För hon hade svikit honom. Förrått allt de trott på, kämpat för.

Och Den mörka makten svepte över världen.

Han behövdes här. Radh'riam behövde honom mer än Skaggi någonsin skulle göra. Med ens rasande snurrade han runt emot henne trots att han föresatt sig att aldrig se på henne igen.

"Vad har du gjort? Varför blev du förvisad?" Hans röst bröts också, för många känslor försökte samtidigt ta sig igenom strupen. "Varför måste du lämna mig?"

Hon var tyst en lång stund. Han kände hennes inre strid.

"Jag kan inte berätta det."

De hade aldrig dolt någonting för varandra, aldrig någonsin.

"Försvinn."

Det skulle inte vara möjligt, inte ens med hans enorma kraft, men på något sätt, i sin förtvivlan och sorg, bröt han all själslig kontakt mellan dem. Skaggi utstötte ett djuriskt skri av smärta som om han fysiskt slitit bandet ur hennes kropp. Det var nära att hon föll, men i sista sekund fann hon sin balans igen. Hans smärta var lika intensiv som hennes, som om han revs sönder inombords, när bandet skars av.

Det var den sista känsla de någonsin skulle dela.

Ett stort, svart hål spred sig genom hans själ, skapade ett tomrum som aldrig skulle fyllas igen.

Trots att han fortfarande såg henne, trots att hon var fysiskt närvarande, kunde han inte förnimma henne alls. För första gången på nästan trettio år var han ensam. Skaggi vände sig om utan ett ord för att försvinna ut i natten, men hejdade sig och vände sig tillbaka emot honom. Såg på honom som om hon ville ta in varenda liten del.

En sista gång.

"Jag vet att du hatar mig nu. Och jag ska gå. Men jag ska komma tillbaka. En dag ska jag komma tillbaka till dig, jag lovar."

Så var hon borta.

Han rusade fram till fönstret där hon nyss suttit och såg henne klättra bort över Templets tak. Försvinna. Som en skugga i mörkret, en silhuett.

Någonting inom honom själv gick sönder, något som aldrig skulle läka igen. Som om all glädje i världen försvann med henne. Som om allt som var gott och meningsfullt i livet var borta. Tomrummet inom honom verkade vidgas, omsluta honom, dra ned honom. Ned i mörkret. Allt han ville var att hon skulle stanna. Men hon var ingenting för honom nu.

Inget mer än en skugga. Och ett minne.

Kapitel 32

Skänkrummet var tyst som en gravkammare. Varenda gäst, skänkflicka och utskänkare var förstenade av skräck. Trevon hade aldrig tidigare sett Caz'Duw, men han hade hört ryktena. Ryktena om den skugghöljda demon som var Kejsarens dödligaste tjänare.

Och nu stod han mitt i Gyllene Liljans skänkrum.

Skuggor vred sig runt honom, dolde honom för världen, och en svart mantel vajade lojt i en vind som inte fanns. Under ett fruktansvärt ögonblick brände hans gyllene ögon genom skuggorna medan han såg sig omkring. Trevon kunde inte tro att detta verkligen hände, i sina mörkaste mardrömmar hade han inte kunnat föreställa sig detta.

Utan ett ord försvann Caz'Duw upp på ovanvåningen. Den gamla, rangliga trappan knarrade under hans tyngd.

I skänkrummet bröt paniken ut så snart han försvann utom synhåll. Alla rusade emot dörren. Trevon såg på medan de trampade och knuffade varandra, skrek och svor utan att bry sig om något annat än att komma bort från värdshuset. Ragglande fyllon knuffades undan, men till och med den mest berusade fyllbult hade vett och sans nog att fly. I tumultet såg Trevon en av sina flickor falla. Hon kämpade för att ta sig upp igen men blev istället nedtrampad av dem som trängdes efter henne. Men när alla andra försvunnit lyckades även hon kravla sig ut trots att han såg hur ena benet var i en underlig vinkel.

Ensam stod Trevon kvar bakom bardisken i skänkrummet som åter var så tyst att han hörde hjärtat banka. Han kunde inte fly. Värdshuset var allt han hade här i världen. Han hade arbetat sig upp ifrån rännstenen och han kunde inte förmå sig att lämna det, hellre dog han. Det var i alla fall vad han trodde.

Tills Caz'Duw kom tillbaka nedför trappan. De brinnande ögonen borrade sig in i Trevons och han önskade, mer än han någonsin önskat något förut, att han flytt när han haft chansen. Men nu var det för sent och en rädsla, djup och djurisk, fortplantade sig inom honom. Fick kroppen att skaka och pulsen att rusa. Hjärtat slog så hårt att han trodde det skulle hoppa ut ur bröstet och andningen blev snabb och ytlig.

Sedan kom smärtan.

Han hade trott han visste vad smärta var, trott att han upplevt varenda version av den. Men aldrig hade han känt en smärta som denna. Den verkade sprida sig ifrån varenda nerv i kroppen. Skakningarna blev om möjligt ännu värre, förödmjukande tårar trängde sig ut. Han borde ha fallit, men något höll honom upprätt, låste fast lederna. Det fanns många saker man kunde bli bestulen på, men att någon kunde ta över hans egen kropp, det hade aldrig föresvävat honom.

"Var är hon?" Rösten var låg och hes, men kraftfull som en dånande eld och smärtan blev värre för varje ord.

Trevon försökte förtvivlat komma på vem han menade. Bara smärtan försvann skulle han svara på vad som helst. Han skulle göra precis vad som helst. Men han kunde inte tänka klart.

"Var. Är. Hon?"

Han ville skrika, men fick inte in tillräckligt med luft för att få fram något ljud.

"Släpp honom."

Om Caz'Duws röst var som en dånande eld var hennes kall som en isande vind och Trevon förstod med ens vem Caz'Duw sökte.

Hon steg in i skänkrummet till synes utan fruktan, som en katt som tassar runt en mus, och ställde sig mellan honom och Caz'Duw. Smärtan försvann. Trevon rasade ihop bakom bardisken som en marionett någon klippt av trådarna på. Han försökte resa sig. Fly. Men han kunde knappt röra sig. Kroppen var helt utmattad. Allt han kunde göra var att andas, först ytliga hastiga andetag, men sedan allt längre och hans skenande hjärta började sakta lugna sig.

Från andra sidan bardisken hörde han deras röster. Caz'Duws fortfarande lika hes men nästan... ömsint? Omöjligt.

"Hur kunde du rymma?"

"Du kommer aldrig tro mig." Hennes oväntat varm, nästan road.

Trevon hörde hur ett svärd drogs ur sin skida, det metalliska skrapandet ekade i tystnaden. "Jag har order att döda dig." Orden var fulla av en avgrundsdjup sorg Trevon aldrig trott ett monster som Caz'Duw kunde uppleva. "Jag måste döda dig."

Han hörde hur Caz'Duw rörde sig framåt och med en kraftansträngning orkade Trevon dra sig upp på skakande ben och lutade sig med båda händerna emot bardisken. Allt som var han skrek åt honom att fly, men kroppen tog honom inte längre än till denna högst förödmjukande position. Han kunde dock lika gärna varit osynlig. Bara några meter framför honom stod Caz'Duw med svärdet höjt och allt fokus på kvinnan framför sig. Trots det verkade hon fortfarande inte rädd. Istället skakade hon på huvudet och med en loj rörelse lade hon sin bara hand på det enorma svärdet och sköt undan det samtidigt som hon tog ett steg närmare Caz'Duw. Så nära var hon nu att skuggorna nästan rörde vid henne.

"Nej. Det måste du inte. Och det kommer du inte. Det vet vi båda två." Hennes röst var helt lugn, varje rörelse stillsam.

"Du är med honom!" utbrast Trevon innan han ens insett att han var på väg att säga något. Kvinnan han hade gett mat och husrum, hon var med Caz'Duw!

Runt Caz'Duw tätnade skuggorna. De rörde sig allt hastigare, vred sig och omslöt honom i ett ogenomträngligt mörker.

Inte ens de brinnande ögonen gick att urskilja. Bara svärdet som han åter höjde.

Kvinnan stod fortfarande stilla.

"Nej, jag är inte med honom." svarade hon lugnt trots att hon verkade vara sekunder ifrån döden. "Men det är dags att ta reda på om han är med mig."

För en stund var det åter helt tyst i skänkrummet. Trevon vågade knappt andas, kunde inte tro det han just såg. Skuggorna virvlade runt Caz'Duw, allt snabbare. Ibland tyckte han sig nästan se en lång, bredaxlad man mellan dem, ibland var de så täta att de inte släppte igenom minsta ljus.

Svärdet var höjt. Flera gånger verkade han påbörja ett utfall som skulle klyva kvinnan mitt itu. Men varje gång hejdade han sig och höjde svärdet igen, som om han behövde ett nytt försök. Skuggorna verkade sprida sig ut ifrån honom och fördunkla rummet. Svepte in kvinnan framför honom. Nuddade vid Trevon vilket fick kalla kårar att rinna nedför ryggraden. Ändå kunde han inte förmå sig att fly ens när benen slutat darra. Av någon anledning var han tvungen att se hur det slutade.

Så föll svärdet skramlande till golvet och skuggorna retirerade tillbaka till att kretsa runt Caz'Duw innan han sträckte fram två svarta händer. Kvinnan fattade dem utan att tveka. De höll i varandra som om de aldrig tänkte släppa taget igen. De gyllene ögonen brann klart nu och såg djupt in i hennes.

"Jag har alltid varit med dig."

Kapitel 33

Skaggi höll Keiron i händerna så hårt att knogarna vitnade. Genom dem kände hon hans värme. Tårar rann nedför kinderna, men hon log när hon såg upp i hans brinnande ögon.

Så mycket hade hänt på bara några få timmar. Först träffar hon Bain igen efter all denna tid och nu var även Keiron hos henne. Att Keiron skulle jaga ifatt henne om hon stannade i Östberga hade hon förstått, men hon hade ändå stannat kvar. Hoppats bortom allt hopp att hon skulle kunna nå fram till honom.

Ändå hade hon tvivlat.

Sedan hon först mötte honom igen hade hon vetat att hon borde lämna honom åt sitt öde, att Keiron redan var förlorad, men hon kunde inte överge honom. Löftet hon gett honom för så länge sedan vägrade släppa sitt grepp. Så snart hon insett att han var i Östberga hade hon inte kunnat stoppa sig själv. Att hon var tvungen att rädda Trevon var den lögn hon upprepade för sig själv medan hon rusade tillbaka emot värdshuset. Men det var inte för Trevons skull hon var här. Hon var här för Keirons.

För hon var oförmögen att hålla sig borta ifrån honom.

Skaggi hade känt hans inre kamp. Hur nära han varit att ge upp, att fullfölja Kejsarens order. Ändå hade hon inte backat undan. För något inom henne, kanske var det de trasiga resterna av deras band, hade övertygat henne om att han aldrig skulle göra henne illa. Hur mycket han än önskade att göra just det. Och han hade uthärdat all smärta, stått emot de enorma makter som ansatte hans sinne.

För hennes skull. Det var allt som betydde något nu.

"Vart ska vi?" Rösten var fortfarande hes och främmande, men inte lika skrämmande som när hon mött honom första gången.

"Väst."

"Vi är redan så långt västerut som väst går", protesterade han.

"Nej." Hon log emot honom igen, hemlighetsfullt. "Vi är inte ens nära."

Men det var en sak till de behövde göra innan de kunde ge sig av. Skaggis hjärta skenade för hon hade ingen aning om hur det mötet skulle avlöpa och han kände direkt hennes oro.

"Det är någon du behöver träffa", förklarade hon. Det var inte så-här hon ville att det skulle bli, men just nu hade hon inget annat val. "Snälla, *snälla*, döda honom inte."

Skaggi förde honom längs med Östbergas mörka gator. De var helt öde. Ryktet om Caz'Duws ankomst hade tömt dem. Värdshusvärden följde efter dem, på skakiga ben och fortfarande rädd bortom allt förnuft. Ändå hade Skaggi insisterat på att ta honom med. Caz'Duw förstod varför även om pojken själv inte gjorde det. Snart skulle ryktet nå Kejsarens öron om vart Caz'Duw senast setts och Trevon skulle bara leva så länge som det tog Kejsarens soldater att förhöra honom. Och Skaggi tyckte om Trevon. Han kände det. Varför kunde han dock inte förstå, Pojken hade inget värde överhuvudtaget.

Redan när de närmade sig huset Skaggi stannade utanför visste han vem som väntade där inne.

Han kände Bains närvaro.

Fortfarande så välkänd och familjär efter alla dessa år. Förvåning var det första han kände. Sedan kom det oresonliga hatet. Han förstod att det bottnade i allt det han tvingats göra för att förgöra radh'riam och magin, men han kunde ändå inte kontrollera det. Det skulle inte finnas någon kvar. Han hade sett till att det inte fanns någon kvar... trodde han. Ändå gick Skaggi åter vid hans sida och när de klev in genom dörren stod Bain där. Bredbent och redo för strid med svärdet i ett stadigt grepp. Det var overkligt att se honom igen, som om hans förflutna stigit in i nuet.

Bain hade åldrats sedan han sist sett honom. En del av hans kroppsliga styrka hade lämnat honom även om han fortfarande var lika stark som någonsin i magin. Men inte i närheten lika stark som han själv. Bain skulle inte ha en chans. Den sista radh'riamen skulle snart vara död.

Han hade dödat dem alla och han skulle döda den här.

Handen sökte sig till svärdsfästet och fingrarna slöt sig om det i ett vant grepp. Magin flödade genom kroppen, fyllde honom med kraft och gjorde hela världen klarare. Skärpte vartenda sinne.

En rejäl smäll över fingrarna fick honom att släppa svärdet mer av förvåning än något annat vilket bröt hans fokus. Skaggi ställde sig emellan honom och Bain och höll upp en varnande hand emot Bain som var redo till utfall.

”Jag vet att ni hatar varandra. Men snälla ni, minns att ni en gång var vänner, för ikväll behöver jag er båda.” Så bedjande och förtvivlad stod hon där mellan dem att han inte kunde annat än släppa taget om magin. Sakta rann den undan och världen återgick till sitt normala, suddiga tillstånd.

Hela den långa ritten hit hade han våndats över det han var tvungen att göra. Ändå hade han vetat att han aldrig skulle kunna hindra sig själv från att döda Skaggi. Kejsarens order måste fullföljas. Allt han ville var att döda henne, att en gång för alla förgöra hans enda svaghet. Och han hade stått framför henne, redo att ta hennes liv. Men han kunde inte. För något inom honom var starkare än Kejsarens vilja. Precis som han inte kunde döda Bain nu.

Han kunde inte göra det, för hon skulle se honom.

Bains känslor emot honom rasade nästan lika hett som hans egna. Luften när nog vibrerade av spänningen mellan dem. Pojkvaskern Skaggi släpat med stod skakande innanför dörren, för rädd för att fly. Men Skaggi ignorerade dem alla och gick istället med bestämda steg genom hallen och in i arbetsrummet innanför. Caz'Duw följde efter henne. Han var tvungen att vara nära henne, se henne. Annars skulle han förlora den lilla kontroll han hade över sinnet. När han passerade Bain tog det all hans styrka att inte hugga ned honom där han stod, kroppen nära nog skakade av ansträngningen att göra ingenting.

Bain var fortfarande redo, med svärdet i hand och magin strömmande genom kroppen, men han gjorde ingen ansats att attackera.

För Caz'Duws undergivenhet gentemot Skaggi var så oväntad.

Caz'Duw skulle inte ha några känslor kvar, han skulle vara ett ondskans monster, förvriden, inte mänskligare än skuggorna som omgav honom. Men han följde Skaggi precis som han alltid gjort. Och därför visste inte Bain hur han skulle handla.

Caz'Duw kände hans förvirring, liksom den längtan som fortfarande fanns kvar där, långt inne, under alla känslor av sorg, vrede och plikt. Längtan efter pojken han en gång tränat, för vännen han en gång förlorat. Så Bain förblev lika handlingsförlamad som han tvingade sig själv att vara.

Istället tog Bain tag i den förskräckta värdshusvärden och släpade med honom in i arbetsrummet, osäker på vem han var men övertygad om att Skaggi ansåg honom viktig. Han släppte varken svärdet eller magin, men Caz'Duw var säker på att han inte skulle göra något emot honom nu. En ostabil, skör vapenvila var sluten mellan dem medan Skaggi lade ut en liten, antik bok på bordet som stod mitt i rummet, ovanpå alla kartor och dokument som redan trängdes där, och de samlades alla runt henne. Till och med värdshusvärden vågade sig fram för att kika ned på den lilla boken.

"För över hundra år sedan sände mäster Garlow iväg mig på ett uppdrag. Ett uppdrag så hemligt att *ingen* fick veta det." För en sekund mötte Skaggi hans blick innan hon började sin berättelse: "Jag tog mig långt, långt upp i Utgards vildmark där jag slutligen fann en försvunnen stad, en stad byggd av något som kallades för draksten. Där fanns en gåta som slutligen ledde mig tillbaka till

Ergoroth." Nu såg hon på var och en av dem. "Jag förstår er om ni inte tror mig, men det finns inga kullar i Ergoroth. Hela staden vilar uppå en uråldrig stad och allt hålls samman enbart av besvärjelser så kraftfulla och invecklade att ni inte ens kan föreställa er dem."

"Det är omöjligt!" protesterade Bain och Caz'Duw i kör innan de såg på varandra med avsmak.

Skaggi ignorerade avbrottet.

"En gång för länge sedan, innan Senatoriet, kanske till och med innan omstörtandet, gömdes dessa båda städer. Och mängder med kunskap tillsammans med dem. Det var det jag fann en ledtråd till i Biblioteket. Det var därför Garlow sände iväg mig, för att hitta svaren på varför någon ville att vi skulle leva i en lögn. Med förhoppningen om att jag skulle finna hur Den mörka makten kunde förgöras förvisade han mig för att jag i hemlighet skulle finna de svar vi så desperat behövde. Men allt jag fann var fler frågor. Nu vet jag äntligen var vi kan finna svaren."

Med en enkel handrörelse fick hon den lilla boken att börja bläddra. Den stannade vid ett uppslag som beskrev Senatoriets första råd och de böjde sig alla närmare in över boken.

Caz'Duw kände hur Skaggi öppnade sig för magin, hur hennes energier, så välbekanta, blev allt starkare och fyllde utrymmet omkring dem. Så kanaliserade hon all den kraft hon innehade och lade allt fokus på att böja magin efter sin vilja.

I ett eldrött, glödande sken växte en ny sida fram i boken.

Så sakta uppenbarade den sig att den verkade ovillig att finnas till. Inte förrän den oväntat kraftfulla besvärjelsen bröts kände Caz'Duw att den fanns där, sekunden senare var alla spår av dess magi borta. När sidan till sist lade sig tillrätta där den alltid hört hemma läste Skaggi högt:

Rådet beslutade att fred var viktigare än något annat.
Viktigare än drakarna, städerna, kunskapen och en tidsålder av
vänskap. Gränserna stängdes, världen förminskades och den
röda draken flög över bergen, för att aldrig någonsin återvända.
All deras visdom försvann tillsammans med den.

Vi var inte längre bättre än djur. Levde i städer och byar av sten,
lera och trä. Tvingade till att återbygga en värld som för alltid
bara skulle vara en spillra av sin forna glans.
Senatoriet skapade fred i våra länder på bekostnad av
civilisationen. Och radh'riam bildades för att förgöra alla minnen.

För en stund stod de alla tysta. Försjunkna i sina egna tankar stirrade de ned på boken som om den vore anledningen till allt som gått fel i världen. Trots allt som hänt sedan de sist stått tillsammans kunde de fortfarande känna varandras känslor.

Förvirring. Förnekelse. Misstro.

Unisont höjde de blicken och såg på varandra, för en stund var allt annat glömt inför vidden av vad de just läst.

Radh'riam som alltid skulle tala sanning hade skapats för att dölja sanningen. För att förgöra de minnen som fanns ifrån en uråldrig civilisation och förstöra just den kunskap de var edsvurna att skydda. Självaste namnet radh'riam betydde "tala sanning". Det hade inte varit mer än en dimridå för att dölja deras verkliga syfte.

Övertygade som de alla varit om att Senatoriet varit höjden av civilisation, fulländad i sin kunskap och visdom, kunde de inte tro på det de just läst. Det var omöjligt. Till och med Skaggi, som spenderat så mycket tid i den gömda staden, hade svårt att ta in det boken avslöjat. Caz'Duw kände hennes förnekelse nästan lika stark som hans egen.

Men bevisen för att det var sant låg mitt framför deras ögon.

Någon hade medvetet kastat en besvärjelse över den lilla boken för att dölja denna sida. För att dölja kunskap. Precis som någon medvetet förgjort alla minnen av staden i norr. Och någon, med en makt inte ens Caz'Duw kunde föreställa sig, hade dolt en hel stad under jord. Någon som inte bara var kraftfull nog att göra detta utan också skicklig nog i magin för att förhindra att ingen av alla de radh'riam som kommit efter ens känt minsta viskning av de kraftfulla besvärjelser som låg precis under fötterna på dem. Under självaste Templets golv. Besvärjelser som, enligt Skaggi, var det enda som förhindrade hela staden ifrån att rasa samman.

Allt det deras liv hade baserats på, allt de trott på och levt för, verkade nu vara lögn.

"Den röda draken håller svaret", mindes Caz'Duw och såg åter ned på texten i boken: *den röda draken flög över bergen, för att aldrig någonsin återvända. All deras visdom försvann tillsammans med den.*

"Det finns ännu en stad bortom Torondorbergen. Jag såg den på en karta i staden under Ergoroth. Ett pulserande ljus band de två städerna samman."

Caz'Duw förstod att Skaggi ämnade att resa långt ˉbortom världens gräns för att finna denna stad och den röda draken.

Och han skulle följa med henne.

Han fattade det beslutet innan han ens insett det själv, för han skulle följa henne vart som helst. Inte ens Kejsarens enorma makt kunde hindra honom.

De såg båda emot Bain.

"Jag kan inte följa med." Han skakade misstroget på huvudet. Av dem tre var han den som hade svårast att ta in det de nyss läst. För både Skaggi och Caz'Duw var Senatoriet förlorat sedan länge. Bain däremot hade aldrig slutat kämpa för att det skulle återuppstå. Han såg ned på boken och den dolda sidan som han läste om och om igen utan att kunna ta in det han läste. "Jag kan inte överge rebellerna nu. Inte nu. Att finna denna försvunna stad och alla de svar du så länge sökt, Skaggi, är viktigt. Men att förgöra Kejsaren är ännu viktigare." Bain fäste blicken på Caz'Duw.

Vid omnämnandet av Kejsaren blossade åter all fiendskap upp. Caz'Duw var dömd att för alltid följa och försvara honom. Kejsarens mak rev och slet i honom, krävde lydnad och död. Smärtan det orsakade honom bara att stå still gjorde det svårt att andas och hjärtat rusade i protest emot vad han tvingade kroppen att utså. Men Caz'Duw stod emot. För stunden.

"Jag och Keiron reser", sade Skaggi samtidigt som hon åter gick emellan dem. Så såg hon upp på honom. "Vi behöver ta dig så långt ifrån Kejsaren som vi kan."

Kapitel 34

Caz'Duw väntade i hallen, så långt bort han kunde komma ifrån Bain. Han litade inte på honom, och än mindre på sig själv.

Skaggi rumsterade runt i köket för proviant, men hon var klar snart nog. Bain följde henne tillbaka ut i hallen. Fortfarande vaksam och redo. Vad de talat om när han inte varit i närheten visste han inte men Skaggis sammanbitna min sade honom tillräckligt. Ändå slog Skaggi armarna om Bain vilket hotade att slita sönder den lilla kontroll Caz'Duw just nu hade över sig själv. Bain slöt sina armar om henne, besvärad och beskyddande på samma gång.

"Var rädd om dig", manade Skaggi innan hon släppte honom. "Jag kan inte tänka mig att förlora dig nu när jag äntligen funnit dig igen." Hennes röst var tjock av känslor. Med tunga steg började Skaggi gå emot dörren och lämnade sin gamla vän bakom sig. När hon passerade förbi Caz'Duw räckte hon över ena ryggsäcken med proviant.

De var redo att ge sig av.

"Ta hand om dig, Skaggi. Tills vi möts igen." Även Bains röst var full av avskedets smärta innan han vände sin blick emot Caz'Duw. Det var en blick han mycket väl kände igen och många gånger tidigare böjt sig för. Den sade honom att han skulle få med Bain att göra om något hände Skaggi.

Som om det skulle vara ett hot, som om Bain alls kunde påverka honom längre.

De lämnade huset medan Bain stod kvar i dörren. Så stannade Caz'Duw mitt i gatan och vände sig sakta om medan han kämpade med sig själv. Kämpade för att behålla kontrollen över sinnet medan han kände hur Kejsaren drog allt hårdare i det och krävde underkastelse. Längtan att döda dem alla växte sig allt starkare. Döden var enkel, okomplicerad. All hans makt väntade på honom alldeles under ytan, så enkel att släppa lös.

Han hörde Skaggi dra efter andan bakom sig och såg Bain åter dra sitt svärd. Men Caz'Duw stod stilla. Så sade han, trots att det orsakade honom sådan smärta att rösten blev ett hest rosslande, knappt hörbar:

"Den mörka makten bor i Kejsaren nu. Men den är nyckfull och förtär honom inifrån samtidigt som den ger honom styrka. Han kan aldrig kontrollera den helt. I rätt ögonblick är han svag."

Så vände han sig om och följde Skaggi ut i natten.

Bain såg efter dem medan svärdet sakta sjönk ned mot hans sida. Denna natt hade varit så overklig. Han var fortfarande inte säker på att allt inte bara var en surrealistisk, konstig dröm och att han alldeles snart skulle vakna upp till sin vanliga, ensamma existens.

Skaggi var vid liv. Under all denna tid hade hon också kämpat emot Den mörka makten. Och hon skulle fortsätta kämpa med honom, även om hon som alltid gjorde det på sitt eget sätt. Men bara det faktum att hon fortfarande fanns, att han inte var ensam, fick honom nästan att börja gråta av lättnad och glädje.

Mötet med Caz'Duw hade varit något helt annat.

Att de två skulle mötas igen hade han alltid vetat, han hade sett det som sitt öde. Men aldrig hade han föreställt sig det så här. Och aldrig hade han trott att de båda skulle komma därifrån med livet i behåll. Men Skaggi hade varit där, och hon hade en sällsam makt över Caz'Duw. Samma som hon alltid haft och hon visste nu, precis som då, exakt vad hon skulle göra för att lugna honom.

Skaggis historia däremot hade skakat Bain i grunden. På ett personligt plan, naturligtvis, genom att nu veta att hon accepterat att lämna allt hon någonsin känt, fått dem alla att förakta henne, för att försöka finna svar om Den mörka makten. För att rädda dem. Hur fel det än blivit efter att hon försvunnit.

Det var dock lätt att förlåta henne nu eftersom han förstod.

Boken med den försvunna sidan som fortfarande låg uppslagen inne på hans arbetsbord var svårare att förstå, att acceptera. Trots att han visste att allt det Skaggi berättat var sant, boken var beviset och Skaggi hade aldrig ljugit, kunde han inte ta in det han lärt sig inatt.

Det gav honom ännu mer att grubbla över. Vad var det som hänt för tusen år sedan, innan Senatoriet bildades? Var det Den mörka makten som låg bakom den civilisationens fall precis som Senatoriets? Och skulle historien upprepa sig om han misslyckades att störta Kejsaren och förgöra den? Skulle ännu mer kunskap då gå förlorad?

Bain hade kämpat så länge att han knappt mindes vad han ville skulle komma efteråt. För länge sedan hade han fortfarande sett framför sig hur Senatoriet återupprättades och återtog sin forna storhet. Men efter vad de läst ikväll, hade Senatoriet verkligen varit bättre än Imperiet?

Bain skakade omedelbart av sig den känslan.

Senatoriet hade styrts av ett råd, ett rättvist råd som valts av folket. De hade levt i fred, välstånd och yttrandefrihet. Oavsett vilka hemligheter som låg bakom Senatoriets bildande hade det varit ett gott styre. Inte som Kejsarens Imperium där människor förslavades, mördades och blev allt fattigare för varje dag som gick. Han tvingade undan sina tvivel.

Imperiet skulle falla, Kejsaren skulle dö.

Det måste bli så. Bain följde Caz'Duw med blicken. Oavsett vem han en gång varit, var han nu Kejsarens närmaste tjänare. Farligare och mäktigare än någon annan. Men han hade inte dödat Bain inatt, hur mycket han än önskat göra det. Istället hade han gett honom en ledtråd till hur Kejsaren kunde förgöras.

Caz'Duw var knappt längre synlig där de försvann längs gatorna och Skaggi verkade slutas in i hans mörker där hon gick bredvid honom.

Som om de var en.

Han fann sig själv le. Ett äkta leende, det första på evigheter. En underlig känsla spred sig ifrån Bains hjärta, värmde varenda vrå av kroppen. Den var så obekant för han hade inte känt den på många, långa år och det tog en stund innan han förstod vad han kände.

Hopp.

Kapitel 35

När natten var som mörkast, just innan gryningen, låg Östberga helt öde. Inte ens stadsvakten patrullerade gatorna i natt för de visste vem som befann sig i staden. Istället hukade de sig i sina baracker och bad till högre makter de inte trodde fanns att Caz'Duw inte hade några order till dem.

Därför var det ingen som såg dem gå sida vid sida genom staden. Ingen som såg vartåt de försvann sedan de passerat ringmuren.

Torondorbergens silhuett avtecknade sig emot natthimlen. Östberga låg några få fjärdingsväg ifrån bergets fot och en slingrande väg ledde upp till Torondors silvergruvor. Denna rikedom var den sista utposten i väst. Gruvbyarna klamrade sig fast längs med bergssidan, gruvschakten slingrade sig långt ned under jord. Dessa byar utsattes för attacker ifrån bergstroll och grems oftare än några andra. Likaså skedde bergskred och gruvras alldeles för ofta. Som om naturen själv inte ville att de skulle finnas här.

Alla försök att utvidga gruvorna hade slutat i katastrofer.

Ingen hade någonsin passerat förbi här. Ingen som kunnat återvända och berätta om det i alla fall. Övertygelsen om att vad som än fanns på andra sidan bergen inte var möjligt för människor att överleva var djupt rotad i alla människors medvetande.

De hade kommit halvvägs uppför vägen som ledde till de första byarna när de hörde rop bakom sig:

"Vänta! Vänta på mig!"

Unisont snurrade de runt och såg värdshusvärden Trevon komma springande emot dem. Över ena axeln hängde en dåligt packad väska. "Vänta på mig, jag följer med er."

Pojken föll ihop på marken framför dem när Keiron spände ögonen i honom och smärtan fick hans kropp att krampa.

"Vad?" utbrast Skaggi, för förvånad för att protestera emot Keirons behandling av den stackars pojken. "Varför skulle vi låta dig följa med?"

Trevon ålade sig på marken men trots smärtan såg han upp och mötte hennes blick.

"Jag har ingenting kvar i Imperiet", pep han med ynklig röst. "Jag kan aldrig återvända till mitt värdshus. Och det är ditt fel! Jag tänker följa med er tills du har betalat tillbaka det du är skyldig mig."

Skaggi visste att han hade rätt.

Det var därför hon lämnat honom hos Bain, han kunde skydda honom, gömma honom. Dit Skaggi och Keiron nu skulle bege sig fanns inget skydd. Ändå ville Trevon följa med dem hellre än att stanna hos Bain. Kanske hade han inte förstått vidden av Bains kraft eller vilken fara han skulle försätta sig själv i genom att följa med dem, men hon kände hans beslutsamhet. Keiron och Skaggi såg på varandra under tystnad.

Trevon var en oönskad komplikation i ett redan farligt företag.

"Nåväl", suckade Skaggi till sist. "Men det kommer bli en lång och farofylld resa. Ingen vet vad som finns bortom bergen, vad som väntar oss vid slutet eller om vi ens kommer levande dit."

De vände sig båda om igen och fortsatte gå uppför vägen utan att se om han följde efter dem.

Det var hans eget val.

Skaggi kände sig skyldig för att ha försatt Trevon i denna omöjliga situation och hon skulle låta honom följa med om han valde att göra det. Fast nog borde den vanligtvis så realistiska Trevon som alltid först och främst sett till att rädda sitt eget skinn välja att stanna med

Bain? Även om han hade rätt i att det var Skaggis skuld att betala. De fortsatte längs vägen som skulle leda dem till världens gräns och lämnade värdshusvärden bakom sig, övertygade om att aldrig återse honom igen.

Men Trevon kravlade sig upp på fötter, samlade ihop sin packning och skyndade efter dem. Han hade gjort sitt val och hade de vänt sig om i det ögonblicket hade de sett en högst oväntad äventyrslystnad skina ur Trevons ögon.

"Jag ska inte bli till besvär. Jag lovar. Ni kommer inte ångra er!"

"Nej", muttrade Skaggi sarkastiskt, så tyst att bara Keiron hörde henne. "Men du kommer nog göra det."

Kapitel 36

Försommarens korta nätter var en fördel för dem. De kunde vandra längre om kvällarna och börja tidigare om morgonen och inte ens när natten var som mörkast blev det helt mörkt. Till att börja med hade de passerat genom tät tallskog, full av oknytt och småvilt men även älgar och hjortar. Ju högre upp i bergen de kom desto glesare blev dock skogen och desto brantare blev deras klättring. Ibland kunde de fortfarande vandra uppåt och ibland kunde de ta sig längs med smala bergskanter, men allt oftare var de tvungna att klättra uppför bergssidorna.

Trevon var så slut de första dagarna att han utmattad föll ihop där han stod så snart de vilade.

Ett liv som värdshusvärd hade inte förberett honom för detta.

Skaggi förstod inte ens varför han envisats med att följa med. Skuld eller inte, han muttrade och klagade i ett och hade snart ont precis överallt. Av träningsvärk. Av sår och rispor från vassa stenar. Av blåmärken och svullnader från när han slagit sig under klättringarna eller fallit i den ojämna terrängen. Uppe på allt annat var han också så rädd för Keiron att han knappt kunde andas så snart Keirons blick for över honom.

Enda positiva i det var att det åtminstone fick tyst på hans gnäll för en stund.

Keiron ville bara bli av med honom, Skaggi kände det under den likgiltiga ytan som dolde alla hans känslor. Men kanske ansåg Keiron inte att Trevon var värd att lägga någon energi på, inte ens så lite som det skulle ta honom att svinga svärdet i ett enda dödligt hugg, för han ignorerade pojken. Kanske var han övertygad om att i de förrädiska bergen skulle problemet lösa sig självt snart nog. Det var i alla fall vad Skaggi börjat frukta, Trevon blev mer och mer utmattad för varje dag. Ändå var hon underligt tacksam att han var med dem för det var något med pojken som gav henne själv styrka.

Ju högre upp i bergen de kom, desto tunnare och kallare blev luften och de fick alla svårare att andas. Särskilt Keiron.

Skaggi kände hur han led.

Hur hans inre kamp tröttade ut honom mer än klättringen någonsin skulle göra. Det var bara nätt och jämnt att han kunde behålla kontrollen över sitt sinne. Kejsaren drog i honom allt mer desperat. Sökte honom, försökte tvinga honom till underkastelse, men han stod emot. Det gjorde honom dock helt utmattad.

Ändå sov han aldrig.

När Trevon redan kollapsat i sömn och Skaggis ögon gled ihop om kvällarna var Keiron fortfarande vaken. Ibland, sent om natten just innan gryningen återkom, kände hon honom falla in i någon form av halvdvala, inte riktigt vaken men inte heller sovandes.

När de passerat över trädgränsen var bergen, hur svåra de än var att ta sig fram i, spektakulära att skåda. Bland klippskrevorna växte enkla blommor i alla regnbågens färger. På platåerna de ibland nådde fanns ängar och förvridna, förkrympta träd och där betade myskoxar och renar som var helt orädda för dem eftersom de aldrig hade jagats av människor. Utsikten var hisnande och fantastisk på samma gång. Över dem höjde sig de snöklädda bergstopparna, nedanför dem delades bergen av djupa raviner och floddalar och vid ett tillfälle passerade de en kristallklar sjö så vacker att den tog andan ur henne. Så här högt upp hade de ännu inte stött på något annat oknytt än små silverdrakar och några småvittror. Och vad de kunde känna fanns här inga besvärjelser, ingen uråldrig magi som skyddade bergen. Både Skaggi och Keiron sökte konstant efter dem. Utifrån Skaggis samtal med Galad och vad de läst i boken hade hon förväntat sig att de skulle behöva leta sig förbi mängder av sådana. Men hur de än sökte kunde de inte finna några, ingenting hindrade deras väg.

Ju högre upp de kom, desto kalare blev naturen.

Gräs förbyttes mot lavar, de förkrympta träden mot vindpinade busksnår och en evig vind svepte runt dem, ylade mellan klipporna. Gjorde luften ännu kyligare, ännu svårare att andas. Solen gav inte längre någon värme. Och Skaggi började förstå att det inte krävdes några besvärjelser för att skydda bergen mot inkräktare.

I denna karga miljö skulle ingen människa överleva särskilt länge.

Hon och Trevon frös så snart de inte var i rörelse, men Keiron verkade inte märka av kylan mer än han verkade kapabel att känna värme.

Nästa gång de stannade för natten sände Skaggi ut Trevon för att samla ihop ved medan hon själv förberedde deras enkla måltid. De hade stannat mellan några utskjutande klippblock som gav dem ett visst skydd från den isande vinden.

"All ved är våt", klagade Trevon när han en stund senare släppte ned vad kvistar och tunna grenar han lyckats finna. "Vi kommer få frysa i natt."

Sedan hoppade han snabbt undan när Keiron närmade sig vedhögen, men Keiron ignorerade pojken, som alltid. Istället ordnade han veden och efter bara en blick på de våta grenarna sprakade snart en eld, varm och livgivande. Vilket fick Trevon att backa ännu fler steg. Bara att vara nära Keiron skrämde pojken halvt från vettet, att se honom använda magi var mer än han klarade av. Skaggi klandrade honom inte. Trevon hade aldrig upplevt magi. Allt han vetat om den var att den var död och borta sedan länge.

Och Skaggi blev själv orolig ibland.

Hon visste Keirons styrka och kände hur nära han ibland var att ge upp. Om han gjorde det, bara för det kortaste av ögonblick, skulle han aldrig kunna stoppa sig själv. Hon tvivlade på att hon skulle kunna övermanna honom en gång till. Skaggi försökte att inte tänka på det. Inte tänka på vad som skulle hända om han dödade henne och tog hennes lik med sig tillbaka till Kejsaren och berättade allt om de försvunna städerna och världen bortom deras gränser.

Trevon blev den första att somna, denna kväll som de flesta andra. Han hade lagt sig så nära elden han kunde precis som Skaggi. Keiron däremot satt en bit ifrån, som om han inte visste vad som skulle hända om han kom nära dem.

Så snart hon hörde Trevons snarkningar reste hon sig och gick och satte sig bredvid Keiron, så nära att hans skuggor nuddade vid henne. Hela hans väsen spände sig.

"Du borde sova." Hans röst var svår för henne att acceptera, så annorlunda från den djupa röst och smittande skratt hon mindes.

"Vi har klättrat i dagar nu. Ändå har vi inte ens nått toppen, hur stora kan bergen vara, tror du? Hur vida?" Hon talade mest för att fylla tystnaden.

Han svarade inte och hon hade insett att det orsakade honom stor smärta att tala så hon lät det bero. Hon ville bara få sitta nära honom en liten stund. Behövde få känna att Keiron fortfarande fanns kvar under det inferno av död och mörker som rasade inom honom. Få känna de energier som bara var hans, inte Den mörka maktens eller Kejsarens.

Det var det enda hon fortfarande kände igen.

För varje dag kom dock deras sinnen lite närmare, slingrade sig in i varandra, blandade sig. De trasiga skärvorna av det band de en gång delat var svagt, men började ta plats i ett själens tomrum som hon levt med i över hundra år.

Trots det kunde hon inte hjälpa att hon hoppade till när han oväntat reste sig för att kasta mer ved på brasan. När han satte sig igen var det en bit ifrån henne. Ett tydligt avståndstagande, ett som gjorde ont. Hon såg på honom för en stund medan hon försökte komma på något mer att säga, men hon hade aldrig varit särskilt bra på samtal.

Det hade aldrig behövts för han hade alltid talat för dem båda.

Så kände hon plötsligt en annan närvaro, obekant och annorlunda. Hundra år i vildmarken hade skärpt hennes sinnen, vässat instinkterna, och hon spanade nu ut i natten. Något hade rört sig där, det var hon säker på. Något stort. Keiron reagerade på hennes plötsliga spänning. Vaksamt reste han sig och drog sitt enorma svärd utan att hon behövde säga något. Det metalliska ljudet när svärdet lämnade skidan fick Trevon att sätta sig käpprak upp på andra sidan elden.

"Vad är det frågan om?" Synen av Keiron med draget svärd fick honom att blekna.

"Tyst med dig", fräste Skaggi och vinkade åt honom att komma fram till dem. Så sträckte hon sig efter pilbågen och kogret innan hon ställde sig rygg mot rygg med Keiron. Med van rörelse lade hon en pil på strängen.

Vaksam. Redo.

Utanför eldens ljussken såg de snart rörelse, enorma silhuetter som sakta omringade dem. Även om Trevon fruktade Keiron var han i alla fall en känd fara, och han sökte sig allt närmare för skydd.

"Vad är det som händer?"

"Tyst!" Inför Keirons brinnande blick hukade sig pojken och förblev tyst.

Varelserna kom allt närmare. Skaggi förnam deras medvetanden, sådana de nu var. Oknyttens sinnen var så olika människans att det ofta var svårt att alls förstå dem.

Utan förvarning kom ett bergstroll farande ur mörkret med det ostyriga håret som en flod efter sig och svansen piskande. Huggtänderna glänste vita i eldskenet när han röt ut sin utmaning samtidigt som han svingade en stor knölpåk emot dem. Trollet var brett som en bergvägg. Skaggis pil träffade honom mitt emellan ögonen och han föll ihop precis framför deras fötter.

Skrikandes stapplade Trevon bakåt och försökte springa sin väg, men han hade ingenstans att fly. De var helt omringade nu. Skaggi hade inte tid att bry sig om pojken, allt fokus låg på trollen. Deras grymtanden och rytanden ekade mellan klippskrevorna, sedan hördes ett högre och dominantare rytande. Efter det stormade trollen ut ur natten, för många för att räkna. Från alla håll anföll de i vilt raseri.

Så var Keiron i rörelse.

All hans kraft släpptes lös, som om det var en lättnad för honom att äntligen få utlopp för all uppdämd styrka. Att få fokusera den emot något han fick förgöra. För ett ögonblick verkade trollen tveka. Trots deras överlägsna antal och storlek backade de som var närmast undan från blotta våldsamheten i hans anfall. De krockade med sina fränder, men Keiron förföljde dem, högg ned dem innan de återfått någon form av ordning i sina led.

Trollens medfödda vildhet och raseri tog överhanden när de såg sina fränder stupa och de började försvara sig. Snart ansatte de Keiron från alla håll, omringade honom och tvingade honom undan ifrån Skaggi. Trots att han var så mycket mindre än de vildsinta trollen spelade det ingen roll. Hans enorma svärd hade styrkan att parera deras barbariska vapen och han skar igenom deras oskyddade kött utan ansträngning.

För en stund vacklade Skaggi av den tillfredsställelse som strålade ut ifrån honom för varje troll som dog vid hans fötter. För den blodtörst som inte verkade släckas oavsett hur rött svärdet än blev. Men det fanns ingen tid för tvekan, ingen tid för oro.

För varje troll Keiron besegrade tog två nya dess plats.

Skaggi avlossade pil efter pil och de fann alla sitt mål, men ändå blev trollen bara fler och trängde ihop dem alltmer. I ringen av lik fick Keiron allt mindre plats att svinga svärdet. Skaggis pilar tog slut.

Så hon släppte bågen och samlade magin, den kanaliserades mellan hennes utsträckta händer och strålade genom kroppen, fyllde henne och gjorde världen klarare, skarpare. Allt mer laddades den inom henne och fick henne att skaka av den rena kraft som pulserade under huden. När magin blev så stark att hon inte längre klarade av att hålla den inom sig släppte hon löst allt i ett blixtrande, grönt ljussken och trollen framför henne föll döda ned på marken.

Det fick de överlevande trollen att stanna upp.

Först verkade de tveka. De trampade oroligt och verkade bereda sig på att fly. Men bara så länge att hon hann dra ett långsamt, darrande andetag. Sedan höjde de sina grovhuggna vapen och anföll igen. Det var inte möjligt. Varför gav de inte upp? Troll betedde sig inte såhär vildsint.

Trollens korta tvekan hade dock gett Keiron möjlighet att sluta upp bredvid henne. Nu samlade han sin egna enorma magi och innan de anfallande trollen nått fram till dem drunknade de alla i en flod av skuggor som rasade ut i natten. Trollens skri av fasa och smärta ekade mellan klipporna innan de alla föll till marken. Döda.

För en stund var allt stilla.

Både Keiron och Skaggi andades tungt, de hade pressat magin till det yttersta. Skaggi kände redan hur hon svajade, hennes sinne blev allt dimmigare. Men hon hörde hur fler troll hasade sig nedför klippblocken, klättrade över bergskanten och såg hur de åter omringades.

Det var helt enkelt inte möjligt!

Bergstrollen borde ha flytt för länge sedan. Varför fortsatte de? Vad skyddade de som var så värdefullt att det var värt att offra så många av sina fränder?

De anföll återigen, i fullt raseri, som om deras fränders död bara triggade dem ytterligare. Svingade sina påkar och spikklubbor och dåligt smidda svärd emot dem och allt Skaggi kunde göra var att knuffa undan dem. Det hindrade trollen från att skada dem, men skulle inte stoppa dem och magiutmattningen krävde sin rätt, för varje attack nådde trollen lite närmare.

Keiron slogs fortfarande. Med magi och med svärd fortsatte han att slakta bergstrollen, men ändå kom bara fler emot dem. Och till och med han höll på att tröttna. Den ständiga kamp han utkämpat mot sitt eget sinne alla dessa dagar hade redan tröttat ut honom bortom utmattning. Rörelserna var inte lika snabba längre, utfallen med svärdet inte lika starka. Så slog en enorm spikklubba ned på hans svärdsarm och Skaggi kände hans smärta när armen krossades. Ett fasansfullt skrik kom ur hans strupe, men trollen var över honom innan han hann hämta sig, pressade ned honom med sin blotta tyngd. Det krävdes fem troll, och tre av dem lyckades han ha ihjäl innan ett stort troll fick tag om hans nacke och slog hans huvud hårt i klipporna.

Skaggi försökte kämpa sig fram till honom, men hennes sinne var nu för dimmigt för att fungera korrekt. Hon kände inte ens rädsla när ett troll till sist grep tag i hennes fläta och ryckte henne bakåt. Som en säck potatis slängdes hon över ena axeln, svävandes mellan medvetande och det lockande mörkret, varmt och omfamnande.

Kapitel 37

När Skaggi åter kom till sans var allt mörkt omkring henne på det sätt det bara kunde bli under jord. Huvudet bultade som om hon kört det rakt in i en vägg. Stönandes satte hon sig upp och allt snurrade. Illamåendet rann upp och nedför strupen. Stengolvet under henne var fuktigt och kallt. Skakig sträckte hon ut en hand och rörde vid knagglig sten. Hon befann sig i en grotta.

Inlåst under jord. Igen.

Paniken lurade i bakgrunden men hon hade verkligare saker att oroa sig över just nu. Keirons närvaro sipprade genom mörkret, han fanns där med henne. Men var fanns Trevon? Hade trollen redan dödat honom? Hade han varit död redan när de först blev tillfångatagna eller hölls han fången någon annanstans? Hon kunde inte minnas att hon sett honom under striden, men allt hade hänt så fort och nu fylldes hon av oro för pojken. Hon borde ha skyddat honom bättre, varit mer uppmärksam på honom.

Som barn hade hon hört hiskliga historier om hur bergstroll fångade människor och kokade dem levande.

Hon hade ingen lust att ta reda på om det var sant.

Skaggi kravlade sig över stengolvet mot Keiron och slog knät i en uppstickande sten. Det fick henne att svära en ramsa som skulle fått folk att rodna om de hört henne. Keiron var dock fortfarande medvetslös. Det var knappt att hon kände hans sinne alls. Trevades tog hon sig fram till honom och kände på det slag han fått i skallen. En bula hade utvecklats och blod hade runnit därifrån även om det mesta torkat nu.

Det skulle inte kräva någon speciellt avancerad besvärjelse för att hela den skadan. Med det konstaterat kände hon sig vidare fram över hans kropp tills hon fann hans skadade svärdsarm. Trollen hade krossat den helt och hennes händer blev våta av blod. Detta skulle däremot kräva en mycket komplicerad besvärjelse. En hon helst skulle ha utfört i dagsljus, på ett operationsbord, med sitt eget sinne fullt skärpt.

Men hon hade inget val.

Keirons liv flöt bort tillsammans med blodet som rann nedför stengolvet.

Hon tryckte båda sina händer mot hans sargade arm vilket fick honom att vrida sig av smärta samtidigt som hon mumlade orden. All den kraft hon hade kvar fokuserade hon på Keiron. Med ett skrik som fick Skaggi att rysa kom han till medvetande när benen i armen lade sig till rätta och muskler, senor, blodbanor och hud åter slöt sig. För att undkomma smärtan kastade han sig framåt bara för att kollapsa tillbaka in i medvetslöshet igen.

Skaggi fångade upp honom när han föll och lät hans huvud falla ned i hennes knä medan hon viskade lugnande nonsensord. Huvud-skadan hade läkt ihop samtidigt som armen, allt hon nu kände under sina händer var len hud och mjukt hår.

Hur länge hon satt så visste hon inte, men benen började domna bort, förutom knäet som bultade. Hon var oändligt trött på det sätt bara överanvändandet av magin kunde åstadkomma och huvudet bultade som om smeden bosatt sig där. Ändå kunde hon inte förmå sig att lägga ned Keiron på den kalla, fuktiga stenen. Det var så mörkt i grottan att hon inte ens såg sina egna händer. Än mindre Keiron. Istället drog hon fingrarna längs med hans starka käklinje och genom hans rufsiga hår. Smekte hans starka axlar och följde konturerna av en kropp hon kände lika väl som sin egen. Här i mörkret där inga skuggor fanns, där allt hon kunde gå på var känseln, var han åter bara den man hon en gång älskat.

Stönades började han röra sig och försökte resa sig upp, men föll handlöst tillbaka. Om hon var utmattad var det ingenting emot vad Keiron var. På bara några minuter hade hans kropp läkt ihop en skada det skulle ha tagit månader att hela på naturlig väg.

Han mumlade något, men rösten var så hes att hon inte hörde vad han sa. Istället fortsatte hon att dra fingrarna genom hans hår, om och om igen. Till sist föll Keiron ned i någon typ av dvala som verkade vara det närmaste han kom sömn och även hon själv nickade slutligen till trots sin högst obekväma ställning.

Båda ryckte de till när ett högljutt skrapande förkunnade att dörren till deras fängelse var på väg att öppnas. Den enorma stenbumlingen som stängde in dem i grottan började röra sig och ett svagt ljussken, alldeles för starkt i deras ögon, lyste upp grottan. I dörröppningen syntes siluetten av ett bergstroll som ställde in två enorma tallrikar och ett ännu större krus till dem.

"Äta." Trollets raspande stämma gjorde att människospråk inte låg rätt i dess mun.

Så drogs stenen åter på plats och allt blev mörkt.

Skaggi kunde inte så mycket om bergstroll och hon hade aldrig träffat något själv förut. De bodde i små samhällen i bergstrakter. Så mycket visste hon. Hon kom också ihåg att de var aggressiva, men att de sällan anföll människor om de inte blivit provocerade. De var större än skogstrollen och inte lika intelligenta. Ändå var de mer lär-aktiga än sina släktingar gremsen och de kunde till och med lära sig en del av människospråket och hade kunskap att utveckla enklare redskap och göra upp eld. Och de var tillräckligt intelligenta för att få ett samhälle att fungera så länge de inte blev för många på ett och samma ställe.

Men de som anfallit dem hade varit flera hundra.

Var hade de alla kommit ifrån? Och varför offra så många av sina fränder för att ta dem till fånga och sedan ge dem mat?

"Kan Kejsaren kontrollera bergstrollen?"

Keiron tog sig upp till sittande ställning, han höll redan på att återhämta sig.

"Nej. De är för intelligenta och bryr sig alldeles för lite om människornas värld. Gremsen är mycket trögare i sinnet, lätta att kontrollera för vem som helst som har även den svagaste Gåva."

Kanske var bergstrollen under någon annan sorts besvärjelse, en mycket äldre och starkare? Hon lät tanken passera, det spelade ingen större roll hur det var med den saken om de inte kunde ta sig härifrån.

Skaggi letade sig fram till faten som trollet kastat in. Det luktade som unkna kadaver. Men det enorma kruset, så stort att hon behövde två händer för att kunna lyfta det, var fullt med rent källvatten. Hon drack girigt och kände hur styrkan återkom i kroppen. Sedan såg hon till att Keiron också drack medan hon förundras över hur otroligt snabbt han återhämtade sig. En normal människa skulle ha varit utslagen i dagar efter att ha gått igenom samma sak som han.

"Vi måste ta oss ut härifrån", sade hon.

"Trevon?" undrade Keiron. Även om han inte brydde sig om pojken ville han ha all fakta på hand.

"Jag vet inte vad som hände, eller var han är. Om han lever."

Trots att Skaggi var nära att börja gråta när hon sade detta registrerade han svaret utan att så mycket som blinka.

Trevon betydde ingenting för honom.

Så kände hon hur Keiron åter samlade ihop magin. Bara så lite som behövdes, och så riktade han den emot stenen som blockerade deras väg ut. Men ingenting hände. Mer och mer av sin styrka använde han, hon kände hur den ökade i intensitet, men fortfarande rörde sig inte stenblocket.

"Det är låst." Keiron gav till sist upp.

Skaggi lät sitt eget sinne svepa över stenen och de komplicerade låsbesvärjelserna som vilade över dörren. "Det kommer ta dagar att dyrka upp dem!"

"Vi har inte dagar på oss", svarade Keiron mörkt.

"Jag visste inte ens att troll kunde använda magin."

Skaggi satte sig åter på golvet för att avlasta sitt värkande knä. "Det kan de inte."

"Tänk om det är en lämning ifrån varelserna som byggde de försvunna städerna? I så fall har vi kanske funnit en passage igenom bergen?" Hoppet steg igen vid den tanken. "En uråldrig väg eller något sådant."

Om de slapp klättringen och den iskalla vinden skulle hon vara oerhört tacksam. Hur länge till de skulle överleva det tuffa klimatet i bergen visste hon inte. Men om de inte fann en väg ut härifrån skulle det snart inte spela någon roll. Vad trollen än planerat för dem betvivlade hon att de skulle leva särskilt länge till.

Kokas levande och ätas, for åter igenom hennes tankar.

Så hördes åter skrapandet när stenblocket började glida åt sidan. Både Keiron och Skaggi flög på fötter, all trötthet var som bortblåst. Den här gången skulle inte dörren slå igen med dem på insidan. Men det var inget troll som stod i dörröppningen. Det var Trevon, med ett mycket nöjt leende på läpparna.

"Trevon!" Skaggi rusade fram till honom och lade sina händer på hans båda axlar, som om hon inte visste om hon skulle krama eller ruska om honom. "Hur kan du vara här? Vad hände?"

"Medan ni drog till er de fördömda trollens uppmärksamhet med era förbaskade magitrick så lyckades jag dunsta. När de tog er till fånga följde jag efter. En nyckel öppnar grottan. Jag knyckte den."

"Knyckte den?" Skaggi kunde inte låta bli att le, så lättad över att se honom oskadd och vid liv.

"Jag är uppväxt på gatan. Där lär man sig fort." Trevon ryckte på axlarna, en nonchalant gest som dolde tusen svåra minnen. "Långa benet före nu, vi måste sjappa innan de ser oss."

Både Skaggi och Keiron kisade emot det svaga fackelskenet, så starkt i deras ögon. De befann sig i en tunnel och deras grotta var en av flera. Tunneln var perfekt uthuggen ur stenen och fackelhållarna hade snirkliga mönster i träet. Bergstrollen måste leva i efterlämningarna av en äldre civilisation. Inget troll kunde skapa sådan arkitektur. De skyndade sig framåt, uppmärksamma på minsta ljud. Men tunneln låg öde. Den mynnade dock snart ut i en större grotta. Fantastiska skulpturer klättrade längs väggarna och verkade dansa i fackelskenet.

Skaggi behövde inte längre undra.

Även om dessa skulpturer var av vanlig sten och inte draksten så var det bara varelserna som skapat de försvunna städerna som hade kunnat åstadkomma något liknande.

Från grottan ledde flera andra tunnlar vidare åt alla väderstreck, vissa verkade leda uppåt, andra nedåt. Utanför deras egen tunnel-mynning låg deras saker vårdslöst kastade. Keiron sträckte sig snabbt efter sitt enorma svärd, som om han inte varit riktigt hel utan det. Skaggis båge var däremot bruten itu och en av väskorna var så trasig att den inte var värd att ta med. De andra två verkade åtminstone intakta, hur det var med innehållet hade de inte tid att undersöka.

"Vilken väg?" Keirons röst var ännu mer skrämmande när han försökte viska.

"Vi kom därifrån." Trevon pekade på en av tunnlarna samtidigt som han tog ett steg bort ifrån Keiron. "Men där finns mängder med troll. De bor i den stora grottan i andra änden."

"Vi vill ändå inte tillbaka", sade Skaggi. "Vi vill framåt." Hon pekade på den tunnel som ledde västerut, och den sluttade svagt uppåt.

Just i det ögonblicket hördes grymtningar och tunga steg ifrån en annan tunnel, så hon tog tag i Trevons arm och sprang. Men de hann inte in i tunneln innan bergstrollen fick syn på dem. De skrek i högan sky och snart hördes tunga, springande steg och grymtningar överallt ifrån.

Kapitel 38

De sprang genom tunneln med bergstrollen tätt bakom sig. Med varje flåsande andetag kunde Trevon känna stanken ifrån dem. De var alldeles för många för att slåss emot och tunneln erbjöd inget skydd, ingenstans att gömma sig.

"Vi måste ut." Caz'Duw var bakom honom. Det var en trygghet att ha Caz'Duw mellan sig själv och bergstrollen. Tanken var skrattretande men han kände inte för att skratta.

"Måtte det fortfarande vara ljust ute!" Skaggi sprang framför honom. Hon lät knappt andfådd, förbannade kvinna.

"Ljust?" flåsade Trevon.

"De förvandlas till sten av dagsljus", svarade Skaggi som om detta var något vem som helst borde känna till.

Men de verkade inte få se dagsljus igen, för framför dem blockerades tunneln av troll så stora att de nästan slog huvudet i taket. Grymtades knuffade de på varandra, Trevon kunde inte avgöra om de bråkade sinsemellan eller om det var såhär de kommunicerade. I ett tydligt hot höjde de sina vapen emot dem, skakade dem och ylade på ett högst utmanande sätt. Trion hade inget annat val än att stanna och bakom sig hörde Trevon Caz'Duw dra sitt svärd. Till och med i denna situation gav det honom kalla kårar.

"Ljus, Skaggi", väste Caz'Duw. "Vi behöver ljus!"

Trollen närmade sig dem med påkar och spikklubbor höjda, fortfarande grymtandes på ett språk helt oförståeligt för människoöron. Så spred sig ett ljus, grönt och onaturligt, ifrån Skaggis hand vidare genom tunneln och trollen vrålade i panik. Trevon stirrade på det som paralyserad.

"Nu!" Caz'Duw högg tag i hans arm, det var som att fastna i ett skruvstäd, och de rusade framåt. Trollen rev sig för ögonen, kastade sig hit och dit, slog omkull varandra och skrek så högt att det slog lock för öronen. Men det gav dem en chans att ta sig förbi dem. De hoppade mellan de panikslagna trollen, duckade under klubborna och påkarna och sprang så fort de någonsin kunde. Men trollen hade inte förstenats och så snart de insåg det tog de upp jakten.

Utan förvarning slutade tunneln i ännu en grotta, större än någon av de tidigare. Även denna var en tydlig lämning från en svunnen civilisation med byggnader uthuggna ur självaste stenen.

I andra änden lyste solljus in genom grottmynningen.

Men mellan dem och öppningen fanns ett helt samhälle av bergstroll som uppenbarligen bosatt sig i de uråldriga byggnaderna.

Caz'Duw drog in Trevon bakom några nedrasade stenblock och Skaggi dök ned efter dem. Bakom dem dundrade två tjog med bergstroll rakt ut i grottan. När de insåg att de tappat bort sitt byte grymtade de högt, vilket fick de andra bergstrollen att grymta tillbaka. De lät minst sagt fientliga.

Snart genljöd hela grottan av grymtningar och vrål och innan de visste ordet av hade bergstrollen huggit tag i vad tillhygge de kunde finna och attackerat varandra. De slogs i lika vilt raseri emot sina fränder som de tidigare gjort emot Skaggi och Caz'Duw. Uppenbarligen var de två olika klaner och de stod inte på god fot med varandra, minst sagt.

De tre fångarna var bortglömda för stunden.

Skaggi höll upp en hand som för att tysta eventuella kommentarer. På ljudlösa fötter smög hon sedan ut ifrån deras gömställe och höll sig tätt intill byggnaderna som utgjorde klippväggen. Hon vinkade dem till sig när hon kommit en bit bort.

Trollen var fortfarande fullt upptagna med att slå ihjäl varandra.

Trevon och Caz'Duw kom ifatt henne och tillsammans halvt kröp, halvt sprang de emot grottans utgång. Det var som att försöka passera ett fullskaligt slagfält, trollen rasade fram och tillbaka omkring dem. Rätt vad det var hoppade ett troll ut ifrån byggnaderna ovanför dem, rakt ned på en frände. I nästa ögonblick kastades ett annat troll rakt in i väggen bakom dem och sedan fick de krypa runt ett dött troll som låg i deras väg.

De höll sig i skuggorna så mycket det var möjligt med Caz'Duw ytterst, hans skuggor dolde dem ytterligare. Allt närmare utgången tog de sig även om de ibland fick stanna till när några slagskämpar kom för nära. Men ingen verkade se dem, så fullt upptagna som de var med att slå ihjäl varandra, och de kunde smyga vidare.

Så föll plötsligt ett troll mitt framför fötterna på dem.

Han dunkade huvudet hårt i grottväggen och mörkt blod, nästan blått, rann i en flod längs stengolvet. De stannade till, men innan de hann ta skydd hade trollets anfallare fått syn på dem.

Och han röt ett ekande, öronbedövande vrål som fick alla andra att stanna upp i sina strider.

"Spring!" Skaggi var redan i rörelse, Caz'Duw tätt bakom henne.

Trevon skyndade efter dem så fort han kunde, men nu hade vartenda troll i grottan tagit upp jakten och de var så nära att deras unkna andedräkt flåsade honom i nacken. Så stannade Caz'Duw och nästan kastade Trevon framåt innan han högg ned två troll som nära nog fått tag på honom.

Skaggi var redan ute i dagsljuset, och med två språng var Caz'Duw förbi honom igen. Ett sista troll rusade efter Trevon när han snubblade ut genom grottmynningen och med ett fräsande förvandlades trollet till sten bakom honom. Trevon kastade sig undan när det rullade förbi honom och till slut stannade bara några meter framför honom. Trollets skrik och panikslagna sista ansiktsuttryck var föralltid inetsat i stenen och verkade stirra på honom. Inifrån grottan hördes vildsinta vrål, men inget mer troll vågade sig ut.

Skräckslagen, lättad och andlös på samma gång föll Trevon ihop på marken. De befann sig i en smal dalsänka med grönt gräs under fötterna och höga bergsväggar på båda sidor. Solens värmande strålar var det underbaraste Trevon någonsin upplevt.

"Upp med dig." Caz'Duws stod över honom. "Vi kan inte stanna ännu, så snart mörkret faller kommer vi ha vartenda troll efter oss."

Kapitel 39

Hela Armans värld hade vänts upp och ned. Caz'Duw hade återvänt – med en radh'riam. En radh'riam som, om Bokmalen hade rätt, han hade älskat. Arman skakade på huvudet där han stod framför spegeln och knöt sin kravatt.

Caz'Duw älska.

Det var en så absurd tanke att han inte ens kunde föreställa sig det. Att det monstret överhuvudtaget kunde känna något alls var svårt att tro. Än mer att han skulle ha känt det Arman kände för Viana – kärlek, ja visst, men även den på många sätt skrämmande insikten att han skulle offra vad som helst för henne. Behovet av att alltid få vara henne nära och drömmarna de skapade tillsammans.

Nej, det kunde inte vara möjligt.

Caz'Duw hade sett honom i tronsalen under Kejsarens tal. Bara minnet av hans blick fick honom att rysa. Arman var säker på att han ville döda honom. Men han hade inte gjort det. Istället hade han ignorerat honom precis som Kejsaren. Varför?

Han fick aldrig en chans att ta reda på det, för sedan kom draken.

Arman hade precis som alla andra sökt efter radh'riamen när varningsklockorna började ringa. Han hade inte ens nått dörren till salen han just då varit i innan elden rasat över taken. Allt Arman kunnat tänka på var att ta sig till Viana och få ut henne oskadd.

Svart rök hade förmörkat palatset och varje andetag hade bränt sin väg ned i lungorna. Yr och desorienterad hade han famlat sig fram genom palatset och trots att han föll om och om igen hade han tvingat sig själv vidare.

Just när han funnit Viana hade han fått syn på Druwen i en angränsande sal. Arman hade ropat åt honom och Druwen hade mött hans blick. Sekunden senare svepte drakelden genom salen.

Druwens dödsskrik skulle för alltid förfölja Arman.

Synen av hur hans hud brändes bort ifrån kroppen var för alltid fastetsat i minnet. Allt Arman kunnat göra var att ta tag i Vianas hand och fly. De stöttade varandra medan de hostade och famlade sig fram samtidigt som palatset rasade samman omkring dem och elden rusade allt närmare. Deras panikslagna flykt hade blivit allt mer hysterisk för varje raserad korridor och övertänd sal som hindrat deras väg.

Medan minnena svepte genom honom drog Arman handen över vänstra armen. Sidenet i hovstassen gömde det vidriga brännsåret även om smärtan alltid fanns där. Han hade dock haft större tur än de flesta. Trots flera brännsår var han förhållandevis oskadd och såren skulle alla läka i sinom tid.

Allt som skulle bli kvar var fula ärr och minnen.

De hade tagit sig ut. Viana var i säkerhet. Det var allt som räknades. Även hon hade brännskador och högra axeln och skuldran var blåslagna efter att marmor fallit ned över henne. Även hennes familj var så gott som oskadda, gillesherrarna likaså. Orvin var den som klarat sig bäst. Han hade varit i stallen när draken kom och hunnit undan innan elden nådde honom. Vixon däremot hade en bruten arm, ett skadat ben och flertalet allvarliga brännskador som nära nog invalidiserade honom.

En sista gång rättade Arman till kravatten och grimaserande av smärta när han drog på sig rocken. Men vad gjorde några brännsår när han sett sin bästa vän förvandlas till aska? När han sett män han levt med i flera år i förtvivlan hoppa ifrån fönster och slås sönder och samman mot stenläggningen nedanför? När kvinnor han dansat med krossats under fallande marmor och flickor han flirtat med förtärts av elden? Arman tvingade undan minnesbilderna precis som han tvingade klumpen i halsen att sjunka ned och sina fingrar att sluta skaka medan han knäppte de sista knapparna.

Något gott hade ändå kommit ur katastrofen.

Han måste fokusera på det, annars skulle han inte orka fortsätta kämpa. Kejserliga palatset hade raserats. Kejsaren själv hade fått fly för sitt liv. Sedan hade Caz'Duw åter sänts iväg och denna gång var Arman säker på sin sak: Kejsaren var rädd.

Rädd för denna radh'riam. För Skaggi, kvinnan som en gång älskat Caz'Duw. Och Arman undrade om han även var rädd att förlora honom. Vad skulle det betyda för Imperiet?

Kejsarens handlingar visade att han visste att han inte var osårbar. Vilket betydde att det fanns ett sätt att förgöra honom. De behövde bara ta reda på hur. Arman hoppades att Bokmalen skulle kunna finna en ledtråd bland de tusentals böcker som fanns i Biblioteket. Han hade redan gett honom ovärderlig information om Caz'Duw, hur svår den än var att acceptera.

Efter katastrofen hade hela hovet inkvarterats i Templet och sakta hade livet återgått till det normala. Så normalt det kunde bli i alla fall när man inte hade en enda ägodel kvar och bodde i ett uråldrigt tempel och en tredjedel av alla ens bekanta var döda.

Arman hade blivit inkvarterad i ett gemak nära den stora sal som kallades Astronomisalen. Han såg sig omkring i sin lilla sovkammare. En smal säng, ett klädskåp och en kommod med en spegel över var allt som fick plats. Han hade köpt en alldeles för dyr matta i varma färger för att göra det lilla gemaket mer ombonat. Trots det hade han fortfarande känslan av att bo i någon annans hem. Vetskapen om att detta en gång varit en radh'riams gemak ville inte lämna honom.

Till sovkammaren tillhörde en salong knappt värd namnet. Men den rymde i alla fall ett mindre middagsbord, placerat på en likadan matta som den i sovkammaren, och det var allt som allt ganska – han sökte efter ett inte alltför nedlåtande ord – hemtrevligt.

Templet var inte byggt för att husera hela adelsfamiljer med allt vad det innebar och delar av det låg redan i ruiner. Så Arman fick vara tacksam att han åtminstone hade sin lilla salong som tillät honom att anordna små, informella middagar.

Vilket var exakt vad han hade planerat för kvällen.

Mötet mellan gillesherrarna och Kejsaren hade slutligen ägt rum dagen innan och Arman hade inte tvekat att bjuda in dem på middag ikväll. Sedan branden hade de talats vid flera gånger. Arman hade hjälpt dem så gott han kunnat att komma i ordning. Han trodde nog att de var tacksamma att åtminstone någon från hovet sett till deras välbefinnande, vilket skapat en mer vänskaplig stämning mellan dem. Om han spelade sina kort rätt hoppades han nu att de skulle delge honom vad som hänt och vad Kejsaren ville att de skulle göra.

Prick klockan sju anlände gästerna.

Voran Bachelle, hans hustru Medina och deras son Vorim var alla uppenbarligen klädda i lånade kläder, som så många andra vid hovet just nu. Howar Tyrawell och hans fru Rowena och dottern Ferina var alla elegant klädda i helt nya kläder. Och Charwar Bastari, fortfarande misstänksam mot honom men inte lika mycket som förut.

Trots allt, vad betydde hovets intriger efter allt de varit med om?

Efter att de omfattande hälsningsfraserna var överstökade satte de sig alla till bords och salongen kändes åtminstone inte kvävande liten längre.

"Oh!" utropade fru Bachelle och fröken Ferina i kör när första rätten bars in. Vaktel konstfärdigt upplagd på vackert dekorerade fat sattes ned framför dem på bordet.

"Bara det bästa är gott nog till så framstående gäster", log Arman.

"Men hur har ni ens lyckats få tag i allt detta?" Fru Bachelle svepte med handen över anrättningen i en gest som innefattade inte bara fågeln utan också de vackra tallrikarna, den dyrbara duken och den välarrangerade rosbuketten. "Jag menar... efter det som hänt... Allt är ju lite..."

Arman svarade med ett konspiratoriskt leende:

"Alla i hovet har sina kontakter nere i Ergoroth, hantverkare och handelsmän som alltid sparar det bästa till dem." Om han avslöjade några av sina så kallade hemligheter hoppades han att de skulle vara mer villiga att avslöja sina. Han var bra på att få folk att prata, och folk hade en vana att berätta mer för honom än de själva tänkt sig. "Men tallrikarna stod faktiskt i ett skåp här i salongen när jag blev tilldelad inkvarteringen."

"Så vi äter på samma tallrikar som radh'riam?" utbrast herr Tyrawell hänfört.

"Ja, så är det." Återigen fick han känslan av att inkräkta i någon annans hem och han såg på de andra att de delade hans känsla.

"Är det ändå inte förunderligt att vi fått chansen att se Templet?" Fru Bachelle log ett smått desperat leende och grep uppenbarligen efter första bästa samtalsämne för att ta dem alla ur denna konstiga sinnesstämning.

"Inte hälften så otroligt som att faktiskt ha sett en livs levande radh'riam, mor", sade hennes son.

De andra nickade instämmande.

"Tror ni..." började herr Tyrawell som om han inte riktigt ville ställa frågan, men inte kunde låta bli. "Tror ni hon verkligen var så farlig som Kejsaren sade?"

"Min kära kollega, självklart var hon det!" mullrade herr Bachelle. "Visade inte den vedervärdiga branden det allt för tydligt?"

"Men hur vet vi att det var hon som orsakade den?" protesterade herr Tyrawell.

"Kejsaren sade ju det, först kallade hon ned draken över oss och sedan dog hon själv i branden." Bachelle korsade armarna över sin runda mage som om ämnet var slutdiskuterat.

"Och Kejsarens ord är alltid sanna..." fnös herr Bastari.

Arman såg förvånat på gillesherren. Nog för att den äldre mannen inte tvekade att säga vad han tyckte, det hade Arman själv erfarit. Men att tala så om Kejsaren var en annan, mycket farligare, sak. Arman hoppades att gillesherren skulle vara lika villig att öppna sig när konjaken bars in efter att damerna visats ut i det angränsande sällskapsrummet och det blev tillåtet att diskutera affärer.

De andra skruvade besvärat på sig, men Arman chansade på att de ändå, innerst inne, tänkte samma sak.

"Med Kejsaren kan man aldrig veta..." sade han och lämnade påståendet hängande i luften. Bara en hint om att han kanske kände samma sak som dem.

"Det var utan tvekan draken som orsakade branden, det såg vi ju alla." sade fru Bachelle medan hon lade en hand på sin mans arm. "Kanske var det bara en olycklig tillfällighet att radh'riamen var här samtidigt som den kom hit."

Just då kom tjänstefolket in för att hämta de tomma tallrikarna och sätta ned den nya anrättningen på bordet och sällskapet tystnade tills de var klara.

"Jag har svårt att tro att det var en slump." Herr Bachelle tog upp samtalet så snart dörrarna stängts igen.

"Men hon var ju en radh'riam, far!" utbrast Vorim. "Inte kan hon väl ha varit ond?"

"Jag har också svårt att tro det, min son... men efter allt som hänt?"

Att till och med Caz'Duw varit en radh'riam var en upplysning Arman behöll för sig själv. Istället sade han:

"Jag undrar hur hon har kunnat hålla sig gömd i alla dessa år?"

Det skapade en diskussion som varade nästan hela middagen. Stämningen runt bordet blev allt mer uppslupen och Arman fann sig själv ha riktigt trevligt. Gillesherrarna och deras familjer hade ett lättsamt sätt och Arman slappnade av allt mer i deras sällskap på ett sätt han inte brukade. Det fick honom att önska att Viana kunnat vara värdinna vid en så trevlig sammankomst som denna. Men han skulle berätta allt om den för henne senare ikväll. Den tanken fick honom att le.

"Nåväl, jag tror att vi alla kan hålla med om att vi fick ett större äventyr här vid hovet än någon av oss föreställt sig", sade herr Tyrawell och de skrattade allihopa. Om något så var det i alla fall sant och nu när allt var över kunde de i alla fall låtsas skratta åt det.

"Imorgon bär det i alla fall av hemåt", förkunnade herr Bachelle. "Tillbaka hem till kära, gamla Nayelle. Inget illa menat emot närvarande sällskap", han gav Arman en ursäktande blick, "men jag har fått nog av hovet för resten av livet."

De andra nickade instämmande. Detta var nyheter för Arman. Kanske skulle gillesherrarna klara sig helskinnade härifrån trots allt. Bara en enda dag till och sedan skulle de vara på väg hem.

Han måste sända denna information till Hus tjugotvå så snart middagen var över, de måste få veta att gillesherrarna nu skulle behöva övervakas nere i Jinella. Och bara för att vara på säkra sidan skulle han sända några av sina egna män med dem på resan. Han kunde skylla på att de skulle stationeras om till slottet Keere. Medan konversationen fortsatte omkring honom förlorade han sig i denna planering tills dess att sista rätten bars in. Ett bakverk föreställande gilleshuset i Jinella ställdes ned på bordet och flera "oh" och "ah" hördes. Unga fröken Ferina klappade till och med händerna av förtjusning. Sedan försjönk de alla i en stunds hemtrevlig tystnad medan bakverket förtärdes.

Tills herr Tyrawell började hosta.

Först var det bara artiga harklingar och de andra ignorerade honom, förutom hans fru som såg allt mer irriterad ut. Så bröt han ut i en hostattack som skakade hela kroppen.

"Howar!" utbrast fru Tyrawell, nu mer orolig än irriterad.

För ju mer han hostade desto blåare blev hans ansiktsfärg.

Arman reste sig samtidigt som herr Bachelle hävde sig upp på fötter, men innan Bachelle nådde fram till herr Tyrawell började även han hosta. Han försökte att inte visa det, men det gjorde bara att hans omfångsrika kropp skakade av ansträngningen och i en stor hostattack som inte kunde undertryckas hostade han upp blod rakt över bordet.

Damerna skrek och kastade sig undan. Under några få korta andetag rådde panik i den lilla salongen. Men skriken dog snabbt ut när både fru Bachelle och fru Tyrawell börja kippa efter andan. Så föll fröken Ferina hjälplöst till golvet med blod rinnande ur näsan.

Samtidigt vek sig benen för herr Bachelle och han drog med sig duken och halva servisen ned på golvet. Där blev han liggandes i en enda röra av krossade tallrikar, glassplitter och matrester.

Herr Tyrawell satt fortfarande kvar på sin stol. Men hostningarna hade övergått till desperata inandningar som inte verkade ge någon luft medan ögonen spärrades upp allt mer, bedjande och panik-slagna. Ögonblick senare föll han ihop över bordet. Huvudet landade bland de utspridda röda rosorna som alldeles nyss dekorerat bordet. Det utspillda blomvattnet färgades snart lika rött som rosorna.

Arman stod som fastfrusen medan han stirrade på sina gäster som nu alla låg utslagna omkring honom. Hjärnan skrek ut tusen olika saker han borde göra, ändå kunde han inte förmå sig att göra någonting. En tjänsteflicka skrek hysteriskt, men han kunde inte ta in ljudet, kunde inte ta in något annat än människorna som hostade upp blod på hans nya, dyra matta.

Fru Tyrawell drog sig fram över golvet på skakiga lemmar för att ta sig till sin medvetslösa dotter. Hon skulle ha skrikit om hon haft någon luft i lungorna, men inget annat än blod kom över hennes läppar. Trots det försökte hon få liv i sin dotter innan hon segade ned över Ferina, oförmögen att hålla sig upprätt mer.

Med tårar rinnande nedför hans kinder liksom blodet från hans näsa och mun försökte Vorim lyfta upp sin mor i famnen men istället kollapsade han bredvid henne.

Charwar Bastari vred sig i kramper på golvet precis framför Arman. När han lyckades vända sina blodsprängda ögon emot honom lyste anklagandet genom dem medan han rev sig för strupen som om han kunde gräva ut ett hål i sin hals för att släppa in luften.

Det var över på några få minuter.

De skräckslagna blickarna slocknade. En efter en blev de glas-artade och oseende. Hostandet slutade, de raspiga andetagen tystnade. Bara blodet fortsatte att rinna ur deras öppna munnar i stilla rännilar.

Tjänsteflickan fortsatte skrika hysteriskt, för paralyserad för att fly. Utan att kunna förstå att det han såg framför sig var verkligt stod Arman kvar och bara stirrade på blodet som spred ut sig över golvet och hans nya middagsbord och förstörde hans dyra matta.

Så dumt att reflektera över materiella ting i ett ögonblick som detta, tänkte han just som fem riddare ifrån kejserliga gardet rusade in i salongen. Med sina svarta rustningar, röda mantlar och dragna svärd verkade de helt malplacerade i hans lilla, hemtrevliga salong.

Precis lika malplacerade som de sju liken.

Två av riddarna grep honom i armarna samtidigt som de knuffade honom framåt så de kunde binda fast händerna bakom hans rygg vilket fick brännsåren att börja vätska sig på nytt. En av dem sparkade honom i ryggen så att han skickades handlöst ned i golvet, rakt ned i en blodpöl. Blodet sögs in i kläderna och blandades med vätskan från brännsåren. En annan riddare ryckte upp honom igen och slog honom i magen som om det var hans fel att han fallit.

Hela kroppen gjorde ont, men hans omtöcknade sinne kunde inte riktigt registrera det. Om någon sade något så var det i alla fall inget Arman uppfattade. Allt han kunde fokusera på var de sju döda kropparna på hans golv som han alldeles nyss skrattat tillsammans med.

Så släpade de honom med sig ut genom dörren och vidare genom Templet. Han dinglande som en trasdocka mellan två stora riddare, berövad all styrka. Medveten endast om att detta var slutet. Han hade misslyckats.

Arman förstod till sist varför Kejsaren hade skonat hans liv.

Han hade uppfyllt sin plan. Gillesherrarna var döda och pärlgillet skulle upplösas i kaos. Första steget i att förgöra all fri handel i Imperiet hade inletts.

Och all skuld skulle falla på Arman de Keere.

Kapitel 40

De hade vandrat resten av dagen efter att de flytt ifrån bergstrollen. Och trots att det var riskabelt att röra sig i bergen under de mörka timmarna, när de inte lika enkelt kunde se klippskrevor eller raviner, hade de fortsatt hela natten.

Men de hade inte stött på några fler troll.

När morgonen kom och solen åter sken över bergen hade de alla tre dragit en lättnadens suck. Skaggi hade låtit dem vila en kort stund innan de åter vandrade vidare.

Inte förrän föregående natt, två dagar efter att de lämnat bergstrollens grotta bakom sig, hade Skaggi tillåtit dem en hel natts vila.

Då var de alla nära utmattning.

Så en natts återhämtning hade gjort dem alla gott och tidigare denna morgon hade de äntligen nått toppen av en hög platå. Här var allt fruset trots att det var försommar, det enda som verkade kunna växa var frostbitna lavar, mossar och förkrympta, taggiga busksnår som format sig efter vinden. Det var ett kargt och vilt landskap, endast små gnagare och fåglar verkade kunna leva här.

Omkring dem reste bergen sig höga, deras snötäckta toppar försvann upp bland molnen. På ena sidan av platån delades landskapet av en djup ravin där en kristallklar flod forsade fram, långt nedanför. På andra sidan ravinen fortsatte bergen, i vad som verkade vara all oändlighet. Platån de vandrade över var lång och bred. Trots att de gått hela dagen och nu avverkade mycket längre sträckor när de inte ständigt behövde klättra, såg de inte slutet.

Luften här var klar, tunn och väldigt kall så när natten föll riskerade de åter att göra upp eld, den första sedan mötet med bergs-trollen. Trevon och Skaggi lade ut sina filtar så nära brasan de kunde, men Keiron höll sig fortfarande på avstånd.

Deras proviant var nästan slut så Skaggi ransonerade ut det lilla de hade. Om de inte lyckades ta sig ned från bergen snart skulle antingen kölden eller svälten döda dem. Ingen av dem sade något om det, men de visste alla att det var sant.

Trevon var den som var värst däran, han hade haltat i några timmar innan de stannade för kvällen och han var snart bortom ut-mattning. Men Skaggi hade inte längre energi att slösa på att hela eller hjälpa honom. Även om hon ville göra det så var det mycket viktigare att hon själv överlevde än att hon räddade en värdshus-värd, oavsett hur mycket hon börjat tycka om honom. Hon hade fort-farande ett löfte att uppfylla och Den mörka makten att besegra.

Själv var hon också trött, hungrig och frusen. Och hon tänkte inte erkänna hur mycket knäet fortfarande värkte även om hon visste att Keiron mycket väl kunde känna det.

Keiron var också utmattad, han hade inte kunnat återhämta sig helt efter mötet med bergstrollen och helandet av hans arm. Trots det skulle hans styrka och kraft hålla honom igång ett bra tag till. Det som oroade henne var att han inte ens verkade märka av vare sig kylan eller hungern.

Det var mycket farligare än att lida av det.

Skaggi tog den andra vakten och hon såg med viss tillfredställelse att Keiron föll ned i sin dvala på andra sidan elden efter att hon bytt av honom. Skuggorna var lugna omkring honom ikväll och han hade plockat av sig svärdet även om det låg inom armlängds avstånd.

Hon mindes när han hade fått det där svärdet. Hur lycklig han varit. Hur stolt han visat upp det för alla som ville se - och dem som inte ville se också för den delen. Ingen av de andra väpnarna hade styrkan att ens sparra med det, än mindre svinga det i strid.

Bara Keiron.

Hon hade spenderat timmar vid sidan av svärdsringen bara för att få se honom träna med det. För att få se musklerna spela på hans bara överkropp och hans snabba kast med huvudet för att få ostyriga lockar ur ögonen.

Det var så hon ville minnas honom.

"Du kände honom, eller hur?" Trevons oväntade fråga avbröt hennes tankar. Han hade rest sig på ena armbågen och såg på henne över elden. "Jag menar innan, innan han blev... vad han nu är."

Skaggi såg bort emot högen av skuggor som låg alldeles för långt ifrån den värmande elden.

"Ja."

"Hur var han?"

Det tog en stund innan hon svarade.

"Han var som solen", sade hon till sist. Det var det bästa sättet hon kunde beskriva honom på. "Han var alltid mittpunkten. Alla andra såg upp till honom. Han var stark, modig och omtänksam. Och han hade ett skratt som fick alla runt omkring honom att skratta med." Hon log sorgset och tårar brände i ögonvrårna.

Trevon satte sig upp och såg bort emot Keiron. Skaggi hade under de senaste dagarna, sedan flykten från bergstrollen, känt hur Trevons rädsla för Keiron sakta förminskades och något annat hade tagit upp lite av dess plats. Kanske var det en motvillig beundran. Han verkade vilja fråga något mer, men ångrade sig och sade istället:

"Det är dags jag avlöser dig så du också får vila."

Skaggi vaknade igen precis när gryningens första ljus nådde över platån. Hon var stel och kall och elden hade börjat falna.

"Skaggi! Skaggi", viskade Trevon enträget.

Skaggi satte sig upp för att se vad som gjorde pojken så upprörd, magin redan i rörelse och all trötthet som bortblåst.

På andra sidan den falnande elden såg hon Keirons svärd försvinna iväg över lavarna. Keiron hade vaknat till samtidigt som

Skaggi och skuggorna virvlade omkring honom när han for upp. Ett ögonblick stod han helt stilla, som om han inte kunde tro sina ögon.

Sedan jagade han efter svärdet i full fart.

Det tog honom inte mer än tio långa kliv att nå fram till det, men vid det laget hade Skaggi redan börjat skratta.

Keiron böjde sig ned och ryckte hårdhänt till sig svärdet. Sju småvittror blev kvar bland lavarna, högljutt tjattrande.

En åttonde höll sig krampaktigt kvar om svärdsklingan.

Trots att den lilla varelsen dinglade högt ovanför marken sparkade och skrek den på ett högst utmanande vis. Medan hans kamrater på marken verkade heja på för allt de var värda.

Med sin fria hand tog Keiron tag i vittrans nackskinn och höll upp den i ögonhöjd. Den lilles grå tussar till hår dansade runt huvudet när den frenetiskt började boxa och sparka mot Keiron medan den tjattrade utmaningar på ett språk ingen människa kunde förstå. Så häftigt sparkade den att en pytteliten sko kom farande genom luften.

Det blev mer än vad Skaggi klarade av.

Hon föll ihop på den kalla marken, höll sig för magen och skrattade så hon knappt fick luft. Även Trevon hade börjat skratta trots att han försökte låta bli.

Keiron släppte ned den lilla krabaten till hans vänner och de hyllade honom som en hjälte innan de samlade sig till anfall. Men Keiron svingade ledigt svärdet och körde ned det i den frusa marken mitt framför deras små näsor. Det fick till sist småvittrorna på andra tankar, med ett unisont "Iiiii" rusade de iväg emot ett förvridet litet busksnår och försvann.

Keiron drog loss svärdet och återvände till Skaggi och Trevon som båda skrattade hejdlöst. Han spände sina brinnande ögon i pojken och Trevon blev likblek och tyst, innan han försökte samma sak med Skaggi. Men det fick henne bara att skratta om möjligt ännu mer.

"Det är *inte* roligt."

Skaggi samlade sig till sist tillräckligt för att kunna svara honom: "Det är lite roligt."

Så började hon åter skratta, ett högt klingande skratt som verkade värma upp hela platån.

Kapitel 41

Vinden ven över bergen, jagade dem över platån, bet i kinderna och jagade bort vad värme solen skänkte. I fjärran tornade regnmolnen upp sig. Caz'Duw visste att det var kallt och att kroppen reagerade på kylan, men han kunde inte *känna* den. Inte som Skaggi och Trevon, som båda höll armarna om sig medan de gick för att försöka spara vad värme de alstrade.

Han kände deras obehag där han vandrade bakom dem. Såg hur Trevon stapplade framåt och kände hur varje steg han tog var en plåga. Vilket skick pojkens stövlar varit i innan de gav sig av visste han inte, men nu höll de knappt ihop längre och hans kläder var inte bättre än trasor, högst olämpliga för bergens kyla.

Men Caz'Duw kunde inte förmå sig själv att bry sig om pojken.

Istället var allt hans fokus på Skaggi, han kunde inte slita blicken ifrån henne. Långa hårtestar hade slitit sig ur hennes fläta och yrde omkring henne. Hon haltade lätt, men inte lika illa som Trevon och många år uppe i norden hade härdat henne mot kyla. Caz'Duw kunde inte glömma hennes skratt den morgonen.

Vad han hade saknat det skrattet. För att få höra det igen skulle han gladeligen möta en hel armé av småvittror.

De senaste dagarna hade Kejsarens ständiga försök att få honom till underkastelse sakta försvunnit längre in i hans sinne. Inte borta, men tystat. Det konstanta kravet att han skulle döda dem alla hade blivit till något vardagligt. Vanemässigt tryckte han ned dessa känslor, vilket krävde mycket av hans styrka, men inte lika mycket som förut. Samtidigt tog Skaggi allt mer plats i hans sinne för varje dag som gick.

Solen hade passerat zenit när de först såg det. Tre enorma stenar långt bort över platån, två på högkant och en som låg rakt över dem, som om de bildade en port. Något naturen definitivt inte skapat.

Deras enformiga vandring fortsatte dock fram till solnedgången innan de nådde fram till stenformationen och det var mycket riktigt en port. Här tog platån slut och istället stupade berget tvärbrant nedåt. Längs med bergssidan, med början vid stenformationen, klamrade sig en smal väg fast. Uthuggen ur själva berget sicksackade den sig nedåt.

Långt nedanför och så långt ögat kunde se bredde ett oändligt slättlandskap ut sig med avbrott av små skogar. Inget tomt, ödsligt land vars luft förgiftade en människa så som sagorna berättade. Bara ett likadant landskap som de lämnat efter sig på andra sidan av bergen.

Ett tag stod de alla tre och såg ut över landet ingen vetat fanns.

Caz'Duw hade inte tänkt så mycket på vad de skulle finna när de väl tog sig över bergen, men han hade inte förväntat sig det här. Från Skaggi kände han förundran, från Trevon nästan... besvikelse? Medan solnedgången färgade slätten rosa och röd stod de kvar och bara stirrade, var och en hemfallen till sina egna tankar och synen framför dem.

Regnmolnen som jagat dem hela dagen kom slutligen ifatt dem och de tunga dropparna blev det som till sist fick dem att sakta börja ta sig nedför berget. Nu när de grå regnmolnen tog över himlen föll natten fort. Åska mullrade i fjärran även om den verkade komma allt närmare för varje gång den hördes. Vägen var smal och väder och vind hade nött ned stenen och gjort den förrädiskt hal. Men trots att natten var mörk och regnet föll allt häftigare var det ingen som föreslog att de skulle stanna. Tvärtom var de alla ivriga att komma ned ifrån bergens kyla och att få vandra, som de första människorna på minst tusen år, över detta nya land.

Att treva sig fram i mörkret för att sätta fötterna rätt gjorde nedstigningen ännu mer ansträngande och benmusklerna började efter några timmar att protestera. Stenen under deras fötter blev allt halare ju mer vatten som strömmade ut över kanten.

Plötsligt rasslade småsten till bakom honom och Caz'Duw snurrade runt just som Trevon tappade fotfästet.

"Kejsarens piss!" svor Trevon samtidigt som Skaggi precis fick tag i hans ena arm och kunde dra upp honom på fötter igen.

"Försiktigt", manade hon.

Trevon muttrade något ohörbart till svar just som en åskknall brakade lös högt ovanför dem. Ljudet verkade fortplanta sig i berget och ekade runt omkring dem.

De pressade sig alla tre emot bergssidan med en stöttande hand mot väggen när de fortsatte nedåt. Den svarta natten gjorde det omöjligt att se hur långt de hade kvar, men så snart en blixt spred sig över himlen såg de slätten, fortfarande långt nedanför dem.

Även om det smattrande regnet och åskan gjorde det omöjligt att höra någonting annat hade Caz'Duw en stickande känsla i nacken, som om de var förföljda. Just som ännu en blixt sprakade över himlen tittade han upp. För en sekund tyckte han sig se någonting.

Något väldigt stort med ögon som brinnande eld blickade ned på dem från stenporten högt ovanför, innan mörkret åter dolde världen. Det måste ha varit natten och åskan som spelade honom ett spratt, om något så stort förföljt dem över platån skulle de utan tvekan ha upptäckt det tidigare. Åskan mullrade igen, den verkade fortsätta i all oändlighet och berget skakade under dem. Så lyste ännu en blixt upp himlen, men när han såg uppåt igen fanns det ingenting där.

Han utvidgade sinnet till Skaggis, det blev lättare och lättare för varje dag, och han förstod att hon också sett det han sett. De sade ingenting, det behövdes inte, men om hon också känt det då hade det inte varit inbillning.

Någon – eller något – följde varje steg de tog.

Kapitel 42

D e nådde foten av berget just som solens första strålar åter lyste över slätten och jaga regnmolnen på flykten. Den värmde deras kroppar och torkade upp deras genomvåta kläder. Trevon var mer utmattad än någonsin tidigare, med darrande ben och såriga fötter efter klättringen nedför bergsvägen. Ändå kände han sig mer hoppfull än han gjort sedan innan de mött bergstrollen.

De hade gjort det. De hade vandrat bortom världens gräns.

Nog för att han föreställt sig ett mer äventyrligt landskap så var han tvungen att erkänna att slätten omkring dem ingav en lugn harmoni han sällan känt.

Böljande kullar gav landskapet liv, det höga gräset vajade i vinden som i vågor. Tusentals blå, vita, rosa och gula blommor växte bland gräset och bildade den mest fantastiska sommaräng. Allt var så likt och ändå så olikt landskapet de lämnat bakom sig. Med vördnad beträdde de denna okända mark, nästan högtidligt vadade de ut i det höga gräset medan de njöt av värmen solen äntligen skänkte.

Denna känsla hängde kvar hos dem alla tre under större delen av förmiddagen.

Ingen av dem talade, hur kunde man sätta ord på detta?

På avstånd såg de hjortar och de skrämde upp rådjur och harar där de gick fram. Både Skaggi och Caz'Duw spanade hela tiden omkring sig, som om de förväntade sig ett bakhåll trots att de verkade helt ensamma i denna nya värld.

De passerade mindre skogsdungar och enstaka träd men inte förrän sent på eftermiddagen nådde de fram till den första större skogen. Uråldriga ekar och okända träd med stora, smaragdgröna blad blandades med barrträd. En bäck rann i dess utkant, klar och kall, och Skaggi beslutade att de skulle stanna här för natten trots att det fanns många timmars dagsljus kvar.

De behövde alla få vila ut.

Trevon sjönk tacksamt ned i gräset bredvid bäcken så snart Skaggi sagt halt. Deras knapphändiga förnödenheter fick sällskap av solvarma smultron de hittat i skogsbrynet och rötter, bark och löv Skaggi plockade ifrån skogen och påstod var fullt ätliga.

"Bark?" Trevon stirrade tveksamt på blandningen av växter som skulle föreställa hans middagsmål.

"Ät eller svält. Du väljer själv." svarade Skaggi med en axelryckning.

Han försökte ta hand om sina ömmande fötter, fulla av blåsor, sår och blåmärken medan han blängde på den så kallade maten. Mycket hade han ätit i sina dagar för att hålla svälten stången, ändå var det tveksamt om han kunde äta detta. Men hungern tog snart överhanden och han började tugga på ett grönt löv. Dess syrliga smak var inte alltför oaptitlig om han skulle vara ärlig. Snart hade alla löv och rötter försvunnit ned i magen.

Barken var en annan sak.

"Ett nytt värdshus är inte värt detta", muttrade han för sig själv och ifrågasatte åter varför han överhuvudtaget envisats med att följa med dessa två högst märkliga och, i Caz'Duws fall, skrämmande färdkamrater. "Tappat allt sunt förnuft, det är vad jag har gjort." knorrade han samtidigt som han stoppade in den första barkbiten i munnen. Ju mer han tuggade, desto mer verkade den växa i munnen på honom.

Det var när han såg sig om för att diskret spotta ut barken igen som den klev ut ur skogen.

Den vackraste häst han någonsin skådat.

Hårremmen var så mörkt grå att den nästan var svart. Långbent och smäcker var den med glänsande man som böljade långt ned över bogen. Den höjde sitt magnifika huvud och trumpetade ut sin ankomst med en högljudd frustning.

"Titta!" andades Trevon och pekade bort emot hästen, bara tjugo steg eller så utanför deras läger, just där skogen gav vika för blomsterängen. "Vi kan fånga den, den verkar ju helt orädd. Tänk vad skönt att inte behöva gå hela tiden. Åh, jag skulle ge vad som helst för att få äga en så magnifik häst!" Trevon reste sig försiktigt upp för att inte skrämma den.

"Trevon, nej", sade Skaggi bestämt. "Låt den vara."

För ett ögonblick verkade hästen se rakt in i hans själ innan den vände om och försvann in i skogen.

"Men såg ni inte? Det var den vackraste häst jag någonsin sett!" Han hade redan börjat följa efter den, glömsk av sina ömma fötter, men Skaggi spärrade nu hans väg. Hon lade sina händer på hans axlar för att hålla honom kvar.

"Trevon, nej! Vad du än gör så följ inte efter den." Hon lät faktiskt rädd, hur kunde man vara rädd för ett så magnifikt djur?

Tiden i bergen hade ersatt hans gängliga värdshusvärdskropp med seniga, starka muskler och han kunde lätt slita sig loss ifrån Skaggi och skyndade efter hästen in i skogen.

Vart hade den tagit vägen?

Skogen var mörk. Dess täta lövverk släppte knappt igenom något solsken och marken täcktes av höga ormbunkar och annan under-vegetation. Ju längre in i skogen han kom desto starkare blev lukten av sankmark och kärr.

Där! Hästen stod mellan några trädstammar.

Den hade svansen emot honom, men hade vänt på huvudet och såg på honom som om den väntade. Så fort han närmade sig började hästen åter gå. Hela tiden utom räckhåll. Elegant travade den iväg några steg när han kom för nära men stannade igen när den kommit för långt bort och såg på honom, som för att försäkra sig om att han fortfarande följde efter.

Det måste vara en otroligt intelligent häst.

Så glesnade skogen, solljus föll in mellan det tunnare lövverket och han klev rakt ut i ett kärr. Hästen hade stannat mitt ute i kärret och hade vatten upp till knäna, tänk om den gick ned sig? Han måste hjälpa den.

Trevon klev ut i kärret och ljummet vatten läckte in genom de trasiga stövlarna, men han brydde sig inte om det. Så slöt sig en hand om hans arm och han satt fast. Bakom honom stod Caz'Duw och hans skuggor omslöt Trevon och förmörkade världen.

Hästen var med ens bortglömd.

Allt han kunde tänka på var att ta sig bort ifrån Caz'Duw, men hur han än vred sig lättade inte Caz'Duws grepp.

"Släpp mig", bönade han, och i sina försök att komma loss kom han öga mot öga med Caz'Duw. Benen vek sig under honom när de brinnande ögonen borrade sig in i hans själ.

"Se på den." Caz'Duw snurrade runt honom och genom skuggorna kunde Trevon åter se hästen.

Det han såg fick honom att rygga rakt in i Caz'Duw.

Hästens raggiga hårrem och långa toviga man var drypande våt och den såg tillbaka på honom med ögon röda som blod.

Caz'Duw drog upp honom ur kärret och hästen gav upp ett besviket, isande skri som fick Trevon att rysa ända in i märgen. Som om han varit en olydig skolpojke puttade Caz'Duw honom framför sig, men Trevon var mer än villig att skynda sig tillbaka till lägret.

"Tack och lov!" Skaggi kom dem till mötes. Oroligt synade hon honom från topp till tå. "Är du oskadd?"

"Vad *var* det där?" Han skälvde av bara tanken på hästen och dess röda ögon.

"En bäckahäst", svarade Caz'Duw.

"De lurar ned människor i kärret tills de sitter fast", fortsatte Skaggi.

"Och sedan äter de upp dem", avslutade Caz'Duw.

Kapitel 43

fter incidenten med bäckahästen ville ingen av dem stanna
kvar i skogsbrynet. Så de fortsatte sin vandring även om
Skaggi tvivlade på att bäckahästen skulle återvända.

Skymningen föll sakta, ändå fortsatte de så rakt västerut de
kunde. När natten var som mörkast vilade de några timmar, men
fortsatte igen så snart det första gryningsljuset kom över bergen.

Torondorbergen försvann allt mer i fjärran, men framför dem för-
blev landskapet detsamma. En fantastisk blomsteräng som endast
avbröts av skogsdungar och mindre skogar. Ingen tog mer än några
få timmar att passera igenom – eller förbi.

Ingenstans syntes tecken på civilisation, mänsklig eller annan.

Men slätten var ändå full av liv. Hjortar och rådjur betade av
gräset. Harar skuttade fram och rävar följde dem med blicken.
Ängsviljor och småvittror kikade nyfiket på dem när de passerade
innan de fortsatte med sina egna göromål. Och när stjärnorna
gnistrade över dem på natten kom de små irrblossen ut för att dansa
över ängarna. Dagarna verkade flyta ihop och det oföränderliga
landskapet gjorde det svårt att uppfatta avstånd. Hur de skulle finna
staden med bara solen att navigera efter visste inte Skaggi.

Ärligt talat visste hon ingenting om något just nu.

Det stressade henne, allt mer fick hon känslan av att tiden höll på att rinna ut och hon pressade dem alla till det yttersta. Att finna en enda stad i ett land som var minst lika stort som hela forna Senatoriet skulle bli svårt, även om hon hade minnet av kartan att gå efter. Det hade tagit inte mindre än femton år och Galads ingripande för att finna den försvunna staden i Utgard.

"Jag vet inte ens hur vi ska fortsätta", sade Skaggi.

De hade slagit läger under en ek och Trevon sov den utmattades sömn. Skaggi hade äntligen fått tillbaka tillräckligt med energi igen för att kunna ge lite av den till Trevon och tidigare på kvällen hade hon helat de värsta av hans skador, till pojkens stora förskräckelse.

Keiron skakade på huvudet som svar på hennes fråga. Han hade ju inte ens sett kartan och visste om möjligt ännu mindre än Skaggi vartåt de borde gå.

"Landskapet här påminner om Erindors", fortsatte hon medan hon tittade ut över gräset där glödande små bollar dansade fram. Irrblossens vingar gick knappt att se på grund av det gyllene ljussken deras runda kroppar alstrade. "Och vi borde fortfarande vara i jämnhöjd med Östberga, eller hur?"

"Platån ledde oss åt sydväst, så jag tror vi är en bra bit söder om Östberga."

"Ja, du har nog rätt. Men då borde vi fortfarande vara någorlunda rätt. Staden jag såg låg nästan i jämnhöjd med Ergoroth."

"Bara några fjärdingsväg fel så missar vi den."

Skaggi suckade tungt, hon visste att han hade rätt.

"Staden låg vid en stor sjö, omgiven av floder. Kanske om vi finner en flod så kan den leda oss till sjön?"

Det blev Keirons tur att sucka. "Det är ingen bra plan, men den bästa vi har just nu."

Det var lättare att vandra nu, mat var inte längre ett problem och sommarsolen höll dem varma. Slätten var flack med bara lägre, böljande kullar och de kunde finna en god vila varje natt. Åtminstone det var en lättnad för dem alla.

Skaggi kände allt oftare Keirons blickar på sig. Hur han allt oftare vidrörde hennes sinne. Prövande. Försiktigt.

Och hon kom på sig själv med att göra likadant.

Dag för dag kom de allt närmare varandra, så som de en gång varit. Bandet slöt sig av sig självt, vare sig de önskade det eller inte, det var helt enkelt så det fungerade. Självklart kändes det skrämmande att Keirons mörker rasade inom henne själv, men samtidigt var det som om hon äntligen funnit något hon saknat i över hundra år. Skaggi hade ingen aning om varför han gett sig till Den mörka makten alla dessa år tidigare. Och hon vågade inte fråga, vågade inte höra svaret.

Men hon kunde inte tro att han gjort det frivilligt.

Även Trevon tog upp hennes tankar under dessa dagar av vandring. Den gängliga värdshusvärden hade ersatts av en man med seniga muskler och nu började den illröda solbrännan han fått den första tiden lägga sig och istället ge hans hy en hälsosam färg som stadsbor i Imperiet sällan fick. Sedan hon helat honom rörde han sig också lite lättare även om han fortfarande hade ont. Skaggi var tvungen att erkänna att han visat sig mer nyttig än hon någonsin kunnat föreställa sig. Och hjärtat värmdes när hon såg att en viss vänskap, om än kantad av rädsla från Trevons sida och förakt från Keirons sida, börjat växa fram emellan dem. Skaggi hade känt äkta oro hos Keiron när pojken försvann efter bäckahästen, även om han aldrig skulle erkänna det.

"Känner du någonting?" Keirons röst avbröt hennes tankar.

Han hade gått fram så nära bakom henne att han nästan viskade i hennes öra. Skaggi bara skakade på huvudet.

Hon visste vad han menade, men just nu kände hon ingenting. Eller gjorde hon det?

Förnimmelsen av att vara förföljda, som varit så stark när de passerade nedför bergssidan, hade försvunnit efter några dagars vandring över det nya landet, men hade återkommit dagen innan. Mer gäckande och svårare att uppfatta.

"Gör du?" undrade hon.

"Nej. Kanske."

"Det är en underlig närvaro, ändå känner jag nästan igen den." försökte Skaggi förklara. "Fast ändå inte. Åh, Keiron... jag vet inte vad det är jag känner."

Skaggi försökte rensa sinnet så att hon kunde fokusera på bara det hon tyckte sig känna igen, men vad det än var så gled det hela tiden ur tankarna för att sedan försvinna helt. Om hon inte vetat bättre skulle hon påstått att någon mixtrade med hennes sinne, men det var en omöjlighet. Hon var alldeles för erfaren för att någon skulle kunna lyckas med det.

Eller?

För att undkomma den allt varmare sommarsolen valde de att passera genom en glesbevuxen skog när den kom i deras väg. Så snart de klev in under träden försvann känslan av att vara förföljda.

Som om den aldrig funnits där.

Skaggi skickade sin oro genom bandet till Keiron och fick tillbaka hans fundersamhet. De följde en slingrande djurstig som ledde dem till en mindre glänta där solen silades igenom lövverket och en muntert porlande bäck skar av deras väg.

"Lika bra att fylla på vattenläglarna", sade Skaggi och Trevon gick direkt fram för att göra just det och samtidigt passa på att vaska av sig själv i det kalla vattnet.

Skaggi och Keiron hejdade sig dock innan de hann sätta sig på huk. Någon spionerade på dem. Det var inte samma närvaro som de hade känt tidigare, men det var definitivt någon i närheten. Eller rättare sagt några, för det var fler än en närvaro de kände. Några som var mer än vanliga oknytt, men definitivt inte människor.

Trevon reste sig och de började gå igen.

Varken Skaggi eller Keiron hade kommit ihåg att fylla på vatten. Minsta lilla ljud fick dem att hoppa till och två tjattrande ekorrar som försvann uppför ett träd fick Keiron att dra sitt svärd. Vilket fick Trevon att ropa till av förvåning och Skaggi hyschade honom irriterat. Kanske borde de ha delat med sig av det de kände till Trevon, men Skaggi var inte van att dela sina tankar och Keiron brydde sig helt enkelt inte.

I slutändan spelade det ändå ingen roll.

Trots att de var så vaksamma, så redo, hade de inte en chans när förföljarna till sist visade sig. De hoppade ned ifrån träden och omringade dem med pilbågarna redo och de vassa pilspetsarna riktade rakt emot deras hjärtan innan vare sig Keiron eller Skaggi hann reagera. Omkring tjugo stycken var de och i det första ögonblicket när de omringade dem trodde Skaggi att de var människor trots att de inte kändes som människor.

Men hon hade fel.

Varelserna var längre och graciösare, deras ögon verkade rymma all världens visdom och deras öron var spetsiga. Rörelserna hade en smidig elegans som vida överträffade varje människas och de hade en koppling till magin Skaggi aldrig tidigare känt. Människor kunde ha Gåvan att använda magin, klarade av att bända den efter sin vilja och kunde uppfyllas av den, men dessa varelser verkade *tillhöra* magin. Den var en del av dem och de var en del av magin.

Keiron drog svärdet utstuderat långsamt som om han hade all tid i världen medan de brinnande ögonen svepte över varelserna. Mot sin vilja backade de alla ett steg och han höjde svärdet, villig och beredd att döda dem alla.

Skaggi gjorde en liten gest med handen och en något hårdare i sinnet för att kommunicera till honom att hålla sig lugn. Han fick inte göra dessa varelser illa. För en kort stund vände han sina brinnande ögon emot henne och infernot inom honom hotade att sluka henne, innan han sköt tillbaka svärdet i skidan.

Det fick en av varelserna att kliva fram, den enda kvinnliga hon kunde se och den enda utan en pilbåge riktad emot dem. Hennes vitblonda hår var kortklippt till skillnad från de andras långa, flätade hår och hennes ögon var genomträngande blå. Rösten var rapp men klangfull när hon talade:

"Ni är *inte* välkomna här." Hon såg på Keiron och Skaggi kände hennes obehag, hennes likväl som alla andras. "Hur kunde ni ta er hit?" Hon talade deras språk med en sjungande, mjuk brytning. "Trollen borde ha..." Hon tystnade som om hon sagt något hon inte borde och Skaggi förstod att bergstrollen som överfallit dem på något sätt samarbetade med eller styrdes av varelserna.

"Mitt namn är Skaggi." Det var bäst att hon talade fort innan Keiron tappade vad kontroll han just nu hade över sig själv. "Det här är Trevon, och... och Keiron." Hon vägrade använda något annat namn. "Vi söker en försvunnen stad."

"En försvunnen stad?"

Varelserna framför henne såg frågande på varandra.

"I en underjordisk stad där vi kommer ifrån finns en karta som länkar samman den med en likadan stad på den här sidan bergen", förklarade Skaggi. "En stad gjord av draksten."

"Ergoroth." Namnet viskades över varelsens läppar innan hon hann stoppa det.

Hur kunde dessa varelser känna till deras huvudstad när de inte ens vetat om att de fanns, eller vad de var för någonting?

Av en anledning hon inte kunde förklara valde Skaggi att inte säga något om den röda draken. Instinkterna sade henne att det var bättre att behålla det för sig själv, åtminstone tills vidare.

Fann de staden skulle hon förhoppningsvis finna draken också.

Varelserna såg på varandra med upprörda, oroliga miner medan de gestikulerade och talade snabbt och lågt sinsemellan på ett språk Skaggi aldrig tidigare hört, men det lät lika elegant som varelserna själva. Tills kvinnan höll upp en hand och med en genomträngande blick tystade hon sina fränder. Så vände hon samma blick mot Skaggi och Trevon, men hur hon än försökte drogs den hela tiden tillbaka till Keiron. Skaggi var säker på att hon helst av allt hade dödat dem alla där och då. Men tydligen kunde hon inte fatta det beslutet själv, för hon sade:

"Det är bäst att ni kommer med oss."

Så vände hon om och började gå och Skaggi följde villigt efter vilket tvingade Trevon och Keiron att göra desamma. Varelserna visste var den försvunna staden fanns, det var hon säker på. Därför tänkte hon följa dem även om det innebar att de blev deras fångar.

Keiron och Trevon var uppenbart inte lika nöjda med beslutet, men Trevon kunde inget göra och Keiron litade tillräckligt mycket på henne för att inte ifrågasätta hennes beslut.

Men han var redo.

Minsta felaktiga rörelse ifrån varelserna och han skulle släppa lös all sin kraft. Hon sände en lätt, snabb smekning över hans sinne, så tunn att ingen av varelserna borde kunna uppfatta den.

Unisont hade de slutit upp omkring dem så snart den kvinnliga varelsen gett dem en nick och precis lika unisont hade de placerat sina bågar på ryggen och pilarna i kogren. Istället hade de dragit sina långa, eleganta svärd. Nonchalant höll de dem i en hand medan de gick, men Skaggi tvivlade inte på att de skulle använda dem utan att tveka om det visade sig behövligt.

Hon kunde inte undgå att märka att smidet var av en sort ingen människohand någonsin skulle kunna åstadkomma. Inte ens någon av radh'riams smeder hade varit så skickliga. Vad än varelserna var för någonting var de mer än vanligt oknytt. Deras kläder gick i skogens färger precis som hennes egna, men var av mycket finare kvalitét. Och deras sinnen var på ett mycket högre plan än hennes. Inte nödvändigtvis intelligentare, men de besatt en visdom ingen människa kunde uppnå.

"Vad är de för några?" viskade Trevon som höll sig bredvid henne.

"Hysch!" Men en misstanke grodde i hennes sinne.

En misstanke om de okända varelserna och de försvunna städerna.

Kapitel 44

Bain såg upp emot den höga ringmuren som omgav Ergoroth. Människor, kreatur och hästar, vagnar och kärror passerade in och ut genom stadsporten. Flera förbipasserande muttrade eller hötte med näven åt honom när de var tvungna att väja för honom där han stod stilla mitt på vägen.

Ett gäng husvättar rände omkring vid porten och samlade upp skräp och småsaker som människorna tappat. Soldater ur stadsvakten höll noga uppsikt över alla som passerade. De sökte igenom de flesta av vagnarna och visiterade många av dem som ville gå ut eller in genom porten. Bain antog att de sökte efter smuggelgods eller egentligen vad som helst de kunde böta folk för.

Han fällde upp huvan på resemanteln och passerade igenom porten just som det blev vaktbyte, han tog inga risker. Men det fanns bara en person i Ergoroth som visste vem han var.

Och Kejsaren skulle inte låta sig luras av en huva.

Bain trodde dock inte att Kejsaren skulle känna hans närvaro. Inte ens när de båda fortfarande varit radh'riam hade de haft mer än det vagaste av band. De hade knappt känt och definitivt aldrig tyckt om varandra. Själv kunde han bara alldeles svagt känna Kejsarens närvaro, och detta bara för att han visste vad han sökte efter. Bain hade också blivit mycket skicklig på att dölja sin magiska signatur under alla år i lönndom.

Och Kejsarens fulla fokus låg på Caz'Duws mystiska försvinnande. Bains spioner hade meddelat att Kejsaren hade män över hela Imperiet som sökte efter honom, men ingen hade hört så mycket som en viskning. Vart Skaggi och Caz'Duw än tagit vägen så var de i alla fall inte kvar i den kända världen.

Precis som Skaggi sagt.

Bains tankar gick ofta till dem och han undrade om han skulle få se dem igen. Med tanke på vad han själv planerade att göra inom kort verkade det ganska otroligt. Men så sårbar som Kejsaren var nu var det inte säkert att han någonsin skulle bli igen.

Nu var rebellernas chans.

Bain gick längs med de välbekanta gatorna, fötterna fann själva sin väg. Först följde han Storgatan som gick rakt genom staden från Norr- till Sörporten och var Ergoroth stora pulsåder. Här samsades butiker, handelsbodar och mindre gilleshus med värdshus och skänkstugor. Trafiken var nästan omöjlig att ta sig fram igenom.

Trots att allt vid en första anblick verkade sig likt så var ingenting som det en gång varit. Ergoroth, en gång känd som den vita staden, var nu försänkt i en evig halvdager som solen inte kunde lysa upp ens denna varma försommardag. Det gamla Citadellet var raserat. Från toppen av kullen där det legat i tusen år steg svart rök fortfarande emot skyn i slingrande, tunna rökplymer.

Självaste stenen i byggnaderna omkring honom verkade utstråla en fuktig kyla vilket skapade en onaturlig dimma när den blandades med sommarens värme. Den svepte längs med gatorna och gränderna och dämpade alla ljud, men förstärkte alla dofter.

När han passerade genom inre ringmuren förbyttes byggnaderna av sten och trä mot marmor. Han vände av från Storgatan till den breda avenyn som ledde upp till Templets huvudentré. De gamla lindarna som bildat en allé hela vägen upp till den park som omgav Templet var sedan länge döda, men flera hoptorkade trädstammar stod fortfarande kvar. Trots att Kejsaren och hovet nu bodde i

Templet var det tydligt att borgarna undvek avenyn och hade gjort så under lång tid. För att inte väcka uppmärksamhet svängde han därför in på en mindre gata som snart ledde tillbaka till mer välbesökta kvarter.

Bleka borgare passerade förbi, men de lade ingen vikt vid honom. Bara fortsatte att utföra vad göromål som fört dem ut på gatorna. De gick in i köpmännens handelsbodar eller yrkesmännens verkstäder, skyndade sig hemåt eller dröjde sig kvar vid marknadsstånden på torgen. Vid brunnarna skvallrade kvinnorna lågmält. Om man ville veta något om någon i Ergoroth var det till brunnarna man skulle gå.

I gathörnen satt tiggare som alla andra ignorerade. Barn i trasor smög igenom folksamlingarna på torgen för att stjäla ihop till sitt levebröd. Trots att det var likadant i alla städer i Imperiet gjorde det ont att med egna ögon se det ske i Ergoroth.

Så passerade han förbi det torg där liken efter rebellerna som avrättats fortfarande hängde kvar. Trots att stanken av död svävade över torget likt den onaturliga dimman stannade han. Liken var så uppsvällda att de inte längre var igenkännliga. Kråkor hackade i de ruttnande kropparna av de män och kvinnor som Bain en gång värvat.

Människor som kämpat för frihet. För honom.

Han tvingade sig att se på varenda en av dem innan han gick vidare med allt tyngre steg.

Det blev allt svårare för Bain att hålla sig samman. Han hade såklart förstått att allt skulle vara förändrat, men det var ändå hemskt att för första gången se det.

Av den vackra stad han en gång levt i fanns bara silhuetten kvar.

Till sist nådde han fram till parken som vuxit och frodats runtom Templet. Den rosbeklädda pergola som varit ingången till parken från Alkemigatan hade för länge sedan rostat sönder. De uråldriga lövträden och de frodiga rabatterna var sedan länge borta. Kala, döda grenar sträckte sig upp emot den grå skyn och hård, eroderad jord var allt som fanns kvar under hans fötter. Där borgarna i Ergoroth en gång flanerat längs med gångstigarna och kurtiserat i syrenbersåerna var det helt öde, så när som på några småtroll som stökade omkring runt en halvt söndermultnad parkbänk.

Den hemliga dörren han för hundra år sedan flytt igenom fanns dock kvar. Bain blev tvungen att stanna utanför den en liten stund för att samla sig. Inte förrän han kunde andas lugnt igen kände han över dörren och det förvånade honom att finna den olåst och helt utan besvärjelser. Flera gånger synade han den bara för att vara säker på att det inte var en fälla innan han sköt upp den och klev in i tunneln.

Han vågade inte använda mer magi än vad som var ytterst nödvändigt eftersom det riskerade att dra till sig Kejsarens uppmärksamhet. Därför lät han tunneln förbli mörk och trevade sig istället framåt med en hand på den skrovliga väggen. Snart nog slutade tunneln vid ytterligare en dörr, även denna helt utan magiskt beskydd. Bain fann det mycket märkligt. Han hade förväntat sig att Templet skulle vara rigoröst bevakat, men kanske var Kejsaren så säker i sin makt att han inte fruktade inkräktare.

Även inne i läsesalarna som låg under Biblioteket var det beckmörkt. Här hittade dock Bains fötter av sig själva efter all tid han spenderat här nere, både när han själv studerat och när han hjälpt Keiron och Skaggi.

Biblioteket, läsesalarna och de gamla föreläsningssalarna var fortfarande fulla av gamla besvärjelser som dröjde sig kvar. Och alla de bevarelse- och skyddsbesvärjelser som skyddade böckerna och hela Biblioteket gjorde att Bain skulle kunna använda det som gömställe. Hans närvaro, trots att Kejsaren fanns bara några få salar bort, skulle inte vara märkbar bland all annan magisk aktivitet så länge han inte använde magin.

När han nådde fram till dörren som ledde till Biblioteket riskerade han dock en liten strimma magi för att känna över dörren och att det inte fanns någon på andra sidan. Men inte heller denna dörr var bevakad och Biblioteket verkade öde.

Ett djupt andetag senare sköt Bain upp dörren och för första gången på hundra år klev han ut i Biblioteket, självaste hjärtat i Templet. Trots att han trott sig vara förberedd på det han skulle få se fylldes han ögon av tårar. Det var dunkelt, den stora glaskupolen släppte inte in så mycket ljus som den borde, och för första gången någonsin såg han Biblioteket övergivet. Här hade det alltid funnits folk, under dygnets alla timmar. Men förutom att ett lager damm täckte varenda yta såg det ut precis som när han lämnat det.

För en stund glömde han varför han var här och förlorad i minnen gick han runt bland bokhyllorna och skrivborden. Han drog ett finger över de läderinbundna bokryggarna innan han stannade framför en speciellt älskad bok. *Alkemins grunder* läste han innan han försiktigt plockade ut den från dess plats och bläddrade igenom den. Det var den boken som lett in honom på alkemiska studier och han hade läst den fler gånger än han kunde räkna.

Hur kunde den fortfarande vara här, precis där den alltid varit, när allt annat var borta?

Med darrande hand ställde han tillbaka boken samtidigt som han försökte ignorera tårarna som brände bakom ögonen innan han gick vidare. Han svepte med ena handen över skrivbordet där han spenderat så många timmars studier. Fortfarande kände han skrapmärkena han gjort på undersidan av det som uttråkad lärling. Blicken sökte sig vidare till det stora, fyrkantiga läsbordet i mitten av Biblioteket där han försökt få Keiron att sitta still tillräckligt länge för att lära sig någonting. Där han själv suttit och i viskande konversation diskuterat både små och stora ämnen med sina vänner.

Där fanns hyllan med papper som studenterna kunnat använda för anteckningar. Gulnade och sköra låg arken fortfarande där de alltid legat. Där fanns dörren som ledde in till föreläsningssalen där han hade undervisat dussintals elever i alkemi och fysik.

De var alla döda nu.

Minnena hotade att krossa honom under sin tyngd. De pressade in bröstkorgen och han fick inte in tillräckligt med luft i lungorna. Hjärtat slog så hårt att det gjorde ont. Andas, påminde han sig själv.

Långt andetag in. Pausa. Långt andetag ut. Pausa.

Bain kände igen symptomen, han hade haft dem alldeles för ofta de första åren efter radh'riams fall, men han hade trott att de försvunnit sedan länge. Även om han förstått att det skulle bli känslomässigt svårt att återvända till Ergoroth och Templet hade han inte trott att han skulle reagera såhär.

Genom sin egen förtvivlan lade han plötsligt märke till en annan närvaro och den tvingade honom tillbaka till verkligheten. Tvingade honom att fokusera på nuet samtidigt som han brottades med sitt eget sinne. Bain var inte ensam i Biblioteket.

Bokmalen hade kurat ihop sig på tredje våningen när han hört hur dörren till läsesalarna öppnats. Ingen visste att den dörren fanns. Bara Caz'Duw och han var borta. När han försiktigt kikade över räcket såg han en man i grå slängkappa och huva. Det var inte Caz'Duw. Inte Arman de Keere heller.

Vem vågade sig in i Biblioteket?

Välkommen hem, viskade rösterna.

Han smög på tysta fötter nedför trapporna. Vem mannen än var hade han ingen rätt att invadera Biblioteket! *Fel. Fel.* Med jämna mellanrum stannade Bokmalen till för att observera honom. Mannen där nere gick runt med hemtama steg, som om han hörde hemma här, det var en förolämpning. *Vi har saknat dig.* En oförsonlig ilska bubblade upp inom honom. Hur vågade någon sätta sin fot på denna heliga mark? *Han lever, han är hemma.* Hur vågade han röra vid böckerna?

Bokmalen visste att han rörde sig tyst, och han visste att han var starkare än han såg ut, så han hoppades kunna överrumpla främlingen i huvan. Men när Bokmalen rundade den sista bokhyllan stod mannen lugnt och iakttog honom. Hans nonchalans gjorde Bokmalen ännu argare.

"Vem tror ni att ni är som vågar er in i Biblioteket? Ni har *ingen rätt* att vara här!" fräste han upprört.

Fel. Fel.

Mannen sköt sin huva bakåt och avslöjade ett ansikte som hårdnat av många års bekymmer och ett mörkbrunt hår som började skifta i grått vid tinningarna, liksom skägget som dolde nedre delen av ansiktet. Han verkade upprörd, men försökte dölja det. De gröna ögonen genomborrade honom som om han utmanade Bokmalen att våga nämna det. Det fanns ett oroväckande djup i de där ögonen.

"Jag har *all* rätt att vara här", svarade mannen med en behaglig, lugn röst. "Så en bättre fråga borde vara vem ni är?"

Att Bokmalen existerade och bodde i Biblioteket var den sämst bevarade hemligheten i hela Ergoroth så han blev förvånad över frågan. Men ännu mer undrade han över vem mannen som stod framför honom var. Han var uppenbart ingen hovman, men Bokmalen kände igen auran av värdighet. Den var på något sätt välbekant, ändå var han säker på att han aldrig träffat någon som honom tidigare. *Svar. Han vet.*

"Hur som helst, herrn", sade han. "Så ställde jag min fråga först. Och det här är mitt hem!"

"Nåväl." Mannen nickade som om han redan fått de svar han ville ha. "Men din fråga är egentligen helt irrelevant, det du borde fråga är inte vem jag är utan vad jag är."

Bokmalen stirrade på honom utan att veta vad han skulle göra. Han var inte van vid att gissa gåtor.

"Så... vad är ni, min herre?"

Upprättelse. Rättvisa. Han är rättvisa.

Men mannen svarade honom inte. Istället gick han med långa, självsäkra steg mot trappan och upp till tredje våningen. Bokmalen följde efter, ytterst irriterad. Mannen drog med ett finger längs med de tjocka liggarna tills han stannade vid en och tog ut den ur hyllan. Det var nära att Bokmalen kastade sig fram för att slita boken ur mannens händer, men något hindrade honom. *Svar.* Så slog mannen upp en sida i liggaren och höll fram den under näsan på honom.

"Mitt namn, Bokmal, är Bain. Och det här är *mitt* hem."

Bokmalen stirrade ned i liggaren och läste sidan om och om igen. Så såg han upp på Bain för att sedan åter läsa sidan:

Bain, Bors son, från en borgarfamilj i Isos, född år 963, upptagen som lärling år 970.
Dubbad till radh'riam år 992.
Utnämnd till Keirons mäster år 1 008.

Bokmalen såg till sist upp på Bain igen och när sanningen slutligen sjönk in försvann all färg från ansiktet och han fick ta stöd emot bokhyllan för att inte benen skulle vika sig under honom.

Rättvisa, viskade rösterna upphetsat. *Upprättelse.*

"Ni är Caz'Duws mäster."

Först blev Bain högst förvånad över att Bokmalen visste vem Caz'Duw en gång varit. Av någon anledning gjorde det honom åter upprörd, men han tvingade undan dessa känslor. Det var inte Bokmalens fel att han hade misslyckats.

Att allt han någonsin brytt sig om hade förgjorts.

Han antog också att det egentligen inte var särskilt svårt att räkna ut hur allt hängde ihop om Bokmalen hade hört Skaggis namn när hon kom till Ergoroth. Att koppla samman henne med Keiron var en enkel slutsats, deras namn nämndes sida vid sida alltför många gånger. Någonstans måste det också funnits en anteckning om Keirons svek, han hade själv skrivit den just innan han flydde. Och Bokmalen hade utan tvekan haft tid i överflöd för att utreda ämnet.

"Det är sant", sade Bain. Det fanns ingen anledning att dölja det. Bain hoppades att han aldrig mer skulle behöva dölja vem han var. "Jag är en radh'riam och Keiron var min lärling."

"En radh'riam", andades Bokmalen samtidigt som ett dyrkande ljus tändes i hans vattniga ögon.

Från att nyss varit skräckslagen såg han nu ut att vara redo att kasta sig framför Bains fötter. Vid en närmare granskning av den seniga, lilla mannen insåg Bain att Bokmalen inte var vid sina sinnes fulla bruk. Självklart visste han redan vem Bokmalen var efter de Keeres rapporter. Bain hade hoppats att han fanns kvar i Biblioteket, men då hade han inte förstått mannens sinnestillstånd.

Men galen eller inte så var Bokmalen nu den ende i hela Ergoroth som kunde bistå honom. De rebeller han haft i staden hade han redan passerat förbi på torget. Orvin hade Bain beordrat kvar i Östberga efter att han meddelat honom om Arman de Keeres tillfångatagande. Stalldrängen hade för nära koppling till de Keere för att vara säker i Ergoroth nu. Och vart Vixon befann sig visste inte Bain. Det sista han hört var att han blivit allvarligt skadad efter drakattacken. Bain hade därför inga allierade kvar i Ergoroth och själv kunde han inte röra sig fritt i Templet utan att riskera upptäckt.

"Du har under många år hjälpt rebellerna genom den information du lämnat till herr de Keere", sade Bain.

"Rebellerna?" viskade Bokmalen, som om han knappt vågade tala i Bains närvaro nu när han visste vem han var.

Först då insåg Bain att Bokmalen aldrig reflekterat över vad de Keere använt informationen till. Allt han hade brytt sig om var chokladen han fått i utbyte.

"Just så", svarade Bain. "Och nu behöver jag din hjälp."

Återigen var det nära att Bokmalen föll ned på knä. Bain skulle kunna be Bokmalen om solen och månen och alla stjärnor därtill och Bokmalen skulle göra allt för att uppfylla hans önskan. Sådan lojalitet var farlig, det visste han, men just nu var han i desperat behov av den.

"Jag kommer behöva ett gömställe under min tid här, och Biblioteket passar mitt syfte."

"Ni menar att ni tänker stanna här?" Bokmalen såg ut som en lycklig hundvalp.

"Tills vidare. Tills vi vet hur vi ska kunna krossa Kejsaren."

"Krossa Kejsaren?" Denna gång föll faktiskt Bokmalen omkull på golvet och där blev han sittande, kippande efter andan.

"Tills vi vet hur vi ska gå till väga behöver jag din hjälp med en annan sak. Du ska hjälpa mig att frita Arman de Keere."

Bain brydde sig inte om Bokmalens underliga beteende. En galen man kunde inte längre tygla sina handlingar och Bain hade redan behövt hantera tillräckligt med känslostormar i sitt eget sinne idag för att orka engagera sig i någon annans.

"Jag behöver få veta var Arman de Keere hålls fången, men du måste vara ytterst försiktig så att ingen ser dig. Sök upp Viana d'Augustin, hon vet var han finns."

Kapitel 45

okmalen skyndade genom Templets korridorer och höll sig väl dold i dess skuggor. Inte synas, det var vad mäster Bain sagt. *Inte synas. Inte synas.* Det var tid för kvällsvard och de flesta av hovet höll sig antingen i sina kammare för att inta måltiden eller deltog i någon middagsbjudning eller privat sammankomst. Deras tjänare antingen serverade vid borden, passade upp på herrskapsfolket eller såg till att själva få i sig lite mat.

Därför mötte han knappt någon alls förutom en och annan piga eller springpojk som hade för bråttom för att lägga märke till honom. Några småknytt som uppenbarligen återvänt till Templet tillsammans med människorna följde efter honom en stund, medan de tjattrade sinsemellan, innan de försvann bakom ett draperi. Vid några tillfällen hörde han skramlet av rustningar när vakter närmade sig, men Bokmalen kunde enkelt undvika dem tack vare alla smygar och vrår som fanns i korridorerna.

Dessvärre hittade Bokmalen inte i Templet.

Trots att han levt nästan hela livet i Biblioteket hade han aldrig satt sin fot inne i resten av Templet och han hade ingen aning om hur han skulle finna denna Viana d'Augustin. Men det var oviktigt.

Mäster Bain hade gett honom ett uppdrag och han skulle fullfölja det om han så var tvungen att genomsöka vartenda skrymsle i hela Templet.

En äkta radh'riam hade uppenbarat sig i Biblioteket!

Han hade sett ut precis så som Bokmalen alltid förest2llt sig dem och han hade bett *honom* om hjälp. Precis som han alltid drömt om. Från och med nu skulle han för alltid vara mäster Bains allra trognaste tjänare. *Just så. Bra. Bra.*

Han passerade genom ett långt galleri med månens cykler målade i taket när han hörde röster från en angränsande sal. Bokmalen smög sig försiktigt framåt för att kika in genom det höga dörrvalvet, in i en sal med höga pelare vars tak var täckt av stjärnornas positioner. Höga fönster vette ut emot kvällens mörker och stora instrument stod framför dem. Trots att de var mindre än stjärn-kikaren som fanns i Bibliotekets torn kände Bokmalen igen dem.

På luggslitna mattor stod antika skrivbord och stolar i nyimperisk stil som inte alls passade in hade ställts runt dem. På ett av skrivborden stod en teservis uppdukad, ånga steg från tekannan och kakor låg orörda på ett fat. Till höger om dörren där Bokmalen kikade in stod fem kvinnor i en klunga. Troligen var de förvisade hit medan deras män avnjöt sin konjak i fred efter att en middags-bjudning avslutats. I upprörda ordalag förde de en dämpad konversation som Bokmalen lyckades höra det mesta av:

"... Men självfallet är han skyldig, dam Drummard!" sade en elegant hovdam i röd klänning, mörka lockar ringlade sig runt hennes allvarliga ansikte. "De dog ju vid hans eget bord."

"Den där de Keere har alltid varit en udda sälle, men mord! Det hade jag aldrig kunnat tro honom om", svarade en äldre kvinna, troligen dam Drummard, medan hon skakade på huvudet så att diamanterna som prydde hennes gråa hår gnistrade i kristall-kronans sken.

"Han verkade alltid så charmant och vänlig, dam de Marillo", sade en yngre kvinna i puderrosa klänning och blont hår.

"Ni har inte varit här länge nog, dam af Vindahög", svarade damen i rött som tydligen hette de Marillo. "de Keere å andra sidan har varit här längre än de flesta. Och tids nog förstör hovet och närheten till Kejsaren de bästa av män."

"Och efter den fruktansvärda historien med draken..." fortsatte dam Drummard. "Själv har jag fortfarande mardrömmar."

De nickade alla instämmande, uppenbart obekväma med riktningen samtalet tagit.

"Och de Keeres möte med Caz'Duw, jag vet många män som dött bara av att utsättas för den blicken", lade en kvinna i grönt till. "Det gjorde honom galen, så sant som det är sagt."

"Jag tycker bara så synd om Viana d'Augustin. Innan allt detta hände trodde alla att deras förlovning skulle deklareras när som helst", sade dam af Vindahög.

Den kommentaren verkade få tillbaka samtalet på rätt spår igen för alla lutade sig närmare varandra och rösterna blev intensivare.

"Ja, stackars, väna Viana. Det måste ha varit en oerhörd chock", sade dam de Marillo men Bokmalen tyckte hon mest av allt lät skadeglad.

"Ja, visst måste det ha varit det. Jag har hört från säkra källor att hon inte ens lämnat sin sovkammare sedan de Keere fängslades, arma varelse."

"Ja, och tänk på hennes rykte, även om ingen kunde vara oskyldigare, tänk vad folk ska säga..."

Bokmalen stannade inte kvar för att höra mer skvaller utan skyndade vidare från skydd till skydd. Det blev allt svårare att hålla sig dold. Kvällsvarden var över och allt fler tjänare fyllde upp korridorerna. Han beslutade sig till sist för att bästa sättet att inte synas var att helt enkelt följa med strömmen med nedböjt huvud och målmedvetna steg, som om han också hade ett viktigt göromål att genomföra. Vilket han ju faktiskt hade.

Hans var det viktigaste av alla.

Och nu hade han ett mål: Viana d'Augustin fanns i sin sovkammare. Nu när tjänarna återvänt ut i korridorerna var det inte svårt att få syn på en av d'Augustins betjänter. Klädd i midnattsblå livré med en silvrig svan på bröstet skyndade en av dem förbi honom, bärandes på en stor bricka. Bokmalen tog rygg på honom och följde efter på behörigt avstånd. Han höll sig fortfarande så nära väggen han kunde, där skuggorna låg djupa, bara för säkerhets skull.

Ju längre de gick desto mer insåg dock Bokmalen att han var på väg åt fel håll, det blev allt varmare och när betjänten slutligen stannade var det i det stora köket. Återigen stannade Bokmalen utanför dörren och kikade in.

Här rådde febril aktivitet.

Kökspojkar snurrade på spetten med helstekta grisar som hängde över eldarna. Pigor diskade grytorna medan kocken skrek ut order åt alla håll. Mellan dem skyndade betjänter och kammarjungfrur för att ta med eller lämna brickor. Överallt ifrån hörde han skvaller och samtal. Alla älskade skvaller i Ergoroth, men få lika mycket som tjänstefolk. Bokmalen försökte fokusera på d'Augustins tjänare.

"Inte en bit har hon ätit, arma flicka", hörde han honom säga till en av kokerskorna, en bastant kvinna som såg ut som om hon kunde vinna härslag med sin soppslev i högsta hugg.

"Arma barn. Men vill hon inte äta så vill hon inte. Låt maten gå till någon som vill ha den, säger jag, det finns hungrande nog överallt i staden."

De pladdrade på ytterligare en stund om hur illa det stod till i Ergoroth innan tjänaren vände tillbaka genom dörren och Bokmalen följde efter honom åter igen.

Denna gång kom han fram till d'Augustins våning. Den bestod av fyra små kammare omkring ett sällskapsrum och där inne rörde sig flera uppassande kammarjungfrur. En medelålders, mycket elegant kvinna som måste vara dam d'Augustin satt i en stoppad soffa med sömnadsarbete i händerna. Det var allt Bokmalen hann se innan dörren slog igen framför honom.

Att folk fortsatte röra sig på andra sidan dörren hördes, men ingen mer vare sig kom eller gick. Vad skulle han göra nu?

Hitta Viana d'Augustin, hade mäster Bain sagt.

Det var det han var tvungen att göra. *Inte synas*, varnade rösterna. Han blev mer och mer stressad, fröken d'Augustin fanns på andra sidan dörren, men nu visste han inte hur han skulle ta sig dit. *Misslyckad...* Nej! Han tänkte inte misslyckas.

Mäster Bain hade gett honom ett uppdrag.

Utan att tänka på vad han gjorde öppnade han försiktigt dörren och kikade in. Ingen verkade märka något. Så på snabba fötter smög han in och gömde sig panikslaget bakom en golvlång gobeläng som hängde precis innanför dörren.

Hjärtat bultade så hårt i bröstet att han trodde alla kunde höra det, men ingen verkade ha lagt märke till honom. *Dumt,* skrattade rösterna. Bokmalen var fast i sitt högst idiotiska gömställe utan att kunna göra någonting. Så fortled timmarna och Bokmalens ben och fötter domnade bort, men han vågade inte röra sig. Istället fokuserade han sina tankar på hur nöjd mäster Bain skulle bli över honom när han lyckats med sitt uppdrag.

Upprättelse. Ja, upprättelse. Snart.

Till sist, när natten redan var långt gången och Bokmalens ena ben krampade smärtsamt, var det slutligen öde i sällskapsrummet och våningen låg tyst. Först då vågade Bokmalen sig fram. De första stegen stapplade han framåt och stötte nästan i ett litet runt bord. Medan han masserande sitt krampande ben och pulsen bultade bakom tinningarna smög han genom sällskapsrummet och gläntade på alla dörrar.

När Bokmalen kikade in genom den tredje dörren fann han fröken d'Augustin vid fönstret. Trots den sena timmen satt hon och blickade ut emot natthimlen och reagerade inte trots att dörren knarrade när han smög in. Vid en första anblick såg hon ut som ett nattväsen, vacker, sorgsen och helt stilla.

Smärta. Lidande.

"Fröken d'Augustin?"

Vid ljudet av den okända rösten vände hon sig sakta om. Hennes bruna rådjursögon var rödgråtna och tårar hade nyligen runnit nedför kinderna. Det gjorde henne mänsklig och det var något med hela hennes uppenbarelse som berörde Bokmalen på ett sätt ingen människa tidigare gjort.

"Vem är ni?" sade hon med skälvande röst.

"Jag kommer med ett meddelande från... från en vän", svarade han. "Han har kommit till Ergoroth för att befria herr de Keere."

Förundrat såg Bokmalen hur den unga kvinnan fylldes av liv och en gnista återkom i hennes ögon.

"Hur? Vem?"

Bokmalen skakade på huvudet.

"Jag kan inte berätta det. Men vi behöver få reda på var han finns. Var hålls herr de Keere fången?"

Det blev fröken d'Augustins tur att skaka på huvudet.

"Jag... jag vet inte", viskade hon. Så drog hon ett djupt, darrande andetag och samlade sig. Sedan mötte hon för första gången hans blick. "Men jag ska ta reda på det!"

Kapitel 46

Skaggis misstankar bekräftades tre dagar senare när staden för första gången kom inom synhåll. Helt vit var den med tre höga torn i mitten. Den låg på en höjd, omgiven av floder åt alla håll som mynnade ut i en stor sjö via flera höga vattenfall. Runt om floderna växte den mest fantastiska natur Skaggi någonsin sett och hela scenen framför henne verkade som hämtad ur en sagobok.

Hon kunde knappt dölja sin upphetsning och Trevon nära nog hoppade jämfota bredvid henne när de leddes ned emot floddeltats strand och en låg kaj av vit draksten där flera smäckra, långsmala båtar låg förtöjda.

"Kliv i", beordrade den kvinnliga varelsen och en efter en steg de lydigt i närmaste båt trots att den gungade betänkligt.

En av varelserna klev i efter dem och tog upp en lång åra som han använde för att staka ut dem på den lugna floden.

De andra varelserna följde efter i de andra båtarna och kvinnan såg till att hennes alltid höll sig precis bredvid deras. Floden de färdades på flöt snart ut i en annan. Hur varelserna alls kunde veta vart de skulle var för Skaggi ett mysterium, floderna rann kors och tvärs och växtligheten längs med vattnet var så tät att det var omöjligt att se vad som doldes bakom. Träd och buskar så gröna att de verkade overkliga hängde ned över vattnet och på några ställen där floderna blev bredare, nästan som små sjöar, stod träd långt ut i vattnet.

Lugnt och nästan helt stilla flöt vattnet fram. Endast stört av båtarnas rörelse och ibland en fisk som hoppade. Vid några tillfällen var det också något mycket större som skar sönder vattenytan, men vad det var kunde Skaggi inte se. Grönskan ovanför och omkring dem var så vidlyftig att den på sina ställen, där floderna var som smalast, vuxit över vattnet så att de passerade som genom tunnlar av grönt. Fåglar hoppade från gren till gren eller seglade över vattenytan på utspända vingar. Skaggi hade aldrig sett fåglar i så många färger, vissa med fjädrar flera meter långa. Deras sång var så överjordiskt vacker att hon fick tårar i ögonen.

Ju längre in i deltat de kom, desto oftare avbröts grönskan av vita kajer och byggnader. Vissa var så små och övervuxna av växter att de verkade tillhöra naturen, andra täckte hela öar. Men inte förrän solen sakta började sjunka i väst nådde de fram till själva staden och den vita stenen färgades i solnedgångens första färger. Som den sista av de båtar som stakat sig genom deltat lade deras till vid en kaj och tre trappsteg senare stod Skaggi åter i en stad av draksten.

Runt omkring henne stannade stadens myllrande kvällsliv upp.

Utanför den skyddande ring varelserna bildade omkring dem såg Skaggi hur andra varelser, både kvinnliga och manliga, upphörde med sina kvällsbestyr för att stirra på främlingarna.

På Keiron.

Deras rädsla sköljde över henne som en skälvande våg innan de försvann in i husen och slog igen dörrarna. Hon ville ropa åt dem att stanna kvar, men förstod att det inte skulle hjälpa. Ett hugg av besvikelse skar igenom henne, hon ville så gärna få se dem, träffa dem. Så länge som hon hade försökt föreställa sig vilka de var och nu när hon äntligen fick se dem flydde de.

När kvinnan som ledde truppen förde dem genom staden försökte Skaggi ta in så mycket hon kunde. Likadana enormt breda gator som i de andra försvunna städerna ringlade sig mellan lika underliga hus i alla otänkbara former, sammanbundna med trappor, terrasser och broar. Längs med väggarna och runt fönstren klättrade växter fulla med rosa och blå blommor. Många gator kantades av enorma, uråldriga träd vars sammetsgröna trädkronor skuggade gatstenen.

Trots att gatorna var så breda att femtio man enkelt skulle kunnat gå sida vid sida så följde de inte dem. Istället ledde kvinnan dem från byggnad till byggnad via de smala, välvda broar som band dem samman, högt över marken. Vid de få tillfällen det alls fanns räcken höll Skaggi hårt i dem, annars gick hon så försiktigt hon kunde i mitten av bron. Trevons illamående nådde henne där han gick bakom henne, men han lyckades pressa ned det. När de passerade över en terrass mellan två byggnader lade Skaggi en hand emot stenen och dess värme fortplantade sig till handflatan.

Samma värme som hon känt i staden under Ergoroth.

Överallt syntes det att folk bodde och levde här. Tvätt hängde på en lina. Sittgrupper var utplacerade på terrasserna tillsammans med stora krukor fulla av blommor, örter och växter. Varor låg framlagda i fönster som verkade fungera som handelsbodar. Några bortglömda leksaker låg kvar i en trappa. Från flera av husen de passerade spred sig en underbar doft av mat som fick det att kurra i magen.

Trots att staden troligen var enormt mycket större än Ergoroth luktade den inte som en stad brukar göra. Inget av den stank som normalt sett oundvikligt fanns i en stad kändes här. Istället blandades matoset med blomdoft, flodernas lukter och en angenäm doft som hon inte kände igen, men som hon antog var stadens egna. Från delar av staden dit nyheten om deras närvaro ännu inte nått hördes överjordiskt vacker musik, till och med vackrare än fåglarnas kvitter, uppblandad med skratt och sång.

Skaggis ögon fylldes åter med tårar och något som var varmt och förtvivlat på samma gång kramade hennes hjärta.

Hundra år hade hon spenderat i den försvunna staden i norr.

Under all den tiden hade hon försökt föreställa sig hur det varit när den fortfarande var vid liv. Och här var hon nu, i staden bortom världens slut där ett blomstrande samhälle spelade upp sin vardag framför hennes ögon.

Deras långa vandring tog slut när de till sist stod framför de tre höga tornen i mitten av staden. De var byggda på stadens högsta punkt och stod i en trekant och ett var därför placerat, från deras synvinkel, lite framför de andra.

Tornen verkade vara centrala i alla städer av draksten. I Utgard hade tornen stått en bit ifrån varandra och under Ergoroth hade de byggts med flera kvarter emellan sig men dessa tre torn stod så nära varandra att de hade byggts ihop med välvda broar, högt ovanför marken. Tornen var inte lika höga som de varit under Ergoroth men minst lika breda. De vred sig i underliga former upp emot skyn och avslutades med helt platta tak långt ovanför resten av staden.

Omkring tornen var en vacker trädgård anlagd och Skaggi kunde inte göra annat än att beundra hur fantastiskt den var utformad. Den var så välskött och ändå var känslan att gå mitt ute i vildmarken. Hon kunde inte låta bli att undra om det var såhär träd-gården runtom tornen i Utgard också sett ut en gång i tiden? Dammar och fontäner kantade deras väg som slingrade sig i helt ologiska riktningar fram till det första tornets ingång. Portarna var flera manshöjder höga och runt omkring dem klättrade gröna växter vilket skapade en mjuk inramning. Två vakter stod på var sin sida om porten och det var tydligt att de försökte att inte rygga undan när Keiron passerade.

De visades genom tornet, precis lika underligt konstruerat som de andra hon sett. Varelser klev undan för dem när de passerade eller flydde in i angränsande salar. Men Skaggi kände hur de stirrade på dem och hörde deras oroliga, viskande röster även om hon inte förstod vad de sade.

Hur länge de gick genom tornet visste inte Skaggi, men till sist stannade kvinnan framför en oval dörr. Det var få salar de passerat som hade dörrar alls och Skaggi förstod genast att detta skulle bli deras fängelse.

”Här kan ni vila.” sade den kvinnliga varelsen.

Skaggi, Trevon och Keiron steg lydigt in och dörren slog igen efter dem. Hon kände hur flera av varelserna ställde sig på vakt på andra sidan och en låsbesvärjelse lade sig till rätta över dörren.

De stod i en cirkelrund salong med välvt tak. Bara snirkliga pelare höll uppe ytterväggen och utanför fanns en balkong i en form som närmast gick att beskriva som vågor. Mitt i salongen stod divaner och små bord på en mjuk matta i en djup, blå färg. Det var alla möbler som fanns i den stora salongen. Tre öppningar ledde in till tre andra rum, endast utrustade med varsin absurt stor säng, och en lång korridor ledde längs med ytterväggen runt dessa tre rum bara för att återvända till salongen, helt meningslös.

När Skaggi klev ut på balkongen hade hon utsikt över staden nedanför och sjön bakom den. Härifrån hördes tydligt vattenfallen som band samman floddeltat med sjön. Nu när främlingarna lämnat gatorna såg Skaggi hur varelserna återgick till sina bestyr långt nedanför henne och musik blandades med vattenfallens brus. De var nästan högst upp i tornet. Ett magnifikt fängelse, men ändock ett fängelse. Ändå var Skaggi precis där hon ville vara.

Här skulle hon kunna få svaren på alla de frågor som hemsökt henne i så många år.

Trevon hade för en stund rusat runt för att se på allting samtidigt innan han kollapsat i en av de mjuka sängarna och nu, för första gången på länge, sov han djupt.

Fortfarande med sina trasiga stövlar på.

Keiron däremot kom ut till henne på balkongen. Båda två kände besvärjelserna som omgav dem. Magi och besvärjelser fanns överallt, de verkade vara en del av självaste stenen. De hade känt samma sak i staden i norr, men här var magin pulserande, levande. Den svävade genom gatorna, klättrade längs med husväggarna och strömmade ut ifrån varenda varelse som levde här.

"Så är vi äntligen här. I staden bortom världens slut." Hennes röst avslöjade känslorna som flög igenom henne.

Förundran. Hopp. Rädsla att, efter all denna tid, misslyckas.

För en stund stod de och bara såg ut över den förunderliga staden nedanför som sakta bäddades in i skymningens mörker.

"De kommer aldrig låta mig leva." Det fanns ingen rädsla bakom Keirons ord, inget beklagande.

"Nej!"

"De vet vad jag är. Inget kan någonsin förlåta det jag gjort."

"Nej... nej, det kan det inte." Hon visste det. Så de stod tysta en lång stund. Tills hon åter tog till orda med en röst som inte tillät några motsägelser. "Men du kan försöka reparera det du förstört. Du kan försöka hjälpa oss att bygga en bättre värld." Så viskade hon, så tyst att hon inte visste om han hört henne: "Jag vet att du kan."

Keiron svarade inte utan såg ned över staden där ljus började tändas i fönstren. Tusentals ljusglimtar i en allt mörkare värld.

"Du vet att jag vill", sade han till sist, så lågt att rösten bara var ett hest raspande. "Men jag håller på att slitas sönder inombords."

Kapitel 47

az'Duw reste sig ur sin halvdvala långt innan gryningen kom. Nattens vargtimmar, ändock relativt ljusa så här års, var hans timmar. När resten av världen bestod av samma mörker som var det enda han kunde se.

Tills Skaggi åter kommit in i hans liv.

Fortfarande förundrades han över att han såg solens strålar. De hade vandrat bortom världens gränser och sommarsolen hade lyst nästan varje dag och ändå kunde han inte riktigt tro det.

Så tyst han förmådde gick han ut i den stora salongen där familjära skuggor suddade ut möblernas konturer. Ifrån det angränsande rummet hördes Trevons snarkningar. Någon gång under natten hade pojken till sist fått av sig stövlarna och krupit ned under täcket.

I andra rummet låg Skaggi trygg i den mjuka sängen och sov.

Han tillät sig själv att ställa sig i dörröppningen för att se på henne. Försiktigt rörde han vid hennes sinne, så lätt att han inte riskerade att väcka henne. Bara en liten stund till ville han se på henne utan att hon var medveten om hans blickar. Hennes sinne pulserade i hans som en varm källa precis som förr.

Det hål som så länge gapat tomt i hans själ hade åter fyllts upp.

Hennes kraft fanns inom honom, lindade sig runt hans egen och förstärkte den ytterligare. Hemtam, välkänd och ändå på något sätt annorlunda. Slutligen hade deras band, en gång så starkt, lyckats slå sig igenom alla skuggor som avskärmade honom ifrån resten av världen.

Och hans sinne fanns åter i hennes.

Han ville skona henne ifrån det inferno som rasade inom honom själv. Men han kunde inte bryta bandet. En gång hade han gjort det, i sin sorg och förtvivlan över att hon övergivit honom. Nu kunde han inte göra det, för längst inne i djupet av hans själ fanns en del av honom som aldrig någonsin skulle släppa henne igen.

Allt han kunde göra var att vaka över henne medan hon sov. Och sedan, när solen slutligen började återta världen, se på medan hon sakta vaknade. Hon rörde sig i sömnen, han kände hur ovilligt hon lämnade den, såg hur hon borrade huvudet längre ned i kudden.

Det första Skaggi såg när hon vaknade var Keirons brinnande ögon som borrade sig in i henne. Hans närvaro pulserade omkring henne.

Stark, skrämmande och beskyddande på samma gång.

Så snart hon satte sig upp i sängen gick han sin väg, men så här nära varandra visste hon alltid var han befann sig. Genom bandet skickades deras sinnesstämningar fram och tillbaka, blandade sig med varandras, och Skaggi fick anstränga sig för att sortera ut det som var hon. Förr hade hon alltid kunnat göra det, men aldrig försökt. Då hade hans känslor varit lika mycket hennes egna som de som faktiskt var hennes.

Nu vågade hon inte låta det hända.

Keirons sinne var fortfarande för skrämmande. Trots det var det en sådan lättnad att åter känna hans närvaro igen. Det tomrum han lämnat efter sig för hundra år sedan gick bortom saknad och smärta.

Trevons högljudda ojande när han vaknade till och sträckte på sig avbröt hennes utforskande av bandet till Keiron. Strax efteråt hasade sig Trevon ur sängen och kom utklampandes i salongen, helt omedveten om det som utspelade sig mellan Skaggi och Keiron.

"Morrn'!" Åtminstone han lät munter, muntrare än hon hört honom på länge. "Någon som sett till frukost? Jag är vrålhungrig." Hans muntra humör dämpades dock när han såg skuggorna svepa runt Keiron. "Vad har hänt?"

Skaggi svängde benen över sängkanten, klädde sig snabbt och gick ut för att möta upp pojken.

"Inget du behöver oroa dig över", sa hon. Bandet mellan henne och Keiron var något bara de delade, Trevon skulle aldrig förstå.

Trevon ryckte avfärdande på axlarna. Hon antog att han började vänja sig vid sina underliga färdkamrater och han var fortfarande för uppspelt över den fantastiska stad de funnit för att bry sig om dem. Istället gick han ut på balkongen och hängde sig halvvägs över räcket för att se ut över staden som sakta började vakna till liv.

"Hade ni någonsin trott att vi skulle finna ett blomstrande samhälle? Jag föreställde mig hela tiden bara några ruiner eller något."

Skaggi bara skakade på huvudet, hon var inte upplagd för samtal. Hon var minst sagt orolig över vad den här dagen skulle föra med sig. Vad varelserna skulle göra med dem.

Och vad Keiron skulle göra emot dem i gengäld.

"Tror ni att vi kan få se staden? Tror ni någon kan visa oss runt? Jag skulle gärna vilja se de där terrasserna närmare." Trevon pekade åt tre terrasser sammanbundna med höga, välvda broar som vatten sakta rann förbi under. "Och ett värdshus! Tror ni de har ett värdshus här? Det får säkert Gyllene Liljan att se ut som ett kloakhål." Pojken fortsatte att pladdra på, men Skaggi hade slutat lyssna och han verkade inte förvänta sig något svar.

Så hördes en högljudd knackning på dörren som fick dem alla att rycka till. Skaggi hade förväntat sig samma kvinnliga varelse som lett dem hit, men det var en man som klev in genom dörren. Eskorten av vakter försökte kliva in efter honom, men han sände iväg dem med en lätt handrörelse innan han lät dörren slå igen bakom sig.

Varelsen var lång och slank, men samtidigt kraftfull. Det svarta håret var bakåtkammat och flätat i ett invecklat mönster. En tidlös värdighet som ingav respekt strålade ut ifrån honom. Hans grå ögon skärskådade dem och verkade se in i djupet av deras väsen.

Plötsligt kände Skaggi återigen den underliga närvaro som förföljt dem över slätten även om hon var ganska säker på att den inte kom ifrån varelsen framför dem. Men så snart hon försökte nå den gled den undan hennes sinne och försvann. Så bredde varelsen framför dem ut sina båda armar.

"Välkomna till Nín Amor." Han talade deras språk utan minsta brytning. "Jag är Belegor, konung över Anorien och alla alver."

Trevon började buga sig för honom, uppenbart osäker på hur han skulle bete sig, men hejdades av en enkel gest ifrån Belegor.

"Alver?" vågade sig Skaggi på att fråga.

"Ja, vi är alverna, stjärnornas barn." Belegor verkade förvånad, och kanske lite förnärmad, så trots att tusen fler frågor flög igenom hennes tankar hejdade hon sig.

Så gick Belegor fram emot Keiron och det välkomnande uttrycket i hans ansikte försvann, som en mask som togs av. Keirons gyllene ögon brände genom skuggorna när han mötte alvkonungens blick.

"Det finns stor ondska inom dig." Nu fanns det stål bakom orden och han skärskådade Keiron till synes utan rädsla.

"Det är därför vi är här", sade Skaggi snabbt.

Hon måste få bort honom ifrån Keiron innan han provocerade fram något hon inte kunde stoppa.

Belegor vände sig emot henne. "Ni borde aldrig ha kommit hit. Aldrig mer skulle någon människa sätta en fot i alvernas land. Det var överenskommet."

"Överenskommet? Varför skulle ingen få komma hit?"

"Ni fick Theuste, ni fick Gelirien och Nayelle med alla dess rikedomar. Och ni fick Erindor med löftet att alverna aldrig skulle göra anspråk på det som rätteligen tillhör oss. På villkor att ingen människa någonsin skulle återvända till Anorien. Ändå är ni här."

"Vi vet ingenting om något löfte, eller några villkor." Skaggi insåg att alvkonungen trodde att de visste mycket mer än de gjorde så hon tyckte det var säkrast att börja sin berättelse från början.

Så att inga fler missförstånd uppstod.

Missförstånd som kunde kosta dem livet. Eller få Keiron att göra något fruktansvärt.

Så hon började berätta om Senatoriet, rådet och radh'riam och hur de inte visste vad som hänt innan deras bildande.

Det var den enkla delen.

Att berätta om Den mörka makten som svept över världen var svårare. Att berätta om allt det den orsakat och som de varit oförmögna att stoppa. Till sist berättade hon om radh'riams fall och, med en röst som stockade sig över orden, Keirons förräderi.

"Själv var jag redan långt borta då", fortsatte hon. "Sju år innan Senatoriets fall hittade jag en bok i Biblioteket som beskrev en försvunnen stad, långt upp i norr."

För första gången såg Belegor orolig ut, men vad han än fruktat så verkade inte hennes fortsatta berättelse bekräfta hans misstankar. Medan hon beskrev gåtan hon funnit och hur den lett henne tillbaka till Ergoroth undrade hon om hon misstagit sig. Det fick henne dock att utelämna att hon egentligen sökte efter en röd drake.

När hon slutligen tystnade började Trevon oväntat tala. Med en förbittring bakom orden Skaggi inte insett att han kände beskrev han Imperiets makt och hur vanliga människor skrapade sitt levebröd ur rännstenen medan hovet levde i överflöd. Under hans berättelse förändrades Belegors ansiktsuttryck från misstänksamt till förvånat till förfärat.

Men inte en enda gång avbröt han, inte en fråga ställde han.

När de slutade tala stod solen redan högt. Tystnaden svävade genom salen, omslöt dem, tills Belegor slutligen sade:

"Följ mig."

Belegor ledde dem genom tornets vindlande passager. Uppåt och nedåt gick de och ständigt runt. När Belegor till sist stannade visste inte Skaggi om de stod på en högre eller lägre våning från där de börjat. Och hon kunde inte bry sig mindre, för Belegor hade lett dem till vad hon börjat tänka på som tornens hjärta.

Salen var inte lika stor som den under Ergoroth, men definitivt större än den i norr. Denna hade dock inga fönster. Istället täckte målningar väggarna. Målningar av sju olika drakar och framför var och en av dem stod en smal stol med hög rygg, gjord av draksten.

Avbildningarna var inte i naturlig storlek, men de var ändå enormt stora och varje drakes vingspetsar överlappade sin grannes. Två av drakarna hade den vanliga kopparbruna färgen. En var blå som havet en sommardag. En grön där vingarna skiftade ut i den kopparbruna färgen. Två var gula, den ena mörk som guld, den andra som solens strålar. Och en var röd.

Röd som blod och eld.

Dess käftar var uppspärrade, blicken vild och skoningslös och de enormt stora vingarna brett utfällda. Skaggi kunde inte göra annat än stirra på den.

Belegor hade stannat mitt i den runda salen och de samlade sig omkring honom. I det vita golvet under dem var intrikata, gyllene linjer uppritade som slutade i en spets framför varje stol. Utan tvekan innehöll de en besvärjelse, men Skaggi tvingade undan nyfikenheten. Det skulle vara högst olämpligt av henne att aktivera den nu. Trevon snurrade runt sig själv och med uppspärrade ögon stirrade han på drakmålningarna. Keiron stod dock stilla. Hans känslor däremot stormade i hennes sinne, blandade sig med hennes.

Alvkonungen gick fram till den gröna draken och vördnadsfullt strök han en hand över dess buk. Som om han hälsade, sörjde och dyrkade den, allt på samma gång. Så vände han sig emot dem.

"Säg mig, tror ni på gudar?"

"Radh'riam och Senatoriet uppmuntrade aldrig religion. Och i Imperiet är Kejsaren den enda makt som räknas", svarade Skaggi. "Men om jag inte missminner mig så dyrkade bönderna i södern någon form av solgud, kanske gör de det fortfarande, och veglingarna har fler gudar än någon möjligen kan komma ihåg."

"I heliga skrifter och inom olika religioner framställs oftast gudarna som om de har känslor och om man bara tror tillräckligt mycket, ber tillräckligt ofta, så kommer ens böner att hörsammas." Belegor skakade på huvudet som om han förundrades över idiotin i detta. När han åter talade hade rösten förändrats, blivit djupare, tydligare, nästan mässande.

"Världen är uppbyggd och hålls samman av motsatser. För varje aktion måste det finnas en reaktion. Det är en skör balans, de är motparter men kan inte existera utan varandra. Som Ljus och Mörker, Liv och Död. Is och Eld.

De är inte gudar så som religionerna framställer dem, de är... naturkrafter. Men de existerar och de är mäktigast av allt. Allt de drivs av är vad de är. Om de någonsin hade några namn är de för länge sedan bortglömda. De finns inte längre kvar i de levandes värld utan har sin hemvist i Tomrummet, det intet som omger allt.

Portalen mellan våra två världar är för länge sedan förlorad, men i tidernas gryning, när gudarna fortfarande kunde röra sig fritt så svepte Is in hela världen i ett täcke av is och snö. Som motreaktion skapade Eld drakarna, de är alla hennes barn. De brände bort isen och skapade det land vi lever i idag, fortfarande omgivet av Den eviga isens land."

Skaggi, Trevon och Keiron såg alla tvivlande på Belegor när han tystnade. Detta var inget någon människa hört talas om tidigare. Konungens berättelse var svår att ta till sig och än svårare att acceptera som sanning. Gudar, drakar och eviga glaciärer lät mer som sagor eller religiöst nonsens än något annat. Ett evigt tomrum som omslöt dem.

Skaggi hade aldrig funderat så mycket på världens begynnelse. Radh'riam hade undervisat något om uråldrig gegga och arters utveckling, men hon hade inte haft något större intresse för det.

Belegor såg förvirringen i deras ögon. Kände deras tvivel.

Men utan vidare förklaringar började han till sist sin berättelse och slutligen fick Skaggi alla de svar hon sökt i så många år.

Kapitel 48

"För tusentals och åter tusentals år sedan, när Den eviga isen slutligen dragit sig tillbaka från världen. När alverna redan länge vandrat under stjärnorna, men människorna var nya och hakimerna fortfarande gömde sig i öknen. När drakarna regerade i skyn och rimtursarna fortfarande vandrade fritt.

Då bröt det första kriget ut. Ett krig som skulle pågå i tusen år.

Och i detta krig var det nära att vi alla förgjorde varandra. Rimtursarna trampade ned våra grödor. Drakarna brände våra bosättningar. Människor, hakimer och alver fruktade och föraktade varandra.

Tills en alv, Rewan, sändes ut för att döda den drake som bränt ned hennes by. Men istället för att döda draken träffade hon en överenskommelse med den. Hon erbjöd den byn och alla dess rikedomar i utbyte mot att draken försvarade dem emot andra drakar och mot rimtursarna. Och draken följde henne. Försvarade byn. I skydd av draken kunde ett framgångsrikt samhälle börja växa fram."

Belegor gjorde en gest emot målningen av den gröna draken medan han fortsatte berätta: "Snart nog insåg andra alver och människor vad som hänt och de lyckades locka egna drakar till sig.

Stora slag utkämpades om rätten till mark, drakarna slogs för att överta mer skatter. Tills endast sju av de drakar människor och alver lyckats locka till sig återstod. Och sju städer växte fram.

Sju städer som skulle bli centrum för hela världen.

Varje drake valde en person, alv, människa eller hakim, till sin. En person de skattade högre än några andra rikedomar. De kallades för drakens utvalda. Ju mer tid de spenderade med drakarna, desto mer av drakarnas egenskaper överfördes till dem.

De tre folkslagen lärde sig så småningom att leva sida vid sida, även om all misstänksamhet aldrig kunde utrotas. Rimtursarna drevs på flykten och under drakarnas och de utvaldas vakande ögon växte en värld fram där vi levde i rikedom och överflöd. Och tack vare starka och visa härskare behölls freden i många tusen år."

Skaggi darrade.

Drakens utvalda. Tankarna gick till Galad. Åter kände hon på den del av hennes sinne som inte längre var hennes egna. Den del inte ens Keiron kunde känna. Den del som hon försökte glömma, undertryckte. Dolde. Ändå växte den sig allt starkare, till och med nu med Galad så långt borta.

"Så började Drakstädernas välde. Men ingenting varar för evigt. Slutet kom när alvmön Eriathel giftes bort med Erindors människokonung Daveron Endelion. Deras kärlek var starkare än något annat. Kung Daveron dyrkade sin hustru. De var högt respekterade av sitt folk och trogna allierade till alverna. Eriathel brukade vandra längs med Ergoroths gator och sjunga de vackraste av sånger, och hon var älskad av alla.

Tills en dag när Eriathel inte återvände till palatset. Daveron sände ut varenda soldat som stod till hans förfogande, och hon hittades senare samma natt. Död. Hennes kropp låg inslängd i en mörk gränd med halsen sönderskuren." Belegors röst darrade av rörelse. "Daverons sorg och vrede visste inga gränser och han svor att inte vila förrän Eriathels mördare hade hittats och han hade fått hämnd. Inget annat hade längre något värde för honom. Han brydde sig inte längre om vare sig sitt kungadöme eller sitt folk. Även alverna var utom sig av vrede. De allierade sig med Daveron och följde honom i hans kamp. Och Daveron var redo att bränna ned hela världen i jakt på mördaren.

I spetsen av hans enorma armé flög Ergoroths drake och hennes utvalda och de lämnade inget mer än aska, sönderbrända byar och svält efter sig. De andra drakstäderna vägrade att acceptera detta svek av freden och försökte stoppa honom. Drakstaden Mol Dín, Nayelles huvudstad, var den första att förgöras. I ett enda stort slag mellan drakarna och deras utvalda sänktes hela staden i enorma vågor när självaste ön staden var uppbyggd på rasade samman ned i havet. Impernos blev den andra. Ergoroths drakes utvalda använde sin enorma kraft till att aktivera Eldbergen och staden förintades i ett hav av lava och en vind så het att den förgjorde allt i sin väg.

Hundratusentals män, kvinnor och barn dog inom loppet av några timmar.

Daverons begär efter hämnd visste inga gränser. Men alverna hade fått nog, den skam och sorg vi kände över vad som hade hänt, de tragedier som drabbat Mol Dín och Impernos, översteg vida rätten vi hade till hämnd. Vid det laget hade de sju drakarna reducerats till två. Alla andra hade dräpts tillsammans med sina utvalda. Daveron var tvungen att stoppas utan ytterligare oskyldiga dödsfall. Så i ett sista desperat försök flög Avolains drake och utvalda in i Ergoroth och efter en blodig strid lyckades de dräpa Ergoroths drake. Och Daveron brändes till döds.

När Avolains drake var färdig fanns inte ens hans aska kvar.

Så var kriget slut. Eriathels mördare blev aldrig funnen. Världen låg i ruiner och de utvalda var borta. All misstänksamhet, missämja och hat mellan alver, hakimer och människor var tillbaka. För att undvika att en katastrof liknande denna någonsin skulle ske igen bestämde vi oss för att stänga gränserna. I ett sista råd mellan människor, alver och hakimer beslutade vi att Anorien för alltid skulle tillhöra alverna och ökenimperiet i söder skulle ge upp sin drakstad Drakadon och bryta all kontakt med både alver och människor. Erindor, Nayelle, Theuste och Gelirien skulle förbli i människors händer. Avolain i norr övergavs och de stora skogarna blev för alltid omöjliga att leva i. Över Hakorisundet och De fyra vindarnas hav lades en besvärjelse som förhindrade att något skepp kunde passera och De fria öarnas förunderliga ting försvann ifrån vår del av världen. Vägen över Torondorbergen stängdes och inga drakar skulle någonsin passera däröver igen. Staden Ergoroth doldes under jord så att ingen människa skulle undra över hur den kunnat byggas. I tusen år har vi haft fred."

De stod tysta en stund, lät Belegors berättelse sjunka in.

Försökte förstå.

Skaggi hade äntligen fått sina svar. Och de var mer än hon någonsin kunnat förställa sig. Drakar, utvalda och en människas kärlek som kunnat förvridas och förvanskas så att en hel värld nästan förintades.

Trevon förvånade alla, och mest av allt sig själv, med att vara den första att säga något:

"Du talar som om du var där."

"Jag var där. Eriathel var min yngre syster. Min enda syster." Belegor såg deras häpnad. Frågan behövde inte ställas, han såg den i deras ögon. "Alver är odödliga. Få är de sjukdomar vi kan få, endast i strid och av skador kan vi dö. Ni människor kan inte förstå, för er är Död en del av vardagen, ständigt närvarande. Men vi tillhör Liv. Eriathel skulle aldrig ha dött. Hon skulle ha återvänt till sitt folk när Daveron gick bort. Till mig. Hon skulle fortfarande ha varit här."

Belegor utstrålade sorg. En sorg som fortfarande efter alla dessa år var honom nära.

"Ni har talat om Den mörka makten. Det finns ingen mörk makt", suckade Belegor tungt. Som om deras okunskap var mer än han orkade med efter den känslosamma berättelse han nyss delat. "Men när drakarnas utvalda dog, när drakarna inte längre kunde flyga fritt, då rubbades balansen, den ack så sköra balansen, mellan Is och Eld. Och Is kunde åter röra sig fritt över världen. Kunde återvända från Tomrummet. Vintrarna blir längre och bistrare, skördar slår fel, årstiderna rubbas. Vi trodde att vi beskyddade världen genom att dela upp den. Men vi har varit blinda."

För första gången tog Keiron till orda: "Men Kejsaren, Den mörka makten bor i honom, det är den som ger honom kraft."

"Nej", svarade Belegor. "Det är Is. På något sätt måste er kejsare lyckats binda Is till sig. Fått honom att intressera sig för hans egna illvilliga avsikter, men när en gud väljer detta är de också fjättrade vid den köttsliga kroppen."

Belegors röst hade inte på något sätt ändrats, men Skaggi kände ändå att något mer dolde sig bakom hans ord, som ett uråldrigt minne. En uråldrig fasa som hotade att dränka honom.

Hon var övertygad om att konungen visste mer om detta än han ville tala om.

"Men varför skulle en gud välja att göra så?" protesterade Trevon.

"Vilka är vi att förstå gudarnas vilja?"

Nu var Skaggi säker på att Belegor ljög, eller att han åtminstone inte berättade hela sanningen för dem. Det som fanns bakom konungens blick i det ögonblicket gjorde dock att hon inte vågade protestera. Hon fann det ändå underligt när han varit så brutalt ärlig om allting annat. Men kanske litade han inte tillräckligt på dem ännu för att avslöja allt han visste. Skaggi såg bort emot Keiron vars skuggor lojt svävade omkring honom.

Hon klandrade honom inte.

Ovetandes om Skaggis funderingar fortsatte alvkonungen: "Is är dock bara fjättrad till er kejsare så länge han är vid liv, sedan är han fri. Och för en gud är en människas liv blott ett ögonblick, ett andetag, vad för skillnad gör ett människoliv i Is planer?"

"Vad händer när Is slutligen är fri igen?"

"Is har inte varit overksam under sin tid i mänskligt hölje, så snart han är fri och inte längre bunden av köttets begränsningar och de begränsningar er kejsares sinne utgör för honom, så kommer han ha ett stort övertag över Eld som fortfarande är fjättrad till Tomrummet och vars drakar inte längre bryr sig om varför de kom till världen." Nu talade han inget annat än sanning igen, det var hon säker på. "Den eviga isen kommer åter börja röra sig, rimtursarna släpps fria. Och kan vi inte stoppa honom kommer hela världen höljas under kilometertjocka täcken av is."

Kapitel 49

"Jag kan inte ensam besluta vad som ska ske med er." Belegor såg på Keiron när han sade detta. De var åter tillbaka i våningen som var deras fängelse. Vandringen tillbaka genom tornet hade kantats av tystnad. Var och en hade varit djupt försjunkna i sina egna tankar, chockade över vad de alla lärt sig idag. "Jag måste samla rådet. Imorgon kommer ni att kallas till rådsringen, då ska ert öde beslutas."

"Men efter allt ni berättat!" protesterade Skaggi. "Jag trodde vi tillsammans skulle bekämpa Is. Ni kommer behöva vår hjälp."

"Kanske har du rätt. Men din vän har varit i Kejsarens klor alldeles för länge. När Is väl är fri vet vi inte vilken sida Caz'Duw kommer stå på." Så vände Belegor sin blick mot Keiron. "Du är mäktig, en av de mäktigaste i magin jag någonsin mött. Ni måste förstå att vi inte kan ta några risker."

Keiron rörde sig inte. Hans sinne var helt stilla. Döden skrämde inte honom. Men för Skaggi var det som om någon just slitit sönder henne inombords. Hon kunde inte förlora Keiron, inte nu, inte efter allt de gått igenom. Men Belegor hade rätt.

Om Is hade Keiron på sin sida skulle de inte ha en chans.

Det är just därför kärlek inte är tillåtet mellan radh'riam, Skaggi. Kärleken är starkare än något annat och när någon måste fatta ett svårt beslut får den inte vara ett hinder. Garlows ord ekade inom henne, de som han sagt till henne i läsrummet, för alla dessa år sedan. De var lika sanna nu som då.

Så vad kunde hon göra?

"Ni blir kallade i gryningen", sade Belegor innan han lämnade dem.

Skaggi hade dragit sig undan till den helt meningslösa korridoren bakom deras rum och krupit upp i en fönsternisch. Den var tillräckligt bred för att hon skulle sitta bekvämt. Härifrån hade hon utsikt över ett oregelbundet torg med en fontän i centrum.

Det var mitt i natten, men hon kunde inte sova.

Alltför många tankar rusade genom hennes sinne. Nedanför glimmade tusentals ljus från fönster och lyktor och spred ett varmt sken över Nín Amor. Men Skaggi blickade upp mot de kalla stjärnorna långt ovanför. Belegor hade sagt att alverna var stjärnornas barn. Och att drakarna var Elds barn. Hon gissade att dessa rimtursar, vad de nu var för någonting, var Is barn. Vem av gudarna var människans moder eller fader?

Hon hade aldrig tidigare tänkt så mycket på varifrån de alla kom. Och inte ens i sin vildaste fantasi hade hon kunnat föreställa sig att det hon sökt efter i alla år skulle inbegripa *gudar*. Men det var inte vid denna omvälvande sanning som hennes tankar uppehöll sig.

Utan det tankarna hela tiden återvände till, ända sedan Belegor lämnat dem, var hur Daverons oändliga kärlek hade förbytts emot hat och hämnd. Hur en god och rättvis man hade förlorat sig själv i jakt på sin hustrus mördare. Oundvikligt ledde dessa tankar vidare till Keiron. Keiron som hon en gång övergivit. Keiron som aldrig blivit sig lik efter det, som slutligen hade gett sig till Is och vars makt hade förslavat ett helt Imperium.

Stilla tårar rann nedför kinderna.

Keirons steg ekade genom den tomma korridoren och hans närvaro flödade in omkring henne, men hon vände sig inte om.

Klarade inte av att möta hans blick. För hur mycket hon än önskade att han fortfarande var hennes Keiron kunde hon bara se skuggor. Så lite av honom fanns kvar, undertryckt av hat, smärta och likgiltigt ursinne.

"Belegor har rätt, du vet det." Rösten verkade krypa fram mellan dem. "Du om någon vet precis vad jag har blivit."

En snyftning undslapp henne. Hon skulle inte gråta, inte framför honom, det hade hon lovat sig själv. Men trots allt han blivit, trots allt han gjort och allt han fortfarande skulle kunna göra så kunde hon inte föreställa sig en värld där han inte fanns.

"*Du* kommer vara tryggare utan mig." Han backade undan ifrån henne. "Du vet att jag vill döda dig, du kan känna det."

I en enda smidig rörelse, snabbare än han hann reagera på, stod hon framför honom och spärrade hans väg.

"Så gör det då", uppmanade hon honom. "Döda mig."

De gyllene ögonen brann genom skuggorna. Hans ursinne över hennes utmaning och för att hon lockade honom till något han knappt kunde kontrollera rasade genom bandet. Hotfullt tog han ett steg framåt och på något sätt lyckades han manövrera runt henne så att hon hamnade med fönsternischen i ryggen. Han placerade sina händer på var sida om det smala utrymmet och lade sin tyngd på dem när han lutade sig framåt.

"Utmana mig inte, våga inte utmana mig", viskningen darrande av återhållet raseri.

Men inte ens nu tänkte hon ge vika. Tre gånger hade han redan försökt döda henne utan att lyckas.

"Både du och jag vet att du inte kommer skada mig."

Med sådan kraft att det ekade genom den öde korridoren slog han en handflata i väggen.

"Du har ingen aning om vad jag är kapabel till."

Men han rätade upp sig och tog ett steg bakåt vilket gav henne tillräckligt med utrymme att dra ett djupt andetag. Så mötte hon åter hans blick. I den såg hon någonting som hon först inte kunde placera. Inte förrän han steg in så nära att hennes kropp pressades emot hans. De starka musklerna i hans bröstkorg trycktes emot henne liksom kraften som svävade runt henne likt skuggorna. Hjärtat rusade som om det försökte fly hennes bröst och andningen blev tunn och ytlig.

Så böjde han sig ned och tryckte sina läppar emot hennes.

Hårt. Krävande. Härskande.

Instinktivt lade hon händerna på hans bröstkorg för att knuffa undan honom, men fann sig själv att istället dra honom ännu närmare. Hon tryckte sig emot hans kropp, allt som fortfarande höll henne upprätt var hans armar som omslöt henne.

Kyssen brände sönder henne inombords.

Ett begär som hon inte visste om det var hans eller hennes rusade igenom henne och fick henne att glömma allt annat. Från hans bröstkorg lät hon händerna vandra uppåt tills de fann hans hår. Fingrarna borrade sig in i lockarna och från djupet av Keirons strupe hördes ett dovt ljud som hetsade henne bortom all sans. Hans tunga härskade i hennes mun, händerna tände eldar över hela hennes kropp. Lika snabbt som den börjat avbröt han kyssen. Utan att ens se på henne ryggade han undan och flydde.

Ensam stod hon kvar i nattens mörker.

Hon darrade okontrollerat. Kyssen brände på hennes läppar, Keirons smak fanns kvar på hennes tunga. Oförmögen att stå upprätt sjönk hon ned emot väggen och lade armarna om sina uppdragna knän. Hon såg ned på sina händer som alldeles nyss borrat sig in i hans hår.

Ett blont hårstrå hade lindats omkring ringfingret, lika ljust som solens strålar.

Hon höll i det tunna hårstrået som om det gällde livet. För en stund kunde hon inte göra annat än stirra på det. Sedan föll huvudet ned emot de uppdragna knäna medan snyftningarna skakade hennes kropp. Fortfarande utan att kunna släppa hårstrået. Tårarna rann ohämmat nedför kinderna men hon försökte inte ens hålla dem tillbaka längre. För i gryningen skulle Belegors dom falla.

Då skulle hon förlora honom för alltid.

Kapitel 50

Rådsringen var en stor cirkelrund terrass av draksten placerad på en egen ö i utkanten av staden, omgiven av floden och gröna, murriga växter. Tre cirklar var inristade i stenen och i den innersta satt tolv alver på stolar uthuggna av draksten. Den enda de kände igen var Belegor men de andra, lika många kvinnor som män, var nästan lika vördnadsbjudande som konungen. Utanför stod minst hundra alvkrigare redo. I mitten stod Caz'Duw, Skaggi och Trevon.

Caz'Duw behövde inte höra alvernas beslut för att veta vad som väntade honom.

Så många krigare, så starka i magin som de alla var, skulle inte behövas om han skulle komma levande härifrån. Solen hade precis börjat klättra över horisonten och fick hela staden att färgas rosa och orange. Solstrålarna glittrade på vattnet som omgav dem.

Han fokuserade på dem, fann tillfredsställelse i att kunna se dem.

Allt annat försökte han stänga ute. Bredvid honom trampade Trevon från fot till fot. Pojken var så rädd för vad som skulle hända härnäst att han darrade och Caz'Duw fann sig själv hoppas att pojken skulle skonas. Skaggi hade placerats en bit ifrån honom, det var tydligt att alverna försökte dela på dem. Blicken var tom, men hennes sorg rev så djupt inom honom att han nästan tappade bort sig själv.

Så tog Belegor till orda: "I tusen år har våra folk levt åtskilda och vi har haft fred. Men vi har varit blinda. En makt som aldrig borde ha fått återvända har fått fäste i vår värld. Alv eller människa är den egalt, Den eviga isen kommer förgöra oss alla. Vår enda chans är att bekämpa Is tillsammans." Så vände Belegor sin uråldriga, djupa blick emot honom. "Men du, Is är en del av dig nu. Hans illvilja och önskan att förgöra hela världen lever i dig. Och du har kraften att bli hans mäktigaste tjänare." Han tystnade och drog ett djupt andetag. För första gången kände Caz'Duw rädsla inom alvkonungen. Rädsla för vad som skulle komma härnäst. Ändock tvekade han inte när han fällde domen: "Vi kan inte ta den risken. Därför, Caz'Duw, dömer Nín Amors råd dig till döden med omedelbar verkan."

Skaggis skrik överröstade allt annat. Det var ett omänskligt skrik av smärta, ordlöst i sin styrka, som skar genom hans själ. Alv-krigarna hade trott de var beredda, men det krävdes varenda en av deras krafter för att hålla henne nere. För att låsa fast hennes sinne och de fick kämpa hårt innan de fick henne under kontroll. De hade gjort ett allvarligt misstag genom att underskatta hur kraftfull Skaggi faktiskt var.

Så såg han krigarna dela på sig för bödeln som närmade sig. Han var en kraftfull alv, men den svarta huvan dolde hans anletsdrag. Det långa, sylvassa svärdet i hans hand talade dock sitt eget språk. Skaggis ansträngningar fördubblades när hon såg honom. Hon slogs för allt hon var värd för att komma fri, som ett vilt djur fångat i fällan som sliter och drar utan vare sig vett eller sans, och hennes skrik blev allt mer hysteriskt.

"Skaggi." Hans röst var knappt hörbar, men trots det tystade den henne. "Det är bäst så här." Skuggorna virvlade runt honom, men själv stod han stilla medan bödeln klev allt närmare. Han var lugn, tillfreds. Snart, mycket snart, skulle allt vara över. Allt han gjort och allt han var skulle försvinna in i dödens glömska.

Och han skulle vara fri.

Inom honom rasade en strid som var honom nära nog övermäktig när ondskans makter, Is, krävde att han skulle kämpa. Att han skulle förgöra dem alla. Men han förblev stilla. Denna enda gång skulle han inte strida. För första gången i livet skulle han inte kämpa.

Även Skaggi var stilla nu. Hennes skrik hade tystnat, men de mörkt blå ögonen klamrade sig fast vid honom, vägrade släppa honom, medan tårar forsade nedför hennes kinder.

Han var tacksam att det sista han skulle se i livet var Skaggi.

Bödeln hade nästan nått fram till honom när Belegor höjde en hand och stoppade honom. Så vände alvkonungen sin genomborrande blick emot Skaggi.

"Dina känslor förråder dig, flicka. En tjänare av Is är inte värd dem."

"Du har fel om honom, ni har alla fel om honom!" Skaggi hade åter börjat kämpa emot.

Belegor skakade beklagande på huvudet.

"Så du väljer mörkret, kylan och döden?"

Skaggi mötte alvkonungens blick och hennes ögon var verkligen kalla som is.

"Jag väljer honom."

Innan Caz'Duw ens förstått vad som hände hade Belegor gett signalen och fem alvkrigare pressade ned Skaggi mot stenläggningen. De tryckte ned henne på knä och blottade hennes nacke. Bödeln höjde sitt långa, eleganta svärd och dess sylvassa egg blänkte i morgonsolen.

Hon fick inte dö. Inte Skaggi, vad som helst utom det.

Caz'Duw anföll i blint raseri, men alverna hade varit beredda denna gång. Luften blev för tjock för att röra sig i, den pressade ned honom på knä och han kunde knappt andas. Han skrek i vanmakt, ett rasande vrål som fick alla att rygga undan från honom. Smärtan det orsakade honom var obeskrivlig, men han märkte det inte ens. För allt han kunde göra var att skrika. Skrika och se på när bödelns svärd närmade sig Skaggis hals.

Han skulle inte låta det ske.

Sinnet stillade sig med den vetskapen och han fann åter det dödliga lugn som tjänat honom i alla år. Hon skulle inte dö. Om han var tvungen att förgöra hela staden må så ske.

Och alla alver i Nín Amor skulle inte kunna stoppa honom.

Han samlade all sin kraft. Luften omkring honom vibrerade. Magin som höll honom fjättrad började ge vika och alvkrigarna såg med skräck på honom. Oförmögna att tro att han hade den makten. Men det hade han och snart skulle de alla få känna dess fulla styrka.

Innan han hann släppa den lös stod dock Skaggi åter upp. Fri.

Så mötte Belegor hans blick, och alvkonungen log. Luften omkring honom återgick till det normala och han föll ned på alla fyra innan han åter fann sin balans. Både han och Skaggi var fria och oskadda, alla alvkrigare hade backat undan. Han förstod inte vad som hände och det hejdade honom. Magin rusade i ådrorna, krävde att släppas lös.

"Förlåt oss", sade Belegor. "Förlåt oss för detta fruktansvärda skådespel, men vi var tvungna att vara säkra. Du är så mäktig." Belegor vände sig mot Skaggi. "Det är ni båda två. Och Is släpper inte frivilligt någon han en gång fjättrat. Men du har bevisat för oss alla att det finns något hos dig som är starkare än bandet till Is."

Belegor såg från Caz'Duw till Skaggi och tillbaka igen.

Deras band gick inte att dölja och han hade precis visat dem alla exakt hur långt han var beredd att gå för att beskydda henne.

Själv var han fortfarande så uppfylld av behovet att döda och av den enorma kraft han samlat inom sig att han upplevde allt som genom en dimma trots att världen var klarare än vanligt. Som om det som hände runt omkring honom inte var riktigt verkligt. Sakta och tveksamt släppte han taget om magin. Den sjönk undan och lämnade honom tom och förvirrad.

Men Skaggi var trygg. Det var allt som betydde något.

Så såg Belegor på dem alla tre, på honom, Skaggi och Trevon.

"Ni är alla varmt välkomna till Nín Amor. Återigen; förlåt oss och acceptera vår gästfrihet." Så svepte hans visa blick över varenda en ur alvernas råd, på varenda en av alvkrigarna runt om rådsringen och hans ord blev hårda och beslutsamma. "Is har återvänt till de levandes värld. Och när den dagen kommer då han är fri från köttets fängelse, då ska alver och människor åter kämpa sida vid sida."

Rådsringen tömdes sakta på folk, smäckra båtar tog alverna därifrån tillbaka till stadens centralare delar. Två mycket vackra alvkvinnor eskorterade en darrande Trevon därifrån. Han hade blivit lovad en passande boning i staden och fick från och med nu röra sig fritt.

Pojken hade hållits fast under hela det fruktansvärda testet.

Även om han inte hade någon chans emot alvernas kraft hade han kämpat. Kämpat för dem. Skaggi hade inte insett det förrän allt var över, men det värmde hennes hjärta.

Till sist var det bara Keiron och hon kvar.

Fortfarande kunde hon inte tro på att de båda levde. Att Keiron skulle avrättas idag, det hade hon varit säker på redan innan de fördes hit. Hon hade trott att hon accepterat det. Men när stunden kom hade hon inte kunnat låta det hända. Instinkter hon trott hon begravt som barn hade helt tagit över henne. När det verkligen gällde, när hon tvingades välja mellan resten av världen eller Keiron hade hon inte ens tvekat.

Alla dessa känslor rasade inom henne nu, blandade sig med Keirons som var om möjligt ännu mer i kaos än hennes egna. All den kraft hon samlat inom sig själv och som aldrig fick släppas lös blandades med all den enorma kraft Keiron innehade. Hon var fortfarande chockad över vad han varit redo att göra, vad han var kapabel till. Men sakta rann magin undan för dem båda, kraften sipprade ur deras kroppar. Det lämnade henne yr och desorienterad, totalt utmattad och samtidigt darrade hon av återhållen energi.

En stund stod de bara och såg på varandra.

Sedan kastade hon sig in i hans famn. Han svepte sina armar om henne så hårt att hon knappt kunde andas. Som om han aldrig tänkte släppa henne igen. Tårarna rann fritt nedför kinderna när hon borrade in ansiktet mot hans axel, men det brydde hon sig inte om. Hur länge de stod så visste hon inte, men ovädersmoln samlade sig i norr och tunga regndroppar föll mot drakstenen.

"Du har lyckats, Skaggi", sade Keiron medan han lösgjorde sig så mycket ifrån henne att de kunde se in i varandras ögon, "Du har uppfyllt det övermäster Garlow ålade dig. Du har funnit svaren om Den mörka makten och vårt förflutna."

Det var sant.

De visste nu vad som hänt och varför. De visste att Den mörka makten var en gud. Is. Sanningen de lärt sig var måhända fruktansvärd, men ändå kände hon sig lättnad. Hon hade uppfyllt sitt löfte. Det hade tagit över hundra år, men det var över nu. Hon var fri. Och hon var åter hos Keiron.

Precis som hon lovat honom.

"*Vi* har lyckats", svarade hon honom. "Och vi kommer båda finnas kvar för att kämpa mot Is."

De var båda genomvåta av regnet som smattrade omkring dem när de slutligen steg ned i den sista båten som skulle ta dem tillbaka till staden de nu var välkomna gäster i. Så uppfyllda och omskakade som de båda var av morgonens händelser var det ingen av dem som lade märke till den märkliga närvaro som svävade omkring dem, som verkade medveten om vartenda andetag de tog.

Kapitel 51

Två dagar senare kallade Belegor dem alla tre till krigsråd. Det första på över tusen år. Nín Amors råd hade samlats i en sal högst upp i det västra tornet tillsammans med en av alv-krigarnas tre härförare, Girowen son av Garan, från Elestos. De andra två var på marsch emot Nín Amor i all hast förklarade Belegor för dem. Flera andra alver med befattningar av oklar grad med-verkade också. Vad Skaggi förstod så kallades de för högalver, men hon visste för lite om dem för att veta vad det innebar.

Salen hade en form som fick Skaggi att känna sig yr och i mitten stod ett bord i precis lika underlig form. En enorm öppning fanns i ena väggen, allt som fanns utanför var hundratals meter av ingen-ting. För att ta sig hit hade Skaggi och Keiron eskorterats från deras våning över en av de smala broar som band samman tornen och det var en upplevelse hon hoppades aldrig behöva genomleva igen. Det var en sak att vara högt över marken när hon satt trygg på Galads rygg, en helt annan när hon tvingades passera över en välvd, smal bro utan räcken.

Trots att minst trettio alver stod runt bordet var det gott om plats, särskilt där Keiron stod.

Alverna såg fortfarande på dem med misstänksamhet. Vilket hon förstod med tanke på vad Keiron alldeles nyligen varit redo att göra. Speciellt två av de yngre alverna, silverblonda Gillian och rödhåriga Roan, viskade sinsemellan medan de stirrade på dem, men bara när de trodde att de äldre inte såg.

Så tog Belegor till orda med en röst som inte tålde motsägelser och alla viskningar tystnade:

"Alverna rustar för krig. När midsommar är över ska varenda alvkrigare vara här. Vi har redan sänt bud till alla städer runt om i Anorien. De är på väg." Han såg på var och en runtom det stora bordet. "Vartenda svärd kommer behövas, vartenda sinne som kan hantera magin." Han svepte med handen över kartorna som låg på bordet. "Snabbhet är vårt främsta vapen nu. Så länge Is är fånge inom Kejsaren har vi en god chans att besegra honom. Så snart hela armén är samlad här påbörjar vi marschen österut."

Skaggi undrade hur de skulle kunna stoppa Is när Kejsarens död innebar att han blev fri. Men Belegor lät så övertygad. Det blev mer och mer uppenbart för henne att alvkonungen dolde något för dem. Flera andra alver runt bordet såg också misstrogna ut, kanske var det inte bara för Skaggi och Keiron Belegor hade hemligheter.

"Det finns rebeller i Imperiet som kämpar för att störta Kejsaren", berättade Skaggi, det var viktigt för dem alla att känna till det. "En radh'riam leder dem, Bain. Han kommer inte vila förrän Kejsaren är död."

"Den Mörk... Is... gör Kejsarens magi oberäknelig, han kan inte alltid kontrollera den", fortsatte Keiron, smärtan det orsakade honom att förråda Kejsarens hemligheter gjorde rösten till ett enda raspande och hon såg flera alver rycka till när de först hörde honom.

"Och Bain vet att Kejsaren är sårbar nu, så sårbar som han någonsin kan bli i alla fall. Han kommer inte spilla någon tid", avslutade Skaggi.

Belegor nickade och flera av alverna runt bordet började prata upphetsat på sitt egna, melodiösa språk, men han tystade dem.

"Vi kan inte göra annat än skynda oss och hoppas att Kejsaren fortfarande är vid liv när vi når Ergoroth."

"Vägen över Torondorbergen måste öppnas igen", sade Girowen, härföraren från Elestos. Hans silverblonda hår var hårt tillbakaflätat och han utstrålade en lugn kompetens som ingav förtroende.

"Det kommer inte bli enkelt", svarade kvinnan som först lett dem till Nín Amor. Hennes namn var Mawen och hon var ledare för Anoriens gränstrupper, de som främst skyddat alvernas land emot bergstroll, skogstroll och grems under de senaste tusen åren. "Besvärjelserna är gamla och starka."

"Men det kan göras", sade Belegor slutgiltigt. Så vände han sin intensiva blick emot Keiron. "Vi har levt i fred i tusen år, många är de alver som aldrig har behövt svinga ett svärd i en riktig strid. Vi kommer behöva skickliga, erfarna befälhavare. Kan du klara det?"

Keiron svarade inte genast utan flera andetag passerade medan alla väntade på hans svar. Men så nickade han och de virvlande skuggorna stillnade.

Ytterligare en liten seger.

Mötet fortgick med all den planering och organisering som krävdes för att förflytta en här av alvernas storlek, men Skaggi hängde inte längre med i samtalet. Hon visste så lite om krig och härförflyttningar. Diskussionerna kring bordet flöt ihop för henne och fick henne bara att känna sig överflödig och okunnig.

Keiron däremot hade inga problem med att förstå. Tvärtom var han snart en av dem som ledde diskussionerna framåt och han flyttade om de små figurerna över kartorna på bordet utan att bry sig om de andras protester. Alverna ogillade att han lade sig i, men de höll motvilligt med honom. När det kom till krig hade han trots allt mer erfarenhet än de flesta. Skaggi skulle bli tvungen att be honom förklara allt för henne senare så att hon åtminstone fick en vag uppfattning om vad de höll på med.

När rådsmötet till sist avslutades begav sig alla av för att utföra de uppgifter de blivit ålagda. Skaggi hade inte fått några, men hon skulle just följa med Keiron och Trevon ut när Belegors röst stoppade henne.

"Skaggi!" Hans blick på Trevon och Keiron sade dem att detta inte var ett samtal avsett för deras öron.

Keiron tvekade. Han hade knappt släppt henne ur sikte sedan alvernas test, han till och med vakade över henne när hon sov. Skaggi nickade dock åt honom att gå. Motvilligt lämnade han henne, men hon kände hur han stannade bara några meter bort i korridoren. Skaggi var säker på att Belegor också kände hans närvaro, även om han inte kommenterade den. Först när varenda alv hade lämnat salen och dörrarna stängts bakom dem tog han dock till orda:

"Det är en hemlighet du inte berättar."

Liksom du, ville hon säga. Hon var övertygad om att alvkonungen visste mer om Is och hans band till Kejsaren än vad han berättade för dem. Men återigen såg hon något i hans ögon som fick henne att hålla tyst. Precis som hon inte nämnt något om den röda draken var hon nu övertygad om att det var bättre att Belegor var ovetandes om att hon visste att han dolde saker för dem.

"Vad menar du?" svarade hon istället.

"Du förändras, du har märkt det själv. Du är kraftfullare än du borde vara och du rör dig med en smidighet som inte längre är mänsklig. Och det syns i dina ögon."

Skaggi nickade sakta, alla år i exil hade gjort henne omedveten om detta. Så länge hon varit utan mänsklig kontakt hade hon inte lagt märke till det, men det hade blivit tydligt för henne de senaste månaderna.

"Han har fått ett starkt grepp om dig."

"Keiron är inte skyldig till detta!" protesterade hon.

Belegor skakade på huvudet.

"Ingen människa, inte ens någon så mäktig som Caz'Duw kan åstadkomma detta."

"Galad." Hon kände åter på den del av sinnet som inte längre tillhörde henne. Trots att draken var så långt borta växte den sig större för varje dag.

"Så det är hans namn." Belegor gick fram emot henne. "Det tar lång tid innan en drakes egenskaper smittar av sig, så länge att de flesta människor aldrig hinner utveckla några tydliga karaktärsdrag. Du måste ha varit bunden till honom länge."

"Jag fann honom sårad för nästan hundra år sedan. Han hade skadat vingen i en strid emot en annan drake. Jag helade honom och han har följt mig ända sedan dess. Ända tills vi passerade över Torondorbergen."

"Han finns kvar hos dig."

Skaggi nickade.

"Drakar är inte onda så som många tror. Det har du förstås redan insett. Vår värld är bara för betydelselös för dem för att de ska bry sig om de skadar oss. Precis som en människa inte bryr sig om en skogsmus öde. Men de är själviska, grymma och älskar skatter över allt annat. Det var så vi först lyckades locka till oss drakarna, vi lovade dem alla skatter vi hade i utbyte mot skydd. Och drakarna ansåg invånarna lika mycket sina ägodelar som guldet och ädelstenarna som fanns i städerna. Den utvalda framför alla andra." Belegor såg på henne med både vördnad och beklagande. "Du kommer vara bunden till honom i resten av livet. Allt fler av hans egenskaper kommer smitta av sig på dig. Om du inte är försiktig kommer draken övermanna ditt sinne helt. Göra dig till en slav under hans vilja."

"Men hur ska jag kunna förhindra det?" Trots att hon älskade Galad – under många år hade han varit hennes enda vän – var detta det värsta öde hon kunde föreställa sig.

"Bara du kan finna svaret. Du är drakens utvalda. Den första som valts ut på ett och ett halvt millennium."

Drakens utvalda. Hon var utvald.

Precis som grundarna till dessa mäktiga städer. Ända sedan hon för första gången träffade Galad hade hon vetat att det var någonting mer mellan henne och draken än bara det band som fanns mellan radh'riam. Men aldrig hade hon trott att det kunde vara något så viktigt, så stort.

Skaggi hade aldrig sökt makt. För henne var magin bara en självklar del av henne själv, precis lika naturlig som hjärtat och lungorna. Hur hon skulle förhindra att Galad övermannade hennes sinne hade hon ingen aning om, så stor del tillhörde redan honom. En mycket större del än hon tänkt på.

Så mycket annat hade upptagit upp hennes tankar: Keiron och det band som åter knutits mellan dem. Den mödosamma resan över bergen, de försvunna städerna och sedan alvernas existens. För att inte tala om vetskapen om att de slogs emot en *gud.*

Inte förrän nu när Belegor gjorde henne uppmärksam på det insåg hon hur fast hon redan var och det skrämde henne. Mycket.

"Du måste lära dig att kontrollera honom. Näst efter gudarna är drakarna de mäktigaste varelserna i de levandes värld. Drakarna och rimtursarna."

"Jag vet inte hur", viskade hon.

"Du måste försöka. För vi kommer behöva honom, vi kommer behöva er båda, innan det här är över."

Kapitel 52

Hon stod tyst och förundrad innanför dörrarna till
Biblioteket. Osäker och beslutsam på samma gång. Bain
kände det. Han kunde läsa den unga, oskuldsfulla kvin-
nans känslor som en öppen bok. Kände hennes avgrundsdjupa sorg
och den lilla strimma av hopp som höll henne uppe.

"Fröken d'Augustin." Bain klev fram ifrån sitt gömställe bakom
några bokhyllor och hon hoppade skrämt till samtidigt som hon lade
en hand emot bröstet, som för att lugna sitt skenande hjärta. "Känn
ingen fruktan, lilla vän, jag vill er inget ont", sade han.

"Ni är Armans vän?"

"Mäster Bain, till er tjänst, fröken." Bain bugade lätt med en hand
på hjärtat så som tillstod en radh'riam och av ren vana svarade
Viana med en nigning, men hejdade sig halvvägs.

"*Mäster* Bain?" Mäster var en titel bara radh'riam haft. Ingen i
Imperiet fick titulera sig mäster. Det var lika förbjudet som allt annat
som hade med radh'riam att göra.

Viana svajade till, men så samlade hon sig och han såg hur hon
lade ihop ett och ett. "Ni är rebelledaren Arman talade om. Men han
sade aldrig... Berättade aldrig..."

"Han visste inte." Bara Chivers av alla de rebeller som fortfarande var vid liv visste. Men Bain ämnade inte lämna Ergoroth förrän Kejsaren var död. Eller han själv. Så det fanns inte längre någon mening med att dölja vem han var.

"Jag kan inte stanna länge. Mor saknar mig när som helst. Hela hovet är i upplösningstillstånd efter... efter allt som hänt." Hon slog en liljevit hand för munnen som för att hejda all sinnesrörelse som hotade att komma ut.

"Det är mycket modigt av er att komma hit."

"Hur kan jag göra något annat?" Hon drog ett djupt, darrande andetag. "Allt jag kunde få reda på är att Arman hålls fången i något de kallar för Alkemikammaren, men jag vet inte vad det betyder."

"Jag vet var den finns."

"Rädda honom, snälla ni!" Den unga kvinnans ögon fylldes av tårar och de sista orden viskades fram: "Jag kan inte leva utan honom."

Så vände hon på klacken och med svepande kjolar flydde hon ut ur Biblioteket.

Templet hade aldrig haft några fängelsehålor och gamla Citadellets var begravda under tonvis av söndersmält sten. Ingången till de svarta cellerna låg för nära de rykande ruinerna för att någon frivilligt skulle närma sig dem. I övrigt fanns bara stadsvaktens fängelse och de celler som fanns hos garnisonerna, inga av dem passande för att förvara Arman de Keere fram till hans skenrättegång.

En rättegång som skulle hållas enkom för att Kejsaren till sist skulle kunna upplösa pärlgillet och visa upp för hela världen vem som var skyldig till så drastiska åtgärder, liksom för mordet på gillesherrarna och deras familjer. Så snart rättegången var över skulle Arman vara död och Kejsaren ett steg närmare att förgöra all fri handel i Imperiet. Därifrån skulle det inte ta lång tid förrän alla de uråldriga gillena upplöstes.

Den enda riktigt säkra platsen som fanns kvar för att förvara en sådan värdefull fånge var den gamla Alkemikammaren, Bain borde ha tänkt på det meddetsamma. Den hade bara en ingång, i inre ringmuren nedanför Templets sydsida, och låg djupt under jord precis som de svarta cellerna.

Bain hade tagit med sig Bokmalen för detta uppdrag. Han var inte mycket till hjälp, men han var den enda hjälp Bain hade. Bokmalen hade varit ovillig att lämna Bibliotekets trygghet. Ändå hade han inte tvekat när Bain bett honom, även om han nu såg ut att ångra sig när de passerade den öde tornerplatsen.

Ärligt talat kände sig även Bain illa till mods när han såg den raserade rännarbanan genom nattens fuktiga dimma och de öde byggnaderna som omgav dem. Som Bain mindes tornerplatsen hade den alltid myllrat av liv, även när det inte pågick några tävlingar. Här hade han utmanat sina bröder med svärd och lans för att på kvällen dricka med dem och skratta på någon av de många skänkstugor som funnits här. Nu hade rännarbanans vackra trästaket sedan länge ruttnat, läktaren rämnat och vad växtlighet som hade kunnat sprida sig i Ergoroth hade återtagit marken.

Därför stannade han förvånat till när de passerade svärdsringen.

Även här hade räcket för länge sedan rasat, men någon hade plockat bort det och rensat stenläggningen ifrån ogräs. Detta hade varit Keirons favoritplats, här hade han tränat alla timmar han hade över.

Och Bain insåg att Keiron, Caz'Duw, fortfarande tränade här.

Den insikten gjorde honom ännu mer illa till mods och han skyndade på stegen. Natten var tyst och stilla, allt som hördes var deras egna steg och snabba andetag, underligt dämpade av dimman.

De en gång så eftertraktade distrikten mellan tornerplatsen och nya marknadsplatsen på andra sidan inre ringmuren låg nu öde och förfallna. Bain valde en omväg som ledde genom just detta övergivna distrikt. Bråte och avfall låg på gatorna utan att någon brydde sig om att rensa upp det och flera tak och väggar hade rasat in.

Staden han mindes hade verkat evig.

Den hade stått i tusen år och han hade varit säker på att den skulle stå i tusen till. Men till och med magnifika marmorbyggnader behövde reparationer och underhåll och ingen hade velat bo så här nära det förbannade tempelområdet.

Bara småknytt hade sin boning här nu, och några gatubarn och tiggare som var för fattiga, sjuka eller trötta på livet för att bry sig om något annat än att få tak över huvudet för en liten stund. Några av dem kikade ut på dem genom trasiga fönsterrutor, men ingen visade dem någon större uppmärksamhet. Svärdet som hängde vid Bains sida avskräckte dem från att försöka med något, men Bain drog ändå huvan längre ned över ansiktet och höll Bokmalen nära.

Ju färre människor som såg dem, desto bättre.

Ändå kunde han inte låta bli att stanna framför ett kollapsat tvåvåningshus bara tre gator senare. Här hade den skänkstuga som han och Keiron helst gått till legat. De hade serverat det bästa mjödet i hela Erindor. Synen av stenhögen framför honom fick minnena att åter rusa. Snart passerade de även huset där handelsmannen som alltid gett Skaggi sötsaker när hon var liten haft sin affär. I huset bredvid hade tunnbindaren som Bain blivit god vän med arbetat. Med en kraftansträngning tvingade han undan alla minnen.

Det som en gång varit var för alltid borta.

Han måste fokusera på framtiden, på det som kanske gick att rädda. Så att någon annan, någon gång, skulle kunna strosa längs med dessa gator, finna nya vänner här och fira med sina gamla.

Och framför allt behövde han fokusera på den uppgift som låg framför dem. Den skulle inte bli enkel.

Till sist nådde de fram till det lilla torget framför Alkemikammarens dörr. Inre ringmuren reste sig hög ovanför deras huvuden. Dimman som letade sig längs med gatorna gav eldskenet från facklorna på vardera sidan om dörren ett spöklikt sken. Från ett av husen som omgärdade torget lyste det ur fönstren på bottenvåningen. De andra var mörka och öde.

Bain stannade vid ett gathörn där han hade god uppsikt över ingången i muren utan att riskera att själv bli sedd. Sex riddare ur kejserliga gardet stod på vakt framför dörren och han kände närvaron av minst åtta till inne i huset där det lyste. Bain övervägde noga sina möjligheter.

Sex riddare kunde han fortfarande klara utan att behöva använda särskilt mycket magi. Men han kunde inte riskera att vakterna i huset kom till undsättning, eller ännu värre kom undan och hann varna Kejsaren. Här krävdes list istället för råstyrka. Så han sträckte sig efter en av de små flaskor han alltid bar med sig och räckte den till Bokmalen som trampade nervöst bredvid honom.

"Nära marknadsplatsen på andra sidan ringmuren borde det finnas ett bryggeri. Ta dig in där och ta med dig en av de små kaggorna med ljust öl. Häll denna flaska i ölen, men var försiktig så att du inte får något på händerna. Kom sedan tillbaka hit och gå in i vakthuset och erbjud riddarna ölen."

Trots mörkret kunde Bain se hur Bokmalen blev likblek.

"Det kommer gå bra. Håll bara huvan uppfälld hela tiden så ingen känner igen dig."

Trots att Bokmalen darrade som ett asplöv medan han såg fram och tillbaka mellan de sex riddarna vid dörren och huset som nu var hans uppgift så tvekade han inte. På förvånansvärt snabba och tysta fötter smög han tillbaka längs med gatan de kommit och passerade genom en port i ringmuren några gator längre bort, utom synhåll för riddarna.

Det kändes som en evighet innan Bain såg Bokmalen närma sig vakthuset med en ölkagge under armen, men troligen hade inte ens en timme passerat. Just som Bokmalen steg över tröskeln riskerade Bain att sända lite uppmuntrande styrka till honom, han skulle behöva det. Bain smög närmare, trots att det var sommar var natten i Ergoroth så mörk att ingen av riddarna såg utanför fackelskenet. Snart nog ljöd en djup mansröst genom natten:

"Hur kom du in? Försvinn härifrån, trashank!"

Detta fick de sex riddarna utanför att reagera.

"Öl?" hörde han Bokmalen pipa. "Jag vill sälja lite öl."

"Har du sågspån i öronen, karl? Försvinn ur min åsyn!"

Bain hörde hur flera svärd drogs ur sina skidor.

Sekunden senare kom Bokmalen utrusandes hals över huvud från huset, med ölkaggen kvarglömd därinne. När han snubblade ut över torget gjorde en av riddarna ett hastigt utfall emot honom vilket fick Bokmalen att falla omkull, men han kravlade sig snabbt upp på fötter och fortsatte sin panikslagna flykt. Riddarna skrattade rått.

Det var lagom att Bain hann fånga in Bokmalen innan han försvann i natten.

"Bra jobbat, Bokmal." Bain klappade den skärrade Bokmalen på axeln. "Bra jobbat. Allt vi behöver göra nu är att vänta."

Precis som Bain antagit kunde inte riddarna låta bli den kagge med öl som Bokmalen i sin panik lämnat kvar. Tyvärr delade de i huset inte med sig något till sina likar i tjänst.

Men hans lilla trick skulle ändock tjäna sitt syfte.

Knappt en timme senare var ölkaggen tom och de smått högljudda rösterna inifrån huset tystnade en efter en. Nu skulle inte ens en drakattack kunna väcka dem ur deras sömn.

De hade köpt sig själva ett kort tidsgap, allt Bain behövde bekymra sig för nu var de sex riddarna vid ingången. Med ryggarna emot ringmuren och vaksamma blickar ut genom natten fanns det bara ett sätt att ta sig an dem.

"Stanna här tills jag kallar på dig", sade Bain till Bokmalen och fällde upp huvan på slängkappan. Så klev han fram ur skuggorna.

"Halt!" beordrade en av riddarna. I det svaga fackelskenet och dimman som slingrade sig runt dem var det omöjligt att skilja en riddare ifrån en annan, de bar alla svart rustning, hjälm och röda slängkappor. "Kejsarens order, ingen får komma hit."

När Bain inte stannade drog riddaren sitt svärd och hans vapenbröder gjorde likadant.

"Är du döv karl? Försvinn härifrån!"

Men Bain svarade honom inte. Han bara fortsatte framåt och drog svärdet med en självsäker, van rörelse. För ett ögonblick kände han riddarnas osäkerhet. Vad för man vågade trotsa kejserliga gardet? Men de hade sina order, och en enda man var inte ett hot emot dem, de skickligaste riddarna i hela Imperiet.

De var över honom i en enda rörelse innan någon vanlig man borde hunnit reagera, men Bain hade varit redo. Riddarna var onekligen skickliga, de var trots allt alla tränade av Caz'Duw själv och de var vana vid att slåss tillsammans. De kände till varandras tekniker och rörelser och visste precis hur de skulle använda alla de övertag de hade genom att vara sex mot en. De parerade alla Bains utfall och fintar som han försökte med och mer än en gång kom ett svärd lite väl nära honom själv innan han hann parera det.

Men Bain var en radh'riam.

Hans styrka och snabbhet översteg varje normal människas och hans skicklighet kom ifrån hundrasjuttio år av träning. Han var inte lika bra som han en gång varit och inte i närheten lika skicklig som Caz'Duw, men fortfarande var han långt bättre än någon av riddarna. Även utan magi.

Den första riddaren föll snart nog och de andra började strida mer defensivt än tidigare. Rädda för denna man som slogs på ett sätt de bara sett en enda varelse göra tidigare. De försvarade och höll distans till honom mer än de anföll. Det var ingen bra teknik emot en radh'riam. En efter en stupade de för hans svärd och kullerstenen blev snart hal av deras blod.

Bain tyckte inte om att ta ett liv, inte ens när det gällde män som de i kejserliga gardet, men ikväll hade han inget annat val.

Snart stod han i en ring av lik.

Han torkade av det blodiga svärdet emot en röd mantel och vinkade till sig Bokmalen. Så böjde han sig ned bredvid en av de stupade riddarna och tog nycklarna som hängde ifrån dennes bälte.

Dörren till Alkemikammaren gled upp på välsmorda gångjärn.

Bokmalen följde Bain ned i mörkret. Darrande, likblek och med en hysterisk, lyrisk blick. Första delen av nedstigningen bestod av branta trappor och Bain riskerade en liten strimma av rött ljus för att lysa deras väg. En glödande boll svävade ovanför hans handflata och Bokmalen såg ut som om han skulle svimma när han såg den.

"Det är ingen fara, bara lite ljus för att se vart vi sätter fötterna. Vi har en lång promenad framför oss."

De nådde botten av trappan och en lång, svagt sluttande tunnel låg framför dem. Snart hade fackelskenet från ingången försvunnit helt. Gången gick hela tiden nedåt och krökte sig svagt så att de inte kunde se vad som fanns i andra änden.

"Det var många radh'riam som intresserade sig för alkemi, jag var själv en av dem", berättade Bain medan de gick. Han visste att varenda berättelse om radh'riam gick rakt in i Bokmalens hjärta.

Och just nu behövde han få fokusera på något annat än de döda riddarna vid ingången, tunneln som verkade pressa sig in omkring dem och det dansande röda skenet ifrån hans handflata. "För länge sedan utfördes alla alkemiska experiment inne i Templet. Ända tills mäster Valniko lyckades spränga sig själv och hela Ercussalen i luften. Då byggdes Alkemikammaren. På den tiden var inre ringmuren den enda ringmuren och tunneln leder oss långt utanför den ursprungliga stadskärnan och långt under jord. Här tänkte man att den radh'riam som utförde riskabla experiment inte kunde skada någon annan än sig själv om något gick snett."

I det röda ljusskenet kunde han se Bokmalens ögon tindra. Men han tystnade i sin berättelse när de närmade sig slutet av tunneln.

Det lyste utanför Alkemikammaren.

Bain hade inte räknat med att det skulle vara vakter posterade här nere. Men Kejsaren tog visst inga risker med sin värdefulla fånge. Och dessa vakter hade redan hört Bain och Bokmalen komma.

De tre riddarna anföll innan Bain var redo.

En tvingade honom bakåt med snabba slag med svärdet, vilket gjorde plats för de två andra och separerade Bain och Bokmalen. Utan att tänka skickade Bain riddaren rakt in i väggen genom en våg av magi och hans skalle krossades emot stenen. Detta hejdade de andra två i sitt anfall och Bain kunde kliva in emellan Bokmalen och riddarna innan de hann skada honom.

Så anföll de igen och en av dem lyckades skära Bain i armen innan han hann parera. Han svarade dock med en kontrollerad rörelse som fick svärdet att glida in mellan riddarens bröstplåt och hjälm, så kraftfullt att han nära nog högg huvudet av riddaren. Den sista högg han i ryggen när han försökte fly.

Bain andades snabbt medan han såg på liken runt hans fötter. Det hade inte varit en rättvis eller ren strid. Ingenting att vara stolt över. Han lade en hand över sin blödande arm medan han såg till att Bokmalen var oskadd. Striden hade varit brutal och även kostat dem tid. Bain hade använt mycket mer magi än han borde, mycket mer än vad som hade behövts. Han kunde bara hoppas att de var så långt under jord att Kejsaren inte känt det.

När misstaget nu redan var gjort slösade Bain ingen tid på att leta fram nycklarna utan öppnade de fyra låsen till kammaren med magi. Den letade sig igenom nyckelhålen och hänglåsen och vred om de små mekanismerna så att de öppnade sig, för att sedan blekna bort tills inte ett spår fanns kvar.

Dörren svängde upp och en smutsig och förvirrad Arman de Keere blinkade emot det svaga fackelskenet. Han satt hopkrupen en bit innanför dörren och Bain förstod varför. Varenda vägg i Alkemikammaren var täckt av hyllor och mitt på golvet stod fortfarande ett stort arbetsbord. Än idag stod det fullt av burkar, flaskor och behållare på hyllorna. Flera av dem hade läckt ut eller exploderat under tidens gång och stanken var kväljande. På flera ställen hade vätskorna frätt sönder hyllor och lämnat gropar i golvet.

Arman hade blivit allvarligt misshandlad. Först ryggade han instinktivt undan ifrån Bain. Övertygad om att han var här för att skada honom ännu mer. Men så sjönk han åter ihop emot golvet, för orkeslös för att göra mer motstånd. Bain sträckte sig efter honom och drog honom på fötter så varligt han kunde och inte förrän då mötte Arman hans blick.

"Fort nu, vi måste härifrån", sade Bain och först då kände Arman igen honom. De hade trots allt bara träffats en enda gång tidigare.

Bain kände Armans tacksamhet när han förstod att han var räddad och kämpaglöden tändes i hans ögon. Trots det fick Bain stötta honom från ena sidan och Bokmalen från den andra för att han skulle kunna stå. Arman såg högst förvånad ut när han kände igen Bokmalen.

Det fanns dock inte tid för några frågor.

De skyndade sig genom tunneln så fort de kunde även om Arman mer bars fram än gick på egna ben. Trapporna blev den största utmaningen och Bain fick riskera ytterligare magi för att hela åtminstone tillräckligt av hans skador för att de alls skulle få upp honom.

"Hur i..." Ögonen i Armans sönderslagna ansikte spärrades upp när han kände magin som genomsyrade hans kropp och tog bort lite av hans smärta, men Bain brydde sig inte om att förklara. När de väl var i säkerhet skulle han ge alla svar.

Trots helandet mer kröp än gick Arman uppför trapporna och både Bokmalen och Bain andades tungt av ansträngningen att stötta honom. När de väl nådde upp till dörröppningen stannade dock Arman som förstenad och stirrade chockat på de döda riddarna runtomkring det lilla torget. Bain tog ett stadigare tag under ena armen på honom och tvingade honom att fortsätta röra sig.

När de äntligen kom ut i nattluften hade riddarna i huset redan börjat vakna till liv. En så länge var de fortfarande alldeles för omtöcknade för att förstå vad som hänt, men deras sinnen skulle alldeles strax klarna. Så snart de såg sina döda vapenbröder skulle de inse vad som hänt och larmet gå.

Då skulle varenda soldat i staden ta upp jakten på dem.

De skulle aldrig hinna tillbaka till Biblioteket. Tiden var för knapp och Arman för misshandlad. Men Ergoroth var en enorm stad och Bain kände till dessa distrikt bra mycket bättre än soldaterna som hade spenderat en livstid med att undvika dem. Förhoppningsvis skulle de inte söka här i första hand.

Bain hoppades att de skulle tro att Arman och hans befriare försökte fly staden. Inte gömma sig där faran var som allra närmast. De hade nästan nått fram till tornerplatsen när de hörde de första visselblåsningarna.

Sedan ekade varningsklockornas metalliska ljud genom nattens stillhet.

De väckte staden och skrämde upp borgarna. Om kejserliga gardet till och med använde sig av de stora klockorna, då var de verkligen beredda att göra vad som helst för att finna dem.

Varenda riddare, soldat och stadsvakt skulle jaga dem nu.

Kapitel 53

Allt fler alver anlände till Nín Amor. Slätten utanför floddeltat var full av tält och staden fylldes allt mer av alvkrigare. Från tornet kunde Skaggi se hur lägret bredde ut sig allt mer för varje dag. Varje alv som anlände förde dem ett steg närmare att återvända hem.

Skaggi oroade sig mer och mer för den dagen, så nära nu.

Hon ville inte lämna denna vackra stad där både hon och Keiron äntligen funnit åtminstone lite frid. Även om han fortfarande hade lång väg kvar verkade Kejsarens makt mattas av. Precis som inom henne själv hade sår hon aldrig någonsin trott skulle försvinna börjat läka.

Hon fruktade vad det skulle innebära för dem båda att återvända.

Hur Keiron skulle reagera när han återigen befann sig i Kejsarens närvaro hade hon ingen aning om och hennes eget sinne skulle snart nog behöva utkämpa en egen strid. Till och med nu kunde hon känna Galads makt över henne öka, som om den tagit fart av att hon blev medveten om den. Ändå kunde hon inte förneka hur mycket hon längtade efter honom, hur gärna hon ville vara i hans närhet igen. Som en suput som bara längtade efter nästa flaska trots skadan den orsakade. Det skrämde henne mer än någonting annat. Efter hennes samtal med Belegor hade hon till sist berättat allt för Keiron.

Att hon var Galads utvalda.

Han hade redan känt förändringen inom henne, redan första gången de möttes, även om han då inte förstått vad den berodde på. Inte ens nu när de var helt sammanlänkade igen kunde han känna den del av hennes sinne som övertogs allt mer av Galad. Och inte ens han kunde hjälpa henne nu, detta var en strid han inte kunde vinna åt henne. Det här var något hon måste klara av själv.

Hon visste bara inte hur.

Idag ville hon dock inte tänka mer på det. Det var en vacker sommardag och solen värmde deras ryggar medan de gick sida vid sida längs med en av Nín Amors breda gator. För att fylla tankarna med något annat funderade hon återigen på varför alverna anlagt så absurt breda gator.

De var utan tvekan vackra och effektfulla, men som alltid näst intill folktomma. Alverna använde istället floderna som rann genom staden för att transportera sig närhelst det var möjligt. De flesta av byggnaderna var också sammanlänkade med broar eller via trappor och terrasser och alverna använde dem mycket hellre än gatorna. För att få med sig varor bar de korgar eller underliga väskor som hängde längs sidan på dem. De hade inte sett några hästar, vagnar eller bärstolar.

Gatan de gick på ledde dem fram till ett oregelbundet torg som omgavs av lika oregelbundna byggnader där klätterväxter slingrade sig upp längs väggarna. Överallt stod alver på stegar och hängde upp blomstergirlanger och lyktor. Långbord höll på att dukas fram, även de fulla med blomsterarrangemang. Mitt på torget stod en fontän och sprutade klart vatten flera meter upp i luften och runt den lekte alvbarn.

Ifrån korgarna snodde småknytt blommor som de sedan strödde runt över hela torget, men ingen av alverna verkade fästa någon vikt vid de små rackarna. Musik spelades från alla håll, både på torget och från andra delar av staden och den blandades samman till den mest fantastiska symfoni. På flera andra håll hade Skaggi sett samma pyntande, som om alverna förberedde sig inför en högtid.

Men där Keiron gick fram stannade bestyren upp.

Eftersom alla alver var länkade till magin kände de också hans kraft. De fruktade vad han fortfarande skulle kunna göra, benådad eller inte. Det gjorde Skaggi uppgiven. Innan någon började tro på honom skulle han aldrig ha en chans att komma tillbaka. Den fruktan alla kände för honom avskärmade honom lika effektivt ifrån resten av världen som skuggorna någonsin gjort. Men Keiron själv förväntade sig inget annat.

Alvbarnen vid fontänen hade slutat sin lek och stirrade storögda på dem innan de sprang tillbaka till sina mödrar.

Alla utom en liten flicka.

En blomsterkrans smyckade hennes mörka hår och långa flätor hängde ned över den gula klänningen. De blå ögonen var stora av förundran, men ingen rädsla fanns hos henne. De spetsiga öronen, så mycket mer framträdande på barnen, stack fram under blomster-kransen och hon hade tummen i munnen.

Så tog flickan några rultande steg emot dem och hela torget tystnade. Varenda alv verkade hålla andan, och en kvinna på andra sidan torget med samma mörka hår som flickan hade börjat springa.

Keiron hade handen på svärdsfästet när flickan närmade sig honom, fortfarande med tummen i munnen, och Skaggi kände hur mörkret tätnade inom honom. Försiktigt öppnade hon sig för magin, bara det allra minsta. Så sträckte flickan upp armarna emot Keiron och försökte fånga hans virvlande skuggor medan hon skrattade ett jollrande skratt. Så stillnade de och Keiron satte sig sakta på huk. Trots det var han fortfarande huvudet högre än den lilla flickan. Hon verkade ta det som en inbjudan och helt orädd klev hon fram för att lägga armarna om hans hals i en kram. Flickan försvann helt i hans skuggor och kvinnan som uppenbarligen var hennes mor stannade.

Så hördes ett förtjust skratt och flickan kom tillbaka ut i dags-ljuset, åter med tummen i munnen och helt omedveten om den uppståndelse hon väckt. Nöjd tultade hon tillbaka till modern som slöt henne i sin famn, som om hon aldrig tänkte släppa henne igen.

Keiron rätade åter på sig och såg sig omkring med förvirrad blick, som om han inte kunde förstå vad som just hänt.

"Förlåt mina fränder för deras fruktan." Skaggi vände sig om och fann sig stå öga mot öga med en alvkvinna med grått hår, den första Skaggi sett. I övrigt såg hon lika tidlös ut som alla andra, men de bottenlösa ögonen skvallrade om en visdom som kom sig av ett mycket långt liv. "Men du är en skrämmande uppenbarelse och det är oroliga tider vi lever i."

"Vi tog inte illa upp", svarade Skaggi i Keirons ställe.

"Alvbarnen är det käraste vi har. Det är ett naturens trick, antar jag. En överenskommelse mellan Liv och Död för att bevara balansen, men alver får mycket, mycket sällan några barn." fortsatte alvkvinnan sorgset. Keiron hade fortfarande inte sagt ett ord så hon vände sig åter till Skaggi. Kanske kändes det också enklare att tilltala henne istället för skuggor. "Din... vän, vi kan inte hjälpa att vi fruktar honom."

En tanke tog form i Skaggis sinne och så log hon ett av de leenden som kunde lysa upp hela världen. "Det är för att ni inte känner honom."

Kvinnan såg på henne ett ögonblick. Sedan verkade hon förstå vad Skaggi önskade och hon log tillbaka.

"Rätt så", sade hon. "Låt oss ändra på det."

Utan någon tvekan tog hon Skaggi i handen och drog med henne till en korg full av blomstergirlanger. Högst tveksamt följde Keiron efter. Han kände igen denna sinnesstämning och visste att det alltid slutade med att han hamnade i en situation han inte kunde prata sig ur.

"Här", sade kvinnan och räckte Skaggi ena änden av blomstergirlangen. "Vi behöver all hjälp vi kan få om vi ska bli klara till kvällen."

Varenda alv på torget följde vad som hände och fortfarande var det helt tyst, så när som på fontänens plaskande. Men Skaggi valde att ignorera dem alla. Istället började hon fästa girlangen på det anvisade stället och så pekade hon ned i korgen samtidigt som hon såg på Keiron. "Hjälp mig med den här så den inte trasslar."

Keiron såg tillbaka som om träd vuxit ut ur öronen på henne, men hon fortsatte bara envist peka på korgen. Så kände hon ett leende bakom alla skuggor och Keiron böjde sig ned för att göra henne till viljes.

Så sakteliga återupptog de andra alverna sina egna sysslor och snart flödade musiken åter över torget. Skratt blandades med musiken och samtal på alvernas melodiska språk hördes överallt ifrån. De höll fortfarande ett vakande öga på dem men verkade acceptera Keirons närvaro, även om de inte uppskattade den.

"Vad är det ni firar?" frågade Skaggi kvinnan när några av alverna släpande in en stor björk som de gemensamt reste på torget och började säkra upp med band i alla regnbågens färger.

"Men! Midsommar såklart", utbrast alvkvinnan. "Firar ni inte längre midsommar? Den längsta dagen på året."

"Midsommar. Såklart!"

Under Senatoriets tid hade de firat midsommar. Hon mindes hur hon dansat i gräset i parken nedanför Templet tillsammans med de andra kvinnliga radh'riamen. Keiron hade klappat takten innan han rusat in emot henne och vilt snurrat henne runt runt innan de båda skrattande landat i en hög i gräset. Hela Ergoroth hade vimlat av människor och det hade bjudits på jordgubbstårta i vartenda gathörn. Från varenda skänkstuga och värdshus hade musiken flödat ut, liksom överförfriskade, skrattande människor.

Hon hade inte tänkt på midsommar på över hundra år. I hennes exil hade inga högtider funnits.

"Jag minns att alla ogifta flickor samlade sju sorters blommor och lade under kudden på midsommarnatten. Det sades att man då skulle drömma om sin tillkommande", sade Skaggi och log.

Kvinnan log med henne. Hennes namn var Enefrin och medan de fortsatte att dekorera torget berättade hon om alvernas traditioner och vad de kunde förvänta sig av kvällen som stundade. Skaggi fann sig själv ha mycket trevligt i Enefrins sällskap. Och Keirons.

I flera timmar hjälpte han dem att hänga upp blommor.

När de slutligen lämnade torget som nu var överöst av blomsterarrangemang och dekorationer var Skaggi mer tillfreds än hon varit på många år. Trots alla problem som hägrade över dem kände hon sig till och med lycklig.

Och bäst av allt var att Keiron gick vid hennes sida och dag för dag blev han lite mer sig själv.

"Gjorde du det?" frågade han.

"Gjorde vad?"

"Plockade sju sorters blommor."

"Nej." Skaggi log emot honom. "Jag behövde inga drömmar för att veta."

Kapitel 54

De tog sig tillbaka till Biblioteket utan missöden trots att varenda varningsklocka i staden ringde. Överallt var det soldater nu, de sökte igenom varenda byggnad, gata och gränd. De sparkade in dörrar och slet sömndruckna, förvirrade borgare ur deras sängar i jakt på dem. Men precis som Bain hade hoppats var distrikten i närheten av Templet de sista som söktes igenom, och vid de laget var de alla i säkerhet bakom Bibliotekets väggar.

Viana d'Augustin hade väntat på dem när de anlände. Det värmde Bain att se att sådan kärlek fortfarande fanns kvar i världen trots all ondska som omgav dem. Trots att Arman vid det laget var så utmattad att han knappt kunde stå upprätt slöt han henne i sina armar och kyssen de delade fick både Bain och Bokmalen att besvärat titta åt andra hållet.

Men det fanns inte tid till vackra kärleksmöten.

"Arman." Bains röst återkallade dem till verkligheten. "Du måste gömma dig nere i läsesalarna. Här kan Kejsaren fortfarande känna av din närhet, men där nere kommer Bibliotekets magi dölja dig." Så vände han sig mot Viana. "Ni måste lämna oss nu."

"Nej!" protesterade hon och trycke sig närmare de Keere. "Arman behöver mig, jag måste ta hand om honom." Hon vände sina tårfyllda ögon emot honom. "Tvinga mig inte att lämna honom igen."

Bain vägrade höras talas om det.

"Du får inte misstänkas ha något med Armans försvinnande att göra", sade han så sakligt han förmådde. Han ville inte ha den unga kvinnans liv på sitt samvete, men hela hennes familj skulle bli avrättade om hon misslyckades att dölja sin del i Armans rymning.

"Snälla, låt henne stanna hos mig", bönade Arman, men Bain tänkte inte låta sig bevekas.

Istället lade han sin arm om Vianas och eskorterade henne emot dubbeldörrarna.

"Mycket snart kommer Kejsaren kalla samman hela hovet, förhöra er alla. Förhöra dig. Och då måste du kunna ljuga", sade Bain till henne i avsked.

Med en sista längtansfull blick tillbaka på Arman lämnade Viana Biblioteket. Bain såg efter henne tills hon försvann utom synhåll.

Om hon misslyckades framför Kejsaren skulle de alla dö.

Men Bain kände en styrka inom den unga kvinnan som hon själv ännu inte visste att hon besatt.

Så vände han sig mot Bokmalen som såg ut att ha fått mer äventyr för en kväll än han någonsin ville uppleva igen. Tyvärr var det dock återigen bara Bokmalen han kunde be om hjälp.

"Du måste ta dig till Spegelsalen. Göm dig väl och ta reda på vad Kejsaren gör. Vi behöver få veta hans nästa steg. Och håll ett vakande öga på fröken d'Augustin."

Bokmalen önskade att han kunde vara var som helst utom i Kejsarens närvaro. Speciellt när Kejsaren definitivt skulle vara arg, och extra speciellt om Kejsaren misstänkte att Bokmalen kunde ha med de Keeres försvinnande att göra. Men han skulle utföra mäster Bains önskan. För han tjänade radh'riam, han skulle göra Bain nöjd om det så kostade honom livet. För mäster Bain *behövde* honom.

Och det gjorde Bokmalen mycket lycklig.

Templet myllrade av soldater, främst ifrån kejserliga gardet, men även från stadsvakten och palatsgardet. De genomsökte vartenda rum och skrymsle. Han såg till och med några soldater vara på väg till Biblioteket och det var nära att han vände. *Ingen* fick gå in i Biblioteket. Men så mindes han att mäster Bain var där. Bain skulle försvara Biblioteket, det var han säker på. *Fara. Fara.* Så Bokmalen skyndade vidare.

Om någon människa fortfarande låg kvar i sängen, trots att tumultet i Templet och klockornas ringande borde kunnat väcka de döda, så slets de i alla fall upp nu. Varenda en av de förvirrade hovfolket och tjänarna visiterades, som om Arman de Keere kunde gömma sig i deras fickor. Varenda en av deras våningar vändes upp och ned i soldaternas sökande.

Kejserliga gardet samlade ihop varenda hovmedlem de kunde finna och beordrade dem att inställa sig i Spegelsalen. Varenda tjänare förhördes, hårdhänt och brutalt. I det allmänna larmet i korridorerna var det omöjligt för Bokmalen att hålla sig gömd. En soldat ur palatsgardet högg hårdhänt tag i honom, visiterade igenom honom och knuffade honom sedan åt sidan för att hugga tag i en hovfröken istället. Flickan grät vid den alldeles för intima visiteringen och Bokmalen hörde soldaten viska allt annat än förhörande frågor innan han på skakiga ben skyndade därifrån.

Tack och lov hade soldaten inte känt igen honom. *Fara. Fly. Fara,* varnade rösterna. Men förutom en hårdhänt knuff från en riddare klarade han sig helskinnad vidare genom korridorerna.

Precis som Bain förutspått befann sig Kejsaren i Spegelsalen. Han satt på sin förgyllda tron och en efter en förde riddare ur kejserliga gardet fram yrvakna och skräckslagna medlemmar av hovet. De kastades ned framför tronen där Kejsaren förhörde dem.

"Jag svär, ärade Kejsare", bönade den hovman som förhördes just som Bokmalen kom in i salen. Han satt på knä framför Kejsarens tron i inget annat än nattsärken. "Jag svär att jag, eller någon av mina gelikar heller för den delen, haft något samröre med de Keere sedan Caz'Duw avslöjade honom. Aldrig skulle vi umgås med sådant avskum och aldrig skulle jag komma på tanken att frita honom!"

Hovmannen släpades undan och Bokmalens hjärta nästan stannade när fröken d'Augustin kastades framför Kejsarens fötter. Flickan snyftade tyst och axlarna skakade. Orolig för både hennes och sin egen säkerhet smög Bokmalen längre in i salen. Det var inte bara Viana d'Augustin som skulle dö om hon misslyckades med att ljuga. Bakom en pelare och några nervösa unga hovmän fann han en plats där han kunde både höra och se vad som hände framme vid tronen. Överallt i salen hördes lågmälda samtal, gråt och förskrämda utrop men ändå hördes Kejsarens röst tydligt.

"Var är Arman de Keere?" Kejsarens lugn var mer skrämmande än om han hade vrålat. Den undertryckta vreden lyste dock igenom hans kalla ögon.

"Jag vet inte", snyftade fröken d'Augustin och såg ned i backen, till synes för att hon inte vågade möta Kejsarens blick.

"Du har hjälpt honom fly."

"Nej! Jag vet ingenting, snälla ni. Jag vet ingenting."

"Ärade Kejsare." Herr d'Augustin vågade avbryta Kejsaren i sin oro över dottern men rösten darrade. "Viana har inte lämnat sin sängkammare sedan herr de Keere fängslades. Jag har en hel stab av tjänare som kan gå i god för det. Hon kan omöjligt ha haft något med herr de Keeres flykt att göra."

Kejsaren såg ned på den darrande flickan framför hans fötter och sakta skakade han på huvudet. Som om han ansåg att hon var alldeles för skör och harmlös för att någonsin våga sig på ett sådant djärvt räddningsförsök.

"Avlägsna dig." Med en avfärdande gest vinkade han bort henne.

Med en lättnadens suck såg Bokmalen fröken d'Augustin stappla sig upp på fötter och med sin fars arm om axlarna lämna Spegelsalen. Under deras mycket korta bekantskap hade Bokmalen blivit väldigt fäst vid den vackra fröken d'Augustin.

Förhören fortsatte. Hovman efter hovman slängdes framför Kejsarens fötter. Unga som gamla. Inte heller en enda av damerna eller ens de få barnen slapp undan. Även tjänare förhördes. När ingen kunde ge någon ledtråd började kejserliga gardet kasta fram sina likar. Stadsvaktens soldater. Palatsgardets vakter. Ingen skonades. De vred sig i plågor, skrek ut sin fasa medan Kejsaren fortsatte ställa samma fråga:

"Var finns Arman de Keere?"

Men ingen visste någonting.

Så stegade en riddare genom salen med långa kliv och folksamlingen delade sig för att släppa fram honom. Han var kapten över garnisonen, det såg Bokmalen på den svarta slängkappan och guldfärgade axelplåtarna.

"Vi har funnit ledtrådar till Arman de Keeres försvinnande", meddelade han stolt när han trängde sig förbi de soldater som just nu bedyrade sin oskuld och eviga lojalitet. Kejsarens iskalla blick vändes emot riddaren.

"Tala."

Riddaren såg på allt folk som fanns i Spegelsalen. Varenda en av dem såg tillbaka på honom för att höra vad som hänt. De ville få veta om de skulle komma levande härifrån.

"Jag tror inte det här är nyheter som är passande för hovets öron", sade riddaren. Först verkade inte Kejsaren ta varning av det han sade, men så tänkte han om.

"Lämna oss."

Det var en befallning han inte behövde säga två gånger.

Varenda människa i salen flydde så fort de kunde. Bokmalen inkluderad. Han hade sett nog. Inte ett ögonblick till i Kejsarens närvaro klarade han av.

Men så mindes han Bains order. Så han stannade.

Fly. Fly! På andra sidan den välvda dörröppningen gömde han sig. Härifrån såg han inte Kejsaren, men tystnaden lade sig över Templet när hovet och alla deras tjänare sökte tillflykt så långt bort från Spegelsalen de kunde komma, så han hörde ändå samtalet.

"En av de kejserliga riddarna ifrån Alkemikammaren var fortfarande vid liv när vi fann dem", berättade riddaren och Bokmalens hjärta närapå stannade. "Vi trodde först karln redan var borta, så mycket blod som han förlorat. Men han hann säga två ord innan han dog: magi och radh'riam."

Fly! FLY!

Bokmalen sprang så fort hans krumma ben bar honom medan kylan spred sig ifrån Spegelsalen. En kyla som fick iskristaller att växa fram över stenen och frost att sprida sig längs med varenda spricka. Självaste Templets fundament skakade, stenflisor släppte ifrån taken och regnade ned över honom där han sprang. Någonstans i Templet rasade sten samman och han hörde människor skrika i panik.

Snart var korridorerna åter fyllda med folk som nu flydde för sina liv. Bokmalen knuffades runt när alla försökte ta sig ut. Han fick en armbåge i magen av en betjänt, knuffades undan av en soldat och snubblade rakt in i en kammarjungfru.

I nästa sekund flög han.

Utan att veta hur det gick till seglade han genom luften innan han landade hårt på golvet. Runt omkring honom föll människor som böcker utan bokstöd när en tryckvåg av ren kraft spred sig genom varenda vrå av Templet. Vartenda fönster och vartenda föremål av glas exploderade. Vartenda keramikföremål gick i tusentals bitar. Trä splittrades. Runtomkring honom hörde han hur väggar och tak rasade in när självaste Templet gav vika för Kejsarens vrede.

Så blev allt stilla.

Allt som fanns kvar var kylan.

Stönandes försökte Bokmalen ta sig upp på alla fyra. Det ringde i öronen på honom, huvudet bultade och han var ganska säker på att han varit medvetslös. Hur länge visste han inte. Blod rann ifrån mängder av sår där glassplitter penetrerat kroppen. Högerarmen värkte något förskräckligt och vänster ben lydde inte som det borde.

Men så snart de svarta prickarna för ögonen gav med sig kunde han konstatera att han klarat sig bättre än många andra. Bredvid honom låg en kvinna i vacker aftonklänning. Hennes ben var i en underlig vinkel och alldeles för mycket blod rann nedför hennes kritvita ansikte. På hans andra sida kämpade betjänten som tidigare knuffat undan honom för att ta sig upp på benen, men han föll handlöst tillbaka på golvet. Av hans högra ben fanns bara slamsor kvar.

Några få andetag senare var han död.

Längre fram i korridoren såg Bokmalen hur andra människor sakta kämpade sig upp på benen. Många var de som hade krossade lemmar och alla blödde. Stönanden och gråt ekade genom korridoren och blandades med skriken från dem vars smärta var för olidlig. De som kunde haltade vidare, vissa genom att stödja sig emot den iskalla väggen, andra stöttade varandra. Men även de som inte kunde stå kravlade sig vidare på alla fyra eller drog sig fram med obrukbara ben efter sig. Vad styrka de än hade kvar gick åt för att försöka ta sig ifrån Templet och Kejsaren.

Bokmalen kunde inte stå.

Så han kravlade sig framåt med vänstra benet släpandes efter sig och glassplittret som täckte golvet skar in i händerna. Kläderna blev klibbiga av blod, både hans egna och andras.

Bakom sig lämnade han hovmän och damer, barn, tjänare och soldater som aldrig skulle resa sig igen.

När han äntligen nådde fram till Biblioteket var han så utmattad att svarta prickar återigen dansade framför ögonen. Men trots sitt sargade, utmattade tillstånd uppfattade han att fönsterglasen i entrédörrarna saknades och att de stod på vid gavel för första gången sedan han kom till Biblioteket. Den enorma glaskupolen låg spridd i miljontals bitar över golvet och en kall vind blåste in från det stora hålet. Hyllor hade fallit ned från de övre våningarna och krossat möblerna de landat på. Trasiga böcker blandades med glassplittret och möbelflisorna. Boksidor svävade genom luften som maskrosdun. Rösterna hade alla tystnat.

Biblioteket, hans älskade bibliotek, var förstört.

Denna vetskap tog det lilla som fanns kvar av hans krafter och på Bibliotekets tröskel föll Bokmalen slutligen ihop medan blodet fortsatte att rinna från hans söndrade kropp.

Kapitel 55

Torget runt om fontänen var fullt av långbord där alverna hade dukat upp en festmåltid. Måltiden var dock sedan länge över och till sist hade natten gjort sitt intåg även denna, årets längsta, dag.

Men firandet var långt ifrån över.

Ljusglober och lyktor hängde ifrån blomstergirlangerna och lyste upp torget. Musik hördes överallt ifrån och alverna stämde in i sången allt eftersom det föll dem in. Skratt blandades med deras melodiösa språk och några dansade fortfarande runt björken i en ringdans som inbjöd till ännu mer skratt. Vad Caz'Duw kunde förstå så handlade sången om små grodor. Alverna började i alla fall helt plötsligt i dansen hoppa runt som grodor, men kanske hade han missförstått den delen.

Själv stod han en bit ifrån festligheterna och försökte smälta samman med skuggorna som spred sig från de omgivande byggnaderna. Helst ville han inte störa dem med sin närvaro. Ändå kände han sig underligt nöjd. En känsla han inte ens kunde minnas.

Skaggi satt vid ett av långborden en bit ifrån honom tillsammans med Trevon. Hon hade fått låna en midnattsblå klänning av Enefrin och hennes utsläppta hår pryddes av en blomsterkrans precis som alla andra kvinnornas. Hon skrattade åt något Trevon sagt och ljudet värmde honom. Pojken gestikulerade livligt med ena handen i luften medan han fortsatte prata och så bröt de båda ut i skratt igen.

Han önskade henne all glädje i världen, för snart skulle de vara på marsch tillbaka mot Ergoroth. Vad han skulle göra när han åter stod under Kejsarens makt kunde han bara föreställa sig.

Ännu mer oroade det honom vad som skulle hända med Skaggi när Galad åter fanns i hennes närhet. Han kunde inte känna draken, kände inte någonting av det som Skaggi beskrev hände i hennes sinne.

Men han skulle inte tänka på det nu.

Det fanns ändå inget han kunde göra åt det ikväll och han ville att denna högst underliga dag skulle få fortgå, bara ett litet tag till. Fortfarande kunde han känna den lilla flickans varma händer om halsen. Utan rädsla hade hon kommit till honom vilket hade bragt honom helt ur fattningen.

Han hade glömt bort hur vänlighet kändes.

Sedan hade Skaggi fått honom att hänga upp blommor. *Blommor!* Och för en stund hade han känt sig nästan... vanlig. För bara en liten stund hade han fått tillhöra gemenskapen.

Till och med nu, med det glada firandet som pågick runt omkring honom, kände han sig på något sätt delaktig. Kanske fanns det fortfarande hopp för honom. Skaggi log åt något en alv sade innan hon såg upp och mötte hans blick och hennes leende blev djupare. Något högg till i hjärtat. Deras kyss brände fortfarande i minnet.

Hon var allt han någonsin önskat sig.

Försiktigt rörde han vid länken som band dem samman och genast kände han hennes gensvar.

Så, från ingenstans, spred sig en iskyla genom honom.

Den närhet han alldeles nyss känt till Skaggi klipptes tvärt av och en enorm kraft forsade genom honom. Den slog undan all kontroll han hade över sitt sinne, öppnade upp den del han gjort allt för att undertrycka. Kejsaren slog sig igenom varenda en av hans försvarsmurar. De raserades som sandslott och han slet i Caz'Duw med en styrka han aldrig tidigare upplevt. Kejsarens vrede var fruktansvärd och hans makt över hans sinne fullkomlig.

Caz'Duw hade inte en chans.

All hans kraft fick fria tyglar och han drunknade i den kraften. Drack sig berusad på makten han själv innehade. Det var en lättnad att äntligen få släppa allt löst. Som en damm som brustit forsade allt det han försökt trycka undan igenom honom. Ett rasande, raspande vrål av ren triumf steg ur strupen och varenda alv tystnade. Alla stirrade de på honom när kraften fick skuggorna omkring honom att djupna och virvla runt som i storm. Deras fasa närde honom, gjorde honom starkare. Så ynkliga de alla var, så svaga.

Det skulle vara så enkelt för honom att förgöra dem alla.

Hans blotta vilja fick långborden och bänkarna att explodera i träflisor. Glasen och porslinet splittrades i miljontals fragment. Tryckvågen som forsade ut ifrån honom kastade alla alver till marken, men så snart den passerat kravlande de sig upp och flydde i panik.

Haltandes. Blödandes.

Han lät dem fly, det fanns ändå ingenstans de kunde gömma sig för honom nu. Luften omkring honom vibrerade när han samlade ännu mer av sin styrka.

Det var då han såg henne.

Ibland spillrorna av festligheterna stod Skaggi ensam kvar. Den midnattsblå klänningen var söndersliten och blod rann nedför vänstra armen.

Han hade skadat henne.

Den insikten skar igenom hans medvetande, genom visionen av död och förintelse och infernot som rasade inom honom. Vad hade han gjort? Caz'Duw började kämpa emot sig själv.

Försökte få sinnet under kontroll, men Kejsaren slet i honom och Is krävde lydnad. Krävde att han skulle slutföra det han påbörjat. Smärtan det orsakade honom att kämpa emot fick kroppen att skaka och kampen dränerade honom snart på all fysisk styrka. Benen vek sig och han föll handlöst ned på knä. Allt inom räckhåll som inte var gjort av draksten riskerade att brista av energin han utstrålade.

Belegor och hundratals alvkrigare närmade sig över det sönderslagna torget. Redo att bekämpa honom. Men de skulle inte ha en chans emot honom.

Inte nu.

"Nej. Försvinn härifrån." Blotta rösten fick dem att stanna.

Han ville inte skada dem. De måste få med sig Skaggi härifrån. Hon var i fara här.

"Försvinn."

Belegor fattade sitt beslut, han verkade inse att strida var det sämsta de kunde göra just nu.

"Retirera", beordrade han.

Ovilligt sänkte alverna sina svärd, men de lydde sin konung och en efter en lämnade de torget.

Belegor lade en arm över Skaggis axlar för att leda iväg henne till tryggheten. Bort ifrån honom. Men hon tvekade. Trots att Belegor föste henne med sig så stannade hon efter några steg och tvingade honom att göra detsamma.

"Kom inte nära." Bara att tala orsakade Caz'Duw så mycket smärta att rösten blev ett enda raspande. "Snälla, jag vill inte skada dig. Inte dig. Lämna mig ensam."

Hans inre gick i tusen bitar, men allt han kunde tänka på var att Skaggi inte fick bli skadad. Han hade redan sårat henne, blodet som rann nedför hennes arm var en tydlig påminnelse om det. Till sist blev hans kamp honom övermäktig och han rasade ihop i en skakande hög, men han tänkte inte ge vika.

Inte förrän han visste att Skaggi var i säkerhet.

Belegor började åter leda henne därifrån, men han hann se tårarna som rann nedför hennes kinder innan hon vände sig bort. Ovilligt följde hon med Belegor, men stegen blev allt långsammare. När de nådde slutet av torget stannade hon igen och denna gång ruskade hon av sig hans arm. Med en sista blick på alvkonungen gick hon tillbaka och försiktigt satte hon sig på huk bredvid honom, bara så långt bort att skuggorna inte nådde henne.

"Lämna mig ensam."

"Men du är inte ensam. Inte nu längre."

Kapitel 56

Solen steg över horisonten när Keiron äntligen kom till sans. Andetagen var snabba och ytliga och han skakade fortfarande okontrollerat. Vad som än hänt hade det tagit vartenda uns av hans styrka att besegra det.

De var ensamma på torget. Allt som fanns kvar av festmåltiden var träflisor, glassplitter och blommor som blåste i vinden.

Och en lång spricka genom gatstenarna av draksten.

Skaggi var fortfarande skakad. Hon visste hur kraftfull Keiron var. Men att se honom förstöra ett helt torg bara genom ren viljestyrka, utan minsta ansträngning och att känna hans befrielse och tillfredställelse när han gjorde det, det hade varit förfärligt. Alvernas magi hade inte haft makten att stoppa honom. Hon hade inte makten att stoppa honom. Men han hade stoppat sig själv. Det var allt som räknades nu.

Ondskan inom honom var åter under hård kontroll och förvisad till den djupaste delen av hans sinne. Skaggi ville inte ens tänka på hur mycket det hade kostat honom.

Stönande började han röra på sig och mödosamt tog han sig upp i sittande ställning.

"Du är skadad." Smärtan det orsakade honom att tala skar genom henne själv.

Hon skakade på huvudet. "Jag mår bra."

"Du blöder."

Det hade hon inte märkt. Inte förrän han sade det kände hon smärtan ifrån vänstra axeln där glassplitter hade skurit upp huden. Men det var inget djupt sår, blodet hade redan börjat stelna.

"Vad hände?"

"Jag... jag vet inte." En skälvning skakade hans kropp. Så tog han sig upp på darrande ben och såg sig omkring på förödelsen han orsakat.

På sprickan i den oförstörbara drakstenen.

Belegor uppenbarade sig på andra sidan torget och stapplande började de gå mot honom. Hur Keiron ens kunde stå upp var mer än Skaggi kunde förstå, men hans styrka återvände snabbt.

Hennes egna steg blev dock allt tyngre, hon förstod att alvkonungen med all säkerhet skulle ändra sin dom nu. Att han skulle besluta sig för att Keiron trots allt var för farlig för att få leva.

"Jag är så ledsen", sade Keiron med en röst som knappt bar när de väl nådde fram till Belegor.

Men till båda deras förvåning lade Belegor en tröstande hand på Keirons axel och sände lite av sin egen styrka till honom genom denna enkla gest.

"Du har vandrat länge i mörkret. Det kommer vara svårt för dig att lämna ondskan bakom dig. Se inte detta som ett nederlag, jag ber dig. Se det som en seger. Du hejdade dig i tid. Du visste vad som var rätt. För varje gång kommer det att bli lite lättare."

Så backade alven undan ifrån honom.

"Blev någon skadad?" undrade Skaggi oroligt.

"Inte värre än att alvernas läkekonst kan hela dem, tack och lov."

Skaggi kände Keirons lättnad.

"Ni borde gå tillbaka till er våning. Klarar ni er dit?"

Skaggi nickade.

"Det kommer finnas varmt vatten och rena trasor där för dina sår." Med de orden lämnade Belegor dem.

Hon förundrades över alvkonungens givmildhet. Att han vågade fortsätta låta Keiron vandra fritt, till och med utan eskort, efter det som just hänt. Men hon var tacksam över att de fick en andra chans.

Just då kände hon åter den underliga närvaron som undflytt henne ända sedan de lämnade Torondorbergen. Men innan hon hann fokusera var den åter borta.

När de väl tagit sig tillbaka till sin våning högt upp i tornet sjönk Skaggi utmattad ned på en av divanerna och stöttade huvudet i händerna. Utanför hade ett stilla sommarregn börjat falla. Regndropparna rann nedför de höga pelarna, men hindrades av magi från att komma in i våningen.

Men Keiron, trots att han var mycket mer utmattad än hon, kunde inte vila. Av och an vankade han över golvet, oförmögen att stilla sitt sinne. Minnesbilderna var fortfarande för starka. Han kunde inte befria sig ifrån euforin och triumfen han upplevt. Nu kände han sig fångad.

Fångad, kuvad och förminskad.

"Keiron, snälla." Hon såg bedjande upp på honom. "Det är över. Allt är bra nu."

Men allt var inte alls bra, långt därifrån. Han hade varit bara ögonblick ifrån att förgöra en hel stad. Såret på hennes axel var en ständig påminnelse för honom hur nära han varit att döda henne. Han stannade dock upp i sitt vankande och oändligt försiktigt, som om han ville ge henne en chans att fly, ställde han sig bakom divanen och lade en skälvande hand över hennes söndrade axel.

Hon ryckte ofrivilligt till.

Skuggorna svävade in omkring henne och den grå dagen blev ännu dunklare. Så kände hon hur han fokuserade sitt sinne, samlade lite av sin magi återigen. Hur han viskade orden som skulle hela hennes axel. Men inget hände. Inte ens som radh'riam hade Keiron varit särskilt skicklig i helandets konst och nu undflydde den delen av magin honom helt.

Trots all hans styrka och ofattbara makt så var helandet av ett enkelt sår nu bortom hans förmåga.

"Förlåt. Förlåt mig." Han släppte henne. "Jag ska hämta en alv. De kan... De *ska* hela dig."

Skaggi fångade hans hand när han började gå.

"Det behövs inte. Bara tvätta rent det." Hon försökte möta hans blick, men hans ögon var inte längre synliga.

Under några få andetag slets han mellan behovet av att se henne hel och sin ovilja att lämna henne. Så gick han fram till tvättfatet och de rena linnetrasorna Belegor utlovat och tog med dem fram till divanen där hon satt. Åter sveptes hon in i hans skuggor när han ställde sig bakom henne. För en stund var allt som hördes trasan som doppades i vattnet, hur den vreds ur och hur han oändligt försiktigt tvättade bort allt intorkat blod.

Skölj ur trasan – vrid ur – tvätta.

Allt Keirons fokus låg på denna enkla uppgift, som om hela världen skulle rasa samman om han inte fortsatte. För varje upprepning blev vattnet i tvättfatet allt rödare och Keiron allt lugnare, som om den monotona rörelsen äntligen stillade hans sinne.

Han tog längre tid på sig än vad som behövdes för att tvätta rent ett sår som inte var allvarligare än detta, till sist lindade han dock ett förband över såret. Men hans händer låg kvar på hennes axlar när han var färdig. Höll om henne.

Som för att försäkra sig om att hon fortfarande fanns kvar.

Kapitel 57

Arman hade just fått ännu en chock, rebelledaren han tjänat i över tio år hade precis berättat att han var en radh'riam, när Viana kom inrusande i läsesalen de hade valt som gömställe. Bara någon dryg timme hade passerat sedan hon lämnat dem. Både Arman och Bain kastade sig upp på fötter, han själv långsammare och vingligare än radh'riamen, när hon störtade in. Hejdlöst kastade hon sig in i Armans famn och hans misshandlade kropp vacklade.

"Kejsaren har blivit galen!"

"Viana, vad gör du här?" Trots smärtan slöt han sina armar om henne och tryckte henne mot hjärtat som börjat bulta hårt.

"Alla flyr, min familj ger sig av så snart hästarna är selade", snyftade hon just som hela Templet skakade till. Runt omkring dem skälvde självaste fundamenten och stendamm regnade ned över dem. Arman försökte skydda Viana med sin kropp samtidigt som han skräckslaget såg upp emot taket.

"Vad var det där?" frågade han Bain när skakningarna slutade.

"Den mörka makten", svarade mäster Bain tungt. "Den makt som Kejsaren får sin kraft ifrån, jag är rädd att han släppt den lös igen."

"Vad... Hur?"

Den hopplösa, blanka blick radh'riamen gav Arman skrämde honom mer än frosten som spred sig längs med stenväggarna. Arman såg ned på Viana medan tusen scenarion rusade bakom ögonen.

"Min älskade, du kan inte stanna här", mumlade han in i hennes hår.

"Åh Arman, tvinga mig inte att lämna dig!"

"Snälla be mig inte om det. Ergoroth är för farligt för dig nu."

"Inte farligare än för dig", protesterade hon och kröp ännu längre in i hans famn. "Du lovade att vi skulle göra detta tillsammans."

Ja, han hade lovat. Då hade han menat det. Men även om Arman inte visste exakt vad som pågick ovanför deras huvuden så förstod han att hundratals människor dog i denna stund. Viana fick inte bli en av dem. Om hennes familj flydde var Viana tvungen att följa med.

"Nej Viana, inte denna gång. Snälla förstå... Om du är kvar här kommer jag inte oroa mig för något annat än dig."

Arman ville fly tillsammans med henne. Fly så långt bort som de någonsin kunde och aldrig se tillbaka igen. Men han var tvungen att stanna. Mäster Bain kunde inte bekämpa Kejsaren själv.

"Men..."

"Du har en chans till ett annat liv. Följ med din familj. Om vi lyckas och Kejsaren störtas så kan vi snart vara tillsammans igen. Om inte så måste du skapa dig ett nytt liv i Nayelle. Du måste leva för oss båda. Lova mig det."

"Jag tänker inte..."

"Lova mig!"

Hennes ögon blänkte av tårar när hon såg upp på honom.

"Jag lovar."

Det var de sista ord de delade. Kanske för alltid. Arman tvingade sig själv att inte tänka på det. Han skulle få se henne igen. Detta var inte farväl. Efter allt de gått igenom så kunde det inte sluta såhär.

Han kysste henne, djupt och ömt, och hon klamrade sig desperat fast vid honom. Men det fanns ingen tid kvar.

Bain klev in emellan dem och så varsamt han förmådde tog han Viana under armen och ledde henne genom den hemliga lönndörren för att hon skulle hinna ikapp sin familj. Hon kastade en sista förtvivlad blick över ena axeln just som hon lämnade tunneln och Arman gav henne ett sista, uppmuntrande leende.

Det var allt han kunde göra för henne nu.

Arman och mäster Bain verkade vara de enda levande varelserna kvar i Templet som snart var helt tyst och stilla. De väntade i flera timmar innan de vågade sig ut från sitt gömställe.

Tillsammans smög de genom läsesalarna, uppmärksamma på vartenda ljud och i mäster Bains fall, antog Arman, även på andra saker. När de till sist vågade sig ut i Biblioteket såg Bain ut som om han fått ett slag rakt i ansiktet.

"Vad är det?" undrade Arman medan han såg sig om i förödelsen. Vad hade radh'riamen sett?

"Biblioteket... Det är förstört."

Arman såg sig om igen, sönderslagna bokhyllor och möbler låg utspridda över golvet tillsammans med tusentals böcker och glassplittret från kupolen ovanför. Det var utan tvekan en sorglig syn, men det var bara böcker. Arman var mer orolig över vad som väntade dem utanför Biblioteket. Hans blick föll på de stora dubbeldörrarna, den ena hängde skev från sina gångjärn och allt glas var borta.

"Bokmalen!" utbrast han när han kände igen de blodiga trasor som låg utanför dörren.

Han skyndade sig fram, men mäster Bain hann före.

"Han är fortfarande vid liv!"

Arman stirrade på de bloddränkta klädtrasorna och den kutryggiga, lilla mannen som Bain bar upp i famnen. Både ena armen och benet hängde i en onaturlig vinkel. Bokmalen var kanske vid liv för stunden, men Arman tvivlade på att han skulle andas särskilt länge till.

"Jag måste hjälpa honom." Mäster Bain var redan på väg tillbaka mot läsesalarna, men fortsatte prata över axeln: "Arman, du måste ta reda på vad det är som har hänt. Se dig om i Templet, men stanna nära Biblioteket. Behöver du så använder du lönndörren för att ta dig ut i Ergoroth. Men var försiktig! Du får inte bli upptäckt."

Mäster Bain försvann ned till läsesalarna och Arman stod ensam kvar i förödelsen. Hela kroppen värkte av misshandeln han så nyligen utsatts för och han darrade av bara ansträngningen att stå på benen. Men mäster Bain hade rätt, de måste få veta vad som hänt och det fanns ingen annan som kunde ta reda på det.

Med sammanbitna käkar och haltande gång tog sig Arman genom Templets vindlande korridorer. Överallt syntes samma förödelse som i Biblioteket och det var helt öde. Han kunde gissa sig till att det såg likadant ut i hela Templet och han tvingade inte sig själv vidare. Även om han inte erkände det för sig själv var han rädd för vad han skulle se om han fortsatte – och vem han skulle möta. Därför vände han ned emot staden istället.

Hela hovet hade flytt ifrån Ergoroth, konstaterade han. Alla tjänare likaså. Alla som fortfarande levde och kunde stå på egna ben hade samlat ihop vad tillhörigheter de kunnat bära och lämnat staden. Tryckvågen som Kejsaren sänt ut från Spegelsalen hade fortsatt ut ur Templet och trots att den minskat i kraft så fanns inte en enda glasruta kvar i hela Ergoroth. De mest undermåliga byggnaderna hade rasat samman och många fler hotade att göra det.

Gamla staden av marmor hade klarat sig bättre än de nyare distrikten där fler hus var byggda av trä. I gatorna fanns långa sprickor och hål så djupa och stora att vissa gator var helt oframkomliga.

Men det som skrämde Arman mest var att hela staden var omgiven av ett mörker, som om natten själv slagit sig till ro i dess centrum. Skuggor jagade längs med gatstenarna och klättrade uppför väggarna. En kyla spred sig ifrån Templet som fick självaste stenen att frysa och han undrade om han någonsin skulle bli varm igen.

”De flesta av borgarna som överlevt verkar ha flytt i panik tillsammans med de som fanns kvar av hovet”, berättade Arman när han mödosamt tagit sig tillbaka till läsesalen.

Han var så utmattad att han sjönk ned på golvet och där blev han sittandes, med huvudet lutat mot den iskalla väggen. Bara att tala var en ansträngning. Det han sett under de timmar han vandrat runt i staden hemsökte honom. De långa sprickorna i gatorna, mörkret, kylan. Tystnaden. Det enda som var mer fasansfullt var alla de lik som låg utkastade, blodstänkta och bleka, utan att någon ens tog hand om dem. Svarta kråkor hade hoppat runt emellan dem och deras kraxande var de enda ljud han hört.

Han hade redan kräkts upp allt han hade kvar i magsäcken, men bara tanken på allt han sett fick honom att hulka igen. Med det sista av sin viljestyrka tvingade han ned illamåendet. "Till och med soldaterna har deserterat. Varenda väg som leder ifrån Ergoroth är nu full av flyktingar."

De var utan mat, utan förnödenheter och utan hopp.

Kejsaren satt ensam kvar på sin tron i Spegelsalen. De magnifika speglarna som gett salen dess namn låg i miljoner bitar framför hans fötter. Stenen var vit av frost och den bakre väggen hade rasat in. Bakom högen av marmorblock skymtade nu en annan sal, mörk och kall.

Alla hade övergivit honom.

Som om de trodde de kunde bestämma över sina egna liv. Alla de människor som fyllt hans hov med ljud och rörelse var borta, hans vakter och soldater hade lämnat honom. Bara kejserliga gardet var honom fortfarande troget. Dem hade han dock sänt iväg för att fånga in en person han allt för länge underskattat.

En betvingande, lockande röst – en han trott han gjort sig av med för så många år sedan – hade åter börjat viska i hans medvetande.

Misslyckad, nu som då, hånade den. *Ditt misstag har kostat dig dyrt. Min hämnd skall komma.*

Den mörka makten inom honom stormade emot rösten, försökte åter driva ut den och Kejsaren vred sig i plågor innan den försvann.

För ett tag blev allt lugnt igen. Tyst.

Men Den mörka makten rev och slet i honom allt mer. Han hade släppt den lös och nu längtade den efter mer.

Snart, lovade han den. Snart.

Kapitel 58

Bain gjorde vad han kunde för Bokmalen under de dagar som följde. Men så mycket magi som krävdes för att hela hans sår vågade han inte riskera. Därför hade Bain för hand plockat ut vartenda glassplitter, stoppat blödningarna och lagt de brutna benen till rätta så gott det gick. Höger arm var bruten på två ställen, men det var rena brott. De skulle läka med tiden. Värre var det med det sargade benet, utan magi skulle Bokmalen aldrig kunna gå igen utan stöd.

Trots det envisades han med att ta sig upp till Biblioteket så snart han återfått medvetandet, halvt hysterisk och helt döv för Bains protester.

Bain hade för flera dagar sedan gett upp försöken att hindra honom. Han trodde i alla fall att det var flera dagar sedan. Efter Kejsarens utbrott var det alltid mörkt och Bain hade tappat all förmåga att bedöma tiden.

Han såg till att de fick mat och att Arman vilade. Men det räckte inte. Det var dags att agera.

"Vi behöver en plan." Med armarna i kors lutade Bain sig emot bordet och såg på Arman. "Än så länge har Kejsaren inte rört sig från sin tron i Spegelsalen, jag känner hans närvaro där."

"Jag tvivlar på att han kommer vara overksam särskilt länge till." Bain nickade instämmande.

"Vi har ingen som kan hjälpa oss. Orvin är kvar i Östberga. Vixon har jag inte sett, men jag är rädd att vi måste frukta det värsta. Och vi har inte tid att sända efter någon annan."

"Så vad kan vi göra?"

Även om Bain var en radh'riam var han inte i närheten lika mäktig som Kejsaren. Att ta strid emot honom var inget annat än galenskap, det visste han. Det visste de båda två. Ändå var detta deras bästa chans att döda Kejsaren. Caz'Duw hade övergivit honom och hans soldater var spridda för vinden.

"I obevakade ögonblick sviker Kejsarens kraft honom", sade Bain med en ton som avslöjade att han inte riktigt litade på att det var sant. Han kunde bara hoppas att Caz'Duws avslöjande inte varit ett utspel. "Vi behöver locka honom från Spegelsalen till en plats som vi själva väljer. Där vi är redo, men Kejsaren överrumplas."

Arman vankade av och an medan han grubblade. Han hade läkt ihop förvånansvärt bra och rörde sig nu obehindrat igen.

"Du sade att Biblioteket fortfarande innehåller massor magi... Att han inte kan känna vår närvaro här."

"En sanning till viss del, han måste aktivt söka efter oss och även då blandar alla besvärjelser som finns här ihop vår närvaro med så mycket annat."

"Då är Biblioteket bästa platsen."

Bain nickade fundersamt. Om något hade förstörelsen av Biblioteket rört ihop alla besvärjelser ännu mer. Han misstänkte att det berodde på alla grimoarer som nu låg utspridda överallt istället för att stå i säkert förvar på tolfte våningen. "Ja, här kanske Kejsaren inte känner min närvaro förrän det är för sent."

Det var ingen bra plan, men det var den enda de hade.

Snart skulle Kejsaren samla ihop sina arméer, tvinga tillbaka hovet och borgarna till Ergoroth, och deras chans skulle vara förbi.

"Jag kan agera lockbete", erbjöd sig Arman.

Det var nog det sista i världen han ville göra, misstänkte Bain och han skakade bestämt på huvudet.

"Även om du läkt ihop väl så skulle du inte ha en chans emot Kejsaren på egen hand. Det skulle bara sluta med din död utan att vi kommit ett dugg närmare Kejsarens fall."

"Men..."

"Nej. Jag vägrar höra talas om det."

"Bokmalen är för skadad för att vara till någon nytta. Det finns ingen annan än jag."

De visste båda att det var sant. Bokmalens sorg över Biblioteket verkade slutligen fört hans sinne helt över galenskapens brant. Trots att han knappt kunde gå – han hasade sig fram med händerna på väggarna och vänstra benet släpandes efter sig – vandrade han bara runt uppe i Biblioteket. Ibland verkade han tala med någon och ibland stod han uppmärksamt stilla, som om han lyssnade på ett svar ingen annan kunde höra.

Kejserliga gardet hade redan upptäckt honom, men avfärdat honom som galen och låtit honom vara. Precis som Bain gjort.

Nej, ifrån Bokmalen skulle de inte få någon hjälp.

Han hade slutit sig inom sig själv, hans sinne var inte längre närvarande i tiden.

Plötsligt slogs dörren till läsesalen upp. Båda snurrade de runt med händerna på svärdsfästena, men förvånansvärt nog så var det Bokmalen som kom inrusande så snabbt som hans skador tillät.

"Han har henne!" flämtade han. "Han har henne!"

"Vem?" Bain släppte svärdet.

"Fröken d'Augustin!" Tårar rann nedför Bokmalens kinder, men det var inte längre Bokmalen Bain hade sitt fokus på utan på Arman. "Riddarna släpade henne just förbi Biblioteket. Hon *skrek*."

Arman stapplade till och välte en stol innan han fann sin balans.

"Nej." viskade han. "Det är inte möjligt."

"Jag *såg* henne", insisterade Bokmalen.

Bain försökte stoppa honom, men Arman hade redan sträckt sig efter svärdet.

"Arman. Nej." Bain högg tag i hans arm. "Det är en fälla. Kejsaren har Viana bara för att komma åt dig. Oss. Du får inte gå."

"Han kommer döda henne!"

"Vi har en chans, *en chans*, att störta Kejsaren. Hur beklagligt det än är måste världens frigörelse gå före en enda kvinnas liv." Bain försökte hindra honom, men Arman drog sitt svärd och riktade det mot Bain.

"Han får henne inte."

"Jag behöver dig här", bönade Bain. "Folket i Imperiet behöver dig, svik oss inte nu."

Men Arman slet sig loss och med svärdet fortfarande riktat emot Bain rusade han ut ur läsesalarna.

Kapitel 59

Arman rusade genom Templet i blint raseri. Vreden var det enda som fick honom att fortsätta andas. Rädslan kramade ihop bröstkorgen, gav han vika för den skulle han inte kunna fortsätta. Om och om igen såg han de blodstänkta, förvridna liken han sett ute i Ergoroth för sin inre syn.

Viana skulle inte bli en av dem.

Det var mantrat han upprepade medan han sprang mot Spegel-salen. Men han hade inte kommit särskilt långt förrän han stannade.

Stanken av död slog emot honom.

Kvar i korridoren framför honom låg hovmedlemmar utspridda som utkastade trasdockor. Den fruktansvärda kylan hade saktat ned vad förruttnelse som påbörjats och Arman tog stöd mot väggen medan han återigen kastade upp allt sitt maginnehåll.

Människor han levt tillsammans med i åratal låg på golvet täckta av intorkat blod och så bleka att deras hy verkade skifta i blått. För en stund kunde han inte göra annat än stirra.

Vartenda ansikte var bekant för honom.

Den blyga fröken Klickowström som han alltid försökt dansa åtminstone en dans med. Herr af Dumahallen som lärt honom hasardspelens mindre ädla konst. Palatsvakten som alltid läckt information till honom i utbyte mot några småmynt.

De verkade alla se tillbaka på honom med glasartade blickar.

Anklagande.

Han hade misslyckats att skydda dem precis som han misslyckats med att skydda gillesherrarna.

Ett välkänt ansikte fick honom att falla ned på knä. Trots att det var svårt brännskadat och intorkat blod dolde ansiktsdragen kände han ändå igen Vixon. Han betjänt och närmaste man inom rebellorganisationen i många år. Alltid hade han tjänat honom troget, litat på att Arman gjorde det som var bäst.

Nu var han död.

En soldat hade fallit över honom så Arman såg bara en glimt av de krossade benen, men det vände sig ändå i magen på honom.

Vixon hade förtjänat ett värdigare slut.

Kejsaren skulle få betala för detta, för allt han gjort – allt han förstört. Arman reste sig igen och vreden inom honom brann allt starkare.

I kväll skulle Kejsaren dö.

Inte förrän Arman rusade in genom Spegelsalens höga, förstörda dörrvalv insåg han vad han gjort.

Hur enkelt Kejsaren återigen manipulerat honom.

Glassplittret från de hundratals krossade speglarna krasade under stövlarna när han rörde sig längre in i salen medan han förbannade sin egen dumhet.

Men han kunde inte vända om nu.

För han stod redan framför Kejsaren som satt på sin tron med kronan av guld och rubiner runt sitt gråa hår. De blå ögonen borrade sig in i honom som istappar och berövade honom all värme, allt hopp. Kejsarens makt pulserade ut från självaste väggarna och från den raserade bakre väggen verkade ett evigt mörker flöda ut från salen innanför.

Hur hade han någonsin trott att han kunde rädda Viana? Hur naiv var han inte som trott att han kunde slåss emot en sådan makt?

Och Kejsaren var inte ensam. Längs med Spegelsalens väggar stod varenda en av riddarna i kejserliga gardet. Säkert hundra stycken var de med svärden dragna och redo. De bara väntade på ordern.

Tystnaden verkade eka genom salen. Ett leende spred sig över Kejsarens ansikte, det såg ut som om det skulle klyva den tunna, bleka huden mitt itu. Så knäppte han med fingrarna och sekunderna senare kastades Viana fram framför hans fötter. Hon landade bland glassplittret, men verkade inte märka när de vassa bitarna skar in i hennes hud.

"Nej!" skrek hon, klänningen var söndertrasad, ansiktet blåslaget och hon såg upp på honom med hysterisk blick. "Du skulle inte ha kommit hit. Varför kom du hit? Du skulle ha lämnat mig." Tårar rann nedför hennes kinder när hon kämpade för att sätta sig upp.

Arman var framme hos henne i tre långa kliv och sjönk ned bredvid henne. Först vågade han knappt röra henne, så misshandlad som hon redan var, men så slöt han henne i sina armar. Hon skrek ut av smärta, men om han släppte henne så skulle hon åter falla.

Kejsaren såg ned på dem ifrån sin tron som om han studerade ett intressant spektakel. Trots sina skador klamrade sig Viana fast vid honom och med hans hjälp tog hon sig stapplande på fötter. Hon skakade våldsamt och hade blivit så sönderslagen att hon inte skulle kunna gå utan hjälp, än mindre fly härifrån.

"Låt henne gå." Han drog henne närmare sig, lika mycket för att hålla henne upprätt som för att beskydda henne. "Jag ber er, snälla låt henne gå. Det är mig ni vill ha." Arman var beredd att erbjuda vad som helst bara han kunde rädda Vianas liv.

"Dig?" Kejsarens roade leende var fruktansvärt att skåda. "Varför skulle jag bry mig om dig?"

Det var inte för honom denna fälla var riggad, utan för mäster Bain. Men Bain skulle inte komma. Han hade mer vett än Arman.

"Snälla, jag gör vad som helst, bara låt Viana gå."

"Nej!" protesterade Viana. "Jag lämnar dig inte. Inte igen."

"Åh, var inte orolig, söta Viana. Ingen av er kommer komma levande härifrån", sade Kejsaren. "Allt detta har varit högst underhållande, men det är nu dags att jag återställer ordningen i mitt Imperium." Så fäste Kejsaren åter sina isblå ögon på Arman. "Och jag tror jag börjar med dig."

Fortfarande hade ingen riddare rört sig. Fortfarande satt Kejsaren helt stilla på sin tron, men plötsligt var det som om hundra svärd hade pressats genom Armans kropp. Han skrek och kollapsade på golvet och Viana, som inte längre hade hans stöd, föll handlöst bredvid honom. Plågorna fick honom att vrida sig av och an, kippandes efter luft. Så försvann smärtan. Lika snabbt och oväntat som den kommit klingade den av tills det var som om den aldrig funnits.

Han andades häftigt och mötte Vianas skräckslagna blick. För hennes skull måste han resa sig, måste finna kraft nog att fortsätta kämpa. Han försökte få tillräckligt med styrsel i sin kropp för att ställa sig upp.

Då kom den nya smärtan. Ännu värre än den förra.

Arman hade kämpat sig upp på alla fyra när vartenda organ i kroppen verkade pressas samman. Hjärtat klarade inte längre av att pumpa runt blodet, all luft pressades ur lungorna och han föll åter ihop. Han försökte skrika ut smärtan, men inget mer en ett gurglande läte kom över läpparna.

Viana lade sina händer över honom, försökte hålla om honom när han vred sig i vånda och ryggraden krökte sig så hårt att den hotade att brytas av.

"Sluta! Snälla ni, sluta." Hennes stora ögon såg bedjande upp emot Kejsaren som om hennes godhet kunde blidka hans ondska.

Men smärtan blev bara värre.

"Släpp honom." Mäster Bains röst ekade genom salen, befallande och skoningslös.

Kejsarens grepp om Arman försvann när han fick syn på Bain och all uppmärksamhet vändes emot radh'riamen. Arman och Viana var bortglömda, avfärdade som obetydliga och menlösa. Flämtande tog Arman sig upp i sittande ställning med hjälp av Viana.

"Fly, fly härifrån nu", manade han henne. Hon fortsatte att hålla om honom så han knuffade undan henne vilket fick henne att falla igen. "Viana, du måste fly. Nu!"

Paniken i hans röst fick Viana att se sig omkring i salen, på Kejsaren och radh'riamen, på riddarna och tillbaka på Arman. Det fanns inget hon kunde göra, Arman visste att hon insåg det. Bland alla dessa mäktiga män var hon totalt hjälplös. Så hon började kravla sig genom glassplittret så snabbt som hennes misshandlade kropp tillät.

"Så det var du trots allt. Jag trodde nog det." Kejsaren såg på Bain och en gnista av vrede for genom de döda ögonen.

"Det är över, Daechir." Bains röst var full av övertygelse, lugn och stadig som bergen i väst.

Kejsaren började skratta, ett blodisande läte som fick Arman att hålla för öronen och Viana att skrika.

Så var varenda riddare i rörelse, de anföll som en varelse. Men Bain hade varit beredd. Som en stormvind rörde han sig genom salen nu när han inte längre behövde dölja sin magi. Hans svärd var snabbare än någon av riddarnas, hans styrka större. Magin parerade de svärd som hans egna inte hann med. Arman stirrade med gapande mun.

För första gången förstod han vilken kraft radh'riamen besatt.

De skulle överleva detta, hann han tänka när han såg Bain hugga sig igenom riddarnas led.

Men kejserliga gardet var de skickligaste och skoningslösaste av riddare, och det var hundra av dem och bara en radh'riam. Trots allt han var skulle Bain inte kunna slåss emot dem alla.

Han behövde Armans hjälp.

Stapplandes tog han sig på fötter och drog svärdet. Med ett långt, djupt andetag tvingade han undan all trötthet. Ännu ett och all smärta som sargat honom trycktes undan. Riddarna hade sett honom och två av dem anföll, men han var redo. Han parerade den första riddarens svärd, sedan den andras. Med allt som var han svingade han svärdet om och om igen.

Han slogs för livets skull, för Viana.

Svärdet var som en förlängning av hans arm när han högg emot riddarna. Han hade tränat för detta i tio års tid, under förevändning att han behövde motionen, och han var en av de skickligaste duellanterna vid hovet. Ändå fann han sig själv parera riddarnas svärd mer än han kunde anfalla. I en duell kanske han var farlig, men emot tränade riddare i en riktigt strid kom han till korta. Han lyckades hålla sig undan deras attacker, men han hade inte en chans att gå till motangrepp.

Trots allt han hade att kämpa för så var riddarna honom övermäktiga.

Allt han kunde göra var att försöka hålla ut ett tag till. Han parerade och hoppade åt sidan och så åt sidan igen med svärdet skyddande höjt framför sig. Men riddarna var överallt, omringade honom, och det var omöjligt för honom att parera dem alla samtidigt.

Första såret var ett ytligt skärsår, Arman kände det inte ens.

Nästa var djupare, det skar närapå ända in till revbenen. Riddarna lekte med honom, som loja katter som fångat en mus. De skadade honom avsiktligt, men utdelade inget sår som för sig självt var dödligt.

Så fanns Bain där.

Fyra riddare flög baklänges, bara av att Bain kastade ut en hand emot dem, som om han slagit dem hårt i solar plexus. Ännu en föll när Bains svärd skar igenom hans rustning och blodet vällde ut.

Vad för svärd kunde skära genom rustning? hann Arman tänka innan Bain manövrerade honom runt så de kom rygg emot rygg med varandra.

Detta gjorde att Arman kunde beskydda Bains rygg medan radh'riamen kunde hålla riddarna stångna från alla andra håll. Riddare efter riddare föll döda för Bains svärd, blodet blandades med glassplittret under deras fötter och gjorde golvet förrädiskt halt.

För en stund verkade riddarna tappa mark och Bain manövrerade dem emot dörrvalvet och Viana som hasade sig fram längs väggen. Men de var så många av dem och inte ens Bain skulle kunna slåss hur länge som helst. Blod rann längs hans högra arm liksom från ett jack över vänstra revbenen och ett stort hack i högra låret fick honom att halta.

Arman själv fick också allt fler och blodförlusten började göra honom yr. Hur han än försökte tappade rörelserna fart och han höll inte svärdet lika stadigt längre. Gång på gång skakade han på huvudet för att försöka få synen att klarna.

Nästa riddare som anföll honom var lång, bredaxlad och höll svärdet som om han var född med det i hand. Med ett enda kraftfullt slag emot fästet på Armans svärd slog han det ur hans grepp, och bröt troligen några av Armans fingrar på kuppen. Smärtan och kraften i slaget fick Arman att skrika till innan han stapplade baklänges. Han halkade i en blodpöl och föll ned på ena knäet innan han lyckades pressa sig själv upp till stående igen.

Det var nu några få meter mellan honom och riddaren och Arman såg sig desperat om efter svärdet. Men riddaren manövrerade sig närmare så att han hamnade bara på svärdslängds avstånd ifrån Arman och skar av alla hans chanser att få tag på ett vapen. Arman såg inte det grymma leendet bakom visiret, men när riddaren riktade svärdet emot hans hjärta var han säker på att han kunde känna det.

Just då mötte Arman Vianas blick där hon lutade sig emot väggen på andra sidan salen. Förtvivlad sträckte hon ut en hand som om hon skulle kunna hejda riddaren med blotta viljan.

"Fly!" ropade han åt henne.

Så höjde Kejsaren handen och unisont backade riddarna undan.

Förvånad och utmattad föll Arman åter ned på ett knä med blodet flödande ifrån ett dussin sår och han höll sin skadade hand tryckt emot bröstet. Han försökte andas igenom smärtan och tvingade sig själv att fokusera sin dimmiga syn på det som hände framför honom.

"Du har rätt, Bain", sade Kejsaren, som om deras konversation aldrig blivit avbruten. "Det är över nu."

Så reste han sig upp med händerna höjda framför ansiktet och klev ned ifrån sin tron.

Utan förvarning sköt en blixt ut ifrån hans händer.

För ett ögonblick lystes den mörka salen upp av dess blåa sken. Arman flämtade till samtidigt som Vianas vettskrämda skrik ekade genom salen. Men Bain hade varit beredd. På något sätt hade han parerat blixten och sköt den tillbaka emot Kejsaren innan Arman ens förstod vad som hänt. Kejsaren avvärjde den dock enkelt och den försvann i tomma intet.

Blixt efter blixt fortsatte Kejsaren att skicka ut emot Bain och blixt efter blixt klarade Bain av att parera och sända tillbaka emot honom.

Men Kejsaren var så kraftfull och han var utvilad.

Bain hade redan nyttjat det mesta av sin kraft i striden emot kejserliga gardet. Varje blixt kom allt närmare honom innan han hann avvärja dem och allt fler susade iväg åt andra håll än tillbaka emot Kejsaren.

Vissa av dem träffade riddare som inte hann kasta sig undan i tid. Med ett fräsande smälte deras rustningar ihop med deras kroppar och fyllde salen med en avskyvärd stank. En svepte så nära förbi honom själv att han kände den elektriska värmen. En annan flög över Vianas huvud och fick henne att falla igen, den träffade väggen med full kraft och fick hela salen att skaka och löst murbruk regnade ned över dem. Om bara en enda av dem träffade Bain skulle han dö.

Men striden i sig var på väg att kosta Bain livet.

Lite av hans livskraft verkade försvinna ut för varje gång han parerade Kejsarens blixtar. Arman såg hur han stapplade till, han klarade knappt av att stå upprätt längre och var onaturligt blek som om magin han nyttjade dränerade honom på all energi.

Framför Arman låg en stupad riddare, hans slappa hand vilade fortfarande över svärdsfästet. I periferin såg Arman hur Bain stapplade flera steg bakåt och denna gång var det nära att Kejsarens blixt träffade honom. Så Arman greppade svärdet, slet det ur likets lösa grepp, och med det sista av sin styrka kastade han sig fram emot Kejsaren i ett enormt språng.

Vianas skrik skar genom salen samtidigt som han kände riddarens svärd genomborra hans kropp.

Arman hade inte ens sett att riddaren funnits i närheten.

För ett overkligt ögonblick stack svärdsspetsen ut genom bröstkorgen, rödfärgad av hans eget blod. Arman stirrade oförstående ned på den innan riddaren drog tillbaka svärdet.

Han föll och slog huvudet hårt i golvet.

Så fanns Viana åter vid hans sida. Hennes tårar droppade ned på hans ansikte medan hon kämpade för att stilla blodflödet. Men blodet bara fortsatte att pulsera ut mellan hennes fingrar. Hysteriskt slet hon sönder sina redan söndertrasade kjolar och pressade remsorna emot det stora sår svärdet skapat genom hans kropp. Det stillade flödet, men stoppade det inte.

Arman förstod att han borde känna smärta, men det gjorde han inte. Kroppen var välsignat bortdomnad och tankarna förvånansvärt klara.

Allt var över nu.

Kejsaren skulle fortsätta regera världen och allt de offrat var förgäves. Åratal av hans liv hade varit bortkastade på en meningslös dröm som aldrig skulle kunna bli verklighet.

Svarta fält svävade framför ögonen, men han såg när Bain slutligen föll ned på alla fyra, maktlös emot Kejsarens mörka magi. En blixt till och Bain skulle vara död, precis lika död som han själv snart skulle vara.

Viana fortsatte förtvivlat att försöka stoppa blodflödet. Han ville säga åt henne att låta bli, att det var meningslöst. Allt var meningslöst nu utom hon. Han ville smeka hennes kind en sista gång och mana henne att fly, att minnas sitt löfte, men det var för sent. Allt som kom över läpparna var blod.

Hon verkade förstå att det var för sent.

Att inget hon gjorde nu kunde rädda honom och till sist släppte hon de genomdränka trasorna för att istället fatta hans hand. Hon kramade den hårt och innerligt som för att förmedla alla de känslor hon inte kunde uttrycka i ord.

Men Arman förstod ändå, all den kärlek hennes förtvivlade ögon förmedlade kände även han. Han försökte krama hennes hand tillbaka, men kroppen lydde inte längre. Allt han kunde hoppas på var att hon redan visste. Med sin andra hand, så mjuk och skör, strök hon undan hans hår ifrån pannan innan hon böjde sig fram och kysste honom.

Fortfarande kunde han känna hennes varma läppar mot hans kalla, men hon började försvinna från synfältet. Hennes vackra ansikte, så sönderslaget och vått av tårar och hennes en gång så mjuka, mörka hår som nu föll i tovor nedför hennes axlar. Klänningen som färgats röd av hans blod. Allt försvann allt mer bakom ett svart mörker.

"Stanna hos mig", snyftade hon och kysste honom på nytt. "Snälla, lämna mig inte här. Du kan inte lämna mig här."

Kejsaren hade stannat upp.

Han stod fortfarande bara något steg nedanför tronen och verkade lika kraftfull som någonsin, som om duellen med dödliga blixtar knappt påverkat honom alls.

Som om han ville inpränta denna stund i sitt minne svepte han med blicken över Bain, Arman och Viana. Trots att mörkret svepte in ifrån periferin av Armans synfält såg han när Kejsaren höjde sina händer för den sista dödliga attacken, den sista blixten som skulle förgöra radh'riam för alltid.

Förgöra alla deras drömmar och hopp.

Arman kunde se hur triumfen lyste ur hans kalla ögon. En enda blixt till och Kejsaren skulle krossa inte bara den sista spillran av radh'riam utan också hela rebellorganisationen. Ingen skulle våga utmana honom igen. Trots att Arman inte kände något annat kunde han känna hur Kejsaren samlade ihop energin, den verkade få självaste luften att vibrera och ett skoningslöst, dött leende spred sig över hans anlete.

I nästa sekund skrek han.

Ett isande vrål vars blotta styrka fick stenen i Templet att skaka.

En knivspets stack ut ur Kejsarens hjärta, glödande röd emot den svarta klädedräkten. Förvåning passerade bakom hans isblå ögon, sedan chock och till sist rädsla. En vansinnig, hejdlös rädsla och obeskrivlig smärta. Den böjde in hans kropp som om en enorm kraft pressade in ifrån alla håll omkring honom. Det sista Arman såg var hur Kejsaren föll till golvet medan han frenetiskt vevade med armarna som om han försökte hålla något kvar inom sig.

Bakom honom stod Bokmalen med den blodiga kniven i sin brutna, spjälkade hand och med ett galet leende på läpparna. Ren och skär segerglädje strålande ur hans ögon. På något sätt måste han ha lyckats smyga sig in i det allmänna tumultet och dolt sig bakom tronen i mörkret som Kejsaren själv skapat.

Med sitt sista andetag kände Arman för att skratta.

Kejsaren skulle dö.

Äntligen hade han fått betala för det han gjort. Och Viana skulle vara fri. Hon skulle få leva och alla deras drömmar skulle leva vidare med henne.

Kapitel 60

Bain såg Kejsaren falla till golvet samtidigt som hans kropp verkade falla sönder inifrån. Det blodisande skriket när kniven genomborrade hans hjärta hade tvärt klippts av och genom Spegelsalen spred sig en iskyla som fick Bain att stelna där han satt på knä. Skuggor slingrade sig ifrån Kejsarens trasiga kropp ut över golvet.

De som fanns kvar av kejserliga gardet flydde för sina liv.

Så virvlade skuggorna upp i luften. Ju kallare det blev desto mer virvlade de omkring varandra och samlade sig till en enda mörk massa. Snö började falla ifrån den, som om ett stormmoln tagit form inuti salen. Vinden ven längs väggarna och fick den mörka massan att virvla allt snabbare. Snöflingorna dansade omkring honom.

Så verkade vinden fortsätta vidare ut igenom de höga dörrarna och den mörka massan följde efter, som om den sögs ut av vinden. Den spred sig genom Templet. Flödade ut genom de trasiga fönstren och spred ut sig över hela Ergoroth innan den virvlade upp på himlavalvet och försvann bakom de tunga moln som hängde över staden. Så blev allt stilla.

Blott söndervittrade ben och guldkronan fanns kvar av Kejsaren.

Det var gjort. Kejsaren var död.

Bain borde inte känna annat än glädje och triumf, hans hundraåriga kamp var slutligen över. Men allt han kände var tomhet. På darriga ben kravlade han sig upp till stående. All hans kraft var slut, blodförlusten gjorde honom yr och kylan i salen fick honom att skaka. Han kunde inte få ihop vad som just hänt, vad han just sett. Men en sak var han fullt övertygad om:

Den mörka makten var åter fri i världen och det var hans fel.

Bain försökte ta in den förödelse som striden lämnat bakom sig. De döda riddarna låg utslängda som trasdockor, vissa av dem sönderbrända av Kejsarens blixtar. Blodet som rann över marmorgolvet. Bokmalen som fallit ned på golvet, helt lealös. Trots det såg han tillbaka mot Bain med ett galet leende och triumf i ögonen.

Bain kunde inte tro det var sant.

Av alla dem som kunnat döda Kejsaren var den räddhågsna, galna lilla mannen den sista han kunnat föreställa sig. Handen som knivhuggit Kejsaren var blåsvart, som om den förfrusit, men Bokmalen verkade inte märka av smärtan. Han bara fortsatte att le sitt galna flin och nickade till höger och vänster som om han tog emot lovord och beröm som inte fanns.

Strax bredvid den gyllene tronen och Kejsarens kvarlevor hade Arman fallit och hans livsblod pulserade ut ur honom. Bildade en pöl under honom och sögs upp av Vianas söndertrasade klänning. Hon hade lyft upp hans huvud i sitt knä och höll hans hand så hårt att knogarna vitnat. Kejsarens död betydde ingenting för henne.

För den enda hon någonsin älskat låg döende i hennes famn.

Alla hennes drömmar var sammanflätade med Armans. Utan honom fanns ingenting utom ändlösa år, tomma och meningslösa.

Bain kände hennes sorg som sin egen, den var så stark att den nära nog lamslog honom, men han skakade av sig den. Den skulle inte rädda Arman nu.

Bara magin kunde göra det.

Haltandes kämpade sig Bain fram emot dem medan han desperat försökte greppa magin en sista gång innan magiutmattningen kastade in honom i medvetslöshet. Alldeles svagt pulserade den åter genom hans dimmiga sinne och han mumlade redan de helande orden innan han ens nått fram till dem.

"Jag kan inte leva utan dig", viskade Viana medan hon lade pannan emot Armans. Tysta tårar rann nedför hennes kinder. "Lämna mig inte. Snälla, lämna mig inte."

Men när Bain nådde fram till dem visste han att det redan var för sent. Magin rann undan för honom och han lät den försvinna, det tynande hopp som hållit honom uppe försvann och han segade ned på det kalla marmorgolvet. Det fanns inget han kunde göra.

Det fanns inget någon kunde göra nu.

"Snälla lämna mig inte." Viana pressade ännu en kyss emot Armans kallnande läppar, men hon visste lika väl som Bain att hennes böner var förgäves.

Arman de Keere var död.

Kapitel 61

Det var en praktfull syn. Slätten utanför Nín Amors floddelta var full av vita tält i snörräta rader och vajande banér i alla dess färger. Magnifika, vita hästar stod bundna på led efter led. Lägret sträckte sig så långt ögat nådde och ännu hade inte alla alvkrigare anlänt. Belegor väntade fortfarande på Olerion ifrån Nín Dawen, han skulle föra med sig ytterligare tvåtusen alvkrigare, sade han.

Keiron, Skaggi och Trevon var på väg genom Nín Amors breda gator för att besöka lägret. Den lilla tillit alverna möjligen hade börjat känna för Keiron var nu borta. Även Trevon hade hållit sig undan ända sedan midsommarafton. Men när Skaggi frågat honom tidigare idag när hon sprungit ihop med honom hade han valt att följa med dem. Han höll dock avstånd till Keiron och även om han försökte dölja det höll han hela tiden ett vakande öga på honom.

Skaggi var dock tacksam att han överhuvudtaget valt att följa med. Bara att han var med dem nu visade att han var villig att försöka behålla den vänskap som växt fram emellan dem. Hon önskade verkligen att han skulle vilja det, för hon hade kommit att bry sig mycket om honom nu när hon lärt känna honom.

Keiron ville besöka lägret för att möta de alver han snart skulle föra befäl över. Vilket Skaggi tänkte var en god idé. Nu när de alla visste exakt vad han var kapabel till så fruktade de honom mer än någonsin. Så ju mer tid krigarna fick att vänja sig vid hans närvaro desto bättre. Och desto större var chansen att de skulle följa mannen bakom skuggorna.

Det var i alla fall vad hon hoppades på.

Alverna hade varit mer än missnöjda när de först hörde att Keiron skulle leda några av dem, och den åsikten hade definitivt inte ändrats efter midsommarfesten.

Den breda gatan de gick på var nästintill folktom. Solen hade börjat sjunka i väst och spred ett varmt sken över staden och färgade den vita drakstenen i solnedgångens färger. Blå blommor klättrade längs med väggarna och runt fönstren. Från någonstans i närheten hörde de hur vatten rann förbi. De yttre distrikten av staden var byggda på öar med kanaler och floder emellan sig. Det var en fridfull kväll och Skaggi började äntligen slappna av lite grann.

Keirons blick for över till Trevon som gick en bit bakom dem.

"Du behöver lära dig att hantera ett svärd", konstaterade han och pojken hoppade till vid ljudet av hans röst.

"Jag?"

Keiron nickade åt honom. "Du är inte till någon nytta för oss om du inte kan hantera ett svärd."

"Kan du lära mig?" frågade Trevon med lika delar fruktan och förväntan i rösten.

Keiron nickade återigen. Han talade så lite som möjligt nu. Och skuggorna var djupare än vanligt omkring honom idag.

Men Trevons ögon lyste av glädje.

Han ville vara till nytta, ville vara med och försvara deras länder emot Is. Han hade följt dem såhär långt och han var en del av allt detta nu.

Skaggi log emot dem båda, och kände en gnista av hopp. Om Keiron började träna Trevon kanske deras famlande vänskap kunde repareras.

Utan förvarning kollapsade Keiron på gatan.

Skaggi som gått vid hans sida kastade sig ned bredvid honom.

"Keiron!" Han svarade henne inte. "Keiron! Vad är det som händer?" Desperat försökte hon hjälpa honom upp, men han var helt lealös och hans inre var ett enda kaos.

Trevon hade först kastat sig flera steg bakåt, men stod stilla nu. Han hade inte glömt midsommarfirandet.

Och det hade inte Skaggi heller.

Så kände hon hur Keirons sinne stillnades, det blev alldeles för stilla. Som om det höll på att försvinna helt. Paniken rusade igenom henne, han fick inte lämna henne, inte nu! Hon slet tag i bandet mellan dem, grep i det med allt hon hade. Så började Keiron åter röra sig och med Skaggis hjälp lyckades han resa sig upp även om han svajade där han stod. Hans armar höll om hennes i ett allt starkare grepp tills hon inte längre visste om det var hon som stöttade honom eller han som stöttade henne.

"Kejsaren", lyckades han väsa fram. "Kejsaren är död."

Skaggi skulle ha fallit om inte Keiron hållit henne uppe.

"Nej", utbrast Trevon och kom närmare dem.

För de visste alla vad det betydde. Is var fri.

Keirons sinne flödade äntligen tillbaka in i hennes, men på något sätt var det annorlunda emot förut. Mer som han, och ändå märkligare än någonsin. Tusen frågor rusade genom hennes huvud medan hon försökte få sina egna känslor under kontroll. Försökte skilja ut dem från hans och samla ihop sig själv.

Vad skulle de göra nu?

Så föll en skugga över dem, dolde solens sista strålar och förmörkade gatan de stod på. Med bultande hjärta såg Skaggi upp emot himlen.

Ifrån skyn sänkte sig en drake med vingarna vitt utspärrade.

När han landade framför dem förstod Skaggi till sist varför alla drakstädernas gator var så breda. Och hon förstod varför Belegor aldrig verkat frukta att låta Keiron vandra fritt bland hans folk.

Emot en drake var till och med Keiron maktlös.

Den märkliga närvaron som förföljt dem, okänd och familjär på samma gång, fick sin förklaring.

Draken fällde in sina enorma vingar så att de inte slog i husväggarna och såg ned på dem med brinnande blick. Han var mindre än Galad, men fortfarande en enorm varelse.

Ifrån drakens rygg hoppade en alv ned, men han såg inte längre helt ut som en alv. Hans svarta hår hade röda strimmor, ögonen var lika gyllene gula som Keirons, ansiktsdragen skarpa och längs med handryggarna fanns små, fina fjäll.

"Var hälsad, ers höghet", sade han och bugade sig ifrån midjan i en ytterst elegant, vördnadsfull gest.

Men Skaggi märkte inget av detta, hon såg honom inte ens, för hon stirrade på draken som förhäxad. Den egendomliga alven sade något mer, men hon hörde det inte ens. Hon bara fortsatte att stirra.

Stirra på draken som var röd som blod och eld.